MINGUO TONGSU XIAOSHUO
DIANCANG WENKU

金粉世家

民国通俗小说典藏文库·张恨水卷

张恨水◎著

（第三部）

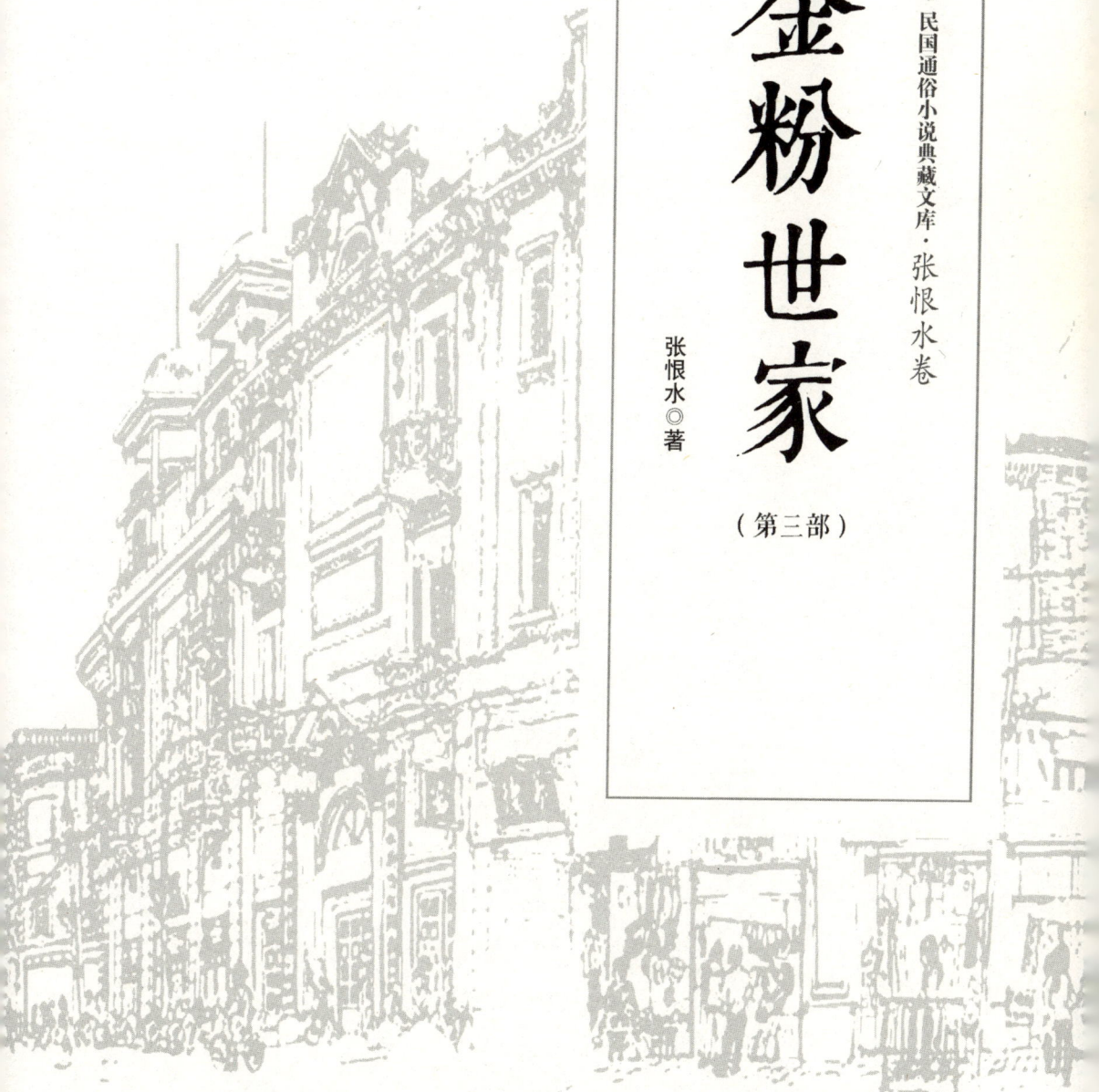

中国文史出版社

目　　录

1

第五十七回

暗访寒家追恩原不忝
遣怀舞榭相见若为情

清秋一人到了自己屋子里时，只有李妈在这里，刘妈也去赶热闹去了。想到外边热闹，越觉得这里清静。她一人坐着，不觉垂了几点泪。却又不敢将这泪珠让人看见，连忙要了热水洗了一把脸，重新扑了一点儿粉。但是心事究竟放不下去，一个人还是默默地坐着。恰好燕西跑了过来拿钱，看见清秋这种样子，便道："傻子，人家都找玩儿去了，你为什么一个人坐在屋子里发闷？走！打牌去。"说着，就来拉清秋的手。

清秋微笑道："我不去，我不会打牌，我吃多了油腻东西，肚子里有些不舒服。"

燕西一把托了清秋的下巴颏，偏着头对她脸上望了一望，指着她笑道："小东西，我看出来了。你想起家来了是不是？"说着，就改着唱戏腔调道，"我这头一猜……"

清秋笑道："猜是猜着了，那也算是你白猜。"

燕西道："我有一个法子，马上让你回去看伯母去。说出来了，你怎样谢我？"说时，一直问到清秋脸上来。

清秋身子一低，头一偏道："不要废话了。"

燕西道："你以为我骗你吗？我有最好一个法子呢！现在不过十点钟，街上今晚正是热闹，我就说同去逛逛去，咱们偷偷地回你们家里去一趟，有谁知道？"

清秋道："是真的吗？闹得大家知道，那可不是玩的。"

1

燕西道："除了我，就是你，你自己是不会说，我当然也是不能说。那么，哪里还有第三个人说出来呢？不过我若带你回了家，你把什么来谢我呢？"

清秋道："亏你还能说出这种乘人于危的话！我的母亲也是你的岳母，她老人家一个人，在家里过那寂寞的三十晚，你也应当去看看。再说，她为什么今年过年寂寞起来哩？还不是为了你。"

燕西笑着拱拱手道："是是！我觉悟了。你穿上大衣吧，我这就陪你去。"

清秋这一喜自是非凡，连忙就换上衣服，和燕西轻悄悄地走出来。只在门房里留了话，说是街上逛逛去。门口的熟车子也不敢坐，一直到了大街上，才雇了两辆车，飞驰到落花胡同来。

燕西一敲门，韩观久便在里面问是谁，清秋抢着答应道："妈爹，是我回来了。"

韩观久道："啊哟！我的大姑娘！"说时，哆里哆嗦就把大门开了，门里电灯下，照着院子里空荡荡的。清秋早是推门而入，站在院子里，就嚷了一声妈。冷太太原是踏着旧毛绳鞋，听了一声妈，赶快迎了出来；把一双鞋扔在一边，光了袜子底走到外面屋子里来。等不及开风门，在屋子里先就说道："孩子。"

清秋和燕西一路进了屋来，冷太太眯眯地笑了，说道："这大年夜怎么你两人来了？"

清秋笑道："家里他们都打牌，他要我到街上来看今晚的夜市。我说妈一人在家过年，他就说来看你。"

冷太太道："也不是一个人，你舅舅刚走呢。"

清秋看家里时，一切都如平常，只是堂屋里供案上，加了一条红桌围。冷太太这才觉得脚下冰凉，笑着进房去穿鞋。燕西夫妇也就跟着进来了。这一看，屋子里正中那一盏电灯，拉到一边，用一根红绳拉在靠墙的茶几上。茶几上放着一个针线藤簸箕，上面盖了两件旧衣服。想到自己未来之前，一定是母亲在这里缝补旧衣服，度这无聊的年夜，就可想到她刚才的孤寂了。右边一只铁炉子，火势也不大，上面放了一把旧铜壶，正烧得咕嘟咕嘟的响，好像也是久没有人理会。便道："舅舅怎么过年也不在家里待

2

着？乳妈呢？"

韩妈穿了一件新蓝布裙，抓髻上插了一朵红纸花，一掀帘子，笑道："我没走开，听说姑娘回来了，赶着去换了一件衣服。"

燕西笑道："我们又不是新亲戚过门，你还用上这一套做什么？"

韩妈笑道："大年下总得取个热闹意思。"说着，她又去了一会子工夫，就把年果盒捧了来。

燕西道："嘿！还有这个！"于是对清秋一笑道，"今年伯母的果盒，恐怕是我们先开张了。"

冷太太听说，也是一笑。这也不懂什么缘故，立刻心里有一种乐不可支的情景，只是说不出来。韩妈也不知道有什么可乐的事，她也是笑嘻嘻的，在桌底下抽出一条小矮凳子，在一边听大家说话。坐了一会子，她又忙着去泡青果茶，煮五香蛋，一样一样地送来。

清秋笑道："乳妈这做什么？难道还把我当客？"

韩妈道："姑娘虽然不是客，姑爷可是客啊。难得姑爷这样惦记太太，三十晚上都来了。我看着心里都怪乐的，要是不弄点儿吃的，心里过得去吗？"她这样一说，大家都笑了。

说说笑笑，不觉到了一点多钟。清秋笑着对燕西道："怎么样，我们要回去了吧？"

燕西道："今天家里是通宵有人不睡的，回去晚一点儿不要紧。"

冷太太道："这是正月初一时候了，回去吧，明天早一点儿来就是了。"

清秋笑道："妈还让我初二来吗？"

冷太太笑道："是了，我把话说漏了，既然现在是正月初一的时候，为什么初一来，又叫明天哩？不要说闲话了，回去吧，你这一对人整夜地在外头，也让亲母太太挂心。"

清秋也怕出来过久，家里有人盘问起来了，老大不方便，便道："好！我们回去吧，我们去了，妈早点儿安歇，明天我们来陪你老人家逛厂甸。"于是就先起身，燕西跟在后面，走出门来，依然雇了人力车一径回家。

金家上上下下的这时围了不少的人在大厅外院子里，看几个听差放花爆花盒子。燕西走到院子走廊圆门下，笑着对清秋道："差一点儿没赶上。"

玉芬也就靠了走廊下一根圆柱子，在看放花爆，一见燕西就笑道："你小两口子在哪儿来？弄到这般时候回家。"

清秋最是怕这位三嫂子厉害，不料骑牛撞见亲家公，偏是自己回来晚了，又是让她发现的。当然心里一阵惶恐，脸上就未免一阵发热，先就一笑道："他见你们打牌没有他一角，他就想起了我，就硬拉着我去逛街，我不能不跟他去。把我两只脚，走得又酸又痛。"说时，弯着腰，捶着两腿。

燕西也笑道："你真无用，走几步路，就会累得这样。"清秋也不和他多辩，就到人丛里面去了。

燕西站在玉芬身边，未曾走开，玉芬道："你小两口儿感情倒是不错，这样夜深，还有兴致逛街。"

燕西笑道："你们玩的地方，我们不够资格哩。"

玉芬将嘴一撇道："干吗呀？这样损我们。"

燕西正要接着说时，那花盒子正放到百鸟投林的一幕，几千百只火鸟，随着爆竹声四围乱射。大家哄的一阵笑，都向后退。一个大火星斜刺里向玉芬耳鬓射来，吓得玉芬哎呀一声，向后一缩。不是燕西拉着她的手胳膊，她几乎摔倒在地下。

玉芬站定了笑道："这花盒子是谁放的？有这样一档子，事先也不告诉人，吓了我这样一大跳。"一面说着，一面用手去扶理额角前的那一段的头发。她似乎有些难为情，不等花爆放完，她就走开了。

当天晚上，燕西到处赶着热闹，并未把这层事留意。及至过了这天，又是大正月里，大家赶着这儿玩，那儿闹，更不会把三十晚上那一节小事为念了。

这日是正月初四，燕西在家里打了一天小牌，到了下午，闷得慌，也不知道哪儿去玩好。这几天戏园子是不把戏名写上戏报的，都是吉祥新戏。你真要到戏园子里去撞撞看，就会撞到一些清淡无味的吉祥戏，白花了钱。要去看电影吧，这些日子，又没有报，也没有电影广告，不知道演的是什么片子。索性哪儿也不去玩，跑到屋子里来闲待着。

清秋道："该玩的时候，又不去玩。"

燕西道："你叫我去玩，这是第一次了。"

清秋道："并不是我催你去玩，你哪儿也不去，老守在屋子里，是会让人家笑话的。"

燕西笑道:"原来为此。我实在是找不着玩意儿。"

清秋道:"你不是说带我到华洋饭店去看化装跳舞的吗?"

燕西道:"那要到星期六呢。"说时连忙站起来,看桌上大玻璃罩里的旋轮日历,今天可不是星期六!因笑道:"不是你提起,我倒把这个机会错过了。别在家里吃饭了,我们一块儿到饭店里吃去。"

清秋笑道:"你就是这样胡忙。你常对我说,跳舞要到十点钟才会热闹,去得那么早做什么?"

燕西道:"那我就先躺一会儿,回头好有精神跳舞。"

清秋笑道:"好吧,回头我要看你那灵活的交际手段了。"

燕西很是高兴,本想还多邀家中几个人一块儿去的,可是一到了下午,各人都预定玩的方针了,一个伴都邀不着。到了晚上九点多钟,有一辆送人上戏园子的汽车,打戏园子开回来。燕西夫妇便坐到华洋饭店去,吩咐汽车夫,把听戏的人接回家了,再上华洋饭店去接自己。清秋因为从小不懂跳舞,没有和燕西到这地方来过,今晚是破题儿第一遭,少不得予以注意。

进了饭店大门,早有一个穿黑呢制服的西崽,头发梳得光而且滑,像戴了乌缎的帽子一般,看着燕西来了,笑着早是弯腰一鞠躬。燕西穿的是西装,顺手在大衣袋里一掏,就给了那西崽两块钱。左手一拐,是一个月亮门,垂着绿绸的帷幔。还没有走过去,就有两个西崽掀开帷幔。进去一看,只见一个长方形屋子,沿了壁子,挂着许多女子的衣服和帽子,五光十色,就恍如开了一家大衣陈列所一般。

燕西低声道:"你脱大衣吧。"

清秋只把大襟向后一掀,早就过来两个人给她轻轻脱下,这真比家里的听差还要恭顺得多。由女储衣室里出来,燕西到男储衣室脱了衣帽,二人便同上大跳舞厅。那跳舞厅里电灯照耀,恍如白昼,脚底下的地板犹如新凝结的冰冻,一跳一滑。厅的四周围拢着许多桌椅,都坐满了人,半环着正面那一座音乐台。那音乐台的后方有一座彩色屏风,完全是一只孔雀尾子的样子,七八个俄国人都坐在乐器边等候。燕西和清秋拣了一副座位同坐下,西崽走过来,问了要什么东西,一会子送了两杯蔻蔻来。立刻那白色电灯一律关闭,只剩了紫色的电灯,放着沉醉的亮光。音乐奏着紧张的调子，在音乐台左方，拥出一群男女来。这些人有的穿了戏台上长靠，有的穿了满清朝服，有的装着宫女，有的装着满洲太太。最妙的是一男一女扮了大头和尚戏柳翠，各人戴了个水桶似的假头，头上画的眉毛眼睛，都带一点儿清淡的笑容，一看见那样，就会令人失笑。在座的人，一大半都站将起来跳舞，那两个戴了假脑袋的，也是搂抱着跳舞，在人堆里挤来挤去。那头原是向下一套，放在肩膀上的，人若一挤，就会把那活动的脑袋，挤歪了过去，常常要拿手去扶正。跳舞场上的人，更是忍笑不住。

清秋笑道："有趣是有趣，大家这么放浪形骸地闹，未免不成体统。"

燕西道："胡说，跳舞厅里跳舞，难道和你背《礼记》《孝经》不成？"

清秋道："譬方说吧，这里面自然有许多小姐太太们，平常人家要在路上多看她一眼，她都要不高兴，以为人家对她不尊重。这会子化装化得奇形怪状，在人堆里胡闹，尽管让人家取笑，这就不说人家对她不尊重了。"

燕西低着声音道："傻子，不要说了，让人家听见笑话。"

清秋微笑了一笑，也就不作声了。头一段跳舞完了，音乐停止，满座如狂地鼓了一阵掌，各人散开。

距离燕西不远的地方恰好有一个熟人，这熟人不是别个，就是鹤荪的女友曾美云小姐，和曾美云同座的还有那位鼎鼎大名的舞星李老五。燕西刚一回转头，那边曾李二位，已笑盈盈站起来点了一下头。燕西只好起身走过去，曾美云笑道："同座的那位是谁？是新少奶奶吗？"

燕西笑道："小孩子不懂事。但是我可以给你二位介绍一下。"说着，对清秋点了点头，清秋走过来一招呼，曾美云看她如此年轻，便拉在一处坐。

曾美云笑道："七爷好久不到这里来了，今天大概是为了化装跳舞来的，不知七爷化的是什么装？"

燕西道："今天我是看热闹来的，并不是来跳舞的。"

曾美云笑道："为什么呢？"说这话时，眼光向清秋一溜，好像清秋不让他跳舞似的。

燕西道："既然是化装跳舞，就要化装跳舞才有趣，我是没有预备的。"

李老五道："这很容易，我有几个朋友预备不少的化装东西。七爷要去，我可以介绍。"

清秋笑道："李五小姐既要你去化装，你就试试看。"

燕西也很懂清秋的意思，就对李老五道："也好。这个舞伴，我就要烦李五小姐了，肯赏脸吗？"

李老五眼睛望了清秋笑道："再说吧。"

清秋笑道："我很愿看看李五小姐的妙舞呀，为什么不赏脸呢？"

李老五点点头，来不及说话，已引着燕西走了。到了那化装室里，李老五给他找一件黄布衫、一顶黄头巾、一个土地公的假面具，还有一根木拐杖。李老五笑道："七爷，你把这个套上，你一走出舞厅去，你们少奶奶都要不认得呢。"

燕西道："你呢？不扮一个土地婆婆吗？"

李老五道："呸！你胡说，你现在还讨人的便宜？"

燕西道："现在为什么不能讨便宜呢？为的是结了婚吗？这倒让我后悔，早知道结了婚就不得女朋友欢喜的，我就不结婚了。"

李老五笑道："越说越没有好的了，出去吧。"

燕西真个把那套土地爷的服装穿起来。李老五却披了一件画竹叶的白道袍，头上戴着白披风，成一个观音大士的化装。外面舞厅里音乐奏起来，她和燕西携着手，就走到舞伴里面去了。

燕西在人堆里混了一阵，取下假面具。当他取下面具时，身边站的一个女子，化为一个魔女的装束，戴了一个罩眼的半面具。她也取下来了。原先都是戴了面具，谁也不知道谁。现在把面具取下来，一看那女子，不是别人，却是白秀珠。燕西一见，招呼她是不好，不招呼她也是不好，连忙转身去，复进化装室。把化装的衣服脱了，清秋也是高兴，跟到化装室来。

燕西笑道："你跑来做什么？一个人坐在那里有些怕吗？"

清秋道："凭你这一说，我成了一个小孩子了？我也来看看这里什么玩意儿？"

燕西脱下那化装的衣服，连忙挽着清秋的手，一路出去。到了舞厅里，恰好秀珠对面而来。她看见燕西挽了一个女子，知道是他的新夫人，一阵羞恨交加，人几乎要晕了过去。这会子不理人家是不好，理人家更是不好，人急智生，就在这一刹那间，她伸手一摸鬓发，把斜夹在鬓发上的一朵珠花坠落在地板上。珠花一落地上，马上弯着腰下去捡起来。她弯下去特别的快，抬起头来，却又非常之慢，因此一起一落，就把和燕西对面相逢的机会耽误过去。燕西也知其意，三脚两步地就赶到了原坐的座位上来。

清秋不知这里面另含有缘故，便道："你这是怎么回事？走得这样快。这地板滑得很，把我弄摔倒了，那可是笑话。"

燕西强笑道："好久不跳舞，不大愿意这个了。我看这事没有多大趣味，你以为如何？我要回去了。"

清秋微笑道："我倒明白了。大概这里女朋友很多，你不应酬不行，应酬了又怕我见怪，是也不是？这个没有关系，你爱怎么应酬就怎么应酬，我绝不说一个不字。"她原是一句无心的话，不料误打误撞地正中了燕西的心病，不由得脸上一阵发热，红齐耳根。

哪知这里有白秀珠在场，却还是谈笑自若，看到燕西那种情形，笑道："你只管坐下吧，待一会儿再走，来一趟很不容易，既然来了，怎又匆匆地要走？"

燕西除了说自己烦腻而外，却没有别的什么理由可说，笑道："你倒看得很有味吗？那么，就坐一下子吧。"

他这样说着，原来坐在正对着舞场的椅子上，这时却坐到侧边去。清秋原不曾留意，所以并不知道。只是白秀珠的座位，相隔不远，却难为情了，回去好呢，不回去好呢？回去是怕这里的男女朋友注意；若是不回去，更不好意思对着燕西夫妇。因此搭讪着有意开玩笑，只管把那半截假面具，罩住了眼睛。那李老五却看出情形来了，低了头把嘴向燕西这边一努，却对曾美云笑道："今天这里另外还有一幕哑剧，你知道不知道？"

曾美云道："你不是说的小白吗？她不在乎的。"

李老五道："虽然不在乎，她和金老七从前感情太好了，如今看到人家成双作对，她的爱人却和别人在一处，心里怎么不难受呢？"

两人头就着头，说了又笑，笑了又向燕西桌上望望，又向对面望望。清秋对于李老五那种浪漫的情形，多少有一点儿注意，见了她俩只管看过来，看过去，就未免向对面看了一看。见那里有一位小姐，面上还戴了假面具。燕西只管脸朝了这边，总不肯掉过去。清秋就问他道："对面那位漂亮的小姐是谁？"

燕西回头看了一看道："我也不知道是谁，但是她罩着半边脸呢，你怎样知道她是一个漂亮的小姐？"

清秋道："若不是漂亮，她为什么把脸罩住，怕人看见呢？"

燕西道："是漂亮的，要露给人看才有面子，为什么倒反而罩住呢？"

清秋道："管她漂亮不漂亮，我问她是谁？你怎样不答复？"

燕西想了一想，微笑道："这倒也用不着瞒你，不过在这里不便说，让我回去再告诉你吧。"

清秋抿嘴一笑道："我就知道这里面有缘故呢。"

燕西在这里说话，白秀珠在那边看见，也似乎有点儿感觉了，不多大一会儿，她已起身走了。燕西见她起身已走，犹如身上轻了一副千百斤的担子，干了半身汗，掉过身子来，对着外坐了。自己虽没有继续跳舞，但是听了甜醉的音乐，看了滑稽的舞伴，也就很有趣，就不说走了。

燕西坐了一会儿，回头一看李老五、曾美云却不见了，心想，她们莫不是到饮料室休息去了，找她们说笑两句也好。于是笑着对清秋道："你坐会儿，我到楼上去，找一个外国朋友去。"

清秋笑道："是男的还是女的呢？"

燕西道："哪里那多女朋友？"这一句话说完，他就起身走开。华洋饭店的饮料室和跳舞厅相距得很远，燕西从前常和舞伴溜到这里来的。燕西推开门进去，却不见有多少人，靠近窗户，坐了一个女子，回过头来，正是白秀珠。双方相距得很近，要闪避就闪避不及了，只得点了头笑道："过年过得好啊？"

秀珠本想不理他，但是人家既然招呼过来了，总不能置之不理，便点了头，笑道："好！七爷也过年好哇？"在这一刹那之间，她觉得人家追寻而来，就让他坐下，看他说些什么。燕西既招呼她，不能不和她在一张桌子边坐下。

秀珠手上正拿了一只玻璃杯子，在掌心里转着，一句话也说不出来。燕西顷刻之间也想不出有什么话可说，和秀珠对面坐着，先微微咳嗽两声，然后说道："我们好久不见了。"

秀珠依旧低了头，鼻子哼了一声。心里正有一句要说，抬头一看，曾美云和李老五两人进来了。秀珠和燕西，都难为情到了万分，不知道怎么样好。曾美云、李老五也愣住了，觉得这样一来，有心撞破了人家的约会，也是难为情。一刻工夫，四副面孔，八只眼珠，都呆住了。还是秀珠调皮一点儿，站起来笑道："真巧，我一个人来，一会子倒遇着三个人了。一块儿坐吧，我会东。"

曾美云和李老五见她很大方的样子，也坐过来。燕西走又不是，坐又不是，只好借着向柜台边打电话叫家里开汽车来，并不回头就这样走了。

到了舞厅上，清秋问道："你的朋友会到了吗？"

燕西道："都没有找着，我觉得这里没有多大意思，我们回去吧。车子也就快来了。"

清秋对燕西一笑，也不说什么，又坐十五分钟，西崽来说，宅里车来了。燕西递过牌子去，向外面走，走到半路上，就有两个西崽一人提了一件大衣和他们穿上。燕西穿上衣服，在衣袋里一掏，掏出两张五元钞票，一个西崽给了一张。西崽笑着一鞠躬道："七爷回去了。"燕西点头哼了一声，出门坐上车。

清秋道："你这个大爷的脾气，几时才改？"

燕西道："又是什么事，你看不过去？"

清秋道："你给那储衣室茶房的年赏为什么给到十块钱？"

燕西笑道："你这就是乡下人说话。这种洋气冲天的地方有什么年和节？我们哪一回到储衣室里换衣服，也得给钱的。"

清秋道："都是给五块一次吗？"

燕西道："虽不是五块一次，至少也得给一块钱，难道几毛钱也拿得出手不成？"

清秋道："你听听你这句话，是大爷脾气不是？既给一块钱也可以，两个人给两块钱就是了，为什么要给十块呢？三十那天，你是那样着急借钱，好容易把钱借来了，你就是这样胡花。"

燕西将嘴对前面汽车夫一努，用手捶了清秋的腿两下。清秋低了声音笑道："你以为底下人不知道七爷穷呢？其实底下人知道的，恐怕比我还要详细得多，你这样真是掩耳盗铃了。"

燕西将手一举，侧着头，笑着行了个军礼。清秋笑道："看你这种不郑重的样子。"

燕西怕她再向下说，掉过头去一看，只见马路上的街灯流星似的一个一个跳了过去。燕西敲着玻璃板道："小刘，怎么回事？你想吃官司还是怎么着，车子开得这样的快。"

小刘道："你不知道，大爷在家里等着要车子呢。今天晚上，我跑了一宿了。"

燕西道："都送谁接谁？"

小刘道："都是送大爷接大爷。"他说着话，就拼命地开了车跑，不多大一会儿工夫，就到了家。

燕西记挂凤举跑了一晚，或者有什么意味的事，就让清秋一个人进去。叫了小刘来问："大爷有什么玩意儿？"

小刘道："哪里有什么玩意儿？和那边新少奶奶闹上别扭了。先是要一块儿出去玩儿，也不知为什么，在戏园子里绕了一个弯就跑出来。出来之后，一同到那边，就送大爷回来。回来之后，大爷又出去，出去了又回来，这还说要去呢。"

燕西道："那为什么？跑来跑去发了疯了吗？"

小刘道："看那样子，好像大爷拿着什么东西，来去调换似的。"

燕西道："大少奶奶在家不在家？"

小刘道："也出去听戏去了，听说三姨太太请客呢。"

燕西笑道："这我就明白了。一定是他们在戏园子里碰到，大爷不能奉陪，新少奶奶发急了，对不对？"

小刘笑道："大概是这样，不信你去问他看。"燕西听了，这又是一件新鲜的消息，连忙就走到凤举院子里来。

第五十八回

情种恨风波醉真拼命
严父嗤豚犬愤欲分居

这个时候，凤举正将一件大衣搭在手上，就向外走。燕西道："这样夜深，还出去吗？戏园子里快散戏了。"

凤举道："晚了吗？就是天亮也得跑。我真灰心！"

燕西明知道他的心事，却故意问道："又是什么不如意，要你这样发牢骚？"

凤举道："我也懒得说，你明天就明白了。"

燕西笑道："你就告诉我一点儿，要什么紧呢？"

凤举道："上次你走漏消息，一直到如今事情还没了，你大嫂是常说，要打上门去。现在你又来惹祸吗？好在这事要决裂了，我告诉你也不要紧。这回晚香和我大过不去，我决计和她散场了。"

燕西道："哦！你半夜出去，就为的是这个吗？又是为什么事起的呢？"

凤举道："不及芝麻大的一点儿事，哪里值得上吵。她要大闹，我有什么法子呢？"他一面说着，一面向外走。燕西知道他是到晚香那里去，也不追问他，回头再问小刘，总容易明白，且由他去。

凤举走到门口，小刘早迎上前来，笑道："大爷还出去吧？车子我就没有敢开进来。"

凤举道："走走走，不要废话。"说时眉毛就皱了起来。小刘见大爷怒气未消，也不敢多说话，自去开车。

凤举坐上车去一声也不言语，也不抬头，只低了头想心事。一直到了小公馆门口，车子停住，走下车去，手上搭着的那一件大氅，还是搭在手上。走到上房，只有晚香的卧室放出灯光，其余都是漆黑的。外面下房里的老妈子听到大爷的声音，一路扭了灯进来。凤举看见，将手一摆道："你去吧，没有你的事。"

老妈子出去了，凤举就缓缓走到晚香屋子里来。只见她睡在铜床上，面朝着里。床顶上的小电灯还是开着。枕头外角，却扔下了一本鼓儿词，这样分明未曾睡着，不过不愿意理人，假装睡着罢了。因道："你不是叫我明天和你慢慢地说吗？我心里搁不住事，等不到明天，你有什么话，就请你说。"

晚香睡在床上，动也不动，也不理会。凤举道："为什么不作声呢？我知道，你无非是说我对你不住。我也承认对你不住。不过自从你到我这里来以后，我花了多少钱，你总应该知道。你所要的东西，除非是力量办不到的，只要可以想法子，我总把它弄了来。而且我这里也算一分家，一切由你主持，谁也不来干涉你，自由到了极点了，你还要怎么样？我也没有别的话说，我要怎样做，才算对得住你？你若是说不出所以然来，就算你存心挑眼。天下没有一百年不散的筵席，那算什么？若是不愿意的话，谁也不能拦谁，你说，我究竟是哪一件事对你不住？"

晚香将被一掀，一个翻身，坐了起来，脸上板得一点儿笑容没有。头一偏道："散就散，那要什么紧？可是不能糊里糊涂地就这样了事。"

凤举冷笑道："我以为永远就不理我呢，这不还是要和我说话？"

晚香道："说话要什么紧？打官司打到法庭上去，原被两告，还得说话呢。"

凤举静默了许久，正着脸色道："听你的口音，你是非同我翻脸不可的了。我问你，既有今日，何必当初呢？"

晚香道："你倒问我这话吗？你讨我不过几个月，说的话你不应该忘记。你曾说了，总不让我受一点儿委屈的。不然，我一个十几岁的人，忙些什么，老早地就嫁给人做姨太太？我起初住在这里，你倒也敷衍敷衍我，越来越不对，近来两三天只来一个照面，丢得我冷冷清清的，一天到晚在这里坐牢似的，我还要怎样委屈？这都不说了，今天包厢看戏，也是你的主意，我又没和你说非听戏不可。不料一到了戏园子里，你就要走，缩头缩脑，做贼似的。你怕你的老婆娘，那也罢了，为什么还要逼我一块儿走？有钱买票，谁也可以坐包厢。为什么有你怕的人在那里，我听戏都听不得？难道我在那里就玷辱了你吗，或者是我就会冲犯了她呢？"

凤举道："嘿！我这是好意啊，你不明白吗？我的意思，看那包厢里，或者有人认得你，当面一告诉了她……"

晚香踏了拖鞋走下床，一直把身子挺到凤举面前来道："告诉她又怎么样？难道她还能够叫警察轰我出来，不让我听戏吗？原来你果然看我无用，让我躲开她，好哇！这样地瞧我不起。"

凤举道："这是什么话？难道我那样顾全两方面，倒成了坏意吗？"

晚香道："为什么要你顾全？不顾全又怎么样？难道谁能把我吃下去不成？"

凤举见她说话，完全是强词夺理，心里真是愤恨不平。可是急忙之中，又说不出个理由来，急得满脸通红，只是叹无声的气。晚香也不睬他，自去取了一根烟卷，架了脚坐在沙发椅上抽着。用眼睛斜看了凤举，半响喷出一口烟来，而且不住地发着冷笑。

凤举道："你所说的委屈就是这个吗？要是这样说，我只有什么也不办，整天地陪着你才对了。"

晚香将手上的烟卷，向痰盂子里一扔，突然站了起来道："屁话！哪个要你陪？要你陪什么？你就是一年不到这儿来也不要紧，天下不会饿死了多少人，我一样地能找一条出路。你半夜三更地跑来为什么？为了陪我吗？多谢多谢！我用不着要人陪，你可以请便回去。"

凤举被她这样一说，究竟有些不好意思。便道："谁来陪你？我是要来问你，今天究竟为了什么事要和我闹？问出原因来，我心里安了，也好睡得着觉。"

晚香道："没有什么事，就是这种委屈受不了，你给我一条出路。"

凤举先听了她要走的话，还是含糊，不肯向下追问。现在晚香正式地说了出来，不容不理。便冷笑一声道："哦！原来为此，好办。"说毕，站起来，随手把搭在椅背上的大衣拿起。

晚香道："要走就请快一点儿，这里没有多少人替你大爷二爷候门。"

凤举道："我自然会走，还要你催什么？"

晚香道："不要走吧！仔细我今天晚上就偷跑了，你这儿还有不少的东西呢。你今天晚上是不放心，来看形势的，我不知道吗？老实告诉你，我没有那样傻，我是来去明白，要好好儿地走的。"说到这里，冷笑一声，道"真是要走的话，我还得见你们的老太爷老太太评评理呢。大爷，你放心，你回家陪你那大奶奶去吧。"说时，将两手便要来推凤举。

凤举将手一摔道："好，好，好。"说着"好"字，人就一阵风地走出大门。小刘缩在门房，正围着炉子向火，只听得大门扑通一下响，跑了出来看时，凤举已经走出大门，开了车门，自己坐上车去。小刘看了这种情况，知道是大爷生气来着，这也用不着多问，马上上车，开了车就回家。

凤举一路想着，孔夫子说得不错，唯女子与小人为难养也，近之则不逊，远之则怨。我实在糊涂，何必一时高兴，讨上这样一个人，凭空添了许多麻烦？家庭对我一片怨言，这一位对我也是一片怨言。真是我们家乡所谓，驼子挑水——两头不着实。我去年认识她后，认识她就是了，何必把她讨回来？讨回来罢了，何必这样大张旗鼓地重立什么门户？一路这样想着，只是悔恨交加。

后来到了家里，一看门口电灯通亮，车房正是四面打开，汽车还是一辆未曾开进去。大概在外面玩的人现在都回来了。凤举满腹是牢骚，就不如往日欢喜热闹。又怕自己一脸不如意的样子，让佩芳知道了又要盘问，索性是不见她为妙。因此且不回房，走到父亲公事房对过一间小楼上去。这间小楼，原先是凤举在这里读书，金铨以声影相接，好监督他。后来凤举结了婚，不读书了，这楼还是留着，作为了一个告朔之饩羊。凤举一年到头也不容易到这里来一回。这时他心里一想，女子真是惹不得的，无论如何，总会乐不敌苦。从今以后，我要下个决心，离开一切的女子，不再做这些非分之想了。他猛然间有了这一种觉悟，他就想到独身的时代常住在小楼，因此他毫不踌躇，就上这楼来。

好在这楼和金铨的屋子相距得近，逐日是打扫干净的。凤举由这走廊下把电灯亮起，一直亮到屋子里来。那张写字台，还是按照学者读书桌格式，在窗子头斜搁着。所有的书还都放在玻璃书格子里，可是门已锁了，拿不出书来。只有格子下面那抽屉还可打开，抽出来一看，里面倒还有些凌乱无次的杂志。于是抽了一本出来，躺在皮椅子上来看。这一本书正是十年前看的幼年杂志，当年看来，是非常有味，而今看起来，却一点儿意思都没有，哪里看得下去？扔了这一本，重新拿一本起来，又是儿童周刊，要看起来，更是笑话了。索性扔了书不看，只靠了椅子坐着，想自己的事。

自己初以为妓女可怜，不忍晚香那娇弱的人才永久埋在火坑里，所以把她娶出来。娶出来之后，以她从前太不自由了，而今要给她一个极端的自由。不料这种好意，倒让人家受了委屈，自己不是庸人自扰吗？再说自己的夫人，也实在太束缚自己了，动不动就以离婚来要挟。一来是怕双亲面前通不过，必要怪自己的。二来自己在交际上，有相当的地位，若是真和夫人离了婚，大家要哗然了。尤其是中国官场上，对于这种事，不能认为正当的。三来呢，偏是佩芳又怀了孕，自己虽不需要子女，然而家庭需要小孩，却比什么还急切。这样的趋势，一半是自己做错了，一半是自己没有这种勇气可以摆脱。设若自己这个时候，并没有正式地结婚，只是一个光人，高兴就到男女交际场上走走，不高兴哪一个女子也不接近。自己不求人，人家也挟制不到我。现在受了家里夫人的挟制，又受外面如夫人的挟制，两头受夹，真是苦恼。自己怎样迁就人家，人家也是不欢喜，自己为了什么？为了名？为了利？为了欢乐？一点儿也不是！然则自己何必还苦苦周旋于两大之间？这样想着，实在是自己糊涂了，哪里还能怪人？尤其是不该结婚，不该有家庭，当年不该读书，不该求上进，不该到外国去，想来想去，全是悔恨。

想到这里，满心烦躁也不知道怎样才能解释胸中这些块垒？一个人在楼上，只有酒能解闷，不如弄点儿酒来喝吧。于是走下楼去，到金铨屋里按铃。上房听差，听到总理深夜叫唤，也不知道有什么要紧的事，伺候金铨杂事的赵升便进来了。一进房看见是凤举，笑道："原来是大少爷在这里。"

凤举道："你猜不到吧？你到厨房里去，叫他们给我送些吃的来。不论有什么酒，务必给我带一壶来。"

赵升笑道："我的大少爷，你就随便在哪儿玩都可以，怎么跑到这里来喝酒？"

凤举道："我在这里喝酒，找挨骂吗？对面楼上是我的屋子，你忘了吗？"

赵升一抬头，只见对面楼上，灯火果然辉煌。笑道："大爷想起读书来了吗？"凤举道："总理交了几件公事，让我在这楼上办。明日就等着要，今晚要赶起来。我肚子饿了，非吃一点儿不可。"

赵升听说是替总理办事，这可不敢怠慢，便到厨房里去对厨子说，叫他们预备四碟冷荤、一壶黄绍，一直送到小楼上去。同时赶着配好了一只火酒锅子的材料，继续送去。凤举一人自斟自饮，将锅子下火酒烧着，望着炉火熊熊，锅子里的鲜汤，一阵阵香气扑鼻，更鼓起饮酒的兴趣。于是左手拿杯，右手将筷子挑了热菜，吃喝个不歇。眼望垂珠络的电灯，摇了两腿出神。他想，平常酒绿灯红，肥鱼大肉，也不知道吃了多少？不觉有什么好胃口。像今晚上这样一个自斟自酌，吃得多么香。这样看起来，独身主义究竟不算坏，以后就这样老抱独身主义，妇女们又奈我何？不来往就不来往，离婚就离婚，看她们怎样？一个人只管想了出神，举了杯子喝一口，就把筷子捞夹热菜向嘴里一送。越吃越有味，把一切都忘了。黄绍这种酒，吃起来就很爽口，不觉得怎样辣，一壶酒毫不费力，就把它喝一个干净。酒喝完了，四碟冷荤和那锅热菜，都还剩有一半。吃得嘴滑，不肯就此中止。因之下楼按铃，把赵升叫来。不等他开口，先说道："你去把厨子给我叫来，我要骂他一顿。为什么拿一把漏壶给我送酒来？壶里倒是有酒，我还没有喝得两盅，全让桌子喝了。"

赵升笑道："这是夜深，睡得糊里糊涂，也难怪他们弄不好。我去叫他们重新送一壶来就是了。"

凤举听了这话，就上楼去等着，不一会儿，厨子又送了一壶酒来了。而且这一壶酒，比上一次还多些。凤举有点儿酒意了。心里好笑，我用点儿小计，他们就中了圈套了，这酒喝得有趣。于是开怀畅饮，又把那一壶酒，喝了一个干净。赵升究竟不放心，先在楼下徘徊了一阵，后来悄悄地走上楼，站在廊外，探头向里张望了几回，见凤举只喝酒，并没有像要做公事的样子。

凤举一回头，见一个人影子在外面一晃，便问是谁？赵升就答应了一声，推门进去。凤举道："酒又没有了，给我再去要一壶来。"说时，把酒壶举得高高的，酒壶底朝了天，那酒一滴一滴由酒壶嘴上滴到杯子里去。

赵升笑道："大爷还不去睡吗？你别老往下喝了，你是要醉在这里，总理知道了，大家都不好。"

凤举向赵升一瞪眼，拿着酒壶向桌上一顿，骂道："有什么不好？大正月里，喝两杯酒也犯法吗？看你们这种谨小慎微的样子，实在是个忠仆。其实背了主子，你们什么事也肯干。喝酒？比喝酒重十倍的事，你们也做得有。主子能狂嫖浪赌，好吃好喝，你们才心里欢喜。用十块钱，你们至少要从中弄个三块两块的。"

　　赵升听了他这一套话，心里好个不欢喜。看看他的脸色，连眼睛珠子都带红了。不知道他是怒色，还是酒容，只得笑道："你怎样了？大爷。"

　　凤举一放筷子，站起身来，身子向后一晃，正要两手扶桌子时，一只手扑了空，一只手扶在桌沿上，把一双筷子按着竖起来，将一只杯子一挑，一齐滚到楼板上去。他身子也站不住，向后一倒，倒在椅子上，椅子也是向后仰着一晃。幸得赵升抢上前一把扯住，不然，几乎连人和椅一齐倒下。这实在醉得太厉害了，夜半更深，闹出事来，可不是玩的！当时他上前将凤举搀住，皱眉道："大爷，我叫你不要喝，你还说不会醉呢。现在怎么样了？依我说，你……"不曾说完，凤举向一旁一张皮椅上一倒，人就倒下去了。赵升一想，这要让他下楼回自己屋里去睡觉，已经是不可能，只好由他就在这里睡着。赶忙把碗筷收了下楼，擦抹了桌椅，撮了一把檀香末子，放在檀香炉子里点上，让这屋子添上一股香气，把油腥酒气解了。但是待他收拾干净了，已经是两点多钟了。楼上楼下，几盏电灯兀是开放着。这样夜深电力已足，电灯是非常的明亮。这楼高出院墙，照着隔壁院子里都是光亮的。

　　恰好金铨半夜醒来，他见玻璃窗外一片灯光，就起身来看是哪里这样亮？及看到那是楼上灯光，倒奇怪起来，那地方平常白天还没有人去，这样夜深，是谁到那楼上去了？待要出来看时，一来天气冷，二来又怕惊动了人，也就算了。第二日一早起来，披上衣服，就向前面办公室里看去，见那玻璃窗子里，还有一团火光，似乎灯还有亮的，便索性扶了梯子走上楼去。只见小屋里，所有四盏电灯全部亮上。凤举和衣躺在皮椅上，将皮褥子盖了，他紧闭了眼，呼嘟呼嘟嘴里向外呼着气。金铨俯着身子，看了一看他的脸色，只觉一股酒气向人直冲了过来，分明是喝醉了酒了。便走上前喊道："凤举！你这是怎样了？"凤举睡得正香，却没有听见。金铨接上叫了几句，凤举依然不知道。金铨也就不叫他了，

18

将电门关闭，自下楼去。

回到房里，金太太也起来了，金铨将手一撒道："这些东西，越闹越不成话了，我实在看不惯。他们有本事，他们实行经济独立，自立门户去吧。"

金太太道："没头没脑，你说这些话做什么？"

金铨叹了一口气道："这也不能怪他们，只怪我们做上人的，不会教育他们，养成他们这骄奢淫逸的脾气。"

金太太原坐在沙发上的，听了他这些话，越发不解是何意思，便站起来迎上前道："清早起来，糊里糊涂，是向谁发脾气？"

金铨又叹了一口气，就把凤举喝醉了酒，睡在那楼上的话说了一遍。金太太道："我以为有什么了不得的事，你这样发脾气，原来是凤举喝醉了酒。大正月里，喝一点儿酒，这也很平常的事，何至于就抬出教育问题的大题目来？"说着这话，脸上还带着一脸的笑容。

金铨道："就是这一点，我还说什么呢。他们所闹的事，比喝醉了胜过一百倍的也有呢。我不过为了这一件事，想到其他许多事情罢了。"于是按了铃叫听差进来，问昨晚是谁值班？大家就说是赵升值班。金铨就把赵升叫进来，问昨晚上凤举怎样撞到那楼上去了？赵升见这事已经闹穿了，瞒也是瞒不过去的，老老实实，就把昨晚上的事直说了。

金太太听了，也惊讶起来，因道："这还了得！半夜三更，开了电灯，这样大吃大喝。这要是闹出火烛来了，那怎样得了！赵升，你这东西，也糊涂。看他那样闹，你怎么不进来说一声？"赵升又不敢说怕大爷，只得哼了两声。

金铨向他一挥手道："去吧。"赵升背转身，一伸舌头走了。

金铨道："太太，你听见没有，他是怎样的闹法？我想他昨晚上，不是在哪里输了一个大窟窿，就是在外面和妇女们又闹了什么事。因此一肚子委屈无处发泄，就回来灌黄汤解闷。这东西越闹越不成话！我要处罚处罚他。"金太太向来虽疼爱儿女，可是自从凤举在外面讨了晚香以后，既不归家，又花销得厉害，也不大喜欢他了。心想，趁此，让他父亲管管，未尝不好，也就没有言语。

那边凤举一觉醒来，一直睡到十二点。坐起来一看，才知道不是睡在自己房里。因为口里十分渴，下得楼来，一直奔回房里，倒了一杯温茶，先漱一漱口，然后拿了茶壶，一杯一杯斟着不断地喝。佩芳在一边看报，已经知道他昨晚的事了，且不理会。让他洗过脸之后，因道："父亲找你两回了，说是哪家银行里有一笔账目，等着你去算呢。"说毕，抿了嘴微笑。

凤举想着，果然父亲有一批股票交易，延搁了好多时候未曾解决。若是让我去，多少在这里面又可以找些好处。连忙对镜子整了一整衣服，便来见父亲。

这时金铨在太太屋子里闲话，看见凤举进来，望了他一下，半晌没有言语。凤举何曾知道父亲生气，以为还是和平常一样，有话要和他慢慢地说，便随身在旁边沙发上坐了。金太太在一边，倒为他捏了一把汗，又望了他一下。这一下，倒望得凤举一惊，正要起身，金铨偏过头来，向他冷笑一声。凤举心里明白，定是昨晚的事发作了，可是又不便先行表示。金铨道："我以为你昨晚应该醉死了才对呢，今天倒醒了。是什么事心里不痛快，这样拼命喝酒？"

凤举看看父亲脸色，慢慢沉将下来，不敢坐了，便站起身来道："是在朋友家里吃酒，遇到几个闹酒的。"

金铨不等他说完，喝道："你胡说！你对老子都不肯说一句实话，何况他人？你分明回来之后，和厨房里要酒要菜，在楼上大吃大喝起来，怎么说是朋友家里？你这种人，我看一辈子也不会有出息的。我不能容你，你自己独立去。"

金太太见金铨说出这种话来，怕凤举一顶嘴，就更僵了。便道："没有出息的东西，没有做过一件好事情，你给我滚出去吧。"

凤举正想借故脱逃，金铨道："别忙让他走，我还有话，要和他说一说。"

凤举听到这话，只得又站住。金铨道："你想想看，我不说你，你自己也不惭愧吗？你除了你自己衙门里的薪水而外，还有两处挂名差事，据我算，应该也有五六百块钱的收入。你不但用得不够，而且还要在家里公账上这里抹一笔，那里抹一笔，结果，还是一身的亏空。我问你，你上不养父母，下不养妻室，你的钱哪里去了？果然你凭着你的本领挣来的钱，你自己花去也罢了。你所得的事，还不全是我这老面子换来的？假若有一天冰山一倒，我问你怎么办？你跟着我去死吗？这种年富力强的人，不过做了一个吃老子的寄生虫，有什么了不得？你倒很高兴的，花街柳巷，花天酒地，整年整月地闹。你真有这种闹的本领，那也好，我明天写几封信出去，把你差事一齐辞掉，再凭你的能力，重新开辟局面去。"

凤举让父亲教训了一顿倒不算什么。只是父亲说他十分无用，除了父亲的势力就不能混事，心里却有些不服。因低了头，看着地下，轻轻说道："家里现在又用不着我来当责任，在家里自然是闲人一样。可是在衙门里，也是和人家一样办公事。何至于那样不长进，全靠老人家的面子混差事？"

金铨原坐着，两手一拍大腿，站了起来，骂道："好！你还不服我说你无用，我倒要试试你的本领！"

金太太一见金铨生气，深怕言辞会愈加激烈，就拦住道："这事你值得和他生气吗？你有事只管出去，这事交给我办就是了。"

金铨道："太太！你若办得了那就好了，何至于让他们猖狂到现在这种地步？"说毕，又昂头叹了一口长气。

这虽是两句很平淡的话，可是仔细研究起来，倒好像金太太治家不严，所以有这情形。要在平常，金太太听了这话，必得和金铨顶上几句。现在却因为金铨对了大儿子大发雷霆，若要吵起来，更是显得袒护儿子了。只好一声不言语，默然坐着。

金铨对凤举道："很好！你不是说你很有本领吗？从今天起，我让你去经济独立。你有能耐，做一番事业我看，我很欢迎。"说时，将手横空一划，表示隔断关系的样子。接上把脸一沉道："把佩芳叫来，当你夫妇的面，我宣告。"

金太太只得又站起来道："子衡，你能不能让我说一两句话？"

金太太向来不叫金铨的号，叫了号，便是气极了。金铨转过脸道："你说吧！"

金太太道："你这种办法，知道的说你是教训儿子。不知道的，也不定造出什么是非，说我们家庭生了裂缝。你看我这话对不对？"

金铨一撒手道："难道尽着他们闹，就罢了不成？"

金太太道："惩戒惩戒他们就是了，又何必照你的意思捧出那个大题目来哩？"于是一转面向凤举道，"做儿子的人让父亲生气，有什么意思？你站在这里做什么？还要等一个水落石出吗？还不滚出去！"

凤举原是把话说僵了，抵住了，不得转弯。现在有母亲这一骂，正好借雨倒台，因此也不说什么，低了头走出去。心里想着，真是福无双至，祸不单行。昨晚上在外面闹了一整晚，今天一醒过来，又是这一场臭骂。若不是母亲在里面暗中帮忙，也许今天真个把我轰出去了，都未可定呢。一路低了头，想着走回房去。

佩芳笑道："这笔银行里的债，不在少数呢？你准可以落个二八回扣。"

凤举歪着身子向沙发椅上一倒，两只手抱了头，靠在椅子背上，先叹了一口气。佩芳微笑道："怎么样？没有弄着钱吗？"

凤举道："你知道我挨了骂，你还寻什么开心？"

佩芳道："你还不该骂吗？昨天晚上让姨奶奶骂糊涂了，急得回家来灌黄汤。你要知道，酒是不会毒死人的。没奈姨奶奶何，要寻短见，还得想别个高明些的法子。话又说回来了，你也应该要这种的泼辣货来收拾你。平常我和你计较一两句，你就登台拜师似的，搭起架子，要论个三纲五常。而今人家逼得你笑不是，哭不是，我看你有什么法子？"

凤举一肚子委屈，他夫人不但不原谅，冷嘲热讽，还要尽量挖苦。一股愤愤不平之气，由丹田直透顶门，恨不得抡起拳头，就要将佩芳一顿痛打。转身一想，这种人是一点儿良心都没有的，打她也是枉然，只当没有她们这些人，忍住一口气吧。佩芳见凤举不作声，以为他还是碰了钉子，气无可出，就不作声。这也不必去管他。

这一天，凤举伤了酒，精神不能复原，继续地又在屋子里睡下。一直睡到下午两点钟方才起来。这天意懒心灰，哪儿也不曾去玩。到了次日上午，父亲母亲都不曾有什么表示，以为这一桩公案，也就过去了。不多大一会儿，忽然得了一个电话，是部里曾次长电话。说是有话当面说，可以马上到他家里去。这曾次长原也是金铨一手提拔起来的人物。金家这些弟兄们都和他混得很熟，平常一处吃小馆子，一处跳舞。曾次长对于凤举，却不曾拿出上司的派头来。所以凤举得了电话，以为他又是找去吃小馆子，因此马上就坐了汽车到曾家去。

曾次长捧了几份报纸，早坐在小客厅里，躺在沙发上，带等带看了。

曾次长一见他进来，就站起来相迎，笑道："这几天很快活吧？有什么好玩意儿？"

凤举叹了一口气道："不要提起，这几天总是找着无谓的麻烦，尤其是前昨两日。"一面说时，一面在曾次长对过的椅子上坐下。

曾次长笑道："我也微有所闻。总理对这件事很不高兴，是吗？"

凤举道："次长怎么知道？"

曾次长道："我就是为了这事，请凤举兄过来商量的哩。因为总理有一封信给我，我不能不请你看看。"说毕，在身上掏出一封信，递给凤举。他一看，就大惊失色。

第五十九回

绝路转佳音上官筹策
深闺成秘画浪子登程

原来那封信，不是别人写来的，却是金铨写给曾次长的信。信上说：

思恕兄惠鉴：

　　旧岁新年，都有一番热闹，未能免俗，思之可笑。近来作么生？三日未见矣。昨读西文小说，思及一事，觉中国大家庭制度，实足障碍青年向上机会。小儿辈袭祖父之余荫，少年得志，辄少奋斗，纨绔气习，日见其重。若不就此纠正，则彼等与家庭，两无是处。依次实行，自当从凤举做起。请即转告子安总长，将其部中职务免去，使其自辟途径，另觅职业，勿徒为闲员，尸位素餐也。铨此意已决，望勿以朋友私谊，为之维护。是所至盼，即颂新福。

铨顿

　　凤举看了，半晌作声不得。原来凤举是条约委员会的委员，又是参事上任事，虽非实职，每月倒拿个六七百块钱。而且别的所在还有兼差。若是照他父亲的话办，并非实职人员，随时可以免去的。一齐免起来，一月到哪里再找这些钱去，岂不是糟了？父亲前天说的话，以为是气头上的话，不料他老人家真干起来。心里只管盘算，却望了曾次长皱了一皱眉，又微笑道："次长回了家父的信吗？"

曾次长笑道："你老先生怎么弄的？惹下大祸了。我正请你来商量呢。"

凤举笑道："若是照这封信去办，我就完了。这一层，无论如何得请次长帮个忙，目前暂不要对总长说，若是对总长说了，那是不会客气的。"

曾次长笑道："总长也不能违抗总理的手谕，我就能不理会吗？"

凤举道："不能那样说。这事不通知总长，次长亲自对家父说一说，就说我公事办得很好，何必把我换了？家父当也不至于深究，一定换我。"

曾次长道："若是带累我碰一个钉子呢？"

凤举笑道："不至于，总不至于。"

曾次长笑道："我也不能说就拒绝凤举兄的要求，这也只好说谋事在人罢了。"

凤举笑道："这样说，倒是成事在天了。"

曾次长哈哈大笑起来，因道："我总极力去说，若是不成，我再替你想法子。"

凤举道："既如此，打铁趁热吧。这个时候家父正在家里，就请次长先去说一说，回头我再到这里来听信。"

曾次长道："何其急也？"

凤举道："次长不知道，我现在弄得是公私交迫，解决一项，就是一项。"

曾次长道："我就去一趟，白天我怕不回来，你晚上等我的信吧。"

凤举用手搔着头发道："我是恨不得马上就安定了。真是不成，我另做打算。"于是站起来要走。

曾次长也站起来，用手拍了一拍凤举的肩膀笑道："事到如今，急也无用。早知如此，快活的时候何不检点一些子。"说着，又是哈哈一笑。

凤举道："其实我并没有快活什么，次长千万不可存这个思想。若是存这个思想，这说人情的意思，就要清淡一半下来了。"

曾次长笑道："你放心吧，我要是不维护你，也不能打电话请你来商量这事了。"凤举又拱了拱手，才告辞而去。

今天衙门里已过了假期，便一直上衙门去。到了衙门里，一看各司科都是沉寂寂的，并不曾有人。今天为了补过起见，特意来的，不料又没有人。心想，怎么回事？难道将假期展长了？及至遇到一个茶房问明了，才知道今天是星期。自己真闹糊涂了，连日月都分不清楚了。平常多了一天假，非常欢喜的事，必要出去玩玩的。今天却一点儿玩的意味没有，依然回家。

到了家里，只见曾次长的汽车已经停在门外，心里倒是一喜，因就外面小客厅里坐着，等候他出来，好先问他的消息。不料等了两个钟头还不见出来。等到三点多钟，人是出来了，却是和金铨一路同出大门，各上汽车而去，也不知赴哪里的约会去了。凤举白盼望了一阵子，晚上向曾宅打电话，也是说没有回来，这日算是过去。次日衙门里开始办公，正有几项重要外交要办，曾次长不得闲料理私事。晚上实在等不及了，就坐了汽车到曾宅去会他，恰好又是刚刚出门，说不定什么时候回来，又扫兴而回。一直到了第三日，一早打了电话去，问次长回来没有，曾宅才回说请过去。凤举得了这个消息，坐了汽车，马上就到曾家去。

曾次长走进客厅和他相会，就连连拱手道："恭喜恭喜！不但事情给你遮掩过去了，而且还可以借这个机会，给你升官呢。"

凤举道："哪有这样好的事？"

曾次长道："自然是事实，我何必拿你这失意的人开心呢？"

凤举笑着坐下，低了头想着，口里又吸了一口气，摇着头道："不但不受罚，还要加赏。这个人情，讲得太好了，可是我想不出是一个什么法子？"

曾次长道："这法子也不是我想的，全靠着你的运气好。是前天我未到府上去之先，接到了总长一个电话，说是上海那几件外交的案子非办不可，叫我晚上去商议。我是知道部里要派几个人到上海去的，我就对总理说：'部里所派的专员有你在内。而且你对于那件案子，都很有研究，现在不便换人。而且这也是一个好机会，何必让他失了？'总理先是不愿意，后来我又把你调开北京，你得负责任去办事，就是给他一个教训，真是没有什么成绩，等他回来再说，还不算迟。总理也就觉得这是你上进的一个好机会，何必一定来打破？就默然了。前夜我和总长一说，这事就大妥了。"

凤举听到要派他到上海去，却为难起来。别的罢了，晚香正要和自己决裂；若是把她扔下一月两月，不定她更要闹出什么花样来。曾次长看到他这种踌躇的样子，便道："这样好的事情，你老哥还觉得有什么不满意的吗？"

凤举道："我倒并不是满意不满意的问题，就是京里有许多事情，我都没有办得妥当，匆匆忙忙一走，丢下许许多多的问题，让谁来结束呢？"

曾次长笑道："这个我明白，你是怕走了，没有人照料姨太太吧？"

凤举笑道："那倒不见得。"

曾次长道："这是很易解决的一个问题，你派一两个年老些的家人，到小公馆里去住着，就没有事了。难道有了姨太太的人，都不应该出门不成？"

凤举让他一驳，倒驳得无话可说。不过心里却是为了这个问题，而且以为派了年老家人去看守小公馆的办法，也不大妥当。不过心里如此，嘴里可不能说出来，还是坐在那里微笑。这种的微笑，正是表示他有话说不出来的苦闷。然而曾次长却不料他有那样为难的程度，因笑道："既然说是有许多事情没结束，就赶快去结束吧，公事一下来，说不定三两天之内就要动身呢。"说着，他已起身要走，凤举只好告辞。

回得家来，先把这话和夫人商量。佩芳对这事正中下怀，以为把凤举送出了京，那边小公馆里的经济来源就要发生问题。到了那个时候，不怕凤举在外面讨的人儿不自求生路。因道："是很好的机会啊！有什么疑问呢？当然是去。要不去，除非是傻子差不多。"

凤举笑道："这倒是很奇怪！说一声要走，我好像有许多事没办，可是仔细想起来，又不觉得有什么事。"

佩芳道："你有什么事？无非是放心不下那位新奶奶罢了。"凤举经佩芳对症发药地说了一句，辩驳不是，不辩驳也不是，只是微微笑了一笑。佩芳道："你放心去吧，你有的是狐群狗党，他们会替你照顾一切的。"

凤举笑道："你骂我就是了，何必连我的朋友也都骂起来呢？"

佩芳将脸一沉道："你要走，是那窑姐儿的幸事了。我早就要去拜访你那小公馆，打算分一点儿好东西。现在你走了，这盘账我暂揭开去，等你回来再说。"她说时，打开玻璃盒，取了一筒子烟卷出来，当的一声，向桌上一板，拿了一根烟卷衔在嘴里。将那根夹子上的取灯儿，一只手在夹子上划着，取出一根划一根，一连划了六七根，然后才点上烟。一声不响地站着，靠了桌子犄角抽烟。这是气极了的表示。向来她气到无可如何的时候，便这样表示的。

凤举对夫人的阃威，向来是有些不敢犯。近日以来，由惧怕又生了厌恶。夫人一要发气，他就想着，她们是无理可喻的，和她们说些什么？因此夫人做了这样一个生气的架子以后，他也就取了一根烟抽着，躺在沙发上并不说什么，只是摇撼着两腿。佩芳道："为什么不作声？又打算想什么主意来对付我吗？"

凤举见佩芳那种态度，是不容人做答复的，就始终守着缄默。心里原把要走的话，去对晚香商量。可是正和晚香闹着脾气，自己不愿自己去转圜。而且佩芳正监视着，让她知道了，更是麻烦。在家中一直挨到傍晚，趁着佩芳疏神，然后才到晚香那里去。

晚香原坐在外面堂屋里，看见他来，就避到卧室里面去了。凤举跟了进去，晚香已倒在床上睡觉。凤举道："你不用和我生气，我两天之内就要避开你了。"

晚香突然坐将起来道："什么？你要走，我就看你走吧。你当我是三岁两岁的小孩子怕你吓唬吗？"

凤举原是心平气和，好好地来和她商量。不料她劈头劈脑就给一个钉子来碰。心想，这女子越原谅她，越脾气大了，你真是这样相持不下，我为什么将就你？便鼻子里哼了一声，冷笑道："就算我吓唬你吧。我不来吓唬你，我也不必来讨你的厌。"抽身就走。他还未走到大门，晚香已是在屋子里哇的一声哭将起来。照理说，情人的眼泪是值钱的。但是到了一放声哭起来，就不见得悦耳。至于平常女子的哭声，却是最讨厌不过。尤其是那无知识的妇女，带哭带说，那种声浪听了让人浑身毛孔突出冷气。凤举生平也是怕这个，晚香一哭，他就如飞地走出大门，坐了汽车回家。

佩芳正派人打听，他到哪里去了，而今见他已回，也不作声，却故意皱着眉，说身上不大舒服。她料定凤举对着夫人病了，不能把她扔下，这又可以监守他一夜了。哪里知道凤举正为碰了钉子回来，不愿意再出去呢。

到了第二日早上，赵升站在走廊下说："总理找大爷去。"

凤举听了又是父亲叫，也不知道有没有问题，一骨碌爬起床，胡乱洗了一把脸，就到前面去。一进门，先看父亲是什么颜色，见金铨笼了手，在堂屋里踱来踱去，却没有怒色，心里才坦然了。因站在一边，等他父亲吩咐。金铨一回头看见了他，将手先摸了一摸胡子，然后说道："你这倒成了个塞翁失马，未始非福了。我的意思是要惩戒你一下，并不是要替你想什么出路。偏是你的上司又都顾了我的老面子，极力敷衍你。我要一定不答应，人家又不明白我是什么用意。我且再试验你一次，看你的成绩如何？"

　　凤举见父亲并不是那样不可商量的样子，就大了胆答道："这件事，似乎要考量一下子。"

　　金铨不等他说完，马上就拦住道："做了几天外交官，就弄出这种口头禅来，什么考量考量？你只管去就是了，谁又敢说哪句话？办什么事，对什么事就有把握，好在去又不是你一个人，多多打电报请示就是了。我叫你来，并没有别的什么事，我早告诉佩芳了，叫她将你行囊收拾好了，乘今天下午的通车你就先走。我还有几件小事，交给你顺便带去办。"说着，在身上掏出一张字条交给他。

　　凤举将那字条接过，还想问一问情形。金铨道："不必问了，大纲我都写在字条上。至于详细办法，由你斟酌去办，我要看看你的能力如何？"

　　凤举道："今天就走，不仓促一点儿吗？"

　　金铨道："有什么仓促？你衙门里并没有什么事，家里也没有什么事，你所认为仓促的，无非是怕耽误了你玩的工夫。我就为了怕你因玩误事，所以要你这样快走。"

　　金太太听了他父子说话，就由屋子里走出来，插嘴道："你父亲叫你走，你就今天走，难道你还有什么大不了的事？就是有，我们都会给你办。"

　　凤举看到这种情形，又怕他父亲要生气，只好答应走。直等金铨没有什么话说了，便走到燕西这边院子里，连声嚷着老七。连叫好几声，也没有见人出来。一回头，却见燕西手上捧着一个照相匣子，站在走廊上，对着转角的地方。清秋穿了一件白皮领子斗篷，一把抄着，斜侧着身子站定。

　　凤举道："难怪不作声，你们在照相。这个大冷天，照得出什么好相来？"

燕西还是不回答，一直让把相照完，才回头道："我是初闹这个，小小心心地干，一说话分了心，又会照坏。"

清秋道："大哥屋里坐吧。"

凤举道："不！我找老七到前面去有事。"

燕西见他不说出什么事，就猜他有话，不便当着清秋的面前说，便收照相匣子，交给清秋，笑道："可别乱动，糟了我的胶片。"

清秋接住，故意一松手，匣子向下一落，又蹲着身子接住。燕西笑道："淘气！拿进去吧。"清秋也未曾说什么，进屋子里去了。

燕西跟凤举走到月亮门下，他又忽然抽身转了回去，也追进屋子去，去了好一会儿。凤举没有法，只好等着。心想，他们虽然说是新婚燕尔，然而这样亲密的程度，我就未曾有过。这也真是人的缘分，强求不来的。燕西出来了，便问道："怎么去了这么久？大风头上，叫我老等着。"

燕西道："丢了一样东西在屋子里，找了这大半天呢。你叫我什么事？"

凤举道："到前面去再说。"一直把燕西引到最前面小客厅里，关上了门，把自己要走的话告诉他。因道："晚香那里，我是闹了四五天的别扭，如今一走，她以为或有别的用意，你可以找着蔚然和逸士两人，去对她解释解释。关于那边的家用……"

燕西笑道："别的我可以办，谈到了一个'钱'字，我比你还要没有办法，这可不敢胡乱答应。"

凤举道："又不要你垫个三千五千，不过在最近一两个星期内，给她些零钱用就是了，那很有限的，能花多少钱呢？你若是真没有办法，找刘二爷去，他总会给你搜罗，不至于坐视不救。"

燕西道："钱都罢了。你一走保不定她娘家又和她来往，纵然不出什么乱子，也与体面有关。我们的地位，又不能去干涉她的。"

凤举听了这话，揪住自己头上一缕头发，低着头闭了眼，半晌没作声。突然一顿脚道："罢！她果然是这样干，我就和她情断义绝，天下没有不散的筵席。"

燕西见老大说得如此决裂倒愣住了。凤举低着声音道："自然，但愿她不这样做。"

燕西见老大一会儿工夫说出两样的话来，知道凤举的态度是不能怎样决绝的。因笑道："走你总是要走的。这事你就交给我就是了，只要有法子能维持到八方无事，就维持到八方无事，你看这个办法如何？"

　　凤举道："就是这样。我到了上海以后，若是可以筹到款子，我就先划一笔电汇到刘二爷那里。只要无事，目前多花我几个钱，倒是不在乎。"

　　燕西笑道："只要你肯花钱，这事总比较的好办。"

　　凤举掏出手表来看一看，因道："没有时间了，我得到里面去收拾东西，你给我打一个电话，把刘二和老朱给我约来。"

　　燕西道："这个时候，人家都在衙门里，未必能来。就是能来，打草惊蛇的，也容易让人注意。你只管走就是了，这事总可不成问题。"

　　凤举也不便再责重燕西，只得先回自己屋里，去收拾行李。佩芳迎着笑道："恭喜啊，马上荣行了！"

　　凤举笑道："不是我说你，你有点儿吃里爬外。老人家出了这样一个难题给我做，你该帮助我一点儿才是。你不但不帮助我，把老人家下的命令，还秘密着不告诉我，弄得我现在手忙脚乱，说走就走。"

　　佩芳眉毛一扬，笑道："这件事情，是有些对不住。可是你要想想，我若是事先发表，昨晚上你又不知道要跑到小公馆里去，扔下多少安家费。我把命令压下了一晚上，虽然有点儿不对，可是给你省钱不少了。"

　　凤举心里想，妇人家究竟是一偏之见，你不让我和她见面，我就不会花钱吗？当时摇了摇头，向着佩芳笑道："厉害！"

　　佩芳鼻子哼了一声道："这就算厉害？厉害手段，我还没有使出来呢。你相信不相信？我这一着棋，虽然杀你个攻其无备，但是我知道你必定要拜托你的朋友，替你照应小公馆的。我告诉你说，这件事你别让我知道，我若是知道了，谁做这事，我就和谁算账！"

　　凤举笑道："你不要言过其实了。我知道今天要走，由得着消息到现在，统共不到一点钟，这一会儿工夫我找了谁？"

　　佩芳道："现在你虽没有找，但是你不等到上海，一路之上就会写信给你那些知己朋友的。"

　　凤举心想，你无论如何机灵也机灵不过我，我是早已拜托人的了。一想之下，马上笑起来。佩芳道："怎么样？我一猜中你的心事，连你自己也乐了。"

凤举道："就算你猜中了吧。没有时间，不谈这些了。给我收的衣服让我看看，还落了什么没有？"

佩芳道："不用得看了，你所要的东西，我都全给你装置好了。只要你正正经经地做事，我是能和你合作的。"说着，把检好了的两只皮箱，就放在地板上打开，将东西重检一过，一样一样地让凤举看。果然是要用的东西差不多都有了。

凤举笑着伸了一伸大拇指，说道："总算办事能干。我要走了，你得给我饯行呀。"一伸食指，掏了佩芳一下脸。

佩芳笑道："谁和你动手动脚的？你要饯行我就和你饯行，但是你在上海带些什么东西给我呢？"

凤举道："当然是有，可是多少不能定，要看我手边经济情形如何？设若我的经济不大充分，也许要在家里弄……"

佩芳原是坐着的，突然站将起来，看看凤举的脸道："什么？你还要在家里弄点儿款子去。你这样做事，家里预备着多少本钱给你赔去？"

凤举连连摇手道："我这就要走了，我说错了话，你就包涵一点儿吧。"妇人家的心理，是不可捉摸的，她有时强硬到万分，男子说鸡蛋里面没有骨头，她非说有骨头不可。有时男子随便两句玩话，不过说得和缓一点儿，妇人立刻慈悲下来，男子要怎么样，就怎么样。这个时候，凤举几句话又把佩芳软化得成了绕指柔，觉得丈夫千里迢迢出远门去，不安慰他一点儿，反要给他钉子碰，这实在太不对了。因此和凤举一笑，便进里面，给他检点零碎去。凤举也就笑着跟进去了。不到一会儿，开上午饭来，夫妇二人很和气地在一块儿吃过了午饭，东西也收拾妥当了。于是凤举就到上房里，去见过母亲告别，此外就是站在各人院子里，笑着叫了一声走了。家里一大批人，男男女女少不得就拥着到他院子里来送行。

人一多，光阴一混就到了三点钟，就是上火车的时候了，凤举就坐了汽车上车站。家里送行的人，除了听差而外便是佩芳、燕西、梅丽三人。凤举本还想和燕西说几句临别赠言，无如佩芳是异常的客气，亲自坐上凤举的车，燕西倒和梅丽坐了一辆车子。在车子上，佩芳少不得又叮咛了凤举几句。说是上海那地方，不是可乱玩的。上了拆白党的当，花几个钱还是小事，不要弄出乱子来，不可收拾。

凤举笑道："这一点儿事，我有什么不知道？难道还会上人家的仙人跳吗？"

佩芳道："就是堂子里，你也要少去。弄了脏病回来，我是不许你进我房门的。"

说着话，到了车站。站门外，等着自己的家里听差已买好了票，接过行李，就引他们一行四人进站去。凤举一人定了一个头等包房，左边是外国人，右边莺莺燕燕的，正有几个艳装女子在一处谈话。看那样子，也有是搭客，也有是送行的。佩芳说着话，站在过道里，死命地盯了那边屋子里几眼，听那些人说话，有的说苏白，有的说上海话，所谈的事，都很琐碎。而且还有两个女子在抽烟，看那样子，似乎不是上等人。因悄悄地问燕西道："隔壁那几位，你认识吗？"

燕西以为佩芳看破了，便笑道："认识两个。他们看见有女眷在一处，不敢招呼。你瞧，那个穿绿袍缀着白花边的，那就是花国总理。"

佩芳将房门关上，脸一沉道："这个房间，是谁包的？"一面说时，一面看那镜子里边正有一扇门，和那边相通。

凤举已明白了佩芳的意思，便笑嘻嘻地道："我虽然不是什么正经人，绝不能见了女子，我就会转她的念头。况且那边屋子里似乎不是一个人，我就色胆如天，也不能闯进人家房子里去。"佩芳听了这话，不由得扑哧一笑。

凤举道："你这也无甚话可说了。"

燕西道："不要说这些不相干的话，现在火车快要开了，有什么话先想着说一说吧。"

佩芳笑道："一刻儿工夫，我也想不出什么话来。"

因望着凤举道："你还有什么说的没有？可先告诉我也好。"

凤举道："我没有什么话，我就是到了上海，就邮一封信给你。"

梅丽道："我也想要大哥给我买好多东西，现在想不起来，将来再写信告诉你吧。"

说到这里，月台上已是叮当叮当摇起铃来。燕西佩芳梅丽就一路下车，站在车窗外月台上，凤举由窗子里伸出头来，对他们三人说话。汽笛一声，火车慢慢地向前展动，双方的距离渐渐地远了。燕西还跟着追了两步，于是就抬起手来，举了帽子，向空中摇了几摇。梅丽更是抽出胸襟下掖的长手绢，在空气里招展得来而复去，佩芳只是两手举得与脸一样高，略微招动了一下。凤举含着微笑，越移越远，连着火车缩成了一小点儿，佩芳他们方才坐车回家而去。

第六十回

渴慕未忘通媒烦说客
坠欢可拾补过走情邮

　　这时，梅丽和佩芳约着坐一车，让燕西坐一辆车，刚要出站门，忽见白秀珠一人在空场里站着，四周顾盼。一大群人力车团团转转将秀珠围在中心，大家伸了手掐着腰只管乱嚷，说道："小姐小姐，坐我的车，坐我的车，我的车干净。"

　　秀珠让大家围住，没了主意，皱了眉顿着脚道："别闹，别闹！"

　　燕西看她这样为难的情形，不忍袖手旁观，便走上前对秀珠道："密斯白，你也送客来的吗？我在车站上怎么没有看见你？"

　　秀珠在这样广众之前，人家招呼了不能不给人家一个回答，便笑道："可不是！你瞧，这些洋车夫真是岂有此理，把人家围住了，不让人家走！"

　　燕西道："你要到哪里去？我坐了车子来的，让我来送你走吧。"

　　秀珠听了这话，虽有些不愿意，然而一身正在围困之中，避了开去，总是好的。便笑道："这些洋车夫，真是可恶，围困得人水泄不通。"一面说着，一面走了过来。

　　燕西笑着向前一指道："车子在那面。"右手指着，左手就不知不觉地来挽着她。秀珠因为面前汽车马车人力车，以及车站上来来往往一些搬运夫，非常杂乱，一时疏神，也就让燕西挽着。燕西一直挽着她开门，扶她上车去。

　　燕西让她上了车，也跟着坐上车去。因问秀珠要到哪儿去，秀珠道："我上东城去，你送我到东安市场门口就是了。"

燕西就吩咐车夫一声，开向东安市场而去。到了东安市场，秀珠下车，燕西也下了车。秀珠道："你也到市场去吗？"

燕西道："我有点儿零碎东西要买，陪你进去走走吧。"

秀珠也没有多话说，就在前面走。在汽车上，燕西是怕有什么话让汽车夫听去了，所以没有说什么。这时跟在后面，也没说什么。走到了市场里，陪着秀珠买了两样化妆品，燕西这才问："你回家去吗？"

秀珠道："不回家，我还要去会一个朋友。"

燕西道："现在快三点了，我们去吃一点点心，好不好？"

秀珠道："多谢你，但是让我请你倒是可以的。"

燕西道："管他谁请谁呢？这未免太客气了。"

于是二人同走到七香斋小吃馆里来。这时还早，并不是上座的时候，两人很容易地占了一个房间。燕西坐在正面，让秀珠坐在横头，沏上茶来，燕西先斟了半杯，将杯子擦了，拿出手绢揩了一揩，然后斟一杯茶，放在秀珠面前。秀珠微微一笑道："你还说我客气，你是如何的客气呢？"

这时，秀珠把她那绛色的短斗篷脱下，身上穿了杏黄色的驼绒袍。将她那薄施脂粉的脸子，陪衬得是格外鲜艳。那短袖子露出一大截白胳膊，因为受了冻，泛着红色也很好看。在燕西未结婚以前，看了她这样，一定要摸摸她冷不冷的。现在呢，不但成了平凡的朋友，而且朋友之间，还带有一种不可侵犯的嫌疑，这是当然不敢轻于冒犯的。

秀珠见他望了自己的手臂出神，倒误会了，笑问道："你看什么？以为我没有戴手表吗？"

燕西笑道："可不是！这原不能说是装饰品，身上戴了一个表总便当得多。不然，有什么限刻的事，到了街上就得东张西望，到处看店铺门前的钟。"

秀珠道："我怎么不戴，在这儿呢。"说时，将左手一伸，手臂朝上伸到燕西面前。燕西看时，原来小手指上，戴了一只白金丝的戒指。在指臂上，正有一颗纽扣大的小表。秀珠因燕西在看，索性举到燕西脸边。燕西便两手捧着，看了一看，袖子里面，由腋下发射出来的一种柔香，真个有些熏人欲醉。

燕西放下她手，笑道："这表是很精致，是瑞士货吗？"

秀珠笑道:"你刚才看了这半天,是哪里出的东西都不知道吗?"

燕西道:"字是在那一面的,我怎样看得出来呢?不过这样精小的东西,也只有瑞士的能做。你这样的精明人,也不会用那些骗自己的东西。"

秀珠笑道:"还好,你的脾气还没有改,这张嘴还是非常的甜蜜呢。"

燕西道:"这是实话,我何曾加什么糖和蜜呢?"

两人只管说话,把吃点心的事也忘了。还是伙计将铅笔纸片,一齐来放在桌上,将燕西提醒过来了,他问秀珠吃什么,秀珠笑道:"你写吧,难道我欢喜吃什么,你都不知道吗?"燕西听她如此说,简直是形容彼此很知己似的,若要说是不知道,这是自己见疏了,便笑着一样一样地写了下去。

秀珠一看,又是冷荤,又是热菜,又是点心,因问道:"这做什么?预备还请十位八位的客吗?"说着,就在他手上将铅笔纸单夺了过来,在纸的后幅,赶快地写了鸡肉馄饨两碗,蟹壳烧饼一碟。写完,一并向燕西面前一扔,笑道:"这就行了。"

燕西看了一看,笑道:"我们两人,大模大样地占了人家一间房间,只吃这一点儿东西,不怕挨骂吗?"

秀珠笑道:"这真是大爷脾气的话,连吃一餐小馆子,都怕人家说吃少了。你愿意花钱那也就不要紧,你可以对伙计说,弄一碗鸡心汤来喝,要一百个鸡心,我准保贱不了。"

燕西正有一句话要说,说到嘴边,又忍回去了,只是笑了一笑。秀珠道:"有什么话,你说呀!怎么说到嘴边又忍回去了?"

这时,伙计又进来取单子,燕西便将原单纸涂改几样,交给他了。一会儿还是来了一桌子的菜,还另外有酒。秀珠这也就不必客气了,在一处吃喝个正高兴。饭毕自然是燕西会了账。一路又走到市场中心来,依着燕西还要送秀珠回家,但秀珠执意不肯,说是不一定回家,燕西也就罢了,乃告辞而别。不过这在燕西,的确是一种很快活的事了,无论如何,彼此算尽释前嫌了。

燕西回得家去,一进去门口号房就迎上来说道:"七爷,你真把人等了一个够。那位谢先生在这儿整等你半天了。"

燕西道:"哪一个谢先生?"

门房道："就是你大喜的日子，他做傧相的那位谢先生。"

燕西道："哦！是他等着我没走，这一定有要紧的事的，现在在哪里？"

门房道："在你书房里。"

燕西听说，一直就向自己书房里来，只见谢玉树一个人斜躺在一张软椅上，拿了一本书在看。燕西还未曾开言，他一个翻身坐起来，指着燕西道："你这个好人，送人送到哪里去了？上了天津吗？"

燕西道："我又没有耳报神，怎么知道你这时候会来？我遇到一个朋友，拉我吃小馆子去了。你很不容易出学校门的，此来必有所为。"

谢玉树笑道："我是来看看新娘子的，顺便和你打听一件事。"

燕西道："看新娘子那件事，我算是领情了，你就把顺便来打听的一件事，变为正题，告诉我吧。"

谢玉树笑道："在我未开谈判之先，我还有一点儿小小的要求，我这个肚皮现在十分地叫屈。"

燕西一拍手道："了不得，你还没有吃午饭吗？"一面说话，一面就按了电铃。

金荣进来了，燕西道："吩咐厨房里，快开一位客饭来，做好一点儿。"金荣答应去了。

燕西笑道："是了，你是上午进城的，以为赶我这里来吃饭。不料我今天吃饭吃得格外早，一点钟就上了车站，算没有合上你的预算。其实是你太客气了，你老实一点儿，让我们听差给你弄一点点心来吃，他也不至于辱命。"

谢玉树道："谁知道你这时候才回来呢？"

燕西道："不去追究那些小问题了，你说吧，你今天为了什么问题来的？我就是这样的脾气，心里搁不住事，请你把话告诉我吧。"

谢玉树也知道燕西的脾气，做事总是急不暇择的。因道："并不是我自己的事，我也是受人之托。"

燕西笑道："你就不要推卸责任了。是你自己的事也好，是你受人之托也好，反正你有所要求，我认准了你办，这不很直截了当吗？"

谢玉树这倒只好先笑了一笑，因道："那天你结婚日子，不是有位傧相吴女士吗？密斯脱卫托我问你一问，是不是府上的亲戚？"说到这里，他的脸先红了。

燕西笑道："你这话不说出来，我已十分明白了。这位密斯脱卫，也是一个十分的老外，怎么请你来做这一件事？天下哪有做媒的人，说话怕害臊的？"

谢玉树经他说破，越发是难为情。所幸就在这个时候，厨子已经把饭开来了。燕西道："对不住，我吃过点心不多久，不能又吃，我只坐在这里空陪吧。"

谢玉树道："那不要紧，我只要吃饱了就是了。"于是他就专门吃饭，一声也不响。

还是燕西忍耐不住，问道："密斯脱卫是怎样拜托你来做媒？他就是在那天一见倾心的吗？"

谢玉树鼓励着自己不让害臊，吃着饭很随便地答道："在这个年头儿，哪里还容得下'做媒'两个字？他不过很属意那位吴女士，特意请我来向你打听，人家是不是小姑居处？"

燕西笑道："不但是小姑居处，而且那爱情之箭，还从未射到她的芳心上去呢！这一朵解语之花，为她所颠倒的，未始无人。不过她心目中，向来不曾满意于谁。以老卫的人才而论，当然是中选的。不过有一层……"

谢玉树道："我知道，就是为他穷，对不对？难道像吴小姐那样冰雪聪明的人儿，还不能不拿金钱来做对象吗？"

燕西道："我并不是说这个，我以为老卫这种动机太突兀了，并没有什么恋爱的过程呢。"

谢玉树道："就是因为没有什么恋爱的过程，我才来疏通你，怎样给他们拉拢拉拢，让他们成为朋友。等他们成了朋友以后，老卫拼命地去输爱，那是不成问题的了，这就看吴女士，能不能够接受。只要能接受，家庭方面还要使你大力斡旋呢。"说着话，谢玉树已经把饭吃完了。漱洗已毕，索性和燕西坐在一张沙发上，从从容容地向下谈。说着，还拱拱手。

燕西笑道："你这样给他出力，图着什么来？我给他们拉拢，少不得还要贴本请客，我又图着什么来？"

谢玉树道："替朋友帮忙，何必还要图个什么？说成了功，这是多么圆满的一场功德。说不成功，我不过贴了一张嘴，两条腿。就是你七爷请一两回客，还在乎吗？"

燕西道："我也巴不得找一件有趣味的事干，你既然专诚来托我，我绝不能那样不识抬举不来进行。你今晚是不能出城的了，就在舍间下榻，我们慢慢地来想个办法。"

谢玉树道："只要你肯帮忙，在这里住十天半月我也肯。学校里哪里有总理公馆里住得舒服，我还有什么不乐意的吗？"

燕西笑道："这样漂亮的人才，说出这样不漂亮的话来？"

谢玉树笑道："你们天天锦衣肉食惯了，也不觉得这贵族生活有什么意义。若是我们穷小子，偶然到你们这里来过个一两天，真觉到了神仙府里一般，不说吃喝了，脚下踏着寸来厚的地毯，屁股下坐着其软如绵的沙发，就让人舒服得乐不思蜀呢。"

燕西道："刚才说正经话，给人家做媒，就老是吃螺蛳吃生姜；现在闹着玩，你的嘴就出来了。"

两个人说笑了一阵，燕西道："你在这儿躺一会儿，有好茶可喝，有小说可看，我到里面去布置一点儿小事。"

谢玉树道："我肚子吃饱了，就不要你照顾了，你请便吧。"

燕西又吩咐了听差们好好招待，便回自己院子里来。老妈子说："少奶奶吃晚饭去了。"燕西又转到母亲屋子里来。金太太屋子里这一餐饭，正是热闹，除了清秋不算，又有梅丽和二姨太加入。佩芳因为凤举走了，一人未免有伤孤寂，也在这边吃。

燕西一进门，清秋便站起来道："我听说你在前面陪客吃过了，所以不等你，你怎么又赶来了？"

燕西道："你吃你的吧，我不是来吃饭的，我有事要和大嫂商量呢。"

清秋又坐下吃饭，将瓷勺子在中间汤碗里舀着举了起来，扭转身来笑道："有冬笋莼菜汤呢，你不喝点儿？"

佩芳笑道："这真是新婚夫妇甜似蜜，你瞧，你们两人是多么客气啊！"

燕西笑道："那也不见得，不过是仁者见仁，智者见智罢了。"

佩芳道："得了，我不和你说那些，你告诉我，有什么事和我商量？要商量就公开，不妨当着母亲的面说出来听听。"

燕西道："自然啊，我是要公开的，难道我还有什么私人的请托不成？

40

说起来这事也奇怪，他们不知道怎样会想到和一个生人提出婚姻问题来了，就是上次做傧相的那位漂亮人，他要登门来求亲了。"

梅丽听了这话，也不知道怎么回事，脸都红破了。低了头只管吃饭，并不望着燕西。佩芳道："你没头没脑地提起这个话，我倒有些不懂，这事和我有什么相干？"

燕西道："自然有和你商量之必要，我才和你商量。不然，我又何必多此一举哩？"

佩芳笑道："哦！我知道了。其中有个姓卫的，对我们蔼芳好像很是注意，莫非他想得着这一位安琪儿？"

燕西道："可不是！他托那个姓谢的来找我，问我可不可以提这个要求。"

佩芳道："这姓谢的，也是个漂亮人儿啦。怎么让这个姑娘似的人儿来做说客？"

燕西道："这件事，若办不通是很塌台的。少年人都是要一个面子，不愿让平常的朋友来说，免得不成功传说开去不好听。"

佩芳道："提婚又不是什么犯法的事，有什么不可以？但是我家那位眼界太高，多少亲戚朋友提到这事，都碰了钉子。难道说这样一个只会过一次面的人，她倒肯了？"

二姨太插嘴道："那也难说啊！自古道千里姻缘一线引，也许从前姻缘没有发动，现在发动了。"

梅丽道："这是什么年头？你还说出这样腐败的话！不要从中打岔了，让人家正正经经地谈一谈吧。"

佩芳道："这件事我也不能替她做什么答复，先得问她自己，对于姓卫的有点儿意思没有。"

说着话，已经吃完了饭。佩芳先漱洗过了，然后将燕西拉到椅角上三角椅上坐下，笑问道："既然他那一方面是从媒妁之言下手，我倒少不得问一问。"

燕西道："不用问了，事情很明白的，他的人品不说，大家都认为可以打九十分。学问呢，据我所知，实在是不错。"

金太太在那边嚼着青果，眼望了他们说话，半晌不作声，一直等到燕西说到"据我所知，实在是不错"。金太太笑道："据你所知，你又知道多少呢？若依我看来，既然是个大学生，而且那学堂功课又很上紧的，总不至于十分不堪。不过谈到婚姻这件事情，虽不必以金钱为转移，但是我们平心论一句，若是一个大家人家的小姐，无缘无故地嫁给寒士，未免不近人情。这位卫先生，听说他家境很不好，吴小姐肯嫁过去吗？"

佩芳还没有答话，梅丽便道："我想蔼芳姐是个思想很高尚的人，未必是把'贫富'二字来做婚姻标准的。"

二姨太道："小孩子懂得什么！你以为戏台上《彩楼配》那些事都是真的呢？"

燕西笑道："这件事，我们争论一阵，总是白费劲，知道吴小姐是什么意思？我们是个介绍的人，只要给两方面介绍到一处，就算功德圆满。以后的事，那在于当事人自己去进行了。我的意思，算是酬谢傧相，再请一回客，那么，名正言顺地就可让他们再会一次面。"

佩芳道："你这是抄袭来的法子，不算什么妙计，小怜不就为赴人家的宴席，上了钩吗？我妹妹她的脾气有点儿不同。她不知道则已，她要知道你弄的是圈套，她无论如何也是不去的。就是去了，也会不欢而散。你别看她人很斯文，可是她那脾气真比生铁还硬。要是把她说愣了，无论什么人也不能转圜，那可成了画虎不成反类犬了。我倒有条妙计，若是事成功了，不知道那姓卫的怎么样谢我。"说到这里，不由得微笑了一笑。

燕西道："不成功，那是不必说了，若是成了功，你就是他的大姨姐，你还要他谢什么？"

佩芳道："谢不谢再说吧。你们想想，我这法子妙不妙？去年那个美术展览会不是为事耽误了，没有开成功吗？据我妹妹说，在这个月内一定要举办。不用说，她自然是这里面的主干人物。只要把那姓卫的弄到会里当一点儿职务，两方面就很容易成为朋友了，而且这还用不着谁去介绍谁。"

燕西拍手笑道："妙妙，我马上去对老谢说。"

佩芳道："嘿！你别忙，让我们从长商议一下。"

燕西道："这法子就十分圆满，还要商议什么？"一面说着，一面就走出去了。

燕西到了自己书房里，一推门进去，嚷道："老谢！事情算是成功了，你怎样谢我呢？"

　　谢玉树正拿了一本书躺在软榻上看。听到燕西一嚷，突然坐将起来，站着呆望了他。半晌，笑道："怎么样？不行吗？"

　　燕西道："我说是成功了，你怎么倒说不行呢？"

　　谢玉树道："不要瞎扯了，哪有如此容易的婚姻，一说就成功？"

　　燕西笑道："你误会了，我说的是介绍这一层成了功，并不是说婚姻成了功。"

　　谢玉树道："三言两语的，把这事就办妥了，也很不容易啊！是怎么一个介绍法？"

　　燕西就把佩芳说的话，对他说了。谢玉树笑着一顿脚，叹了一口气。燕西道："你这为什么？"

　　谢玉树道："我不知道有这个机会，若是早知道，我就想法子钻一名会中职务办办，也许可以在里面找一个情侣呢。现在老卫去了，我倒要避竞争之嫌了。"

　　燕西看他那样子很是高兴，陪他谈到夜深，才回房去。次日一早八点钟就起来，复又到书房里来，掀开一角棉被，将谢玉树从床上唤醒。谢玉树揉着眼睛坐了起来，问道："什么时候了？"

　　燕西道："八点钟了，在学校里，也就起来了，老卫正等着你回信呢，你还不该去吗？"

　　谢玉树笑道："昨晚上坐到两点钟才睡，这哪里睡足了？"

　　说着，两手一牵被头，又向下一赖。无如燕西又扯着被，紧紧地不放，笑道："报喜信犹如报捷一般，为什么不早早去哩？"谢玉树没法，只好穿衣起床。漱洗已毕，燕西给他要了一份点心，让他吃过，就催他走。

　　谢玉树笑道："我真料不到你比我还急呢。"就笑着去了。

　　燕西起来得这般早，家里人多没起来，一个人很现着枯寂。要是出去吧，外面也没有什么可玩的地方，一个人反觉无聊了。一个人躺在屋子里沙发椅子上，便捧了一本书看。这时，正是热气管刚兴的时候，屋子里热烘烘的，令人自然感到一种舒适。手上捧的书慢慢地是不知所云，人也就慢慢地睡过去了。睡意蒙眬中，仿佛身上盖着又软又暖的东西，于是更觉得适意，越发要睡了。一觉醒来，不迟不早，恰好屋里大挂钟当的一声，敲了一点。一看身上，盖了两条俄国毯子，都是自己屋子里的。大概是清秋知道自己睡了，所以送来自己盖的。一掀毯子，坐了起来，觉得有一样东西一扬，仔细看时，原来脚下坠落一个粉红色的西式小信封。这信封是法国货，正中凸印着一个鸡心，穿着爱情之箭。信封犄角上，又有一朵玫瑰花。这样的信封自己从前常用的，而且也送了不少给几个亲密的女友。这信是谁寄来的哩？因为字是钢笔写的，看不出笔迹，下款又没有写是谁寄的，只署着"内详"。连忙将信头轻轻撕开一条缝，将手向里一探，便有一阵极浓厚的香味，袭入鼻端。这很像女子脸上的香粉，就知道这信是异性的朋友寄来的了。将信纸抽出来，乃是两张芽黄的玻璃洋信笺，印着红丝格，格里乃是钢笔写的红色字，给看信的人一种很深的美丽印象。字虽直列的，倒是加着新式标点。信上说：

燕西七哥：

　　这是料不到的事，昨天又在一块儿吃饭了。我相信人和一切动物不同，就因为他是富于感情。我们正也是这样。以前，我或者有些不对，但是你总可以念我年轻，给我一种原谅。我们的友谊，经过很悠久的岁月，和萍水之交是不可同日而语的。当然，一时的误会也不至于把我们的友谊永久隔阂。昨天吃饭回来，我就是这样想，整晚地坐在电灯下出神。因为我现在对于交际上冷淡得多了，不很大出去了。你昨晚回去，有什么感想，我很愿闻其详。你能告诉我吗？祝你的幸福！

　　　　　　　　　　　　　　　　　　　　妹秀珠上

　　燕西将信从头至尾一看，沉吟了一会儿，倒猜不透这信是什么意思。只管把两张信纸颠来倒去地看着。信上虽是一些轻描淡写的几句话，什么萍水之交，什么交谊最久，都是在有意无意之间。凭着良心说出来，自己结了婚，只有对秀珠不住的地方，却没有秀珠对不住自己的地方。现在她来信，说话是这样的委婉，又觉得秀珠这人究竟是个多情女子了，实在应该给予她一种安慰。想到这里，人很沉静了，那信纸上一阵阵的香气，也就尽管向鼻子里送来，不由得人会起一种甜美的感想。拿了信纸在手上，只管看着，信上说的什么，却是不知道，自然而然的，精神上却受了一种温情的荡漾。便坐得书案边去，抽了信纸信封，回起信来。对于秀珠回信，文字上是不必怎样深加考量的，马上揭开墨盒，提笔写将起来，信上说：

秀珠妹妹：

　　我收到你的信，实在有一种出于意外的欢喜。这是你首先对我谅解了，我怎样不感激呢？你这一封信来了，引起了我有许多话要对你说。但是真要写在信上，恐怕一盒信笺都写完了，也不能说出我要说的万分之一。我想等你哪一天有工夫的时候，我们找一个地方吃小馆子，一面吃，一面谈吧。你以为如何呢？你给我一个电话，或者是给我一封信，都可以。回祝你的幸福！

你哥燕西上言

　　燕西将信写好了，折叠平整，筒在信封里，捏着笔在手上，沉吟了一会儿，便写着"即时专送白宅，白秀珠小姐玉展"。手边下一只盛邮票的倭漆匣子，正要打开，却又关闭上了，便按着电铃叫听差的。是李贵进来了，燕西将信交给他，吩咐立刻就送去，而且加上一个"快"字。

　　李贵拿着信看了看，燕西道："你看什么？快些给我送去就是。"

　　李贵道："这是给白小姐的信，没有错吗？"

　　燕西道："谁像你们那一样的糊涂，连写信给人都会错了，拿去吧。"

　　李贵还想说什么，又不敢问，迟疑了一会子。心里怕是燕西丢了什么东西在白家，写信去讨，或者双方余怒未息，还要打笔头官司。好呢，自己不过落个并无过错。若是不好，还要成个祸水厉阶，不定要受什么处分才对。不过七爷叫人办事，是毫无商量之余地的，一问之下，那不免更要见罪。也只好纳闷在心，马上雇了一辆人力车，将信送到白宅。

　　白宅门房里的听差王福，一见是金府上的，先就笑道："嘿！李爷久不见了。"李贵便将信递给他，请他送到上房去。李贵也因是许久没来，来了不好意思就走，就在门房里待住了一会儿。

那听差的从上房里出来，说是小姐有回信，请你等一等。李贵道："白小姐瞧了信以后说的吗？"

　　那听差道："自然，不瞧信，她哪里有回信呢？"

　　李贵心想，这样看来，也许没有多大问题，便在门房里等着。果然随后有一个老妈子拿了一封信出来，传言道："是哪位送信来的？辛苦了一趟，小姐给两块钱车钱。"她估量着李贵是送信的，将钱和信，一路递了过来。

　　李贵对于两块钱倒也不过如是。只是这件差事，本来认为是为难的。现在不但不为难，反有了赏，奇不奇呢？那老妈子见了他踌躇，以为他不好意思收下，便笑道："你收下吧。我们小姐向来很大方的，只要她高兴，常是三块五块地赏人。"

　　李贵听了这话，也就大胆地将钱收下，很高兴地回家。信且不拿出来，只揣在身上。先打听打听，燕西在上房里，就不作声。后来燕西回到书房里来了，李贵这才走进去，在身上将信拿出来，递给燕西。他接过信去，笑着点了一点头。

　　李贵想着，信上的话一定坏不了，便笑道："白小姐还给了两块钱。"

　　燕西道："你就收下吧。可是这一回事，对谁也不要说。"

　　李贵道："这个自然知道。要不是为了不让人知道，早就把回信扔在这书桌上了。"

　　燕西道："这又不是什么要不得的事不能公开，我不过省得麻烦罢了。"李贵笑了一笑，退出去了。燕西将秀珠的信，看了一看，就扯碎了，扔在字纸篓里。这样一来，这件事，除了自己和秀珠，外带一个李贵，是没有第四个人知道的了。

第六十一回

利舌似联珠诛求无厌
名花成断絮浪漫堪疑

　　燕西得了这封信以后，又在心里盘算着，这是否就回秀珠一封信？忽听窗子外有人喊道："现在有了先生了，真个用起功来了吗？怎么这样整天藏在书里？"

　　那说话的人正是慧庵。燕西就开了房门迎将出来，笑道："是特意找我吗？"

　　慧庵道："怎么不是？"说着，走了进来，便将手上拿了的钱口袋，要来解开。

　　燕西笑道："你不用说，我先明白了，又是你们那中外妇女赈济会，要我销两张戏票，对不对呢？"

　　慧庵笑道："猜是让你猜着了。不过这回的戏票子，我不主张家里人再掏腰包，因为各方面要父亲代销的戏票已经可观，恐怕家里人每人还不止摊上一张票呢。依我说，你们大可以出去活动，找着你们那些花天酒地的朋友，各破悭囊。"

　　燕西道："既然是花天酒地的朋友，何以又叫悭囊呢？"

　　慧庵道："他们这些人，花天酒地，整千整万的花这毫不在乎，一要他们做些正经事，他就会一钱如命了。因为这样，所以我希望大家都出发，和那些有钱塞狗洞不做好事的人去商量。看看这里面究竟找得出一两个有人心的没有？"她一面说着，一面把自己口袋里一沓戏票拿了出来，右手拿着，当了扇子似的摇，在左手上拍了几下，笑道："拿你只管拿去。若是

47

卖不了，票子拿回来还是我的，并不用得你吃亏。因为我拿戏票的时候，就说明了，票是可以多拿，卖不完要退回去。他们竟认我为最能销票的，拿了是绝不会退回的，就答应我全数退回也可以。我听了这一句话，我的胆子就壮了，无论如何，十张票总可以碰出六七张去。"

燕西笑道："中国人原是重男而轻女，可是有些时候，也会让女子占个先着。譬如劝捐这一类的事，男子出去办不免碰壁。换了女子去，人家觉得有些不好意思，他就只好委委屈屈，将钱掏出来了。"

慧庵道："你这话未免有些侮辱女性！何以女性去募捐，就见得容易点儿？"

燕西道："这是恭维话，至少也是实情，何以倒成为侮辱之词呢？"

慧庵道："你这话表面上不怎样，骨子里就是侮辱，以为女子出去募捐，是向人摇尾乞怜呢。"

燕西笑道："这话就难了，说妇女们募得到捐是侮辱，难道说你募不到捐，倒是恭维吗？"

慧庵将一沓戏票向桌上一扔，笑道："募不募，由着你，这是一沓票子，我留下了。"她说完，转身便走。

燕西拿过那戏票，从头数了一数，一共是五十张，每张的价目印着五元。一面数着，一面向自己屋里走。清秋看见，便问道："你在哪里得着许多戏票？"

燕西道："哪里有这些戏票得着呢？这是二嫂托我代销的。戏票是五块钱一张，又有五十张，哪里找许多冤大头去？"

清秋道："找不到销路，你为什么又接收过来？"

燕西道："这也无奈面子何。接了过来，无论如何，总要销了一半面子上才过得去。我这里提出十张票，你拿去送给同学的。所有的票价，都归我付。"

清秋道："你为什么要这种阔劲？我那些同学，谁也不会见你一份人情。"

燕西道："我要他们见什么情？省得把票白扔了。我反正是要买一二十张下来的。"

清秋道："二嫂是叫你去兜销，又不是要你私自买下来，你为什么要买下一二十张？"

燕西道："与其为了五块钱逢人化缘，不如自己承受，买了下来干脆。"

清秋叹了一口气道："你这种豪举，自己以为很慷慨，其实这是不知艰难的纨绔子弟习气。你想，我们是没有丝毫收入的人，从前你一个人袭父兄之余荫，那还不算什么。现在我们是两个人，又多了一分依赖。我们未雨绸缪，赶紧想自立之法是正经。你一点儿也不顾虑到这层，只管闹亏空，只管借债来用，你能借一辈子债来过活吗？"

燕西听她说着，先还带一点儿笑容，后来越觉话头不对，沉了脸色道："你的话哪里有这样酸？我听了浑身的毫毛都站立起来。"

清秋见他有生气的样子，就不肯说了。燕西见她不作声，就笑道："你这话本来也太言重，一开口就纨绔子弟，也不管人受得住受不住。"清秋也无话可说，只好付之一笑。燕西就不将票丢下来了，将票揣在身上，就出门去销票去了。

有了这五十张票，他分途找亲戚朋友，就总忙了两天两晚。到了第三天，因为昨晚跑到深夜两点多钟才回家，因此睡到十二点钟以后方始起床。醒来之后，正要继续地去兜揽销票，只听见金荣站在院子里叫道："七爷，有电话找，自己去说话吧。"

金荣这样说，正是通知不能公开说出来的一种暗号。燕西听见了，便披了衣服，赶快跑到前面来接电话。一说话，原来晚香来的电话。开口便说："你真是好人啦！天天望你来，望了三四天，还不见一点儿人影子。"

燕西道："有什么事要我做的吗？这几天太忙。"

晚香道："当然有事啊！没有事，我何必打电话来麻烦呢？"

燕西想了想，也应该去一趟。于是坐了汽车，到小公馆里来。进得屋去，晚香一把拉住，笑道："你这人真是岂有此理！你再要不来，我真急了。"带说带把燕西拉进屋去。

燕西一进屋内，就看见一个穿青布皮袄的老太太，由里屋迎了出来，笑着道："你来了，我姑娘年轻，别说是大嫂子，都是自己家里姐妹一样，你多照应点儿啊！"

她这样说上一套，燕西丝毫摸不着头脑。还是晚香笑着道："这是我娘家妈，是我亲生的妈，可不是领家妈，我一个人过得怪无聊的，接了她来，给我做几天伴。你哥哥虽然没有答应这件事，可不能说我嫁了他，连娘都不能认。"

燕西笑了一笑，也不好说什么。晚香道："我找你来，也不是别什么事，你大哥钻头不顾屁股的一走，一个钱也不给我留下。还是前几天刘二爷送了一百块钱来，也没有说管多久，就扔下走了。你瞧，这一个大家，哪儿不要钱花？这两天电灯电话全来收钱，底下人的工钱也该给人家了。许多天，我就上了一趟市场，哪儿也不敢去。一来是遵你哥哥的命令，二来真也怕花钱。你瞧，怎么样？总得帮我一个忙儿，不能让我老着急。"燕西正待说时，晚香又道，"你们在家里打小牌，一天也输赢个二百三百的，你哥哥糊里糊涂，就是叫人送这一百块钱来，你瞧，够做什么用的呢？"

燕西见她放爆竹似的，说了这一大串话，也不知道答复哪一句好，坐在沙发上，靠住椅背，望了晚香笑。晚香道："你乐什么？我的话说得不对吗？"

燕西道："你真会说，我让你说的没可说的了。你不是要款子吗？我晚上送了来就是。"说着，站起身来就要走。

晚香道："怎么着？这不能算是你的家吗？这儿也姓金啊！多坐一会儿，要什么紧？王妈，把那好龙井沏一壶茶来。你瞧，我这人真是胡闹，来了大半天的客，我才叫给倒茶呢。"她说时，笑着给她母亲睐了一睐眼睛。又按着燕西的肩膀道："别走，我给你拿吃的去。你要走，我就恼了！"说着，假瞪了眼睛，鼓着小腮帮子。

燕西笑道："我不走就是了。"

晚香这就跑进屋去将一个玻璃丝的大茶盘子，送了一大茶盘子出来，也有瓜子，也有花生豆，也有海棠干，也有红枣。她将盘子放在小茶桌上，抓了一把，放到燕西怀里，笑道："吃！吃！"

燕西道："这是过年买的大杂拌，这会子还有？"

晚香道："我多着呢，我买了两块钱的，又没有吃什么。"

燕西笑道："怪道要我吃，这倒成了小孩子来了，大吃其杂拌。"

晚香的母亲坐在一边，半天也没开口的机会，这就说了。她道："别这么说啊！大兄弟，过年就是个热闹意思，取个吉兆儿，谁在乎吃啊？三十晚上包了饺子，还留着元宵吃呢，这就是那个意思，过年嘛。"

燕西听老太婆一番话，更是不合胃，且不理她，站了起来和晚香道："吃也吃了，话也说了，还有什么事没有？若是没有事，我就要走了。家里还扔下许多事，我是抽空来的，还等着要回去呢。"

晚香道："很不容易地请了来，请了来，都不肯多坐一会儿吗？你不送钱来，也不要紧，反正我也不能讹你。"这样一说，燕西倒不能不坐一下，只得上天下地，胡谈一阵。约谈了一个多钟头，把晚香拿出来的一大捧杂拌也吃完了。燕西笑道："现在大概可以放我走了吧？"

晚香笑道："你走吧！我不锁着你的。钱什么时候送来呢？别让我又打上七八次电话啊。"

燕西道："今天晚上准送来，若是不送来，你以后别叫我姓金的了。"说毕，也不敢再有耽误，起身便走了。

回到家里，就打了电话给刘宝善，约他到书房里来谈话，刘宝善一来就笑道："你叫我来的事我明白，不是为着你新嫂子那边家用吗？"

燕西道："可不是！她今天打电话叫了我去，说你只给她一百块钱。"

刘宝善道："这我是奉你老大的命令行事啊。他临走的那天上午，派人送了一个字条给我，要我每星期付一百元至一百五十元的家用，亲自送了去。我想第二个星期，别送少了。所以先送去一百元，打算明后天再送五十元，凭她一个人住在家里，有二十元一天无论如何也会够。就是你老大在这里，每星期也绝花不了这些个吧？怎么样？她嫌少吗？"

燕西道："可不是！我想老大不在这里，多给她几个钱也罢，省得别生枝节。"

刘宝善道："怎样免生枝节？已经别生枝节了。凤举曾和她订个条约的，并不是不许她和娘家人来往，只是她娘家人全是下流社会的坏子，因此只许来视探一两回，并不留住，也不给她家什么人找事。可是据我车夫说，现在她母亲来了，两个哥哥也来了，下人还在外老太太舅老爷叫得挺响亮。那两位舅老爷，上房里坐坐，门房里坐坐，这还不足，还带来了他们的朋友去闹。那天我去的时候，要到我们吃菊花锅子的那个宜秋轩去。我还不曾进门，就听到里面一片人声喧嚷，原来是两位舅老爷在里面，为一个问题开谈判。这一来，宜秋轩变成了宜舅轩，我也就没有进去。大概这里面，已经闹得够瞧的了。"

燕西道："我还不知道她的两位舅老爷也在那里。若是这事让老大知道了，他会气死。今天晚上，我得再去一趟，看看情形如何，若是那两位果然盘踞起来，我得间接地下逐客令。"

刘宝善道："下逐客令？你还没有那个资格吧？好在并不是自己家里，闹就让她闹去。"

燕西道："闹出笑话来了，我们也不管吗？"

刘宝善默然了一会儿，笑道："大概总没有什么笑话的。要不，你追封快信给你老大，把这情形告诉他，听凭他怎样办。"

燕西道："鞭子虽长，不及马腹，告诉他，也是让他白着急。"

刘宝善道："不告诉他也不好，明天要出了什么乱子，将来怎么办？"

燕西道："出不了什么大乱子吧？"

刘宝善道："要是照这样办下去，那可保不住不出乱子。"

燕西道："今天我还到那里去看看，若是不怎样难堪，我就装一点儿模糊。倘是照你说的，宜秋轩变了宜舅轩，我就非写信不可。"

刘宝善笑道："我的老兄弟，你可别把'宜舅轩'三个字给我咬上了。明天这句话传到你那新嫂子耳朵里去了，我们是狗拉耗子，多管闲事。"

燕西道："这话除了我不说，哪还有别人说？我要说给她听了，我这人还够朋友吗？"刘宝善听他如此说，方才放心而去。

燕西一想，这种情形连旁人已经都看不入眼，晚香的事恐怕是做得过了一点儿。当天筹了一百块钱，吃过晚饭，并亲送给晚香。到了门口，且不进去，先叫过听差，问少奶奶还有两个兄弟在这里吗？

听差道："今天可不在这里。"

燕西道："不在这里，不是因为我今天要来，先躲开我吗？"听差听说就笑了一笑。燕西道："等大爷回来了，我看你们怎么交代。这儿闹得乌烟瘴气，你电话也不给我一个。"

听差道："这儿少奶奶也不让告诉，有什么法子呢？"

燕西道："你私下告诉了，她知道吗？我知道，你们和那舅大爷都是一党。"于是又哼了两声，才走向里院。

这时，那右边长客厅正亮了电灯，燕西拉开外面走廊的玻璃门，早就觉得有一阵奇异的气味射入鼻端。这气味里面，有酒味，有羊头肉味，有大葱味，有人汗味，简直是无法可以形容出来的。那宜秋轩的匾额倒是依旧悬立着，门是半开半掩，走进门，一阵温度很高的热气，直冲了来。看看屋子里，电灯是很亮，铁炉子里的煤，大概添得快要满了，那火势正旺，还呼呼的作响。那屋子里面并没有一个人。东向原是一张长沙发椅，那上面铺了一条蓝布被，乱堆着七八件衣服。西向一列摆古玩的田字格下，也不知在哪里拖来一副铺板，两条白木板凳，横向中间一拦，又陈设了一张铺。中间圆桌上乱堆了十几份小报，一只酒瓶子，几张干荷叶。围炉子的白铁炉档，上面搭了两条黑不溜秋的毛手巾，一股子焦臭的味儿。那屋子中间的宫纱灯罩的灯边，平行着牵了两根麻绳，上面挂着十几只纱线袜子。有黑色的，有揞布色的，有陈布色的。有接后跟的，有补前顶的，有配上全底的，在空中飘飘荡荡，倒好像万国旗。燕西连忙退出，推开格扇，向院子里连连吐了几口口沫。

晚香老远地在正面走廊上就笑道："喂！送钱的来了，言而有信，真不含糊呀。"一面说，就绕过走廊走上前来。笑道："你哥哥不在京，也没有客来，这屋子就没有人拾掇，弄得乱七八糟的，刚才我还在说他们呢。到北屋子里去坐吧，杂拌还多着呢。"

燕西皱了眉，有什么话还没说出。晚香笑道："别这样愁眉苦脸的了。你那小心眼儿里的事，我都知道。你不是为了这客厅里弄得乱七八糟的吗？这是我娘家两个不争气的哥哥，到这儿来看我妈。在这里住了两天，昨天我就把他们轰出去了。我一时大意，没有叫老妈子归拾起来，这就让你捉住这样一个大错。话说明白了，你还有什么不乐意的没有？"说着，带推带送，就把燕西推到正面屋子里来。

燕西笑道："捉到强盗连夜解吗？怎么一阵风似的就把我拖出来了？"

晚香道："并不是我拖你来，我瞧你站着那儿怪难受的，还是让你走开了的好。"

燕西道："倒没有什么难受，不过屋子里没有一个人，炉子里烧着那大的火，绳子上又悬了许多袜子，设若烧着了，把房东的房子烧了，那怎么办？"

晚香道："铁炉子里把火闷着呢，何至于就烧了房？"

燕西道："天下事，都是这样。以为不至于闹贼，才会闹贼。以为不至于害病，才会害病。以为不至于失火，才会失火。要是早就留了心，可就不会出岔子了。"

晚香笑道："你们哥儿们一张嘴都能说。凭你这样没有理的事，一到你们嘴里，就有理了。"

燕西深怕一说下去，话又长了，就在身上衣袋里摸索了一会儿，留下一小叠钞票，摸出一小叠钞票，就交给晚香道："这是五十元，我忙了一天了。请你暂为收下。"

晚香且不伸手接那钱，对燕西笑道："我的小兄弟，你怎么还不如外人呢？刘二爷也没有让我找他，自己先就送下一百块钱来了。我人前人后总说你好，从前也没有找你要个针儿线儿的。这回你哥哥走了，还让你照管着我呢，我又三请四催地把你请来了。照说，你就该帮我个忙儿。现在你不但不能多给，反倒不如外人，你说我应该说话不应该说话？"

燕西笑道："这话不是那样说，我送来的是老大的钱，刘二爷送来，也是我老大的钱。现在我们给他设法子，将钱弄来了，反正他总是要归还人家的。又不是我们送你的礼，倒可以看出谁厚谁薄来。"

晚香一拍手道："还不结了！反正是人家的钱，为什么不多送两个来？"

燕西笑道："我不是说，让你暂时收下吗？过了几天，我再送一笔来，你瞧好不好？"说时，把钞票就塞在晚香手上。

晚香笑了一笑，将钞票与燕西的手一把握住，说道："除非是你这样说，要不然，我就饿死了等着钱买米，我也不收下来的。"

燕西抽手道："这算我的公事办完了。"

晚香道："别走啊，在这儿吃晚饭去。"

燕西道："我还有个约会呢！这就耽误半点钟了，还能耽误吗？"燕西说毕，就很快地走出去了。

晚香隔着玻璃门，一直望着出了后院那一重屏门，这才将手上钞票点了一点，叹口气道："知人知面不知心。这孩子我说他准帮着我的。你瞧，他倒只送这些个来。"

晚香的母亲在屋子里给她折叠衣服，听了这话便走出来问道："他给你拿多少钱来了？你不是说这孩子心眼儿很好吗？"

晚香道："心眼儿好，要起钱来，心眼儿就不好了。"

她母亲道："嫁汉嫁汉，穿衣吃饭。这是什么话呢？金大爷一走，把咱们就这样扔下了，一个也不给。"

　　晚香道："你不会说，就别说了，怎样一个也不给？这不是钱吗？"

　　她妈道："这不是金大爷给你的呀！"晚香也不理她母亲，坐在一边只想心事。

　　她母亲道："你别想啊！我看干妈说的那话有些靠不住。你在这儿有吃有穿，有人伺候，用不着伺候人，这不比小班里强吗？金大爷没丢下钱也不要紧，只要他家里肯拿出钱来，就是他周年半载回来也不要紧。将来你要是生下一男半女的，他金家能说不是自己的孩子吗？"

　　晚香皱眉道："你别说了，说得颠三倒四，全不对劲。你以为嫁金大爷，这就算有吃有喝快活一辈子吗？那可是受一辈子的罪。明天就是办到儿孙满堂，还是人家的姨奶奶，到哪儿去也没有面子。"

　　她母亲道："别那样说啊，像咱这样人家，要想攀这样大亲戚，那除非望那一辈子。人就是这样没有足，嫁了大爷，又嫌不是正的。你想，人家做那样的大官，还能到咱们家里来娶你去做太太吗？"

　　晚香道："你为什么老帮着人家说话，一点儿也不替我想一想呢？"

　　她母亲道："并不是我帮着人家说话，咱们自己打一打算盘，也应这样。"

　　晚香道："我不和你说了，时候还早，我瞧电影去。你吃什么不吃？我给你在南货店带回来。"一面说，一面按着铃，就叫进了听差，给雇一辆车上电影院。进了屋子，对着镜子，打开粉缸，抹了一层粉。打开衣橱挑了一套鲜艳的衣服换上，鞋子也换了一样颜色的。然后戴了帽子，拿了钱袋，又对着镜子抹了抹粉，这才笑嘻嘻地吱咯吱咯一路响着高跟鞋出去。

　　正是事有凑巧，这天晚上，燕西也在看电影。燕西先到坐在后排。晚香后到坐在前排。燕西坐在后面，她却是未曾留意，晚香在正中一排，拣了一张空椅子坐下。忽然有一位西装少年，对她笑了一笑道："喂！好久不见了。"

　　晚香一看，便认得那人，是从前在妓院里所认识的一个旧客。他当时态度也非常豪华，很注意他的。不料他只来茶叙过三回，以后就不见了。自己从了良他未必知道，他这样招呼，却也不能怪，因点着头笑了一笑。他问道："是一个人吗？"

晚香又点了点头。那人见晚香身边还有一张空椅子，就索性坐下来，和她说话。晚香起了一起身，原想走开，见那人脸上有些难为情的样子，心想，这里本是男女混坐的，为什么熟人来倒走开呢？不是给人家面子上下不去吗？只在那样犹豫的期间，电灯灭了。燕西坐在后面，就没有心去看电影，只管看着晚香那座位上。

到了休息的时候，电灯亮了，晚香偶然一回头，看见燕西，这就把脸红破了。连忙将斗篷折叠好，搭在手上，就到燕西一处来，笑道："你什么时候来的？我没有看见你。"

燕西道："我进来刚开，也没有看见你呢。"

晚香见隔他两个人还有一张空椅子。就对燕西邻坐的二人，道了一声劳驾，让人家挪一挪。人家见她是一家人的样子，又是一位少妇出面要求，望了一望，不作声地让开了。晚香就把电影上的情节来相问，燕西也随便讲解。电影完场以后，燕西就让她坐上自己的汽车，送她回家去。到了门口，燕西等她进了家，又对听差吩咐几句，叫他小心门窗，然后回家。

到了家里，便打电话叫刘宝善快来。十五分钟后他就到了。燕西也不怕冷，正背了手在书房外走廊上踱来踱去。

刘宝善道："我的七爷，我够伺候的了，今天一天，我是奉召两回了。"

燕西扯了他手道："你进来，我有话和你说。"

刘宝善进房来，燕西还不等他坐下，就把今天和今天晚上的事，都告诉了他。因叹气道："我老大真是花钱找气受。"

刘宝善道："她既然是青楼中出身，当然有不少的旧雨。她要不在家里待着，怎能免得了与熟人相见？"

燕西道："这虽然不能完全怪她，但是她不会见着不理会吗？她要不理会人家，人家也就不敢走过来和她贸然相识吧？"

刘宝善道："那自然也是她的过。杜渐防微，现在倒不能不给她一种劝告。你看应该是怎样的措辞呢？"

燕西道："我已经想好了一个主意，由我这里调一个年长些的老妈子去，就说帮差做事。若是她真个大谈其交际来，我就打电报给老大，你看我这办法怎样？"

刘宝善道："那还不大妥当。朱逸士老早就认得她的了，而且嫁过来老朱还可算是个媒人，我看不如由我转告老朱去劝劝她。她若是再不听劝，我们就不必和她客气了。"

燕西道："那个人是不听劝的，要听劝，就不会和老大闹这么久的别扭了。上次我大嫂钉了我两三天，要我引她去。她说并不怎样为难她，只是要看看她是怎样一个人。我总是东扯西盖，把这事敷衍过去。现在我倒后悔，不该替人受过，让他们吵去，也不过是早吵早散伙。"

刘宝善笑道："这是哪里说起！她无论如何对你老大不住，也不和你有什么相干，要你生这样大气？你老大又不是杨雄，要你出来做这个拼命三郎石秀？"

燕西红了脸道："又何至于如此呢？"

刘宝善道："我是信口开河，你不要放在心里。明天应该怎么罚我，我都承认。"

燕西道："这也不至于要罚。你明天就找着老朱把这话告诉他。我不愿为这事再麻烦了。"刘宝善觉得自己说错了一句话，没有什么意思，便起身走了。

燕西正要安寝，佩芳却打发蒋妈来相请。燕西道："这样夜深，还叫我有什么事？"

蒋妈道："既然来请，当然就有事。"燕西心里猜疑着，便跟了到佩芳这里来。

第六十二回

叩户喜重逢谁能遣此
登门求独见人何以堪

到了佩芳屋子里，佩芳斜躺在一张软椅上，她也不作声，也不笑，只冷冷地望着。燕西笑道："糟糕！这样子，我又像犯了什么事？"

佩芳道："你想想看，犯了事没有？"

燕西道："臣知罪，不知罪犯何条？"

佩芳冷笑道："你还要和我开玩笑吗？你这玩笑也开得太够了！"

燕西道："真的，越说我越糊涂了，我真猜不着犯了什么事？"

佩芳道："大概我不说穿，你也不肯承认。我问你，今天两次把刘二爷找了来，那是为着什么？"

燕西笑道："大嫂怎么知道这一件事？我真佩服你无线电报，比什么还快！"

佩芳道："这倒不是无线电，是我做了一点儿不道德的事，我亲自在你书房外听了两幕隔壁戏，把你们所说的话全听来了。你虽然替你哥哥办事，但是你倒说了几句良心话，我认为差强人意。现在你们应该觉悟了，我反对你大哥讨人，并不是为了吃醋，也不是为省钱，就是为着大家的体面。"

燕西坐在佩芳对面，背转身去，看了壁上悬的大镜子，只管搔头发。

佩芳道："你以为不带我去，我就找不着那个藏娇的金屋吗？"

燕西笑道："找是找得着的，不过……"

佩芳道："不过什么？不过有伤体面吗？老实对你说吧，我要是不顾着'体面'两个字，我早就打上门去了。我现在听你所说的话，他们这局面恐不能久长。早也过去了，现在我还干涉做什么？我当真那样傻，现成的贤人我不乐得做吗？"

燕西对佩芳作了两个揖，笑道："好嫂子，你这才是识大体。你初叫我来的时候，我不知有什么大祸从天降。现在经你一说，我心里才落下一块石头，我是以小人之心度君子之腹了。"

佩芳道："你不要给我高帽子戴了。我也是为大家设想，不愿闹出来。其实，我不是贤人，也不是君子。我特地要声明的，我对你还有个小小的要求，你若是我的好兄弟，你就得答应我这一件事。"

燕西又搔了一搔头发道："糟糕！我心里一块石头刚刚落下去，凭你这样一说，我这一块石头，又复提了起来。"

佩芳道："你不要害怕，我并没有什么很困难的问题要你去办。我所要求的，就是从今以后，你摆脱照顾你那位新嫂子的责任。"

燕西道："我也没有怎样照顾她。自从老大去了以后，我就是今天到那里去了两回。"

佩芳道："她要钱用，你们已经送了钱给她了。此外，还有什么事要你们去照顾？而且她那样年轻的人，又是那种出身，你们这些先生们去照顾也有些不方便。我的意思，希望你和你那班朋友都不要去，免得自己先让人说闲话。"

燕西笑道："那也不至于吧？难道自己家里人，到自己家里去，旁边人还要多嘴不成？"

佩芳道："难怪呢，你还打算把她当家里人看待呢。我问你，她是什么出身？那边又没有一个人，你们来来去去的，人家一点儿都不说闲话吗？"

燕西自觉着是坦白无私的，现在让佩芳一说，倒觉得情形有些尴尬。因笑道："不去倒没有什么，不过将来老大知道了，又说我们视同陌路。"

佩芳道："他要回来怪上你们，那也不要紧，你就说是我叫你这样办的就是了。"

燕西踌躇了一会子，笑道："以后我不去就是了。"

佩芳道："你口说是无凭的，以后我要侦察你的行动。你若是言不顾行，我再和你办交涉。还有两个条件，其一，那边打来的电话，你不许接。其二，你不许把我的话，转告诉你的朋友。"

燕西道："也不过如此吧？这些条件，我都答应就是了。已经一点钟了，我要告退。"于是不待她再说话，就回房去睡觉。

到了次日，一上午刘宝善就打了电话来了，说是朱逸士以为这种话，除了骨肉之亲，旁人说了是会挨嘴巴子的。燕西也不好在电话回答的，就约了晚上到他那里来会面，当面再说。恰好晚上家里有小牌打，把这事搁下了。第二天晚上，又是陈玉芳组新班上台。鹤荪、鹏振邀了许多朋友去坐包厢，这种热闹自是舍不得丢下。到了第三日，记起这件事了，便要打电话约刘宝善。恰好电话未打，那个前次来做小媒人的谢玉树，他又来了。他是由金荣引到书房里来的。

燕西一见，他左手取下头上帽子，右手伸过来和燕西握着，连连摇撼了几下。笑道："密斯脱卫，叫我致意于你，他非常地感谢。他说，虽然给他一个机会让他单独进行。他自己估量着，恐不能得着什么好成绩。将来有求助于你的地方，还是要你帮忙。"

燕西笑道："你说话有点儿急不择词了。别的什么事可以请人帮助，娶老婆也可以请人帮助的吗？"

谢玉树拍着燕西的肩膀，和他同在一张沙发上坐了。笑道："论到恋爱，原用不着第三者。但是帮忙是少不了要朋友的。你真善忘啊，你结婚还要我同老卫帮你一个小忙，做了一天傧相呢。不过结婚以后，这就用不着人帮忙了。"

一句话未了，只听到外面有人抢着答道："谁说的？结婚以后正用得着朋友帮忙呢。不说别人，我现在就是替人家结了婚的人跑腿。"

那人一面说话，一面推门进来，原来是刘宝善。他在燕西结婚的那一天已经认识了谢玉树，因之彼此先寒暄了两句。回头便对燕西道："老弟台，不是我说你，你做事真是模糊啊！你那天约了到我家去，让我好等。怎么两天也不给我一点儿回信？你难道把这件事情忘了吗？要不你就是拿我老刘开玩笑。"

燕西道："真不凑巧，恰好这两天有事耽误了。今天想起来了，恰好又来了客。"

谢玉树道："这客指的是我吗？我实在不能算是客。你若有什么事尽可随便去办。我要在这里坐，你用不着陪，或者我走，有话明日再谈。"

刘宝善笑道："这朋友太好，简直是怎么说就怎么好呢。"

燕西道："老谢，你就在我这里坐一会儿吧，我把书格子的钥匙交给你，你可以在这里随便翻书看。我和老刘到前面小客厅里去谈一谈，大概有半个钟头，也就准回来了。"燕西说着，在抽屉里取出钥匙，放在桌上。就拉了刘宝善走，顺手将门给带上了。

谢玉树当真开了书格子，挑了几本文雅些的小说躺在沙发椅上看。看入了神，也不知道燕西去了多少时候，只管等着。索性把门暗闩上，架起脚来躺着。正看到小说中一段情致缠绵的地方，咚咚两声发自门外的下面，似乎有人将脚踢那门。谢玉树心想，燕西这家伙去了许久，我先不开门，急他一急，因此不理会。外面却有女子声音道："青天白日的，怎把书房门关上了？又是他怕人吵，躺在这里睡觉了。"接上又是咚咚几声捶在门上面。喊道："七哥！七哥！开门开门，我等着要找一本书。"

谢玉树急了，先不知道来的是个什么女子，答应是不好，不答应是不好。后来听到叫七哥，分明是八小姐来了。心里突然一阵激烈地跳着。外面的人喊道："人家越要拿东西，越和我开玩笑。你再要不开门，我就会由窗户里爬进来的了。"

谢玉树又不好说什么，就这样不声不响地开了门。门一开，他向旁边一闪。只见梅丽穿一件浅黄色印着鱼鳞斑的短旗袍，出落得格外艳丽。不过脸上红红的，正鼓着脸蛋，好像是在生气。她一看见是谢玉树，倒怔住了，站在门口，觉得是进来不好，不进来也不好。还是谢玉树这回比较机灵一些，却和梅丽鞠了一躬，然后轻轻地笑着道："令兄不在这里。"

梅丽分明见他嘴唇在那里张动，却一点儿听不到他说些什么。猜他那意思大概是说好久不见。人家既然客气，也只好和人客气了。因笑道："我七家兄难得在家的。谢先生又要在这里久等了。"

谢玉树道："他今天在家，陪客到前面客厅里坐去了。我不过在这屋里稍等一等罢了。八小姐要找书吗？令兄把书格子的钥匙丢在这里。"

梅丽红了脸道："刚才失仪得很，谢先生不要见笑。"说着，就进屋来开书橱。

谢玉树低了头，不由得看到她那脚上去。见她穿了一双紫绒的平头便鞋，和那清水丝袜相映，真是别有风趣。梅丽一心去找书，却不曾理会有人在身后看她。东找西找，找了大半天，才把那一本书找着。因回头对谢玉树道："谢先生，请你坐一会儿，我就不陪了。"梅丽点头走了，这屋子里还恍惚留下一股子似有如无的香气。

谢玉树手里拿着书，却放在一边，心里只揣念着这香的来处。忽然有人问道："呔！你这是怎么了？看书看中了魔吗？"

一抬头，只见燕西站在面前。因笑道："并不是中了魔。这里头有一个哑谜，暂时没有说破，我要替书中人猜上一猜。"

燕西道："什么哑谜呢？说给我听听看，我也愿意猜猜呢。"

谢玉树将书一扔道："我也忘了，说什么呢？"

燕西笑道："你真会捣鬼！我听说你女同学里面有一个爱人，也许是看书看到有爱人相同之点，就发呆了？"谢玉树道："你听谁说这个谣言？这句话无论如何我是不能承认的。谁说的？你指出人来。"

燕西道："嘿！你要和我认真还是怎么着？这样一句不相干的话，也不至于急成这个样子。"

谢玉树道："你有所不知，你和我是不常见面的人，都听到了这种谣言，更熟的人就可想而知。我要打听出来，找一个止谤之法。"

燕西道："连止谤之法你都不知道吗？向来有一句极腐败的话，就是止谤莫如自修。"

谢玉树本想要再辩两句，但是一想，辩也无味，就一笑而罢。他本是受了卫璧安之托，来促成好事的，到了这里，就想把事情说得彻底一点儿，不肯就走。谈到晚上，燕西又留他吃晚饭。

就在这时，晚香来了电话，质问何以几天不见面？燕西就是在书房里插销接上的电话。谢玉树还在当面，电话里就不便和她强辩，因答说："这几天家里有事，我简直分不开身来，所以没有来看你。你有什么事，请你在电话里告诉我就是了。"

晚香道："电话里告诉吗？我打了好几遍电话了，你都没有理会。"

燕西道："也许是我不在家。"

晚香道："不在家？早上十点钟打电话，也不在家吗？这回不是我说朱宅打电话，你准不接，又说是不在家了。"

燕西连道："对不住，对不住，我明日上午准来看你。"不等她向下再问，就把插销拔出来了。

那边晚香说话说得好好儿的，忽然中断，心里好不气愤。将电话挂上，两手一叉，坐在一边，一个人自言自语地道："我就是这样招人讨厌？简直躲着不敢和我见面，这还了得！"

她母亲看见她生气，便来相劝道："好好儿的又生什么气？你不是说今天晚上要去瞧电影吗？"

晚香道："那是我要去瞧电影，我为什么不去瞧？我还要打电话邀伴呢。他们不是不管我了吗？我就敞开来逛。谁要干涉我，我就和谁讲这一档子理。不靠他们姓金的，也不愁没有饭吃。妈，你给我把衣服拿出来，我来打电话。"说毕，走到电话机边便叫电话。

她母亲道："你这可使不得，你和人家闹，别让人家捉住错处。"

晚香的手控着话筒，听她母亲说，想了一想，因道："不打电话也行，反正在电影院里也碰得着他。"

她母亲道："你这孩子就自在一点儿吧。这事若是闹大了，咱们也不见得有什么面子。"

晚香并不理会她母亲的话，换了衣服，就看电影去了。一直到一点钟才回家来。她母亲道："电影不是十二点以前就散吗？"

晚香道："散是早散了，瞧完了电影，陪着朋友去吃了一回点心，这也不算什么啊！"

她母亲道："我才管不着呢，你别跟我嚷！"

晚香道："我不跟你嚷，你也别管我的事。你要管我的事，你就回家去，我这里容你不得。"她母亲听她说出这样的话，就不敢作声了。从这一天起，晚香就越发地放浪。

到了第四天，朱逸士却来了。站在院子里，先就乱嚷了一阵嫂子与大奶奶。这时一点钟了，晚香对着镜子烫短头发，在窗户里看见朱逸士，便道："稀客稀客。"

朱逸士笑着，走进上面的小堂屋。晚香走出来道："真对不起，我就没有打算我们家里还有客来，屋子也没有拾掇。"

朱逸士笑道："嫂子别见怪，我早就要来，因为公事忙，抽不开身来。"

晚香道："就是从前大爷在北京，你也不过是一个礼拜来一回，我倒也不怪你。唯有那些天天来的人，突然一下不来了，真有点儿邪门。"于是把过年以来，和凤举生气，一直到几天无人理会为止，说了一个透彻。朱逸士究竟和她很熟，一面为旁人解释，一面又把话劝她。

晚香鼻子哼了一声，笑道："我早就知道你的来意了。"

朱逸士笑道："知道也好，不知道也好，反正我的来意算不坏。我这里还有一点儿东西，给你看看。"说着，就在身边掏出一封信来，交给她道："这是大爷从上海寄了一封快信给我，里面附着有这封信。"

晚香将信接到手一看，是一个薄薄洋式信封，便道："又是空信，谁要他千里迢迢地灌我几句无味的米汤？"说着，将信封向沙发椅上一扔。这一扔却把信封扔得覆在椅子上，背朝了外，一看那信封口究竟不曾粘上的。因又拿起信封，在里抽出一张信纸来交给朱逸士道："劳驾，请你念给我听听。咱们反正是公开，有什么话，全用不着瞒人。"

朱逸士笑道："所以我早就劝你认了字，要是认得字，就用不着要人念信了。"

晚香道："反正是过一天算一天，要认识字做什么？"

朱逸士捧了这张信纸，先看了一看，望了晚香摆头笑道："信上的话，都是他笔下写的，由我嘴里说出来罢了，我可不负什么责任的。"

晚香道："咳！你说出来就是了，又来这么些个花头！"

朱逸士便捧着信念道："晚香吾……"

晚香道："念啦，无什么？"

朱逸士笑道："开头一句，他称你为妹，我怕你说我讨便宜，所以我不敢往下念。"

晚香道："谁管这个？你念别的就是了。"

朱逸士这才念道：

　　我连给你三封信，谅你都收到了，我想你回我的信也就快到了。对不对呢？

64

晚香的嘴一撇道："不对，我也像你一样……"

朱逸士道："太太，怎么了？我不是声明在先吗？这是他笔头写的，我代表说的，你又何必向我着急呢？"

晚香道："我也是答应信上的话，谁管你呢？你念吧。"

朱逸士笑了一笑，又念道：

我本来要寄一点儿款子来的，无奈公费不多，我不敢挪动。好在是我已经托了朱先生刘先生多多照应。就是老七他也再三对我说了，钱上面绝不让你有一天为难。因为这样，所以我寄钱也是多此一举，不如免了。我有事要和你商量的，就是我不在京，请你在家看守，不要出去，免得让外人议论是非。你要玩，让我回京以后多多陪你就是了。

晚香不等朱逸士念完，劈手一把将信纸抢了去，两手拿着，一阵乱撕，撕得粉碎，然后向痰盂里一掷。又对朱逸士笑道："朱先生，你别多心，我不是和你生气。"

朱逸士的脸色，由黄变红，由红变白，正不知如何是好，见晚香先笑起来，才道："你可吓我一跳！这是什么玩意儿？"

晚香道："你想，这信好在是朱先生念的，朱先生不是外人，早就知道我的事的。这封信若是让别人念了，还不知道我在外面怎样胡作非为，要他千里迢迢回信来骂我呢。这事怎样叫人不生气？"

朱逸士本想根据信发挥几句，这样子就不用提了。但是僵着不作声又觉自己下不了台。因笑道："人都离开了，你生气也是白生气啊，他哪里知道呢？"

一面说，一面就站了起来，搭讪着看看这屋子里悬挂的字画。因看到壁上有一架一尺多大的镜框子，里面嵌着风举晚香两人的合影。在相片上，有一行横字，乃写的是"在天愿为比翼鸟，在地愿为连理枝"，横头写着"中秋日偕宜秋轩主摄于公园，风举识"。朱逸士便拿了那镜框子在手，笑道："你别生气，你看了这一张相片，也就不要生气了哇。这上面的话，真是山盟海誓，说不尽那种深的恩情呢。"

晚香道："你提起这个吗？不看见倒也罢了，看见了格外让人生气。男子汉都是这样的，爱那女子，便当着天神顶在头上。有一天，不爱了，就看成了臭狗屎，把她当脚底下泥来踩。我现在是臭狗屎了，想起了当年做天神的那种精神，现在叫我格外难过。"

朱逸士道："既然看着难过，为什么还挂在屋子里呢？这话有些靠不住啊。你看这相片上的人，是多么亲密！两个人齐齐地站着。"说时，就把那镜框送到晚香面前。

晚香道："你不提起，我倒忘了，这东西是没有用，我还要它做什么？"说时，拿了过来，高高举起，砰的一声就向地板上一砸，把那镜子上的玻璃，砸得粉也似的碎，一点儿好的也没有。朱逸士一见，不由得脸上变了色。正想说一句什么，一时又想不起一句相当话来。那晚香更用不着他来插嘴，拿相片出来，三把两把扯了个七八块。朱逸士为了自己的面子生气，又替凤举抱不平。一声儿也不言语，就背转身出门了。

出得门来，坐上自己的包车，一直就到金宅来。走进门，正碰到金荣，便问你们七爷哪里去了。金荣见他脸上带有怒色，倒不敢直言相告，便道："刚才看见他由里往外走，也许出门了。"

朱逸士道："我在书房里等他，你到里面去找找他看，看他在家里没有？我有要紧的话和他说。"

金荣让朱逸士到书房里去，便一直走到上房来找燕西。四处找着，都不曾看见。正要到书房里回朱逸士的信，却见小丫头玉儿由外面进来。笑道："金大哥，劳你驾，到七爷书房里找一个洋信封来。我瞧那里有客，不好去的。"

金荣道："有客要什么紧？他会吃了你吗？"

玉儿将脚一伸道："不是别的，你瞧。"

金荣一看，她脚上穿着旧棉鞋，鞋头上破了两个洞。金荣笑道："了不得，你多大一点儿年纪了，就要在人前要一个漂亮？"

玉儿掉头就走，口里笑着说道："你就拿来吧，七爷在三姨太太那里写信，还等着要呢。"

金荣倒不想燕西在这里，就先来报信。走到院子里先叫了一声七爷，燕西道："有什么事，还一直找到这地方来？"

金荣道："朱四爷来了，他有话，等着要和七爷说。看那样子倒好像是生气。"

燕西道："他说了什么没有？"一面说着，一面向外面走了出来。

翠姨原站在桌子边，看着燕西替她写家信。燕西一扔笔要走，她就道："什么朱四爷朱八爷？迟不来，早不来。我求人好多回了，求得今日来写一封信，还不曾写完，偏是要走。"说着，抢着堵住了房门口，两手一伸，凭空拦住。

燕西笑道："人家有客来了，总得去陪。"

翠姨道："我知道，那是不相干的朋友。让他等一会儿那也不要紧，你先给我把这封信写完，我才能够让你走。"

燕西笑道："没有法子，我就和你写完了再走吧。金荣，你去对朱四爷说，稍微等一等我就来的。你还在书房里送个信封来。"于是又蹲下身来，二次给翠姨写信。信封来了，又给翠姨写好了，才站起来道："这只剩贴邮票了，大概用不着我了吧？"

翠姨笑道："要你做这一点儿小事，还是勉强的，你还说上这些个话，将来你就没有请求我的时候吗？"

燕西笑道："要写信，我便写了，还有什么不是？"

翠姨道："你为什么还要说两句俏皮话哩？意思好像我要你做这一点儿事，你已经让我麻烦够了似的。"

燕西笑道："算我说错了就是了。你有账和我算，现在且记下，我要陪客去了。"一面说着，一面向外飞跑。跑出了院子门，复又跑回来，玉儿却从屋子里迎上前，手里高举一件坎肩道："是丢了这个，回头拿的不是？"

燕西笑道："对了，算你机灵。"顺手接过坎肩，一壁穿，一壁向外走。

到了书房里，朱逸士道："不是新婚燕尔啦，什么事绊住了脚不能出来，让我老等？"

燕西笑道："我料你也没有什么要紧的大事，所以在里面办完了一点儿小事才出来。"

朱逸士道："问题倒不算大问题，只是我气得难受。"因就把晚香撕信和撕相片子的事，说了一遍。

燕西道："这个人我真看不出，倒有这样大的脾气。"

朱逸士道："脾气哪个没有呢？可也看着对谁发啊？我到金府上来，大小总是一个客，怎么我说什么，就把什么扫我的面子？我是不敢在那里再往下待，再要坐个几分钟，恐怕还要赏我两个嘴巴呢。"

燕西笑道："这件事她确是不对。但是我也没有法子，只好等着老大回来了再说。"

朱逸士道："我并不是来告诉你要你和她出气。不过我看她这种情形，难望维持下去。你得赶快写信到上海去，叫他早回来，不要出了什么乱子事后补救就来不及了。我听说她现在不分昼夜地总是在外面跑，这是什么意思呢？"

燕西道："你听到谁说的？"

朱逸士笑道："你想这些娱乐场所还短得了我们的朋友吗？只要人家看见，谁禁得住不说？况且那位她又是不避人的。"

燕西听了这话，不由得呆了一呆，脸上也就红上一阵。朱逸士笑道："这干你什么事，要你难为情？"

燕西勉强笑道："我倒不是怕难为情，我想到金钱买的爱情，是这样靠不住。"

朱逸士道："并不是金钱买的爱情靠不住，不过看金钱够不够满足她的欲望罢了。你所给予她的金钱，可以敌得过她别的什么嗜好，她就能够牺牲别的嗜好，专门将就着你。老实说，你老大是原来许得条件太优，到了现在不能照约履行，所以引得她满腹是怨恨。换言之，也就是你老大的金钱不曾满足她的欲望。无论什么事，没有条件便罢，若是有了条件，有一方面不履行，那就非破裂不可的。"

燕西先是要辩论，听到这里，不由得默然起来。还是朱逸士道："这件事据我看来，你非写信到上海去不可。若是不写信，将来出了事故，你的责任就更大了。"

燕西道："这事不是如此简单，你让我仔细想想。"

于是两手撑在桌上，扶住了额顶。正想着呢，金荣慌慌张张跑了进来，张口结舌地道："七爷七爷，新大奶奶来了。"

这不由燕西猛吃一惊，因问金荣道："她在哪里？她的胆子也太大了。"

金荣道："她在外面客厅里。门房原不知道她是新奶奶，因为她说姓李，是来拜会七爷的。"

燕西道："那倒罢了，就当她是姓李。千万别嚷，嚷出来了，可是一件大祸。连我都是很大的嫌疑犯，大家不明白，还以为我勾引来的呢。"一面说着，一面就向外走。

走到外面客厅里，只见晚香把斗篷脱了，放在躺椅上。她自己却大模大样地在屋子里走来走去。燕西原是一肚子气，见了她竟自先行软化起来，一点儿气也没有了。因笑道："有什么要紧的事没有？"

晚香微笑道："你想，我若是没有要紧的事，敢到这里来吗？我有一个急事，等着要用几百块钱，请你帮我一个忙。我也不限定和你借多少，你有一百就借一百，你有二百就借二百。可是有一层，我马上就要。"

燕西心想，刚才她还和朱逸士两个人大闹，并没有说到有什么急事，怎样一会儿工夫就跟着发生了急事要钱？这里面一定另有缘故。犹疑了一会子，便道："既然是你亲自来了，想必很要紧。不过这一会子，我实在拿不出手，等到晚上我把钱筹齐了，或者我当晚就送来，或者次日一早我送来，都可以。"

晚香微笑道："你真能冤我，像府上这大的人家，难道一二百块钱拿不出来？"

燕西这却难了，要说拿不出来，很与面子有关；若说拿得出来，马上就要给她。因笑道："怎么回事？你是来和我生气的呢，还是来商量款子呢？"

晚香便站起来走上前，拍着燕西的肩膀笑道："好孩子，我是来和你商量款子来了，你帮嫂子一个忙吧。"

燕西站起来，向后退了一步，又回头看了一看，然后说道："并不是我故意推诿，实在身上不能整天揣着整百的洋钱。要不随我到里面拿去。"

晚香笑道："好孩子，你还说不推诿呢？你们家里有账房，随时去拿个三百二百，很不费事。就是没有现钱，账房里支票簿子也没有一本吗？那平常和银行里往来，这账又是怎样算呢？"

燕西望着她笑了一笑，什么也不能说了。晚香道："行不行呢？你干脆答复我一句吧。"

燕西笑道："我到账房里，给你去看看，有没有，就碰你的运气。"

说着，刚要提了脚出门，晚香又叫道："你回来回来。"燕西便站住等话，晚香道："今天天气不早了，来不及到银行里去兑钱，你别给我开支票，给我现钱吧。"

　　燕西听她说这话，倒疑惑起来，要钱要得这样急，又不许开支票，这是什么意思？便道："好吧，我进去给你搜罗搜罗吧。"

　　说毕，就复到书房里来，告诉了朱逸士。他望了燕西一望，微笑道："你还打算给她钱吗？傻子！"

　　燕西本来就够疑虑的了，经朱逸士这样一说，就更加疑虑，望了他说不出所以然来。朱逸士道："你想，刚才我由那里来，她一个字也没有提到。这一会儿工夫，她就钻出一桩急事来了，是否靠得住也就不问可知。况且她来要钱，连支票都不收，非现洋不可，难道是强盗打抢，一刻延误不得。你不要为难，你同我一路去见她，让我来打发她走。"

　　燕西笑道："就这样出去硬挺吗？有点儿不好意思吧？"

　　朱逸士道："所以你这人没有出息，总应付不了妇女们。这要什么紧？得罪了就得罪了，至多是断绝往来而已。难道你还怕和她断绝往来吗？"说时，伸了一只手挽住燕西的胳膊，就一同到外面来。

　　晚香在小客厅里等着，一个人有点儿不耐烦，便在屋子里走着，看墙上挂的画片。一回头，只见朱逸士笑嘻嘻地一脚踏了进来，倒吓了一跳。朱逸士先笑道："还生气不生气呢？刚才我在你那里，真让你吓了我一个够了。"

　　晚香因见燕西紧随在身后，就不愿把这事紧追着向下说，因道："我并不是和你生气，我先就说明白了。得啦，对你不住，等大爷回来，叫他请你听戏。"

　　朱逸士笑道："不要紧，不要紧，事情过了身，那就算了。七爷说，你有急事来找他来了，什么事？用得着我吗？我要表示我并不介意，我一定要给你去挡住这一场急事。"

　　晚香被他这样硬逼一句，倒弄得不知如何措辞是好，望了朱逸士，只管呆笑。朱逸士道："这事没有什么难解决的？无论什么事，只要是钱可以解决的，我们给钱就是了。是谁要钱？我陪你去对付他，现钱也有，支票也有，由他挑选。也许由我们去说，可以少给几个呢。"

晚香笑道:"朱先生,你还生气吗?你说这句话是跌我的相来了,以为我是来骗钱的,要跟着我去查查呢。我这话说得对不对?"

燕西连连摇手笑道:"人家也是好意,你何必疑心?"

朱逸士笑道:"我这个人就是这样,要帮忙就帮到底,我既说了要去,就非去不可!燕西,请你下一个命令,叫他们开一辆汽车,我们三个人,坐着车子一块儿去。"

晚香脸色一变道:"我就和七爷借个二百三百的,这也不算多,借就借,不借就不借,那都没关系。凭什么我用钱还得请朱先生来管?我并不是二三百块钱想不到法子的人,何苦为了这事,来看人家的颜色?"说着,拿起搭在椅子上的斗篷向左胳膊上一搭,转身就走。

燕西不好拦住她,也不好让她这样发气而去,倒弄得满脸通红。朱逸士笑道:"这可对不住了,你请便吧。"当他说这话时,晚香已经出去了,听得那高底鞋声嘚嘚然由近而远了。

第六十三回

席卷香巢美人何处去
躬参盛会知己有因来

晚香走出门以后，燕西一顿脚，埋怨道："你这人做事真是太不讲面子，叫人家以后怎么见面？"

朱逸士冷笑道："你瞧，这还不定要出什么花头呢？还打算见面吗？"

燕西笑道："你说得这样斩钉截铁，倒好像看见她搬了行李，马上就要上车站似的。"

朱逸士道："你瞧着吧，看我这话准不准？"

燕西笑道："不要谈这个了，你今天有事没事？若是没有事，我们找一个地方玩儿去。"

朱逸士道："可是我有两天没有到衙门里去了，今天应该去瞧瞧才好。"

燕西道："打一个电话去问问就行了，有事请人代办一下，没有事就可以放心去玩。反正有事，也不过一两件不相干的公事，要什么紧呢？"

朱逸士听了，果然笑着打了电话到部里去，偏是事不凑巧，电话叫了几次，还是让人家占住线。朱逸士将听筒向挂钩上一挂道："不打了。走，咱们一块儿听戏去。"

燕西笑道："这倒痛快，我就欢喜这样的。"于是二人一路出去听戏。

这时已是四点多钟，到了戏园子里只听到两出戏。听完了戏，尚觉余兴未尽，因此，两人又吃馆子。吃完了馆子回家，一进门就碰到鹏振。

鹏振道："这一天哪里不把你找到？你做什么去了？这件事我又不接头，

72

没有法子应付。"

燕西一撒手道："咦！这倒奇了，无头无脑埋怨上我一顿，究竟为了什么？"

鹏振道："晚香跑了。"

燕西道："谁说的？"

鹏振道："那边的听差老潘已经回来了，你问他去。"

燕西回到书房里，还不曾按铃，老潘哭丧着面孔，背贴着门侧身而进，先轻轻地叫了一声七爷。燕西道："怎么回事？她真跑了吗？"

老潘道："可不是！"

燕西道："你们一齐有好几个人呢，怎么也不打一个电话来？"

老潘道："她是有心的，我们是无心的，谁知道呢？是昨天下午，她说上房里丢了钱，嚷了一阵子，不多一会儿工夫，就把两个老妈子都辞了。今天下午，交了五块钱给我买东西，还上后门找一个人。找了半天，也找不着那个胡同。六点钟的时候，我才回去，遇到王厨子在屋里直嚷，他说少奶奶把钱给他上菜市买鱼的，买了鱼回来，大门是反扣上，推门进去一看，除了木器家具而外，别的东西都搬空了。屋子里哪有一个人？我一想，一定是那少奶奶和着她妈、她两个哥哥把东西搬走了。赶快打电话回来，七爷又不在家，我就留王厨子在那里看门，自己跑来了。"

燕西跌脚道："这娘们真狠心，说走就走。今天还到这里来借钱，说是有急事。幸而看破了她的机关，要不然，还要上她一个大当呢。事到如今，和你说也是无用，你还是赶快回去看门，别再让那两个舅老爷搬了东西去。"

老潘道："这件事情，就是七爷也没有法子做主，我看要赶快打个电报给大爷去。"

燕西忍不住要笑，将手一挥道："你去吧，这件事用不着你当心。"

老潘还未曾走，只听见秋香在外面嚷道："七爷回来了吗？大少奶奶请去有话说呢。"

燕西笑道："这消息传来真快啊！怎么马上就会知道了？"因对老潘道，"你在门房里等一等，也许还有话问你。"

于是就到后面佩芳院子里来，这里却没有人，蒋妈说："在太太屋子

73

里呢。"

燕西走到母亲屋子里来，只见坐了一屋子的人。玉芬首先笑道："哎哟！管理人来了。你给人家办的好事，整分儿的家搬走了，你都不知道。"

燕西看看母亲的脸色，并没有一点儿怒容，斜躺在沙发上，很舒适的样子。因笑道："这事不怨我，我根本上就没承认照应一份的责任。我前后只去过一回，大嫂是知道的。"

佩芳笑道："我不知道，你不要来问我。"

燕西笑道："人走了，事情是算完全解决了，有什么说不得的？"

佩芳道："老七，你这话有点儿不对，你以为我希望她逃跑吗？她这一下席卷而去，虽然没有卷去我的钱，然而羊毛出在羊身上，自然有一个人吃了大亏。照着关系说起来，我总不能漠不关心。不是我事后做顺水人情，我早就说了，在外面另立一分家，一来是花钱太多。二来让外人知道了，很不好听。三来那样年轻的人，又是那样的出身，放在外面住，总不大好。所以我说，他要不讨人，那是最好。既是讨了，就应该搬回来住。除了以上三件事，多少还可以跟着大家学点儿规矩，成一个好人。我说了这话，也没有哪个理会，现在可就闹出花样来了。"

燕西笑道："所以我以先没有听到大嫂这样恳切说过。"

佩芳道："哟！照你这样说，我简直是做顺水人情了？"

燕西道："不是那样说，因为你也是知道她不能来的，说也是白说，所以不肯恳切地说。"

佩芳道："这还说得有点儿道理，凤举回来了，我一个字也不提，看他对于这件事好不好意思说出来？"

金太太笑道："这场事就是这样解决了呢，倒也去了我心里一件事。我老早就发愁，凤举这样一点儿年岁，两房家眷，将来这日子正长，就能保不发生一点儿问题吗？现在倒好了，一刀两断，根本解决。我看以后也就不会再有这种举动了。"

佩芳笑道："这话可难说啊，你老人家保得齐全吗？"

金太太道："这一个大教训，他们还不应该觉悟吗？"

玉芬就笑着接嘴说道："我们不要讨论以后的事了。还是问问老七，这事是因何而起？现在那边还剩有什么东西？也该去收拾收拾才好。"

燕西道："不用去收拾了，那里没有什么要紧的东西了，不过是些木器罢了。至于因何而起，这话可难说，我看第一个原因，就是为了大哥不在北京。"

佩芳冷笑道："丈夫出了门，就应该逃跑的吗？照你这样说，男子汉都应该在家里陪着他的太太、姨太太才对吧？"

燕西向佩芳连摇了两下手，笑道："大嫂，你别对我发狠，我并不代表哪个人说话。而且我说的那句话，意思也不是如此啊。"

金太太皱了眉道："你这孩子，就是这样口没有遮拦，乌七八糟乱说。说了出来又不负什么责任。"

佩芳本要接嘴就说的，因见金太太首先拦住了不让再说，就忍住了，只向着大家微笑。金太太对燕西道："你不要再说了，还是到那里去看看，收拾那边的残局。花了几个钱，倒是小事，可不要再闹出笑话来。"

燕西道："这自然是我的事，他们都叫我打一个电报到上海去，我想人已经走了，打了一个电报给他，不过是让他再着两天急，于事无补。而且怕老大心里不痛快，连正经事都会办不好，我看还是不告诉他的为妙。"

佩芳笑道："为什么给他瞒着？还要怪我们不给他消息呢，我已经打了一个电报去了。对不住，我还是冒用你的名字，好在电报费归我出，我想你也不至于怪我。"

燕西道："发了就发了吧，那也没有多大关系。好在我告诉他，也是职分上应有的事。"

佩芳道："你弟兄们关于这些游戏的事，倒很能合作，说一是一，说二是二，若是别的事也是这样，一定到处可以占胜利的。"

玉芬道："合作倒是合作，只可惜这是把钱向外花的。"

他们两人，你一言，我一语，只管向下说。清秋坐在一边，却什么话也不说，只望燕西微笑。燕西笑道："你可别再说了，我受不了呢。"

清秋笑道："你瞧，我什么话也没有说，你倒先说起我来了！"一说这话，脸先红了。

润之笑道："清秋妹可不如几位嫂子，常是受我们老七的欺侮，而且老七常是在大庭广众之中，给她下不去。"

燕西笑着连连摇手道："这就够瞧的了，你还要从旁煽惑呢。"说着，便一路笑了出来。到了外面，便分别打了几个电话给刘宝善、刘蔚然、朱逸士，自己便带了老潘，坐着汽车，到了公馆里来看情形。

一进门，就有一种奇异的感触，因为所有的电灯既不曾亮，前后两进屋子，也没有一点儿人的声音，这里就格外觉得沉寂。汽车一响，王厨子由后亮了走廊上的电灯出来。燕西道："你是豁出去了，怎么大门也不关？"

王厨子笑道："无论是强盗或者是贼，他只要进门一瞧这副情形，分明是有人动手在先了，他看看没有一样轻巧东西可拿，他一定不拿就走了。"

燕西叫老潘将各处电灯一亮，只见屋子里所有的细软东西果然搬个精空。就以晚香睡的床而论，铜床上只剩了一个空架，连床面前一块踏鞋子的地毯也都不见。右手两架大玻璃橱，四扇长门洞开，橱子里只有一两根零碎腿带和几个大小纽扣，另外还有一只破丝袜子。搁箱子的地方，还扔了两只箱架在那里，不过有几只小玻璃瓶子和几双破鞋，狼藉在地板上。两张桌子，抽屉开得上七下八，都是空的，桌上乱堆着一些碎纸。此外一些椅凳横七竖八，都挪动了地位。墙上挂的字画镜框，一律收一个干净，全成了光壁子。

燕西一跌脚，叹了一口气，又点了头道："我这才知道什么叫席卷一空了。"

老潘垂了手，站在一边，一声不敢言语。燕西望着他又点点头道："这个情形，她早是蓄意要逃走的了，这也难怪你们。"

老潘始终是哭丧着脸的，听到燕西这一句话，不由得笑将起来，便和燕西请了一个安道："七爷，你是明白人。大爷回来了，请你照实对他说一说。"

燕西道："说我是会对他说，可是你们也不能一点儿责任都没有。当她的妈和她的兄弟在这里来来往往的时候，你们稍微看出一点儿破绽来，和我一报告，我就好提防一二，何至弄得这样抄了家似的？"

老潘这就不敢再说什么了，只跟着他将各屋子查勘了一周。燕西查勘完了，对老潘道："今晚没有别事，把留着的东西，开一张清单，明天就把这些东西搬回家去，省得还留人在这里守着木器家具。"老潘都答应了，燕西才坐汽车回家。到家以后，也不知道什么缘故，心里只是慌得很，好像

76

害了一种病似的。不到十一点钟，就回房去睡觉。

清秋见他满脸愁容，两道眉峰都皱将起来，便笑道："你今天又惹着了一番无所谓的烦恼了？"

燕西笑道："不知道怎么回事，我就有这样个脾气，往往为了别人的事，自己来生烦恼。可是我一见你，我的烦恼就消了，我不知道你有一种什么魔力？"一面说着，一面脱衣上床，向被里一钻。他的势力太猛，将铜丝床上的绷簧跌得一闪一动，连人和被都颠动起来。

清秋站在桌子边，反背着靠了，笑道："你这人就是这样喜好无常，刚才是那样发愁，现在又这样快活。这倒成了一个古典，叫着被翻红浪了。"

燕西一骨碌坐将起来，笑道："你不睡？"

清秋道："睡得这样早做什么？我还要到五姐那里去谈一谈呢。"

燕西跳了起来道："胡说！"便下床，踏着鞋把屋子里两盏电灯全熄灭了。清秋在黑暗中只是埋怨，然而燕西只是吃吃地笑，清秋也就算了。

次日清晨，燕西起来得早，把昨日晚香卷逃的事已是完全忘却。不过向来是起晚的，今天忽然起早，倒觉得非常无聊。便走到书房里去，叫金荣把所有的报都拿了看，先仿佛看得很是无趣，只将报纸展开，从头至尾，匆匆把题目看了一看。将报一扔，还是无事，复又将报细细地看去。看到社会新闻里，忽有一条家庭美术展览会的题目射入眼帘，再将新闻一读，正是吴蔼芳参与比赛的那个会。心里一喜，拿着报就向上房里走。

走到院子里，先就遇到蒋妈。蒋妈问道："哟！七爷来得这样的早，有什么事？"

燕西道："大少奶奶还没有起来吗？我有话要和她说。"

蒋妈知道这几天为了姨奶奶的事，他们正有一番交涉，燕西既然这一早就来了，恐怕有和佩芳商量之处。便道："你在外面屋子里待一待，让我去把大少奶奶叫醒来吧。"

燕西道："我倒没有什么事，她既然睡了，由她去吧。"

佩芳在屋子里起来，已是隔了玻璃，掀开一角窗纱，说道："别走别走，我已经起来了。"

燕西倒不好走得，便进了中间屋子。佩芳穿了白色花绒的长睡衣，两手紧着腰部睡衣的带子，光着脚，趿了拖鞋，就开门向外屋子里来。笑道："凤举有了回电来了吗？"

燕西道："不是。"

佩芳道："要不，就还有别的什么变动？"

西道："全不是，和这件事毫不相干的。"

佩芳道："和这事不相干，那是什么事，这一早你大惊小怪跑了来呢？"说着话，两只手向后理着头上的头发。

燕西于是将手上的报纸递了过去，把家庭美术展览会那一条新闻指给她看。佩芳拿着看了一看，将报纸向茶几上一扔，笑道："你真是肯管事，倒骇了我一跳。"说着，也不向燕西多说，便一直到卧室后的浴室里洗脸去了。

燕西碰了一个橡皮钉子，倒很难为情地站在屋子里愣住了。佩芳也就想起来了，人家高高兴兴地来报信，给人家一个钉子碰了回去，未免有点儿不对。遂又在房子里嚷道："你等一等吧，待一会儿，我还有事要和你商量哩！别走啊。"

燕西一听，立刻又高兴起来。因道："你请便吧，我在这里看报。"

佩芳漱洗着，换了衣服出来，笑道："你瞧，闹了这半天，不过是十点钟，你今天有什么事，起来得这样早？"

燕西笑道："并不是起得早，乃是昨晚上睡得早，不能不起来。我现在觉得我们之不能起早，并不是生成的习惯，只要睡得早一点儿，自然可以起早。而且早上起来，精神非常之好，可以做许多事。"

佩芳道："你且不要说那个，昨晚上你何以独睡得早呢？"

燕西道："昨日为了晚香的事，生了许多感慨，我也不明白什么缘故，灰心到了极点。"

佩芳笑道："这可是你说的，可见得不是我心怀妒忌了。"

燕西笑道："不说这个了，你说有话和我商量，有什么话和我商量？"

佩芳笑道："难道人家有事关于家庭美术展览会的，你还不知道吗？"

燕西道："你不是说到老卫的事吗？我正为了这个问题要来请教。可是刚才你不等我说完，就拦回去了。"

佩芳道："这也并没有什么周折，只要找几个会员，写一封介绍信，把他介绍到会里去就是了。他的英文很好的，那会里正缺乏英文人才，介绍他去，正是合适。"

燕西站将起来，连连鼓掌道："好极了！好极了！"

佩芳道："不过这介绍信我们却不要出面，最好是用一个第三者写了去，我们就不犯什么嫌疑。不然，让我妹妹知道了，那就前功尽弃。"

燕西道："那应该找谁呢？"说着，站了起来，就只管在屋子里转圈子。

佩芳笑道："这也用不着急得这个样子，你慢慢地去想人选吧。想得了再来告诉我，我再给你斟酌斟酌。"

燕西道："我马上就去找人，吃午饭的时候，包管事情都齐备了。"说毕，转身就走了。

佩芳坐在屋子里看了他的后影子，笑着点了点头。到了吃午饭的时候，只见燕西手上拿了一封信，高高兴兴地由外面笑着进来，佩芳笑道："真快啊！居然把信都写好了。却是谁出名哩？"

燕西笑道："最妙不过，我找的就是令妹。我刚才打了一个电话给她，我问会里要不要英文人才？她问我为什么提起这话？我就说我和一个姓卫的朋友打赌，说他对于交际上总不行的，他笑着也承认了。说是给他一个机会，他要练习练习。我就想起贵会来了，料他英文还可以对付，我想介绍他到贵会来尽一点儿义务。她说尽义务自然是欢迎的。我又说我不是会员，不便介绍，请她写一封信。她满口答应了，只要我代写就行了。你说这事有趣没有趣？"

佩芳笑道："人家心地光明，自然慨然答应，哪里会想到我们算计于她哩？"

燕西笑道："我们和她撮合山，你倒怎样说我们算计她？"

佩芳道："我就觉得一个女子，是做处女到老的好，若是有人劝她结婚，就是劝她上当，所以你说给她做撮合山也是给她上当。"

燕西笑道："现在还只有一边肯上当，我还得想法子让他一边上当呢。"说着，他就出去打电话给谢玉树，说是介绍成功了，让璧安明日就到会里去。因为这个会里，很有些外交界的人参与，若向外国人方面，要发出一批请柬，先得预备，请卫璧安且先到会。谢玉树得了这个消息，连连说好，当日就转告了卫璧安。

这卫璧安在学校里却要算是个用功的学生，就是星期日也不大出门。这天听了谢玉树的话，就将那天当傧相穿的西装穿了起来，先上了一堂课。同班的同学忽然看见他换了西装，都望他一望。有几位和他比较熟识的，却笑着问他："老卫，今天到哪里去会女朋友吗？怎么打扮得这样漂亮？"

卫璧安明知是同学和他开玩笑，可是脸上一阵发热，也不由得红将起来。有的人看见他红了脸，更随着起哄。说他一定是有了女朋友，不然何以会红脸呢？卫璧安让大家臊得无地可容，只好将脸一板道："是的，西装只许少爷们穿的，我们这穷小子穿了，就会另有什么目的。对不对？"

大家看见卫璧安恼了，这才不跟着向下说。可是这样一来，卫璧安自己心虚起来，到了下一堂课，还是继续地上。谢玉树原不是他同班，却有一两样选课和卫璧安同堂。这一堂课，他也来了，刚要进门，只见卫璧安手上拿了个讲义夹子，将一支铅笔敲着讲义夹的硬面，啪啪作响走了过来。

谢玉树迎上前去，低低问道："你还不去吗？就牺牲一堂课吧。"

卫璧安道："我不去了。"

谢玉树道："什么？费九牛二虎之力，得了这一点儿结果，你倒不去了。"

卫璧安站着现出很踌躇的样子，微笑了一笑。谢玉树因为二人站在走廊上，免不得有来来往往的人注意，便拉着卫璧安的手，站在课堂后一座假山石边，看看身后无人，然后笑道："你还害臊吗？你这人太不长进了。"

卫璧安不肯承认害臊，就把刚才同学开玩笑的事，说了一遍。因道："我还没有去，他们就闹起来，若是我去了，更不知道他们要造些什么谣言呢。"

谢玉树道："这事除了我，并没有第二个人知道，怕什么？人家拿你开玩笑，是因为你突然换了衣服，知道什么？你越是顾虑，倒越给人家一条可疑的线索了。去吧！"说着，扶着卫璧安的肩，站在他后面直推。

卫璧安笑道："不过你要给我保守秘密啊！"

谢玉树道："这话何须你嘱咐？我也是给你在后面摇鹅毛扇子的人，我要是给你宣布出去，我也有相当的嫌疑哩。"说着，带推带送，已经把他送得走了。

刚要转身，卫璧安却也回转身来，谢玉树道："怎么回事？你还要转来？"

卫璧安笑道："一急起来，你这人的脾气又未免太急。"于是将手摸了一摸头，又把手上拿的讲义夹子举了一举。谢玉树会意，也就一笑而去了。卫璧安回了自己的寝室，找了一条花绸手绢，折叠得好好的，放在小口袋里。梳了梳头发，将帽子掸了一掸灰，戴上。然后才走出学校，到家庭美术展览会来。

这个会的筹备处本设在完成女子中学，为的是好借用学校里的一切器具，而且通信也便当些。吴蔼芳和这学校里的女教员就有好几个相熟的。她自己虽然不在乎当教书匠，但是她看见朋友们教书教得很有意思，也想教教。若是有哪个朋友请假，请她来替代，她是非常的乐意。所以这个学校里，她极是熟识。借着做筹备会会址，就是她接洽的。她既爱学校生活，这个会又是她的常任干事，越是逐日到这学校里来了。她也曾对会里几个办事人说，介绍一个姓卫的学生，来办关于英文的稿务。另有一封正式的信呈报诸委员。大家都说，既是吴小姐介绍来的，就不会错，说一声就得了，也用不着要什么介绍信。但是吴蔼芳不肯含糊从事，必定把燕西写的那封信，送到筹备会来。

这天卫璧安到了完成女子中学门口，心里先笑起来。生平就是怕和异性往来，偏偏就常有这种不可免的异性接洽。现在要练习交际，索性投身到异性的巢穴里面来了。

到了号房里，号房见他穿了一身漂亮的西装，又是一个翩翩少年，就板着面孔问道："找谁？请你先拿一张名片来。"

卫璧安道："我是找美术展览会里的人。"

号房听他所言，并不是来找学生的，脸色就和蔼了几分。因问道："你找会里哪一位？"

卫璧安心想，何尝认得哪一位呢？只得信口说道："吴小姐。"

号房道："找吴蔼芳吴小姐吗？"说这话时，可就向卫璧安身上打量一番。他并不和号房多说，已是在身上拿出一张名片，交给了号房。号房道："你等一等。"手上拿了名片，一路瞧着走进去了。不大一会儿工夫，远远地向他一招手，叫他过去。

卫璧安整了一整领结，将衣服牵了一牵，然后跟着号房走进去。这筹备会自成部落，倒有好几间屋子相连，吴蔼芳已是走到廊檐下，先迎着和他点了点头，说是好久不见。卫璧安自从那天做傧相之后，脑筋里就深深地印下吴蔼芳小姐一个影子。背地里也不知转了几千万个念头，如何能和她做朋友，如何能和她再见一面。做朋友应该如何往返，见面应该说什么话，也就计划着又计划着，烂熟于胸。当拿片子进来之后，自己也觉冒昧了。这会里有的是办事人，为什么都不要去拜会，却单单要拜会一位女职员？或者吴女士也会觉得我这人行为不对。正自懊悔着，不料吴女士居然相请会面，而且老早地迎了出来，先很殷勤地说话。自己肚子里，本有一篇话底子，给刚才一闹，已是根本推翻，于今百忙中要再提，又觉抖乱麻团，一刻儿找不着头绪了。只好先点着头，连连先答应了两声是。明明自己见异性容易红脸的，这时却极力镇静着，仿佛不曾见着异性一样。他心里是这样划算，脚步也就不似以先忙乱，一步一步地步上台阶。然而脖子和两腮上，已经感到有点儿微热了。吴蔼芳抢上前一步，侧着身子给他推开了门，让他进去。一引便引到一个小客厅里，除了吴女士，这里就是卫璧安了。他原先曾想到这一层的。将来成了朋友，总有一天，独自和她在一处的，那么，我就可以探探她的口气了。谁知今天一见面，就有这样一个好机会，这倒不知怎样好。

吴蔼芳见他那样局促不安的样子，心里想道："这个人是怎么一回事？还是见了女子就害臊。"只得先说道："前次接得金七爷的电话，说是密斯脱卫愿意给我们会里帮忙，我们是欢迎得了不得！所以我写了一封信给会里，正式介绍密斯脱卫加入，密斯脱卫今日先来了，真是热心。"

卫璧安始终就没有料到吴蔼芳有这样一番谈话。尤其是最后一句，说到人家未请，自己先来，不免有点儿冒昧，接上便笑了一笑。然后说道："热心是不敢说，不过从来就喜欢研究美术，现在有这样一个机会，怎么可以放过？所以我听了这美术会的消息，我就极力要加入。可是我对于美术，简直是门外汉。"说到这里，对人笑了一笑。在笑的时候，抽出袋里手绢来，揩了一揩脸，接上又淡笑了一笑。

吴蔼芳低头沉思了一下，笑道："现在会里几位干事都在这里，我马上就介绍密斯脱卫去见一见，好不好？"

卫璧安道："好极了，好极了，我是不善言辞的，还要请密斯吴婉转地给我说一说。"

吴蔼芳笑道："都是学界中人，谁也没有什么架子。我们这个会，不过是大家高兴，借此消遣，都很可以随便谈话。"说时，她已经站起身来，向前引导。卫璧安也就站将起来，跟了她后面走。

　　吴蔼芳把他引到会议室来，这里共是十个干事，其中倒有六位是女子，这又让卫璧安惊异了一下。吴蔼芳知道他见了女宾，是有点儿不行，索性替他做个引导人，因就站在他并排，将在场的人，一个一个给他介绍。

　　女会员中有一位安女士和吴蔼芳很知己，她以为吴蔼芳为人很孤高，生性就不大看得起异性，所以交际场中尽管加入，却没有哪个是她的好朋友。她介绍一位男会员到会里来办事，已经觉得事出意外，现在她索性当着众人殷殷勤勤地给卫璧安介绍，更是想不到的事。不过看卫璧安这一表人物，却姣好如处女，甚合乎东方美男子的条件，也怪不得吴蔼芳是这样待他特别垂青。因站将起来，迎上前道："密斯脱卫来加入我们这会里，我们是二十四分欢迎的。不知道几时开始办公？我们这里，正有一些英文信件，等着要办呢。"说时，她那雪桃似的脸上，印出两个酒窝，眉毛弯动着，满脸都是媚人的笑容。

　　卫璧安眼睛看了一看，脸上越是现出那忸怩不安的样子，只是轻轻地答应着说："不懂什么，还求多多指教。"

　　吴蔼芳便道："密斯脱卫，以后说话不要客气，一客气起来，大家都无故受了拘束了。"

　　安女士听了这话，心想着，对于一个生朋友，哪有执着这种教训的语气去和人说话的，不怕人家难为情吗？但是回头看看卫璧安，却是安之若素，反连说着是是。安女士一想，这个人真是好性情，人家给他这般下不去，他反要敷衍别人呢。安女士是这样想，其他的人，也未尝不是这样想，所以卫璧安虽是初加入这个团体，倒并不是无人注意哩。

第六十四回

若不经心清谈销永日
何曾有恨闲话种深仇

　　过了几天，各方参与展览的作品陆续送到。展览会的地点原定了外交大楼，因洋气太甚，就改定了公园，将社稷坛两重大殿一齐都借了过来。这美术里面，要以刺绣居多数，图画次之，此外才是些零碎手工。各样出品，除了汉文标题而外，另外还有一份英文说明，这英文说明，就是卫璧安的手笔。这种说明，乃是写在美丽的纸壳上，另外将一根彩色丝线穿着，把来系在展览品上。卫璧安原只管做说明，那按着展览品系签子却另是一个人办的，及至由筹备处送到公园展览所去以后，有一个人忽然醒悟起来。说是那英文说明，没有别号头，怕有错误，应该去审查一下。卫璧安一想，若真是弄错了，那真是自己一个大笑话。便自己跑到公园里去，按着陈列品一件一件地去校正。无奈这天已是大半下午，不曾看了多少，天色已晚，不能再向下看，这天只好回学校去。次日一早起来，便到公园来继续料理这件事。到了正午，才把所有的英文说明一齐对好。可是事情办完，人也实在乏了，肚子也很饿了。从来没有做过这样辛苦的工作，自己要慰劳自己一下，于是到茶社里玻璃窗下，闲坐品茗，而且打算要叫两样点心充饥。

　　正捧了点心牌子在手上斟酌的时候，忽听得玻璃铮铮然一阵响。抬头一看，只见吴蔼芳一张雪白的面孔，笑盈盈地向里望着。他连忙站起来道："请进！"便迎到玻璃门前，给吴蔼芳开门。

　　吴蔼芳笑道："一个人吗？"卫璧安让她落了座，斟了一杯茶送她面前，然后就把对英文说明的事，对她说了。

吴蔼芳笑道:"我不知道,我若是知道,早就来替你帮忙了。既然是没有吃饭,我来请吧。"就拿自己手上的自来水笔,将日记簿子撕了一页下来,开了几样点心。

卫璧安身上一共只带一块钱,见吴蔼芳写了几样,既不便拦阻,又不知道开了些什么,将来会账掏不出钱来怎么好?这就不敢把做东的样子自居了。吴蔼芳谈笑自若,一点儿也没有顾虑到别人。卫璧安先也是觉得有点儿不安,后来吴蔼芳谈得很起劲,也就跟着她向下谈去。

吴蔼芳笑道:"做事就是这样,不可忽略一下。往往为五分钟的忽略,倒多累出整天的工作。好像这回挂英文说明,若是昨日翻译的时候,按照号码也添上阿拉伯字码,悬标题的人,他只照着中外号码而办,自不会错。现在倒要密斯脱卫到公园里来跑了两天,会里人对这件事应该很抱歉的。"

卫璧安笑道:"这件事,是我忽略了,应该对会里人抱歉,怎样倒说会里人对我抱歉呢?"

吴蔼芳笑道:"唯其是密斯脱卫自认为抱歉,所以昨天跑了来不算,今天一早又跑到公园里来。这两天跑功,在功劳簿上也值得大大地记上一笔。"

卫璧安笑道:"我不过跑了两天,在功劳簿上就值得大大记上一笔。像吴女士自筹备这会以来就不分日夜地忙着,那么,这一笔功劳,在功劳簿上又应该怎样记上呢?"

吴蔼芳道:"不然,这个会是我们一些朋友发起的,我们站在发起人里面,是应该出力的。况且我们都有作品陈列出来,会办好了,我们出了风头,力总算没有白费。像密斯脱卫在我们会里出力,结果是一无所得的,怎么不要认为是特殊的功劳呢?而且这种事情办起来,总感不到什么兴趣吧?"

卫璧安笑道:"要说感到兴趣这句话,过后一想,倒是有味。这里的出品,大大小小一共有一千多样。我究竟也不知道哪里有错处?哪里没错处?只好挨着号头从一二三四对起,一号一号地对了去。对个一二百号头,还不感到什么困难,后来对多了,只觉得脑子发胀,眼睛发昏,简直维持不下去。可是因为发生了困难,越怕弄出乱子,每一张说明书,都要费加倍的工夫去看。昨天时间匆匆,倒还罢了。今天我一早就来,来了之后就对。心里是巴不得一刻工夫就对完，可是越对越不敢放松，也就越觉得时间过长。好容易忍住性子将说明题签对完，只累得浑身骨头酸痛。一看手上的表，已经打过了十二点，整整是罚了半天站罪。我就一人到这里来，打算慰劳慰劳自己。"

吴蔼芳正呷了一口茶在嘴里，听了这一句话，却由心里要笑出来，扑的一声，一回头把一口茶喷在地上。低了头咳嗽了几声，然后才抬起来，红了脸，手抚着鬓发笑道："卫先生说的这种话，不由得人不笑将起来，真是滑稽得很。"

卫璧安道："滑稽得很吗？我倒说的是实话呢。我觉得一个人要疲倦了，非得一点儿安慰不可。至于是精神方面或者是物质方面，那倒没有什么问题。"

吴蔼芳正想说什么，伙计却端了点心来了。东西端到桌上来，卫璧安一看，并不是点心，却是两碟凉菜，又是一小壶酒。吴蔼芳笑道："我怕密斯脱卫客气，所以事先并没有征求同意，我就叫他预备了一点菜。这里的茶社酒馆，大概家兄们都已认识的，吃了还不用得给钱呢。"

说时，伙计已经摆好了杯筷，吴蔼芳早就拿了酒壶伸过去，给他斟上一杯。卫璧安向来是不喝酒的，饿了这一早上，这空肚子酒更是不能喝。本待声明不能喝酒，无如人家已经斟上，不能回断人家这种美情。只得欠着身子，道了一声谢谢。吴蔼芳拿回酒壶，自己也斟上了一杯。她端起杯子，举平了鼻尖，向人一请道："不足以言慰劳，助助兴罢了。喝一点儿！"

卫璧安觉得她这样请酒，是二十分诚意的，应该喝一点儿，只得呷了一口，偷眼看吴蔼芳时，只见她举着杯子，微微地有一点儿露底，杯子放下来时，已喝去大半杯了。据这一点看来，她竟是一位能喝酒的人，自己和她一比，正是愈见无量。

吴蔼芳笑道："密斯脱卫不喝酒吗？"

卫璧安道："笑话得很，我是不会喝酒的。"

吴蔼芳道："不会喝酒，正是一样美德，怎么倒说是笑话？"

卫璧安道："在中国人的眼光看来，读书的人，原该诗酒风流的。"说到"风流"这两个字，觉得有点儿不大妥当，声音突然细微起来，细微得几乎可以不听见。

吴蔼芳对于这一点，却是毫不为意，笑道："然而诗酒风流，那也不过是个浪漫派的文人罢了。要是真正一个学者，就不至于好酒的。我读的中国书很少，喝酒品行好的人，最上等也不过像陶渊明这样。下一等的，可说不定，什么人都有。像刘伶这种人，喝得不知天地之高低，古今之久暂，那岂不成了一个废物！"

　　卫璧安道："吴女士太谦了，太谦了。"

　　吴蔼芳笑道："密斯脱卫，你以为我也会喝酒吗？其实我是闹着玩。高兴的时候，有人闹酒，四两半斤，也真喝得下去。平常的时候，一年不给我酒喝，我也不想。这也无所谓自谦了，绝没有一个能喝酒的人，只像我这样充其量不过四两半斤而已哩。"

　　卫璧安笑道："虽然只有半斤四两，然而总比我的量大，况且喝酒也不在量之大小，古人不是说过了，一石亦醉，一斗亦醉吗？"

　　吴蔼芳听了他这话，心里可就想着，原来我总以为他不会说话，现在看起来，也并不是不会说话了。心里这样想着，嘴里可就说不出什么话来，只管是微笑。那店里的伙计，已是接二连三送了好几样菜来。卫璧安心里也想，真惭愧，今天我若是要做东，恐怕要拿衣服做押账，才脱得了身呢。真是有口福，无缘无故地倒叨扰了她一餐。她做这样一个小东，本来不在乎，但是我就却之不恭，受之有愧。卫璧安只管在这里傻想，吴蔼芳却陪着他只管且吃且谈。伙计已是上过好几样菜，最后饭来了。吴蔼芳将杯子向卫璧安一举，笑道："饭来了，干了吧。"

　　卫璧安连道："一定一定。"于是将一杯酒干了，还向吴蔼芳照了一照杯。

　　吴蔼芳将饭碗移到面前，把勺子向汤碗里摆了两摆，笑着向卫璧安道："热汤，不用一点儿泡饭？"

　　卫璧安道："很好，很好。"于是也跟着她舀了汤向碗里浸。饭里有了汤吃得很快，一会儿工夫，便是一碗。吴蔼芳见他吃得这样甜爽，便吩咐伙计盛饭。卫璧安碗刚放了，第二碗饭已经送到。把这碗饭又快要吃完，吴蔼芳还只是吃大半碗。

　　卫璧安笑道："我真是个饭桶了……"

　　吴蔼芳不待他接着把话去解释，便笑道："我们要健康身体，一定就要增加食欲，哪里有食量不好，有强壮身体的哩？我就怨我自己食量不大，不能增进健康。密斯脱卫在学校里大概是喜欢运动的吧？"

卫璧安道："谈起运动来，未免令人可笑！我除了打网球而外，其余各种运动我是一律不行。我也知道这种运动，于康健身体，没有多大关系。"

吴蔼芳道："不然，凡是运动，都能康健身体的。我也欢喜网球，只是打得不好，将来倒要在密斯脱卫面前请教。"

卫璧安笑道："'请教'两个字是不敢当，无事把这个来消遣，可比别的什么玩意儿好多了。"

吴蔼芳道："正是这样，这是一样很好的消遣。我们哪一天没有事，不妨来比试一下。"

卫璧安见她答应来比试，心里更是一喜。便道："天气和暖了，春二三月比球，实在合适，也不热，也不怕太阳晒，但不知道吴女士家里有打球的地方吗？"吴蔼芳笑着点了点头。

说着话，二人已经把饭吃完。伙计揩抹了桌子，又把茶送了上来。二人品著谈话，越谈越觉有趣，看看天上的太阳光，已经偏到西方去了。吴蔼芳将手表才看了一看，笑道："密斯脱卫还有事吗？"

卫璧安道："几点钟了？真是坐久了。"

吴蔼芳道："我是没有什么事，就怕密斯脱卫有事，所以问一问。"

卫璧安道："我除了上课，哪里还有要紧的事？今天下午的课，正是不要紧的一堂课，我向来就不上堂，把这一点钟，消磨在图书馆里。"

吴蔼芳道："正是这样，与其上不要紧的一堂课，不如待在图书馆里，还能得着一点实在的好处呢。能上图书馆的学生，总是好学生。"说到这里，便不由得笑了一笑。

卫璧安笑道："'好学生'三个字，谈何容易啊？我想能做一个安分的学生，就了不得了，'好'字何能可当呢？"吴蔼芳一说到这里，觉得没有什么话可说了，只是捧了杯子喝茶。

彼此默然了一会儿，吴蔼芳微笑道："今天公园里的天气，倒是不坏。"

卫璧安道："可不是，散散步是最好不过的了。"说到这里，吴蔼芳不曾说什么，好端端地却笑了一笑。

卫璧安见她只笑了而不曾说什么，就也不说什么，只是陪了她坐着，还是说些闲话。慢慢地又说过去一个多钟头，吴蔼芳叫伙计开了账单来，接过在手里。卫璧安站起，便要客气两句。吴蔼芳笑着连连摇手道："用不着客气的，这里我们有来往账，我已声明在先的了。"说着，就拿笔在账单后，签了一个字。那伙计接过单子去，却道了一声谢谢吴小姐。看那样子，大概在上面批了字，给他不少的小账了。

吴蔼芳对卫璧安道："我们可以一同走。"

卫璧安道："好极了。"吴蔼芳在前，他在后，在柏树林子的大道上慢慢走起来。

吴蔼芳道："天气果然暖和得很，你看这风刮了来，刮到脸上，并不冷呢。"

卫璧安道："我们住在北京嫌他刮土，就说是香炉里的北京城，沙漠的北京城。但是到了天津，或者上海，我们就会思想北京不置。这样的公园，哪里找去！"

吴蔼芳笑道："果然如此。我在天津租界上曾住过几个月，只觉得洋气冲天，昏天黑地地找不到一个稍微清雅一点儿的地方。"

卫璧安道："不用到天津了，只在火车上，由老站到新站，火车在那一段铁路上的经过，看到两面的泥潭和满地无主的棺材，还有那黑泥墙的矮屋，看了就浑身难过。这倒好像有心给当地暴露一种弱点，请来往的中外人士参观。"

吴蔼芳笑着连连点头道："密斯脱卫说的这话，正是我每次上天津去所感想到的，这话不啻是和我说了一样呢。"

二人一面说着话，一面在平坦的路上走着，不觉兜了大半个圈圈，把出大门的路走过去了。吴蔼芳并不在乎，还是且谈且走。卫璧安当然也不便半路上向回路走，才只好跟了下去。整兜过了一个圈子之后，又到了出大门的那一条大路上来了。依着卫璧安，又要说一句告别的话，不过却不忍先说出口，只管一步一步走慢，走到后来，却在那后面跟着，且看吴蔼芳究竟是往哪里走。只见吴蔼芳依旧忘了这是出门的大路转弯之处，还是随了脚下向前的路线，一步一步走去。

卫璧安一直让她走过了几十丈路，笑道："这天气很好，散步是最适宜的。这样走着，让人忘了走路的疲倦了。"

吴蔼芳道："在早半年，我每日早上，都要到公园来散步的。每次散步，都是三个圈子。"

卫璧安道："为什么天天来？吴女士那时有点儿不舒服吗？"

吴蔼芳回首一笑道："密斯脱卫，你猜我是千金小姐，多愁多病的吗？"

卫璧安才觉得自己失言了，脸红起来。还是吴蔼芳自己来解围，便笑道："但是，那个时候，我确是有点儿咳嗽。我总怕闹成了肺病不是玩的，因此未雨绸缪，先就用天然疗养法疗养起来，每日就到公园里来吸取两个钟头的空气。不过一个月的工夫，一点儿药也不曾吃，病就自然地好了。"

卫璧安道："此话诚然。我所知道的，还有许多南方的人，为了有病，常常有人到北方来疗养的呢。不但病人要来疗养，就是身体康健的人，到北方来居住，也比在南方好。"

吴蔼芳听说，却是扑哧一笑。卫璧安看到她笑的样子，并不是怎样轻视，便问道："怎么样？我这句话说得太外行了吗？"

吴蔼芳笑道："不是不是！"但是她虽说了不是，却也未加解释。卫璧安也就随着一笑，不再说了。两人兜了一个圈子又兜了一个圈子，最后还是吴蔼芳醒悟过来了，太阳已经晒在东边红墙的上半截，下半截乃是阴的，正是太阳在西边，要落下去了。因看了看手表，已经是五点多钟。便笑道："密斯脱卫，还要走走吗？"

卫璧安道："可以可以！"

吴蔼芳道："那么，我要告辞了。"

卫璧安道："好吧，我也回去了。"于是二人一同走出公园，各坐车子而去。

吴蔼芳到了家里，一直回自己的卧房，赶快脱了高跟鞋子，换上便鞋，就倒在沙发椅子上，斜躺着坐了。一会子工夫，老妈子进来道："二小姐，你接电话吧，大小姐打来的电话。"

吴蔼芳捏了拳头捶着腿道："我累得要命，一步也懒得走了。你就说我不大舒服，躺下了。有什么话叫她告诉你吧。"

老妈子笑道："好好儿的人，干吗说不舒服呢？你刚才由外面回来呢。"

吴蔼芳道："好啰唆，你就这样去说得了。"

老妈子去了，过了一会儿来说："大小姐有事要和你说，请你今天晚上

90

去一趟呢。"

吴蔼芳道:"哎哟!我正想今天早一点儿睡,偏是她又打电话来找我去。我还是去不去呢?我若是不去,又怕她真有事找我。"

老妈子道:"你去一趟吧,坐了家里的汽车去,很快的。"

吴蔼芳也不理会她,自躺在沙发椅子上睡了,非常地舒服。一直睡到晚上八点钟,老妈子请吃饭,才把她叫醒。吴蔼芳道:"什么事?把我叫醒了。"

老妈子道:"你不吃晚饭吗?"

吴蔼芳道:"这也不要紧的事,你就待一会儿再叫我要什么紧?我躺躺儿,不吃饭了,回头弄一点点心吃就是了。"说着,一翻身向里,又睡了。老妈子看她这样子,也许是真有病,就不敢再啰唆了。

这一晚上,吴蔼芳也没有履佩芳之约,到了次日下午,才到金家去。佩芳因为自己的大肚子已经出了怀,却不大肯出门,只是在自己院子里待着。吴蔼芳来了,她就抱怨着道:"幸而我没有什么大不了的急事。若是有急事的话,等着你来,什么事也早解决过去了。昨天打了一下午的电话,说是你没有在家。等你回来,自己不接电话,也不来,我倒吓了一跳,不知在什么地方得罪了你呢。"

吴蔼芳笑道:"你不知道,昨天下午跑了一下午的腿,忙得汗流浃背。回去刚要休息,你的电话就来了。你叫我怎办?"

佩芳道:"这事你也太热心了。又不是一方面的事,何必要你一个人大卖其力气呢?"

吴蔼芳红了脸道:"你说什么?我倒不懂。"

佩芳道:"我说会务啊!你以为我是说什么呢?"

吴蔼芳笑道:"说会务就说会务吧,你为什么说得那样隐隐约约的?"

佩芳原是不疑心,听她的话,却是好生奇怪,除了会务还有什么呢?难道他们的事倒进行得那样快?那真奇怪了。因笑道:"不要去谈那些不相干的事,我们还归入正题吧。你看我昨天到处打电话找你,那是什么事?"

吴蔼芳道:"那我怎样猜得着?想必总有要紧的事。"

佩芳低了头,看了一看自己的大肚子,笑道:"你看这问题快要解决了,总得先行预备一切才好。我有几件事,托你去转告母亲。"

吴蔼芳道："我说是什么事要来找我，原来是这些事，我可不管。"

佩芳道："当然是你可以管的，我才要你管。不能要你管的，我也不会说出口啊。我所要你说得很简单，就是要你对母亲说，让她来一趟。我们二少奶奶家里，已经来了好几次人了。"

吴蔼芳笑道："不是我说你们金府上遇事喜欢铺张，这种家家有的事，你们也先要闹得马仰人翻。"

佩芳道："你不知道，我是头一次嘛。"说到这里，低了声音道："我告诉你一个奇怪的消息。据我那雇的日本产婆说，我们家的新娘子，已经有喜了。"

吴蔼芳道："这也没有什么可惊奇之处啊！"

佩芳道："不惊奇吗？她说新娘已经怀孕有四个月以上了。这是不是新闻？"

吴蔼芳道："怎么，有这种话？她不能无缘无故把这种话来告诉你啊！你们是怎样谈起来的，不至于吧？"

佩芳道："我原也不曾想到有这种事，可是我们这里的精灵鬼三少奶奶，不知道她怎么样探到了一点儿虚实。"

吴蔼芳道："她怎样又知道一点儿虚实呢？"

佩芳笑道："这有什么看不出来？有孕的人，吃饭喝茶，以至走路睡觉，处处都会露出马脚的。"

吴蔼芳道："这位新少奶奶，就是果有这种事，她也未必让日本产婆去诊察啊！"

佩芳道："你真也会驳，还不失给她当傧相的资格呢。告诉你吧，是大家坐在我这里谈心，日本产婆和她拉着手谈话，看了看她的情形，又按着她脉，就诊断出来了。"

吴蔼芳道："这日本产婆子也会拉生意，老早地就瞄准了，免得人家来抢了去。"

佩芳笑道："哪里是日本婆子的生意？这都是三少奶奶暗中叫她这样做的呢。"

吴蔼芳道："那为什么？这是人家的短处，能遮掩一日，就给人家遮掩一日。又不干三少奶奶什么事，老早地给人家说破了，不嫌……"

佩芳也不觉红了脸道："不过是闹着玩罢了。我也对她说了，未必靠得住。就是真的，我们老七那也是个小精灵虫，他自然很明白。因之再三地对三少奶奶说，无论如何不要告诉第三个人。"

吴蔼芳道："对了。这位新少奶奶是姓冷罢了。若是姓白，我想你们三少奶奶就不会这样给人开玩笑的。"

佩芳道："不说了，说得让人听见更是不好呢。"吴蔼芳又和佩芳谈了一会儿，她倒想起清秋来了，便到清秋这边院子里来。

这时候，恰好是清秋在家里，闲着无事，将一本英文小说拿出来翻弄。吴蔼芳先在院子里站着，正要扬声一嚷，清秋早在玻璃窗子里看见了。连忙叫道："吴小姐来了。请进来坐，请进来坐。"

吴蔼芳进来，见她穿了一件蓝布长罩袍，将长袍罩住。便笑道："你们府上的人，都能够特别的时髦，现在却一阵风似的，都穿起蓝布衣服来了。"

清秋笑道："说起来，真是笑话。不瞒你说，我是个穷孩子，家里没有什么可以陪嫁的，只有几件衣服。我有两件蓝布长衫是新做的，没有穿过。到了这边来舍不得搁下，把它穿起来在屋子里写字，免得是揩墨脏了衣服。首先是六姐看见，她说这布衣颜色好看，问我是哪里买的？所幸我倒记得那家布店，就告诉她了。她当日就自坐了汽车去买了来，立刻吩咐裁缝去做。她一穿不要紧，大家新鲜起来，你一件，我一件，都做将起来。不过她们特别之处，就是穿了这蓝布长衫之后，手指上得套上一个钻石戒指。"

吴蔼芳笑道："你为什么不套呢？你不见得没有吧？"

清秋道："有是有的。但是我穿这蓝布褂子，原意是图省俭，不是图好看。若是戴起钻石戒指来，就与原意相违背了。"

吴蔼芳点点头道："你这人很不错，是能够不忘本的人。"

说着，李妈已经送上茶来，却是一个宜兴博古紫泥茶杯。吴蔼芳拿着杯子看了笑道："真是古雅得很，喝茶都用这种茶具。"

清秋笑道："说起来，这又不值一笑了。是上次家里清理瓷器，母亲让我去记账。我见有两桶宜兴茶具，似乎都不曾用过，我就问怎么不用？大家都说，有的是好瓷器，为什么要用泥的？事后我对母亲说，那许多紫泥的东西，放下不用，真是可惜。母亲说，本来那东西也不贱，从前好的泥壶，可以值到五十两银子一把哩。北方玩这样东西的人少，若是哪个单独的用，倒觉不大雅观。你若是要用，随便挑几套用一用，反正放在那里也是无人顾到的。这样一说，我就用不着客气，老老实实地挑选了许多。吴小姐，你说我古雅得很，在另一方面看起来，也可以说我是乡下人呢。"

吴蔼芳笑道："可不是！这也就叫仁者见仁，智者见智了。"

她一面说话，一面观察清秋的行动，觉得她也并没有什么异乎平常之处。佩芳所说的话，未必就靠得住。因此倒很安慰了她几句，叫她不要思念母亲。若有工夫到我们那里去玩玩，我们是很欢迎的。坐谈了一会儿，告辞回去。清秋一直将她送到二门口，然后才走回房来。

偏是事不凑巧，当蔼芳和清秋谈话的时候，恰好玉芬叫她房里的张妈过来拿一样东西，却听到清秋说一句看起来是乡下人那一句话。她听了这话，心想，我们少奶奶是有些不高兴于她，莫非她说这话是说我们少奶奶的。她若是说我们少奶奶，这句话可说得正着啊！我们少奶奶就说她没有见过什么市面呢。当时东西也忘记拿了，就一路盘算着走了回去。

玉芬见老妈子没有拿东西回来，便问道："怎么空着手走来呢？"

张妈道："那里来了客了，我怕不便，没有进去拿去。"

玉芬道："谁在那里？"张妈道："是大少奶奶家里的二小姐。"

玉芬道："这倒怪了！她不在大少奶奶屋子里坐，却跑到清秋那里去坐，这是什么意思呢？她们说了些什么？"

张妈道："我听到七少奶奶说，人家都笑她呢！"

玉芬道："是说我吗？是说谁？"

张妈道："说谁我倒闹不清楚。她那意思，她也是学生出身，什么都知道，为什么大家都瞧她不起，说她是乡下人呢？"

玉芬一听这句话，脸就红了，冷笑道："学生出身算什么？我们家里的小姐少奶奶们都也认识几个字吧？她不过多念过两句汉文，这也很平常。凭她那种本事，也不见有多少博士硕士会轮到她头上去。她怎样说我？我想吴二小姐是很漂亮的人物，不至于和她一般见识吧？"

张妈便道："吴二小姐就驳她的话呢。说是少奶奶和小姐，都是很文明的人，绝不会那样说的。三少奶奶更是聪明人，犯不上说这种话。她说是不见得，反正总有人说出这种话来的。"

玉芬冷笑道："她自然是信我不过。但是信我不过，也不要紧，我王某人无论将来怎么倒霉，也不至于去求教她姓冷的。她不要夸嘴，过几个月再见，到了那个时候，我看是我的嘴硬，还是她的嘴硬？"

张妈笑道："可不是，凭她那种人，哪里也能够和三少奶奶比哩？你府上做官就做了好几辈子。她家里那个舅舅，做喜事的那一天也来了。见了咱们总理，身上只是哆嗦，我看他那样子，他家里准没有出过大官。"

玉芬不觉笑道："不要瞎扯了。我和她比，不过是比自己的人品，她家里有官没有我不去管他。"

张妈道："怎么不要管？就是为了她家里没有官，才有她那一副德行！"

玉芬道："你别说了，越说你越不对劲儿。我问你，吴家二小姐为什么到她那里去坐？"

张妈道："这事我倒知道，前天大少奶奶叫人打电话，请她去的。她来了，大概先也是在大少奶奶这边坐了一会儿，后来再到那边去坐的。"

玉芬点了点头道："我明白了，这里面另有缘故的。"当时她忍耐着，却不说什么，然而她心里却另有一番打算了。

第六十五回

鹰犬亦工谗含沙射影
芝兰能独秀饮泣吞声

这一天晚上，玉芬闲着，到佩芳屋子里闲坐谈心。一进门，便笑道："啊！真了不得，瞧你这大肚子，可是一天比一天显得高了，怪不得你在屋子里待着，老也不出去。应该找两样玩意儿散散闷儿才好。至少也得找人谈心。若是老在床上躺着，也是有损害身体的。"

佩芳原坐在椅子上站起来欢迎她的，无可隐藏，向后一退，笑道："你既然知道我闷得慌，为什么不来陪着我谈话呢？"

玉芬道："我这不是来陪着你了吗？还有别的人来陪你谈话没有？"说时，现出亲热的样子，握了她的手，同在一张沙发上坐下。

佩芳："今天我妹妹还来谈了许久呢。"

玉芬道："她来了，怎么也不到我那里去坐坐？我倒听到张妈说，她还到新少奶奶屋子里去坐了呢。怎么着？我们的交情还够不上比新来的人吗？"

佩芳道："那还是为了她当过候相的那一段事实了。"

玉芬眉毛一耸，微笑道："你和你令妹说些什么了？燕西的老婆可对令妹诉苦，以为我们说她是乡下人呢。"

佩芳道："真有这话吗？我就以为她家里比较贫寒一点儿，决计不敢和她提一声娘家的事。十个指头儿也不能一般儿齐，亲戚哪里能够一律站在水平线上，富贵贫贱相等？不料她还是说出了这种话来，怪不怪？"

玉芬道："是啊！我也是这样说啊。就是有这种话，何必告诉令妹？俗言道得好，家丑不可外传，自己家里事，巴巴地告诉外人，那是什么意思呢？幸而令妹是至亲内戚，而且和你是手足，我们的真情究竟是怎么样，她一定知道的。不然，简直于我们的人格都有妨碍了。"

佩芳道："据你这样说，她还说了我好些个坏话吗？谁告诉你的？你怎样知道？"

玉芬道："我并没有听到别的什么，还是张妈告诉我的那几句话，你倒不要多心。"

佩芳笑道："说过就算说了吧，要什么紧！不过舍妹为人向来是很细心的，她不至于提到这种话上去的，除非是清秋妹特意把这种话去告诉她了。"

玉芬道："那也差不多。那个人，你别看她斯文，肚子里是很有数的。"

佩芳笑道："肚子里有数，还能赛过你去吗？"

玉芬道："哟！这样高抬我做什么？我这人就吃亏心里搁不住事，心里有什么，嘴里马上就说什么。人家说我爽快是在这一点，我得罪了许多人也在这一点。像清秋妹，见了人是十二分的客气，背转来，又是一个样子，我可没有做过。"

佩芳笑道："你这话我倒觉得有点儿所感相同，我觉得她总存这种心事，以为我们笑她穷。同时，她又觉得她有学问，连父亲都很赏识，我们都不如她。面子上尽管和我们谦逊，心里怕有点儿笑我们是个绣花枕哩。"

玉芬道："对了对了，正是如此。可见人同此心，心同此理呢。"

佩芳笑道："其实，我们并没有什么和她过不去，不过觉得她总有点儿女学者的派头，在家里天天见面、时时见面的人，谁不知道谁，那又何必呢？"

玉芬笑道："这个女学者的面孔，恐怕她维持不了多少时候，有一天总会让大家给她揭穿这个纸老虎的。"说着，咯咯地一阵笑。又道，"怪不得老七结婚以前和她那样的好，她也费了一番深工夫的了。我们夫妻感情不大好，其原因大概如此。"

佩芳笑道："你疯了吗？越来越胡说了。"

玉芬道："你以为我瞎说吗？这全是事实，你若是不信，把现在对待人的办法，改良改良，我相信你的环境就要改变一个样子了。"

佩芳笑道："我的环境怎么会改一个样子？又怎么要改良待人的办法？我真不懂。"

玉芬笑道："你若是真不懂那也就算了。你若是假不懂，我可要骂了。"

佩芳笑道："我懂你的意思了。但是你所说的，适得其反哩。你想，他们男子本来就很是欺骗妇女，你再绵羊也似的听他的话，跟在他面前转，我相信，他真要把人踏做脚底的泥了。我以为男子都是贱骨头，你愿迁就他，他越骄横得了不得。若得给他一个强硬对待，决裂到底，也不过是撒手。和我们不合作的男子，撒了手要什么紧？"

玉芬伸了一伸舌头，复又将头摆了一摆，然后笑道："了不得，了不得！这样强硬的手段，男子恋着女子，他为了什么？"

佩芳站了起来，将手拍了一拍玉芬的肩膀，笑道："你说他恋着什么呢？我想只有清秋妹这样肯下身份，老七是求仁而得仁，就两好凑一好了。"

两人说得高兴，声浪只管放大，却忘了一切，这又是夜里，各处嘈杂的声浪，多半停止了，她们说话的声音，更容易传到户外去。

恰好这个时候，清秋想起白天蔼芳来了，想去回看她，便来问佩芳，她是什么时候准在家里。当她正走到院子门的黄竹篱笆边，就听到玉芬说了那句话：只有清秋妹那样肯下身份。不免一怔，脚步也停住了。再向下听去，她们谈来谈去，总是自己对于燕西的婚姻是用手腕巴结得来的。不由得一阵耳鸣心跳，眼睛发花。待了一会儿，便低了头转身回去。

刚出那院子门，张妈却拿了一样东西由外面进来，顶头碰上。张妈问道："哟！七少奶奶，你在大少奶奶那儿来吗？"

清秋顿了一顿，笑道："我还没去。因为我走到这里丢了一根腿带，要回去找一找，也不知道是不是丢在路上了？"说着，低了头，四处张望，就寻找着，一路走开过去。

张妈站在门边看了一看，见她一路找得很匆忙，并不曾仔细寻找，倒很纳闷。听到佩芳屋子里有玉芬的声音，便走了进去。玉芬道："什么事，找到这儿来？"

张妈道："你要的那麦米粉，已经买来了。不知道是不是就要熬上？"

玉芬道："这东西熟起来很快的，什么时候要喝，什么时候再点火酒炉子得了。这又何必来问？"

张妈笑了一笑，退得站到房门边去，却故意低了头，也满地张望。玉芬道："你丢了什么？"

张妈道："我没有丢什么，刚才在院子门口碰到了七少奶奶，她说丢了一只腿带，我想也许是落在屋子里，找一找。"

佩芳道："瞎说了，七少奶奶又没有到这里来，怎么会丢了腿带在这里？"

张妈道："我可不敢撒谎，我进来的时候，碰到七少奶奶刚出院子门，她说丢了一只腿带，还是一路找着出去的呢。"

佩芳和玉芬听了这话，都是一怔。佩芳："我们刚才的话，这都让她听去了。这也奇怪，她怎么就知道你到我这里来了？"

玉芬道："我们是无心的，她是有心的。有心的人来查着无心的人，有什么查不着的？"

佩芳道："这样一来，她一定恨我们的，我们以后少管她的闲事，不要为着不相干的事倒失了妯娌们的和气。"

玉芬道："谁要你管她的事！各人自己的事，自己还管不了呢！"于是玉芬很不高兴地走回自己屋子去了。

恰好鹏振不知在哪里喝了酒，正醉醺醺地回来。玉芬道："要命，酒气冲得人只要吐，又是哪个妖精女人陪着你？灌得你成了醉鳖。"

鹏振脱了长衣，见桌上有大半杯冷茶，端起来一咕噜喝了，笑道："醉倒是让一个女人灌醉了，可不是妖精。"

玉芬道："你真和女人在一处喝酒吗？是谁？"说着，就拉着鹏振一只手，只管追问。

鹏振笑道："你别问，两天之后就水落石出的。你说她是妖精，这话传到她耳朵去了，她可不能答应你。"

说着，拿了茶壶又向杯子里倒上一杯茶，正要端起杯子来喝时，玉芬伸手将杯子按住，笑问道："你说是谁？你要是不说，我不让你喝这一杯茶事小，今天晚上我让你睡不了觉！"

鹏振道："我对你实说了吧，你骂了你的老朋友了，是你表妹白秀珠呢。"

玉芬听了这话，手不由软了，就坐下来。因道："你可别胡说，她是个老实孩子。"

鹏振笑道："现在男女社交公开的时代，男女相会，最是平常。若是照你这种话看来，男女简直不可以到一处来，若是到了一处，就会发生不正当的事情的。"

玉芬笑道："不是那样说，因为你们这班男子，是专门喜欢欺骗女子的。"

鹏振道："无论我怎么坏，也不至于欺骗到密斯白头上去。况且今天晚上同座有好几个人。"

玉芬道："还有谁？秀珠和那班跳舞朋友，已经不大肯来往了。"

鹏振道："你说她不和跳舞朋友来往，可知道今天她正是和一班跳舞朋友在一处。除了我之外，还有老七，还有曾小姐，乌小姐。"

玉芬道："怎么老七现在又常和秀珠来往？"

鹏振道："这些时，他们就常在一处，似乎他们的感情又恢复原状了。"

玉芬道："恢复感情，也是白恢复。未结婚以前的友谊和结了婚以后的友谊那是要分作两样看法来看的。"

鹏振笑道："那也不见得吧？只要彼此相处得好，我看结婚不结婚，是没有关系的。从前老七和她在一处，常常为一点儿小事就要发生口角。而今老七遇事相让，密斯白也是十分客气，因此两个人的友谊，似乎比以前浓厚了。"

玉芬叹了一口气道："这也是所谓既有今日，何必当初了。"

鹏振笑道："只要感情好，也不一定要结婚啦。"玉芬当时也没有说什么，只是把这一件事搁在心里。

到了次日，上午无事，逛到燕西的书房里来。见屋子门是关着，便用手敲了几下。燕西在里面道："请进来吧。"

玉芬一推门进来，燕西嚷着跳起来道："稀客稀客，我这里大概有两个月没有来了。"

玉芬道："闷得很，我又懒得出去，要和你借两本电影杂志看看。"说着，随着身子就坐在那张沙发上。

燕西笑道："简直糟糕透了，总有两个月了，外面寄来的杂志，我都没有开过封。要什么，你自己找去吧。"

玉芬笑道："一年到头，你都是这样忙，究竟忙些什么？大概你又是开始跳舞了吧？昨晚上，我听说你就在跳舞呢。"

燕西笑道："昨天晚上可没跳舞，闹了几个钟头的酒，三哥和密斯白都在场。"

玉芬听说，沉吟了一会儿，正色道："秀珠究竟是假聪明，若是别人，宁可这一生不再结交异性朋友，也不和你来往了。你从前那样和她好，一天大爷不高兴了，就把人家扔得远远的。而今想必是又比较着觉得人家有点儿好处了，又重新和人家好。女子是那样不值钱，只管由男子去搓挪。她和我是表亲，你和我是叔嫂，依说，我该为着你一点。可是站在女子一方面说，对你的行为，简直不应该加以原谅。"

燕西站在玉芬对面，只管微笑，却不用一句话来驳她。玉芬道："哼！你这也就无词以对了。我把这话告诉清秋妹，让她来评一评这段理。"

燕西连连地摇手道："那可不是闹着玩的，她一质问起来，虽然也没有什么关系，究竟多一层麻烦。"

玉芬笑道："我看你在人面前总是和她抬杠，好像了不得。原来在暗地里你怕她怕得很厉害呢。"

燕西笑道："无论哪个女子，也免不了有醋劲的，这可不能单说她，就是别一个女子，她若知道她丈夫在外面另有很好的女朋友，她有个不麻烦的吗？"

玉芬一时想找一句什么话说，却是想不起来，默然了许久。还是燕西笑道："她究竟还算不错。她说秀珠人很活泼，劝我还是和她做朋友，不要为了结婚，把多年的感情丧失。况且我们也算是亲戚呢。"

玉芬笑道："你不要瞎说了，女子们总会知道女子的心事，绝不能像你所说的那样好。"

燕西笑道："却又来！既是女子不能那样好，又何怪乎我不让你去对她说呢？"

玉芬微笑着，坐了许久没说话，然后点点头道："清秋妹究竟也是一个精明的人，她当了人面虽不说什么，暗地里她也有她的算法呢。"于是把张妈两番说的话，加重了许多语气，告诉燕西。告诉完了，笑道："我不过是闲谈，你就别把这事放在心上，也不要去质问她。"

燕西沉吟着道："是这样吗？不至于吧？我就常说她还是稚气太重，这种的手段，恐怕她还玩不来，就是因为她缺少成人的气派呢。"

玉芬淡淡一笑道："我原来闲谈，并不是要你来相信的。"说毕，起身便走了。

燕西心里，好生疑惑，玉芬不至于凭空撒这样一个谎，就是撒这样一个谎，用意何在？今天她虽说是来拿杂志的，却又没有将杂志拿去，难道到这里来，是特意要把这些话告诉我吗？越想倒越不解这一疑惑。当时要特意去问清秋，又怕她也疑心，更是不妥，因此只放在心里。

这天晚上，燕西还是和一些男女朋友在一处闹，回来时，吃得酒气熏人。清秋本来是醒了，因他回来，披了睡衣起床，斟了一杯茶喝。燕西确是口渴，走上前一手接了杯子过来，咕嘟一口喝了。清秋见他脸上通红，伸手摸了一摸，皱眉道："喝得这样子做什么？这也很有碍卫生啊！不要喝茶了，酒后是越喝越渴的，橱子下面的玻璃缸子里还有些水果，我拿给你吃两个吧。"说着，拿出水果来，就将小刀削了一个梨递给燕西。

燕西一歪身倒沙发上，牵着清秋的手道："你可记得去年夏天，我要和你分一个梨吃，你都不肯，而今我们真不至于……"说着，将咬过了半边梨，伸了过来，一面又将清秋向怀里拉。

清秋微笑道："你瞧，喝得这样昏天黑地，回来就捣乱。"

燕西道："这就算捣乱吗？"越说越将清秋向怀里拉。清秋啐了一声，摆脱了他的手，睡衣也不脱，爬上床，就钻进被窝里去。燕西也追了过来，清秋摇着手道："我怕那酒味儿，你躲开一点儿吧。"说着，向被里一缩，将被蒙了头。

燕西道："怎么着？你怕酒味儿吗？我浑身都让酒气熏了，索性熏你一下子，我也要睡觉了。"说着，便自己来解衣扣。

清秋一掀被头，坐了起来，正色说道："你别胡闹，我有几句话和你说。"

燕西见她这样，便侧身坐在床沿上，听她说什么。清秋道："你这一程子，每晚总是喝得这样昏天黑地回来，你闹些什么？你这样子闹，第一是有碍卫生，伤了身体。第二废时失业……"

燕西一手掩住了她的嘴，笑道："你不必说了，我全明白。说到废时失业，更不成问题，我的时间，向来就不值钱的。出去玩儿固然是白耗了时间，就是坐在家里，也生不出什么利。失业一层，那怎样谈得上？我有什么职业？若是真有了职业，有个事儿，不会闷着在家里待着，也许我就不玩儿了。"

清秋听了他的话，握着他的手，默然了许久，却叹了一口气。燕西道："你叹什么气？我知道，你以为我天天和女朋友在一处瞎混哩，其实我也是敷衍敷衍大家的面子。这几天，你有什么事不顺意？老是找这个的碴子，找那个碴子。"

　　清秋道："哪来的话？我找了谁的碴子？"

　　燕西虽然没大醉，究竟有几分酒气。清秋一问，他就将玉芬告诉他的话，说了出来。清秋听了，真是一肚皮冤屈。急忙之间，又不知道要用一种什么话来解释，急得眼皮一红，就流下泪来。燕西不免烦恼，也呆呆地坐在一边。清秋见燕西不理会她，心里更是难受，索性呜呜咽咽伏在被头上哭将起来。

　　燕西站起来，一顿脚道："你这怎么了？好好儿地说话，你一个人倒先哭将起来？你以为这话，好个委屈吗？我这话也是人家告诉我的，并不是我瞎造的谣言。你自己知道理短了，说不过了，就打算一哭了事吗？"

　　清秋在身上摸索了半天，摸出一条小小的粉红手绢，缓缓地擦着眼泪，交叉着手，将额头枕在手上，还是呜呜咽咽，有一下没一下地哭。

　　燕西道："我心里烦得很，请你不要哭，行不行？"

　　清秋停了哭，正想说几句，但是一想到这话很长，不是三言两语可以说完的，因此复又忍住了，不肯再说。那一种委屈，只觉由心窝里酸痛出来，两只眼睛里一汪泪水，如暴雨一般流将出来。燕西见她不肯说，只是哭，烦恼又增加了几倍，一拍桌子道："你这个人真是不通情理！"桌子打得咚的一下响，一转身子，便打开房门，一直向书房里去了。

　　清秋心想，自己这样委屈，他不但一点儿不来安慰，反要替旁人说话来压迫自己，这未免太不体贴了。越想越觉燕西今天态度不对，电灯懒得拧，房门也懒得关，两手牵了被头，向后一倒，就倒在枕上睡了。这一份儿伤心，简直没有言语可以形容，思前想后，只觉得自己不对，归根结底，还是"齐大非偶"那四个字，是自己最近这大半年来的大错误。清秋想到这里，又顾虑到了将来，现在不过是初来金家几个月，便有这样的趋势，往后日子一长，知道要出些什么问题。往昔以为燕西牺牲一切，来与自己结婚，这是很可靠的一个男子。可是据最近的形势看来，他依然还是见一个爱一个、用情并不能专一的人，未必靠得住呢。这样一想，伤心已极，只管要哭起来。哭得久了，忽然觉得枕头上有些冷冰冰的，抽出枕头一看，却是让自己的眼泪哭湿了一大片。这才觉得哭得有些过分了，将枕头掉了一个面，擦擦眼泪，方安心睡了。

次日起得很早，披了衣服起床，正对着大橱的镜门，掠一掠鬓发。却发觉了自己两只眼睛，肿得如桃子一般，一定是昨天晚上糊里糊涂哭太狠了。这一出房门让大家看见了，还不明白我闹了什么鬼呢？于是便对老妈子说身上有病，脱了衣服复在床上睡下。两个老妈子因为清秋向来不摆架子，起睡都有定时的。今天见她不曾起来，以为她真有了病，就来问她，要不要去和老太太提一声儿。

清秋道："这点儿小不舒服，睡一会子就好了的，何必去惊动人。"

老妈子见她如此说，就也不去惊动她了。直到十点钟，燕西进屋子来洗脸，老妈子才报告他，少奶奶病了。燕西走进房，见清秋穿了蓝绫子短夹袄，敞了半边粉红衣里子在外，微侧着身子而睡，因就抢上前，拉了被头，要替她盖上。清秋一缩，扑哧一声笑了。

燕西推着她胳膊，笑道："怎么回事？我以为你真病了呢。"

清秋一转脸，燕西才见她眼睛都肿了。因拉着她的手道："这样子，你昨天晚上是哭了一宿了。"

清秋笑着，偏过了头去。燕西道："你莫不是为了我晚上在书房里睡了，你就生气？你要原谅我，昨天晚上，我是喝醉了酒。"

清秋说："胡说，哪个管你这一笔账？我是想家。"

燕西笑道："你瞎说，你想家何必哭？今天想家，今天可以回去。明天想家，明天可以回去。哪用得着整宿地哭，把眼睛哭得肿成这个样子？你一定还有别的缘故。"

清秋道："反正我心里有点儿不痛快，才会哭，这一阵不痛快，已经过去了，你就不必问。我要还是不痛快，能朝着你乐吗？"

燕西也明白她为的是昨晚自己那一番话，把她激动了。若是还要追问，不过是让清秋更加伤心，也就只好隐忍在心里，不再说了。因道："既然把一双眼睛哭得这个样子，你索性装病吧。回头吃饭的时候，我就对母亲说你中了感冒，睡了觉不曾出来。你今天躲一天，明天也就好了。你这是何苦？好好儿把一双眼睛哭得这个样子。"

清秋以为他一味地替自己设想，一定是很谅解的，心里坦然，昨晚上的事，就雨过天晴，完全把它忘了。自己也起来了，陪着燕西在一处漱洗。

　　但是到了这日晚上，一直等到两点钟，还不见他回来，这就料定他爱情就有转移了，又不免哭了一夜。不过想到昨晚一宿，将眼睛都哭肿了，今晚不要做那种傻事，又把眼睛哭肿。燕西这样浪漫不羁，并不是一朝一夕之故，自己既做了他的妻子，当然要慢慢将他劝转来。若是一味地发愁，自己烦恼了自己，对于燕西，也是没有一点儿补救。如此一想，就放了心去睡。次日起来，依然像往常一样，一点儿不显形迹。吃午饭的时候，在金太太屋子里和燕西会了面，当然不好说什么。吃过饭以后，燕西却一溜不见了。晚饭十有七八是不在家里吃的，不会面是更无足怪。

　　直到晚上十二点以后，清秋已睡了，燕西才回来。他一进房门看见，只留了铜床前面那盏绿色的小小电灯，便嚷起来道："怎么着？睡得这样早？我肚子饿了，想吃点儿东西，怎么办？"

　　清秋原想不理会他的。听到他说饿了，一伸手在床里边拿了睡衣，向身上一披，便下床来。一面伸脚在地毯上踏鞋，一面向燕西笑道："我不知道你今天晚上要吃东西，什么也没有预备，怎么办？我叫李妈到厨房里去看看，还弄得出什么东西来没有？"

　　燕西两手一伸，按着她在床上坐下，笑道："我去叫他们就是了，这何必要你起来呢？我想，稀饭一定是有的，让厨房里送来就是了。我以为屋子里有什么吃的呢，所以问你一声。就是没有，何必惊动你起来，我这人未免太不讲道理了。"

　　清秋笑道："你这人也是不客气起来，太不客气；要客气起来，又太客气。我就爬起来到门口叫一声人，这也很不吃劲，平常我给你做许多吃力费心的事，你也不曾谢上我一谢哩！"

　　燕西且不和她讨论这个问题，在她身上，将睡衣扒了下来，又两手扶住她的身子，只向床上乱推。笑道："睡吧，睡吧！你若是伤风了，中了感冒，明天说给母亲听，还是由我要吃东西而起，我这一行罪就大了。"

　　清秋笑得向被里一缩，问道："你今晚上在哪里玩得这样高兴，回来却是这样和我表示好感？"

　　燕西道："据你这般说，我往常玩得不高兴回来，就和你过不去吗？"

清秋笑道："并不是这样说，不过今天你回来，与前几天回来不同，和我是特别表示好感。若是你向来都是这样，也省得我……"说到这里，抿嘴一笑。

燕西道："省得什么？省得你前天晚上哭了一宿吗？昨天晚上我又没回来，你不要因为这个又哭起来了吧？"

清秋道："我才犯不上为了这个去哭呢。"

燕西笑道："我自己检举，昨天晚上，我在刘二爷家里打了一夜牌，我本打算早回来的，无如他们拖住了我死也不放。"

清秋笑道："不用检举了，打一夜小牌玩，这也是很平常的事，哪值得你这样郑而重之追悔起来？"

燕西笑道："那么，你以为我的话是撒谎的了？据你的意思，是猜我干什么去了？"

清秋道："你说打牌，自然就是打牌，哪里有别的事可疑哩？"

燕西见她如此说，待要再辩白两句，又怕越辩白事情越僵，对着她微笑了一笑。因道："你睡下，我去叫他们找东西吃去了。"清秋见他执意如此，她也就由他去。

燕西一高兴，便自己跑到厨房里去找厨子。恰好玉芬的张妈也是将一份碗碟送到厨房里去。她一见燕西在厨房里等着厨子张罗稀饭，便问道："哟！七爷待少奶奶真好啊！都怕老妈子做事不干净，自己来张罗呢。"

燕西笑着点了点头道："可不是吗！"

张妈望了一望，见燕西吩咐厨子预备两个人的饭菜，然后才走。燕西督率着一提盒子稀饭咸菜，一同到自己院子里来。厨子送到外面屋子里，老妈子便接着送进里面屋子里来。因笑道："我们都没睡呢。七爷怎么不言语一声，自己到厨房里去？"

燕西道："我一般长得有手有脚，自己到厨房里去跑一趟，那也很不算什么。"

老妈子没有说什么，自将碗筷放在小方桌上。清秋睡在枕上望着，因问道："要两份儿碗筷干什么？"

燕西道："屋子里又不冷，你披了衣服起来喝一碗吧。"

清秋道："那成了笑话了，睡了觉，又爬起来吃什么东西？"

燕西笑道："这算什么笑话？吃东西又不是做什么不高明的事情。况且关起房门来，又没有第三个人，要什么紧？快快起来吧，我在这里等着你了。"

清秋见他坐在桌子边，却没有扶起筷子来吃，那种情形，果然是等着，只好又穿了睡衣起来。清秋笑道："要人家睡是你，要人家起来也是你。你看这一会儿工夫，你倒改变了好几回宗旨了，叫人家真不好伺候。"

燕西笑道："虽然如此，但是我都是好意啊！你要领我的好意，你就陪我吃完这一顿稀饭。"

清秋道："我已经是起来了，陪你吃完不陪你吃完，那全没有关系。"

燕西笑着点了点头，扶起筷子便吃。这一餐稀饭，燕西吃得正香，吃了一小碗，又吃一小碗，一直吃了三碗，又同洗了脸。清秋穿的是一件睡衣，光了大腿，坐在地下这样久，着实受了一点儿凉。上床时，燕西嚷道："哟！你怎么不对我说一说？两条腿，成了冰柱了。"

清秋笑道："这只怪我这两条腿太不中用，没有练功夫。多少人三九天也穿着长筒丝袜在大街上跑呢。"

燕西以为她这话是随口说的，也就不去管她。不料到了下半夜，清秋脸上便有些发烧。次日清早，头痛得非常的厉害，竟是真个病起来了。

第六十六回

含笑看蛮花可怜模样
吟诗问止水无限情怀

　　早上九点钟，清秋觉得非起床不可了，刚一坐起来，便觉得有些天旋地转，依旧又躺了下去。燕西起来，面子上表示甚是后悔。

　　清秋道："这又不是什么大病，睡一会子就好了的，你只管出去，最好是不要对人说。吃午饭的时候，若是能起来，我就会挣扎起来的。"

　　燕西笑道："前天没病装病，倒安心睡了。今天真有病，你又要起来？"

　　清秋道："就因为装了病，不能再病了，三天两天地病着，回头多病多愁的那句话，又要听到了。"

　　燕西听到，默然了许久。然后笑道："我们这都叫天下本无事，庸人自扰之。你只管躺着吧，到了吃饭的时候，我再给你撒谎就是了。"

　　清秋也觉刚才一句话，是不应当说的，就不再说了。到了吃午饭的时候，金太太见清秋又不曾来，问燕西道："你媳妇又病了吗？"

　　燕西皱眉道："她这也是自作自受。前日病着，昨日已经好些了，应该去休养休养的。她硬挣扎着像平常一样，因之累到昨日晚上，就大烧起来。今天她还要起床，我竭力阻止她，她才睡下了。"

　　金太太道："这孩子人是斯文的，可惜斯文过分了，总是三灾两病的。"说到这里时，恰好玉芬进来了。金太太道："你吃了饭没有？我们这里缺一角，你就在我们这里吃吧。"

　　玉芬果然坐下来吃，因问清秋怎样又病了。燕西还是把先前那番话告

108

诉了她。玉芬笑道："怪不得了，昨天半夜里，你到厨房里去和你好媳妇做稀饭了。你真也不怕脏？"

燕西红了脸道："你误会了，那是我自己高兴到厨房里去玩玩的。"

金太太道："胡说，玩也玩得特别，怎么玩到厨房里去了？"燕西一时失口说出来了，要想更正也来不及更正了，只低了头扒饭。金太太道："你们那里有两个老妈子，为什么都不叫，倒要自己去做事？"

玉芬笑道："妈，你有所不知。老七一温存体贴起来，比什么人还要仔细。他怕老妈子手脏，捧着东西，有碍卫生，所以自己去动手。"

金太太听到玉芬这话，心里对燕西的行动很有些不以为然。不过话是玉芬说的，当了玉芬的面，又来批评燕西，恐怕燕西有些难为情，因此隐忍在心里，且不说出来。到了吃晚饭的时候，没有玉芬在席了，金太太便对燕西道："清秋晚饭又没出来吃，大概不是寻常的小感冒，你该给她找个大夫来瞧瞧。"

燕西道："我刚才是由屋子里出来的，也没有多大的病，随她睡睡吧。"

金太太道："你当着人的面，就是这样不在乎似的。可是回到房里去，连老妈子厨子的事，你一个人都包办了。"燕西正想分辩几句，只见金铨很生气的样子走了进来，不由得把他说的话，都吓忘了。

金铨没有坐下，先对金太太道："守华这孩子太不争气，今天我才晓得，原来他在日本还讨了一个下女回来，在外国什么有体面的事都没有干，就只做了这样好事！"

金太太将筷子一放，突然站起来道："是有这事吗？怎么我一点儿也不知道？你是听到谁说的？"

金铨道："有人和他同席吃饭，他就带着那个下女呢。我不懂道之什么用意？她都瞒了几个月，不对我说一声。怪不得守华总要自己赁房子住，不肯住在我这里了。"说着话脸一扬，就对燕西道，"把你四姐叫来，我要问问她是怎么回事。"

燕西答应了是，放下碗筷，连忙就到道之这边来，先就问道："姐夫呢？"因把金铨生气的事说了。道之笑着，也没有理会，就跟了燕西一同来见金铨。

金铨口衔了雪茄，斜靠沙发椅子坐着，见道之进来，只管抽烟，也不理会。道之只当不知道犯了事，笑道："爸爸，今天是在里面吃的饭吗？好久没有见着的事呢。"

两个老妈子刚收拾了碗筷，正擦抹着桌子。金太太也是板了面孔，坐在一边。梅丽却站在内房门双垂绿绒帷幔下，藏了半边身子，只管向道之做着眉眼。道之一概不理，很自在地在金铨对面椅子上坐下。

金铨将烟喷了两口，然后向道之冷笑一声道："你以后发生了什么大事，都可以不必来问我吗？"

道之依然笑嘻嘻地问道："那怎样能够不问呢？"

金铨道："问？未必。你们去年从日本回来，一共是几个人？"

道之顿了一顿，笑道："你老人家怎么今天问起这句话？难道看出什么破绽来了吗？"

金铨道："你们做了什么歹事？怎么会有了破绽？"

金太太坐着，正偏了头向着一边，这时就突然回过脸来对金铨道："咳！你有话就说吧，和她打个什么哑谜？"又对道之道，"守华在日本带了一个下女回来，至今还住在旅馆里，你怎么也不对我报告一声？我的容忍心自负是很好的了，我看你这一分容忍还赛过我好几倍。"

道之笑道："哦！是这一件事吗？我是老早地就要说明的了。他自己总说，这事做得不对，让我千万给他瞒住，到了相当的时候，他自己要呈请处分的。"

金铨道："我最反对日本人，和他们交朋友都怕他们会存什么用意。你怎么让守华会弄一个日本女人到家里来？"

金太太道："他们日本人，不是主张一夫一妻制度的吗？这倒奇了，嫁在自己国里，非讲平等不可，嫁到外国去倒可以做妾。"

金铨道："这有什么不明白的？自己国里，为法律所限制，没有法子。嫁到外国去，远走高飞，不受本国法律的限制，有什么使不得？"

金太太道："那倒好！据你这样说，她倒是为了爱情跟着守华了？"

金铨道："日本女子会同中国男子讲爱情？不过是金钱作用罢了。"

金太太道："据你这样说，当姨太太的，都为的是金钱了，你对于这事大概是有点儿研究！"

金铨道："太太，你是和我质问守华这件事哩，还是和我来拌嘴哩？"

金太太让他这样一驳，倒笑起来了，便问道之道："那女人叫什么名字？"

道之道："叫明川樱子，原是当下女的。因为她人很柔驯，又会做事，而且也有相当的知识。"

金铨道："这几句话，你不要恭维那个女子，凡是日本女子，都可以用这几句话去批评的。"

道之笑道："虽然日本女子都是这样，但是这个女子更能服从，弄得我都没有法子可以来拒绝她。妈若是不肯信，我叫她来见一见，就可以把我的话来证实了。"

金太太道："既然你自己都这样表示愿意，我还有什么话说？不过你们将来发生了问题的时候，可不许来找我。也不必证实了。"

梅丽便由绿帷幔里笑着出来道："请她来见见吧，我们大家看看，究竟是怎样一个人？"

金铨道："那要见她做什么？见了面，有什么话也不好说。"

梅丽笑道："什么也不用得叫她，让她先开口得了。她应当叫什么，四姐还不会告诉她吗？"

金太太道："据你说，我们倒要和她认亲吗？"

梅丽碰了个钉子，当着父亲的面，又不便说什么，就默然了。道之笑道："我也不能那样傻，还让她在这里叫什么上人不成？"

燕西情不自禁地也说了一句道："那人倒是很好的。"

金太太道："你看见过吗？怎么知道是很好的？"

燕西只得说道："也不止是我一个人见过。"

金太太道："哦！原来大家都知道了，不过瞒着我们两三个人呢。好吧，只要你们都认为无事，我也不加干涉了。"

金铨原也料着刘守华做的这件事女儿未必同意，现在听道之的口气，竟是一点儿怨言也没有。当局的人都安之若素了，旁观者又何必对他着什么急？因之也就只管抽着雪茄，不再说什么了。

道之笑道："那么，我明天带来吧。丑媳妇总要见公婆面，倒是带了她来见见的好。"说着，偷眼看看父亲母亲的相，并没有了不得的怒容，这胆子又放大一些了。本来这一件事，家中虽有一部分人知道，但也不敢证实，看见樱子的，更不过是男兄弟四人。现在这事已经揭开了，大家都急于要看这位日本姨太太，有的等不及明天，就向道之要相片看。

到了晚上，刘守华从外面回来，还不曾进房，已经得了这个消息。一见道之，比着两只西装袖子，就和道之作了几个揖。道之笑道："此礼为何而来？"

守华笑道："泰山泰水之前，全仗太太遮盖。"

道之道："你的耳朵真长，怎么全晓得了？现在你应该是疾风知劲草，板荡识忠臣了。"

守华笑道："本来这个人我是随便要的，因为你觉得她还不错，就让你办成功了。其实……"

道之笑道："我这样给你帮忙，到了现在，你还要移祸于人吗？"

守华连连摇手笑道："不必说了，算是我的错。不过我明天要溜走才好，大家抵在当面，我有些不好措辞的。一切一切，全仗全仗。"

道之指着自己的鼻子笑道："你怎样谢我呢？"

守华笑道："当然，当然，先谢谢你再说。"

道之道："胡说！我不要你谢了。"

道之虽然是这样说，但是刘守华一想，道之这种态度不可多得，和她商量了半晚上的事情。到了次日早上，他果然一溜就走了。

道之坐了汽车，先到仓海旅馆把明川樱子接了来。先让她在自己屋子里坐着，然后打听得父母都在上房，就带着樱子一路到上房来。在樱子未来以前，大家心里都忖度着，一定是梳着堆髻，穿着大袖衣服，拖着木头片子的一种矮妇人。及至见了面，大家倒猛吃一惊。她穿的是一件浅蓝镜面缎的短旗袍，头上挽着左右双髻，下面便是长筒丝袜，黑海绒半截高跟鞋，浑身上下，完全中国化。尤其是前额上，齐齐地剪了一排刘海发。金太太先一见，还以为不是这人，后来道之上前给一引见，她先对金铨一鞠躬，叫了一声总理。随后和金太太又是一鞠躬，叫了一声太太。她虽然学的是北京话，然而她口齿之间，总是结结巴巴的，夹杂着日本音，就把日本妇人的态度现出来了。

金铨在未见之前，是有些不以为然，现在见她那小小的身材，鹅蛋脸儿，简直和中国女子差不多。而且她向着人深深地一鞠躬，差不多够九十度，又极其恭顺。见着这种人，再要发脾气，未免太忍心了，因此当着人家鞠躬的时候，也就笑着点了点头。金太太却忘了点头，只管将眼睛注视着她的浑身上下。她看见金太太这样注意，脸倒先绯红了一个圆晕，而心里也不免有些惊慌。因为一惊慌，也不用道之介绍了，屋子里还有佩芳、玉芬、梅丽，都见着一人一鞠躬。行礼行到梅丽面前，梅丽一伸两手连忙抱着她道："哎哟！太客气，太客气！"

道之恐怕她连对丫头都要鞠躬起来，便笑着给她介绍道："这是大少奶奶，这是三少奶奶，这是八小姐。"她因着道之的介绍，也就跟着叫了起来。

梅丽拉了她的手，对金太太笑道："这简直不像外国人啦。"

金太太已经把藏在身上的眼镜盒子拿了出来，戴上眼镜，对她又看了一看，笑着对金铨说了一句家乡话道："银（人）倒是呒啥。"

金铨也笑着点了点头。道之一见父亲母亲都是很欢喜的样子，料得不会发生什么大问题的了，便让樱子在屋子里坐下。谈了一会儿，除了在这里见过面的人以外，又引了她去分别相见。

到了清秋屋子里，清秋已经早得了燕西报告的消息了。看见道之引了一个时装少妇进来，料定是了，便一直迎出堂屋门来。道之便给樱子介绍道："这是七少奶奶。"樱子口里叫着，老早地便是一鞠躬。

清秋连忙回礼道："不敢当！不敢当！为什么这样相称？"于是含着笑容，将她二人引到屋子里来。

清秋因为樱子是初次来的，就让她在正面坐着，在侧面相陪。樱子虽然勉强坐下，却是什么话也不敢说，道之说什么，她跟着随声附和什么，活显着一个可怜虫样子。清秋看见，心里老大不忍，就少不得问她在日本进什么学校？到中国来可曾过得惯？她含笑答应一两句，其余的话，都由道之代答。清秋才知道她是初级师范的一个学生。只因迫于经济，就中途辍学。到中国来，起居饮食，倒很是相宜。

道之又当面说："她和守华的感情很好很好，超过本人和守华的感情以上。"樱子却是很懂中国话，道之说时，她在一旁露着微笑，脸上有谦逊不遑的样子，可是并不曾说出来。清秋见她这样，越是可怜，极力地安慰着她，叫她没有事常来坐坐。又叫老妈子捧了几碟点心出来请她，谈了足有一个钟头，然后才走了。

道之带了樱子，到了自己屋里，守华正躺在沙发上，便直跳了起来，向前迎着，轻轻地笑道："结果怎么样？很好吗？"

道之道："两位老人家都大发雷霆之怒，从何好起？"

守华笑着，指了樱子道："你不要冤我，看她的样子，还乐着呢，不像是受了委屈啊。"

樱子早忍不住了，就把金家全家上下待她很好的话，说了一遍。尤其是七少奶奶非常地客气，像客一样地看待。守华道："你本来是客，她以客待你，哪有什么特别之处呢？"

道之笑道："清秋她为人极是和蔼，果然是另眼看待。"于是把刚才的情形，略微说了一说。

守华道："这大概是爱屋及乌了。"

道之道："你哪知道她的事？据我看，恐怕是同病相怜吧。"

守华道："你这是什么话？未免拟于不伦。"

道之道："我是生平厚道待人，看人也是用厚道眼光。你说我拟于不伦，将来你再向下看，就知道我的话不是全无根据了。"

守华道："真是如此吗？哪天得便，我一定要向着老七问其所以然。"

道之道："胡说，那话千万问不得！你若是问起来，那不啻给人家火上加油呢。"

守华听了这话，心里好生奇怪。像清秋现在的生活，较之以前可说是锦衣玉食了，为什么还有难言之隐？心里有了这一个疑问，更觉得是不问出来，心里不安。

当天晚上，恰好刘宝善家里有个聚会，吃完了饭有人打牌，燕西没有赶上，就在一边闲坐着玩扑克牌。守华像毫不留意的样子，坐到他一处来。因笑道："你既是很无聊地在这里坐着，何不回家去陪着少奶奶？"

燕西笑道："因为无聊，才到外面来找乐儿。若是感到无聊而要回去，那在家里，就会更觉得无聊了。"

守华道："老弟，你们的爱情原来是很浓厚很专一的啊，这很可以给你们一班朋友做个模范，不要无缘无故地把感情又破裂下来才好。"

燕西笑道："我们的感情，原来不见很浓厚很专一。就是到了现在，也不见得怎样清淡，怎样浪漫。"

守华道："果然的吗？可是我在种种方面观察，你有许多不对的地方。"

燕西道："我有许多不对的地方吗？你能举出几个证据来？"

守华随口说出来，本是抽象的，哪里能举出什么证据，便笑道："我也不过看到她总是不大作声，好像受了什么压迫似的。照说，这样年轻轻儿的女子，应该像八妹那一样活泼泼的，何至于连吴佩芳都赶不上，一点儿少年朝气都没有？"

燕西笑道："她向来就是这样子的。有道是江山易改，本性难移，她要弄得像可怜虫一样，我也没有别的法子。"

他说着这话时，两手理着扑克牌一张一张地抽出，又一张一张地插上，抽着抽着，一句话也不说，只是这样地出了神。还是刘守华在他肩膀上拍了一下，笑道："怎么不说话？"

燕西笑道："并不是不说话，我在这里想，怎样把这种情形，传到你那里去，又由你把这事来问我？"

守华道："自然有原因啦。"于是就把道之带了樱子去见清秋，及樱子回来表示好感的话说了一遍。

燕西道："她这人向来是很谦逊的，也不但对你姨太太如此。"

守华笑道："你夫妇二人，对她都很垂青，她很感谢。她对我说，打算单请你两口子吃一回日本料理，不知道肯不肯赏光？"

燕西道："哪天请？当然到。"

守华道："原先不曾征求你们的同意，没有定下日子，既是你肯赏光，那就很好，等我今天和她去约好，看是哪一天最为合适。"

燕西笑道："好吧，定了时间，先请你给我一个信，我是静候佳音了。"当时二人随便的约会，桌上打牌的人，却也没有留意。

燕西坐了不久，先回家去，清秋点着一盏桌灯，摊了一本木版书在灯下看。燕西将帽子取下，向挂钩上一扔，便伏在椅子背上，头伸到清秋的肩膀上来，笑道："看什么书？"

清秋回转头来，笑道："恭喜恭喜，今天回来，居然没有带着酒味。"

燕西看着桌上，是一本《孟东野集》、一本《词选》。那诗集向外翻着，正把那首"妾心古井水，波澜誓不起"的诗，现了出来，燕西道："你又有什么伤感？这心如古井，岂是你所应当注意的？"

清秋笑道："我是看《词选》，这诗集是顺手带出来的。"说着，将书一掩。

燕西知道她是有心掩饰，也笑道："你儿时教我填词？"

清秋道："我劝你不必见一样学一样，把散文一样弄清楚了也就行了。难道你将来投身社会，一封体面些的八行都要我这位女秘书打枪不成？"

燕西笑道："你太看我不起了，从今天起，我非努力不可。"

清秋一伸手，反转来，挽了燕西的脖子，笑道："你生我的气吗？这话我是说重了一点儿。"

燕西笑道："也难怪你言语重，因为我太不争气了。"

清秋便站起身来，拉着燕西同在一张沙发上坐了，笑道："得了，我给你赔个不是，还不成吗？"说着，将头一靠歪在燕西身上。

这个时候，老妈子正要送东西进来。一掀门帘子，看到七爷那种样子，伸了舌头，赶忙向后一退。屋子里清秋也知觉了，在身上掏了手绢，揩着嘴唇又揩着脸。燕西笑道："你给我脸上也揩揩，不要弄上了许多胭脂印。"

清秋笑道："我嘴唇上从来不擦胭脂的，怎么会弄得你脸上有胭脂？"

燕西道："嘴上不擦胭脂，我倒也赞成。本来爱美虽是人的天性使然，要天然的美才好。那些人工制造的美，就减一层成分。况且嘴唇本来就红的，浓浓地涂着胭脂，涂得像猪血一般，也不见得怎样美。再说嘴唇上一有了胭脂，挨着哪里，哪里就是一个红印子，多么讨厌！"

清秋笑道："你这样爱繁华的人，不料今天能发出这样的议论，居然和我成为同调起来。"

燕西道："一床被不盖两样的人，你连这一句话都不知道吗？不过话又说回来了，我对天下事是抱乐观的，可是你偏偏就抱着悲观，好端端的弄得心如止水，这一点原因何在？"

清秋道："我不是天天很快活吗？你在哪一点上见得我是心如止水呢？"

燕西道："岂但是我可以看出你是个悲观主义者，连亲戚都看出你是个悲观主义者了。"

清秋道："真有这话吗？谁？"

燕西就把刘守华的话，从头至尾对她说了。清秋微笑了一笑道："这或者是他们主观的错误。我自己觉得我遇事都听其自然，并没有什么悲观之处。而且我觉得一个人生存现在的时代，只应该受人家的钦仰，不应该受人家的怜惜。人家怜惜我，就是说我无用。我这话似乎勉强些，可是仔细想起来，是有道理的。"

燕西笑道："岂有此理！岂有此理！你又犯了那好高的毛病了。据你这样说，古来那些推衣推食的朋友，都会成了恶意了？"

清秋道："自然是善意。不过善之中，总有点看着要人帮助，有些不能自立之处。浅一点子说，也就是瞧不起人。"

燕西一拍手道："糟了，在未结婚以前，不客气地说，我也帮助你不少。照你现在的理论向前推去，我也就是瞧不起你的一分子。"

清秋笑道："那又不对，我们是受了爱情的驱使。"说完了这句话，她侧身躺在沙发上，望着壁上挂的那幅《寒江独钓图》，只管出神。

燕西握了她的手，摇撼了几下，笑道："怎么样？你又有什么新的感触？"

清秋望着那图半晌，才慢慢答道："我正想着一件事要和你说，你一打岔，把我要说的话又忘记了。你不要动，让我仔细想想看。"说时，将燕西握住的手，按了一按，还是望着那幅图出神。燕西见她如此沉吟，料着这句话是很要紧的，果然依了她的话，不去打断她的思索，默然地坐在一边。

清秋望着《寒江独钓图》，出了一会儿神，却又摇摇头笑道："不说了，不说了，等到必要的时候再说吧。"

燕西道："事无不可对人言，我们两人之间，还有什么隐瞒的事？"

清秋笑道："你这话可得分两层说。有些事情，夫妻之间绝对不隐瞒的。有些事情，夫妻之间又是绝对要隐瞒的。譬喻说，一个女子，对于她丈夫以外，另有一个情人，她岂能把事公开说出来？反之，若是男子另有……"说到这里，清秋不肯再说，向着燕西一笑。

燕西红了脸，默然了一会儿，复又笑道："你绕了一个大弯子，原来说我的？"

清秋道："我不过因话答话罢了，绝不是成心提到这一件事上来。"

燕西正待要和她辩驳两句，忽然听得前面院子里一阵喧哗里面，又夹着许多嬉笑之声。燕西连忙走出院子来。只见两个听差扛着两只小皮箱向里面走，他就嘻嘻地笑着说："大爷回来了，大爷回来了。"

燕西道："大爷呢？"

听差说："在太太屋……"

燕西听说，也不等听差说完，一直就向金太太屋子里来。只见男男女女挤了一屋子的人，凤举一个人被围在屋子中间，指手画脚在那里谈上海的事情。回头一见燕西，便笑道："我给你在上海带了好东西来了，回头我把事情料理清楚了，我就送到你那里去。"

燕西道："是吃的，是穿的，或者是用的？"

凤举道："反正总是很有趣的，回头再给你瞧吧。"说着以目示意。燕西会意了，向他一笑。

金太太道："你给他带了什么来了？你做哥哥的，不教做兄弟的一些正经本领，有了什么坏事情，自己知道了不算，赶紧地就得传授给不知道的。"

凤举笑道："你老人家这话可冤枉，我并没有和他带别什么坏东西，不过给他买了一套难得的邮票罢了。有许多小地方的邮票，恐怕中国都没有来过的，我都收到了。我想临时给他看，出其不意的，让他惊异一下子，并不是别的什么不高雅的东西。"

金太太道："什么叫作高雅？什么又叫作不高雅？照说，只有煮饭的锅、缝衣的针，你们一辈子也不上手的东西，那才是高雅。至于收字画，玩古董，有钱又闲着无事的人，拿着去消磨有限的光阴，算是废人玩废物，双倍的废料。说起来，是有利于己呢，还是有利于人呢？"

凤举笑道："对是对的，不过那也总比打牌抽烟强。"

金太太道："你总是向低处比，你怎么不说不如求学做事呢？"

凤举没有可说了，只是笑。梅丽在一边问道："给我带了什么没有？"

凤举道："都有呢，等我把行李先归置清楚了，我就来分东西。他们把行李送到哪里去了？"说着，就出了金太太的屋子，一直向自己这边院子里来。

一进院子门，自己先嚷着道："远客回来了，怎么不看见有一点儿欢迎的表示呢？"

佩芳在屋子里听到这话，也就只迎出自己屋子来。掀了帘子，遮掩了半边身子，笑道："我早知道你来了。但是你恕我不远迎了。"

凤举先听她光说这一句话，一点儿理由没有。后来一低头，只见她的大肚子，挺出来多高，心里这就明白了。因笑道："你简直深坐绣房，大门不出，二门不迈吗？"

佩芳笑道："可不是吗？我有什么法子呢？"

说时，凤举牵着她的手，一路走进屋里来，低头向佩芳脸上看了一看，笑道："你的颜色还很好，不像有病的样子。"

佩芳笑道："我本来就没有病，脸上怎么会带病容呢？我是没有病，你只怕有点儿心病吧？我想你不是有心病，还不会赶着回北京呢。"

凤举本来一肚子心事，可是先得见双亲，其次又得见娇妻，都是正经大事，哪有工夫去谈到失妾的一个问题。现在佩芳先谈起来了，倒不由得脸上颜色一阵难为情，随便地答道："我有心病吗？我自己都不知道。"

说完了这两句，一回头，看见和行李搬在一处的那两只小皮箱，放在地板上，就一伸手掏出身上的钥匙，要低头去开小皮箱上的锁。

佩芳道："你忙着开箱子做什么？"

凤举道："我给你带了好多东西来，让你先瞧瞧吧。"他就借着这开箱子检东西为名，就把佩芳要问的话，掩饰了过去。看完了东西，走到洗澡房里去洗了一个澡。在这个时候，正值金铨回来了，就换了衣服来见金铨。见过金铨，夜就深了，自己一肚子的心事，现在都不能问，只得耐着心头去睡觉。对于佩芳，还不敢露出一点儿懊丧的样子，这痛苦就难以言喻了。

第六十七回

一客远归来落花早谢
合家都忭悦玉树双辉

凤举好容易熬到了次日早上，先到燕西书房里坐着，派人把他催了出来。燕西一来，便道："这件事不怨我们照应不到，她要变心，我们也没有什么法子。"

凤举皱了眉，跺着脚道："花了钱，费了心血，我都不悔。就是逃了一个人，朋友问起来，面子上难堪得很。"

燕西道："这也无所谓，又不是明媒正娶的，来十个也不见得什么荣耀，丢十个也不见得损失什么面子。"

凤举道："讨十个固然没有什么面子，丢十个那简直成了笑话了。这都不去管他，只求这事保守一点儿秘密，不让大家知道，就是万幸了。"

燕西道："要说熟人，瞒得过谁？要说社会上，只要不在报上披露出来，也值不得人家注意。"

燕西说时，凤举靠了沙发的靠背斜坐着，眼望着天花板，半晌不言语，最后长叹了一声。燕西道："人心真是难测，你那样待她好，不到一年就是这样结局。由此说来，金钱买的爱情，那是靠不住的。"

凤举又连叹了两声，又将脚连跺了几下。燕西看他这样懊丧的样子，就不忍再说了，呆坐在一边。对坐着沉默了一会子，凤举问道："你虽写了两封信告诉我，但是许多小事情我还不知道，你再把经过的情形，详详细细对我说一遍。"

燕西笑道："不说了，你已够懊悔的，说了出来，你心里更会不受用，

120

我不说吧。"

凤举道："反正是心里不受用的了，你完全告诉我，也让我学一个乖。"

燕西本来也就觉得肚子里藏不住这事了，经不得凤举再三地来问，也就把自己在电影院里碰到晚香和晚香两个哥哥也搬到家里来住种种不堪的事，详详细细地一说。凤举只管坐着听，一句话也不答，竟把银盒盛的一盒子烟卷，都抽了一半。直等燕西说完，然后站起来道："宁人负我吧。"停了一停，又道，"别的罢了，我还有许多好古玩字画，都让她给我带走了，真可惜得很。"

燕西道："人都走了，何在乎一点儿古董字画？"

凤举道："那都罢了，家里人对我的批评怎么样？"

燕西道："家里除了大嫂，对这事都不关痛痒的，也无所谓批评。至于大嫂的批评如何，那可以你自己去研究了。"

凤举笑了一笑，便走开了。走出房门后又转身来道："你可不要对人说，我和你打听这事来了。"

燕西笑道："你打听也是人情，我也犯不着去对哪个说。"

凤举这才走了。可是表面上，虽不见得就把这事挂在心上，但是总怕朋友见面问起来，因之回家来几天，除了上衙门而外，许多地方都没有去，下了衙门就在家里。佩芳心里暗喜，想他受了这一个打击，也许已经觉悟了。

这日星期，凤举到下午两点钟还没有出门。佩芳道："今天你打算到哪里去消遣？"

凤举笑道："你总不放心我吗？但是我若老在上海不回来，一天到晚在堂子里也可以，你又怎样管得了呢？"

佩芳道："你真是不识好歹。我怕你闷得慌，所以问你一问，你倒疑心我起来了吗？"

凤举笑道："你忽然有这样的好意待我，我实在出于意料以外。你待我好，我也要待你好才对。那么，我们两人一块儿出门去看电影吧。"

佩芳道："我不好怎样骂你了。你知道我是不能出房门的，你倒要和我一块儿去看电影吗？"

凤举笑道："真是我一时疏忽，把这事忘了。我为表示我有诚意起见，今天我在家里陪着你了。"

佩芳道："话虽如此，但是要好也不在今天一日。"

凤举道："老实告诉你吧。我受了这一次教训，对于什么娱乐也看得淡得多了。对于娱乐，我是一切都引不起兴趣来。"

佩芳笑道："你这话简直该打，你因为得不着一个女人，把所有的娱乐都看淡了。据你这样说，难道女人是一种娱乐？把娱乐和她看成平等的东西了。这话可又说回来了，像那些女子，本来也是以娱乐品自居的。"

凤举笑道："我不说了，我是左说左错，右说右错。我倒想起来了，家庭美术展览会不是展期了吗？那里还有你的大作，我不如到那里消磨半天去。"

佩芳笑道："你要到那里去，倒可以看到一桩新闻。我妹妹现在居然有爱人了。"

凤举原是坐着的，这时突然站立起来，两手一拍道："这真是一桩新闻啦。她逢人就说守独身主义，原来也是纸老虎。她的爱人不应该坏，我倒要去看看。"

佩芳道："这又算你明白一件事了。女子没有爱人的时候，都是守独身主义的。一到有了爱人，情形就变了。难道你这样专研究女人问题的，这一点儿事情都不知道？"

凤举笑道："专门研究女人问题的这个雅号，我可担不起。"

佩芳道："你本来担不起，你不过是专门侮辱女子的罢了。"

凤举不敢和佩芳再谈了，口里说道："我倒要去看看，我这位未来的连襟是怎样一个尊重女性者？"一面说着话，一面便已将帽子戴起，匆匆地走到院子里来了。

今天是星期，家里的汽车当然是完全开出去了。凤举走到大门口，见没有了汽车，就坐了一辆人力车到公园来。这车子在路上走着，快有一个钟头，到了公园里，遇到了两个熟人，拉着走路谈话，耗费的光阴又是不少，因此走到展览会的会场，已掩了半边门，只放游人出来，不放游人进去了。

凤举走到会场门口，正待转身要走，忽然后面有一个人嚷道："金大爷怎样不进去？"

凤举看时，是一个极熟的朋友，身上挂了红绸条子，大概是会里的主干人员。因道："晚了，不进去了。"那人就说自己熟人，不受时间的限制，将凤举让了进去了。

　　走进会场看时，里面许多隔架，陈设了各种美术品，里面却静悄悄的，只有会里几个办事员，在里面徘徊。其中有男的，也有女的，有两个凤举认识的和他点了点头，凤举也就点了点头。但是其中并不见有吴蔼芳，至于谁是她的爱人，更是不可得而知了。因之将两手背在身后，挨着次序，将美术陈列品一样一样地看了去。看到三分之二的时候，却把佩芳绣的那一架花卉找到了。凤举还记得当佩芳绣那花的时候，因为忙不过来，曾让小怜替她绣了几片叶子。自己还把情苗爱叶的话去引小怜，小怜也颇有相怜之意。现在东西在这里，人却不知道到哪里双宿双飞去了？自己呢，这一回又在情海里打了一个滚，自己觉得未免太没有艳福了。心里这样想着，站定了脚，两只眼睛只管注视着那架绣花出神，许久许久，不曾移动。

　　这个时候，心神定了，便听到一种喁喁之声传入耳鼓。忽然醒悟过来，就倾耳而听，这声音从何而来？仔细听时，那声音发自一架绣屏之后。那绣屏放在当地，是朝南背北的。声音既发自绣屏里，所以只听到说话的声音，并不看见人。而且那声音，一高一低，一强一柔，正是男女二人说话，更可以吸引他的注意了。便索性呆望着那绣花，向下听了去。

　　只听到一个女的道："天天见面，而且见面的时间又很长，为什么还要写信？"

　　又有一个男的带着笑声道："有许多话，嘴里不容易那样婉转地说出来，唯有笔写出来，就可以曲曲传出。"

　　女的也笑道："据你这样说，你以为你所写给我的信，是曲曲传出吗？"

　　男的道："在你这种文学家的眼光看来，或者觉得肤浅，然而在我呢，却是尽力而为了。这是限于人力的事，叫我也无可如何呀。"

　　女的道："不许再说什么文学家哲学家了。第二次你再要这样说，我就不依你了。"

　　男的道："你不依我，又怎么办呢？请说出来听听。"

　　女的忽然失惊道："呀！时间早过了，我们还在这里高谈阔论呢。"

　　女的说这句话时，和平常人说话的声音一样高大，这不是别人，正是二姨吴蔼芳。凤举一想，若是她看到了我，还以为我窃听她的消息，却是不大妙。赶紧向后退一步，就要溜出会场去。但是这会场乃是一所大殿，四周只有几根大柱子，并没有掩藏的地方。因之还不曾退到几步，吴蔼芳已经由绣屏后走将出来。随着又走出一个漂漂亮亮的西装少年，脸上是笑嘻嘻的。凤举一见，好生面熟，却是一时又想不起在什么地方曾和他见过。

自己正这样沉吟着，那西装少年已是用手扶着那呢帽的帽檐，先点了一下头。吴蔼芳就笑道："啊哟！是姐夫。我听说前几天就回来了。会务正忙着，没有看你去，你倒先来了。"

那西装少年也走近前一步，笑道："大爷，好久不见，我听到密斯吴说，你到上海去了。燕西今天不曾来吗？"

他这样一提，凤举想起来了，这是燕西结婚时候做傧相的卫璧安。便笑着上前，伸手和他握了一握手，笑道："我说是谁？原来是密斯脱卫，好极了，好极了。"

凤举这几句话，说得语无伦次，不知所云，卫璧安却是不懂。但是蔼芳当他一相见时，便猜中了他的意思，及至他说话时，脸上现出恍然大悟之色，更加明白凤举的来意。却怕他尽管向下说，直道出来了，卫璧安会不好意思。便笑道："姐夫回来了，我……"蔼芳说到这里，一个"们"字，几乎连续着要说将出来。所幸自己发觉得快，连忙顿了一顿，然后接着道，"应该要接风的。不过上海这地方有的是好东西，不知道给我带了什么来没有？"

凤举耳朵在听蔼芳说话，目光却是在他两人浑身上下看了一周。蔼芳说完了，凤举还是观察着未停。口里随便答应道："要什么东西呢？等我去买吧。"

蔼芳笑道："姐夫，你今天在部里喝了酒来吗？我看你说话有点儿心不在焉。"

凤举醒悟过来，笑道："并不是喝醉了酒，这陈列品里面，有一两样东西，给了我一点儿刺激。我口里说着话，总忘不了那事。哦！你是问我在上海带了什么礼品没有吗？"说着，皱了一皱眉头，叹一口气道，"上海除了舶来品，还有什么可买的？上一次街就是举行一次提倡洋货。"

蔼芳笑道："姐夫，你不用下许多转笔，干脆就说没有带给我，岂不是好？我也不能绑票一样地强要啊。"

凤举笑道："有是有点儿小东西，不过我拿不出手。哪一天有工夫，你到舍下去玩玩，让你姐姐拿给你吧。最好是密斯脱卫也一同去，我们很欢迎的。"

卫璧安觉得他话里有话，只微笑了一笑，也就算了。凤举本想还开几句玩笑，因会场里其他的职员也走过来了，他们友谊是公开的，爱情却未曾公开，不要胡乱把话说出来了。因和卫璧安握了一握手道："今天晚了，我不参观了，哪一天有工夫再来吧。"说毕，便走出会场来了。吴蔼芳往常见着，总要客客气气在一处多说几句话的，现在却是默然微笑，让凤举走去。

凤举心里恍然，回得家来，见了佩芳，笑道："果然果然，你妹妹眼力不错，找了那样好的一个爱人。"

佩芳笑道："你出乎意料以外吧。你看看他们将来的结果怎么样？总比我们好。"

凤举正有一句话要答复佩芳，见她两个眉头几乎皱到了一处，脸上的气色就不同往常，一阵阵地变成灰白色，她虽极力地镇静着，似乎慢慢地要屈着腰，才觉得好过似的。因此在沙发椅子上坐了一会儿，又站了起来。站了起来，先靠了衣橱站了，复又走到桌子边倒一杯茶喝了，只喝了一口，又走到床边去靠住。凤举道："你这是怎么了？要不是……"

佩芳连忙站起来道："不要瞎说，你又知道什么？"

凤举让她将话一盖，无甚可说的了。但是看她现在的颜色，的确有一种很重的痛苦似的。便笑道："你也是外行，我也是外行，这可别到临时抱佛脚，要什么没有什么。宁可早一点儿预备，大家从容一点儿。"

佩芳将一手撑着腰，一手扶了桌沿，侧着身子，皱了眉道："也许是吃坏了东西，肚子里不受用。我为这事看的书不少，现在还不像书上说的那种情形。快开晚饭了，这样子，晚饭我是吃不成功的。你到外面去吃饭吧，这里有蒋妈陪着我就行了。"

凤举道："这不是闹着玩的，书上的话没有实验过，知道准不准？你让我去给产婆通个电话，看她怎样说吧。"

佩芳道："那样一来，你要闹……"一句话不曾说完，深深地皱着眉哼了一声。

凤举道："我不能不说了，不然，我负不起这一个大责任。"说毕，也不再征求佩芳的同意，竟自到金太太这边来。

金太太正和燕西、梅丽等吃晚饭。看到凤举形色仓皇走了进来，就是一惊。凤举叫了一声妈，又淡笑了一笑，站在屋子中间。金太太连忙放筷子碗，站将起来，望着凤举脸上道："佩芳怎么样？"

凤举微笑道："我摸不着头脑，你老人家去看看也好。"

金太太用手点了他几点道："你这孩子，这是什么事？你还是如此不要紧的样子。"

金太太一走，燕西首先乱起来，便问凤举道："什么事，是大嫂临产了？"

凤举道："我也不知道是不是，但是我看她在屋子里起坐不安，我怕是的，所以先来对母亲说一说。"

燕西道："既然如此，那还有什么疑问，一定是的了。你还不赶快打电话去请产婆。产婆不见得有汽车吧，你可以先告诉车房，留下一辆车子在家里。"

凤举道："既是要派汽车去接她，干脆就派汽车去得了，又何必打什么电话？"

在屋子里，梅丽是个小姐，清秋是一个未开怀的青春少妇，自然也不便说什么。他兄弟两人，一个说的比一个紧张，凤举也不再考量了，就按着铃，叫一个听差进来，吩咐开一辆汽车去接产婆。这一个消息传了出去，立刻金宅上下皆知。上房里一些太太少奶奶小姐们，一齐都拥到佩芳屋子里来。佩芳屋子里坐不下，大家挤到外面屋子里来。

佩芳皱了眉道："我叫他不要言语，你瞧他这一嚷，闹得满城风雨。"

金太太走上前，握了佩芳一只手，按了一按，闭着眼，偏了头，凝了一凝神，又轻轻就着佩芳耳边轻轻地说了几句，大家也听不出什么话，佩芳却红了脸，微摇着头，轻轻地说了一个"不"字。

二姨太太点了点头道："大概还早着啦。这里别拥上许多人，把屋子空气弄坏了。"

大家听说，正要走时，家里老妈子提着一个大皮包，引着一个穿白衣服的矮妇人来了，那正是日本产婆。这日本产婆后面，又跟着年纪轻些的两个女看护。大家一见产婆来了，便有个确实的消息，要走的也不走，又在这里等着报告了。产婆进了房去，除了金太太，都拥到外面屋子里来了。据产婆说，时候还早，只好在这里等着了。

闹了一阵子，不觉夜深，佩芳在屋子里来往徘徊，坐立彷徨，只问产婆你给我想点儿法子吧。金太太虽是多儿多女的人，看见她的样子，似乎很不信任产婆，便出来和金铨商量。金铨终日记念着国家大政，家里儿女小事，向来不过问的。今天晚上，却是口里衔着雪茄，背着两手，到金太太屋子里来过两次。

到了第三次头上，金铨便先道："太太，这不是静候佳音的事，我看接一位大夫来瞧瞧吧。"

金太太道："这产婆是很有名的了，而且特意在医院里带了两个看护来。另找一个大夫来，岂不是令人下不去吗？"

金铨道："那倒不要紧，还找一位日本大夫就是了。他们都是日本人，商量商量也好。可以帮产婆的忙，自然是好。不能帮她的忙，也不过花二十块钱的医金，很小的事情。"

金太太点点头，于是由金铨吩咐听差打电话，请了一位叫井田的日本大夫来。而在这位大夫刚刚进门的时候，凤举在外面也急了，已经把一位德国大夫请了来。两位大夫在客厅里面却是不期而遇。好在这些当大夫的很明了阔人家治病绝不能信任一个大夫的，总要多找几个人看看，才可以放心，因此倒也不见怪。就分作先后到佩芳屋子里去看了看，又问产婆的话，竟是很好的现象。便对凤举说，并用不着吃什么药，也用不着施行什么手术，只要听产婆的话，安心待其瓜熟蒂落就是了。两个大夫，各拿了几十块钱，就是说了这几句话就走了。在这时，账房贾先生，又向凤举建议，请了一位中医来。这位中医是贾先生的朋友，来了之后，听说并不是难产，就没有进去诊脉，口说了几个助产的丹方也就走了。大家直闹了一晚。

凤举也是有点儿疲乏，因为产婆说，大概时候还早，就在外面燕西书房里和衣在沙发上躺下。及至醒来时，只见小兰站在榻边，笑道："大爷，大喜啊！太太叫你瞧孩子去，挺大的个儿，又白又胖的一个小小子。"

凤举揉着眼睛坐了起来，便问道："什么时候添的？怎么先不来叫我一声儿？"

小兰道："添了一个多钟头了。有人说叫大爷来看，太太说，别叫他，他起来了，也没有他的什么事，让他睡着吧。现在孩子洗好了，穿好了，再来叫你了。"

凤举牵扯着衣服，一面向自己院子里来。刚进院子门，就听到一阵婴儿啼哭之声，那声音还是很洪亮。凤举走到外边屋子里，还不曾进去，梅丽就嚷道："大哥，快瞧瞧你这孩子，多么相像啊！"

凤举一脚踏进屋时，却看到金太太两手向上托着一个绒衣包裹的小孩。梅丽拉着凤举上前，笑道："你瞧你瞧，这儿子多么像你啊！"

凤举正俯了身子，看这小孩，忽听得鹤荪在窗子外问道："妈还在这里吗？"

金太太道："什么事？你忙着这个时候来找我。"

鹤荪道："不知道产婆走了没有？若是没走，让她等一会子。"

佩芳原是高高地枕着枕头，躺在床上，眼睛望了桌上那芸香盒子里烧的芸香，凝着神在休息着。听了鹤荪的说，笑道："我说慧庵怎么没有来露过面？正纳闷呢。原来她也是今天，那就巧了。"

金太太从从容容地将小孩双手捧着交给佩芳，笑道："我也是这样说，她那样一个好事的人，哪能够不来看看？或者因为挺着大肚子有点儿害臊，所以我也就没追问了。她倒有耐性，竟是一声儿也不响。"

金太太说着这话，已经是出了房门了。鹤荪见母亲出来了，笑道："我也不知道是不是，你老人家先别嚷。"

金太太道："这又不是什么秘密事情。你们为什么都犯了这种毛病？老是不愿先说，非事到临头不发表。"

鹤荪笑道："是她们身上的事，她要不对我说，我怎样会知道？"

金太太也不和他辩论，已是走得很快地走进房来，只见慧庵坐在椅子边，一手撑着腰，一手在桌上摸着牙牌，过五关。金太太心里原想着她一定也是和佩芳一样，无非是娇啼婉转。现在见她还十分镇静，倒有些奇怪。不过看她的脸上，也是极不自然，便道："你觉得怎么样子？"

慧庵将牌一推，站了起来笑道："我实在忍耐不住了。"只说得这一句，脸上的笑容，立刻就让痛苦的颜色将笑容盖过去了。

金太太伸着两手，各执住慧庵的一只手腕，紧紧地按了一按，失声道："啊！是时候了。你怎么声张得这样缓呢？"

鹤荪见母亲如此说，情形觉得紧张，便笑道："怎么样？"

金太太一回头道："傻子！还不打电话去叫产婆快来？"

鹤荪听了这话，才知这是自己耽误了事，赶快跑了出去，吩咐听差们打电话。大家得了这个消息，都哄传起来。说是这喜事不发动则已，一发动起来，却是双喜临门，太有趣了。上上下下的人，闹了一宿半天，刚刚要休息，接上又是一阵忙碌。所幸这次的时间要缩短许多，当日下午三点钟，慧庵也照样添了一个白胖可爱的男孩。

当佩芳男孩安全落地之时，金铨因为有要紧公事，就出门去了。直到下午四点多钟回来，金太太却笑嘻嘻地找到书房里来，笑道："恭喜恭喜，你添孙子了。"

金铨摸着胡子道："中国人这宗法社会观念总打不破，怎么你乐得又来恭喜了？"

金太太道："这事有趣得很，我当然可以乐一乐。"

金铨道："乐是可以乐，但是我未出门之先我早知道了，回来还要你告诉我做什么？难道说你乐糊涂了吗？"

金太太道："闹到现在，大概你还不知道，我告诉你吧，你出去的时候，知道添了孩子，那是一件事。现在我告诉你添了孩子，可又是一件事了。"

金铨道："那是怎么说？我不懂。"

金太太笑道："你看看巧不巧？慧庵也是今天添的孩子。自你出门去以后，孩子三点钟落地，我忙到现在方才了事。"

金铨笑道："这倒很有趣味。两个孩子，哪个好一点儿？"

金太太道："都像他老子。"

金铨笑道："这话还得转个弯，不如说是都像他爷爷吧。"

金太太道："别乐了，你给他取个名字是正经。将来这两个小东西，让他就学着爷爷吧。"

金铨且不理会他夫人的话，在皮夹子里取出一支雪茄来，自擦了火柴吸着，将两只袖子一拢，便在屋子里踱来踱去。转过身，又将两只手背在身后，点点头道："有了。一个叫同先，一个叫同继吧。"

金太太道："两个出世的孩子，给他取这样古板板的名字，太不活泼了。"

金铨又背了手踱了几周，点了点头，又摇了一摇头。金太太笑道："瞧你这国务总理，人家说宰相肚里好撑船，找两个乳名会费这么大事！还是我来吧，一个叫着小双，一个叫着小同，怎么样？"

金铨笑道："很好，就是这个吧。"

金太太道："还有一件事要征求你的同意，不过这件事，你似乎不反对才好。"

金铨道："什么事呢？还不曾说出来已经是非我同意不可了，那还用得着征求我的同意吗？"

金太太笑道："你想，一天之间，我们家添两个孩子，亲戚朋友有个不来起哄的吗？后日又正是星期，家里随便乐一天，你看行不行？"

金铨道："还有什么可说的？这种情形，分明是赞成也得赞成，不赞成也得赞成，我还有什么可说的。"

金太太笑道："从来没有这样干脆过，今天大概你也是很乐吧？"

金铨笑道："我虽不见得淡然视之，我也并不把这事认为怎样重大。"

金太太笑道："我不和你讨论这些不成问题的话了。"

于是笑嘻嘻走回自己屋里，自己计划着，应当怎样热闹？一面就叫小兰把燕西、梅丽找来。梅丽一进门，金太太就笑道："八小姐，该有你乐的了。后天咱们家里得热闹一下子，你看要怎样热闹才好？"

二姨太太也是跟着梅丽一路来的，便笑道："太太今天乐大发了。累得这个样子，一点儿不觉得，这会子对孩子这样叫起来了。"

金太太笑道："你也熬到今天，算添了孙子了。你就不乐吗？陈二姐哩？来！把昨天人家送来的茶叶，新沏上一壶，请二姨太喝一杯她久不相逢的家乡味。"

二姨太太真不料今天有这种殊遇，太太一再客气，还要将新得的茶叶，特意泡一壶茶，让我尝尝家乡味，这实在是不常见的事。因笑道："太太添了两孙子，我们还没道喜，倒先要叨扰起来。"

金太太先笑着，有一句话不曾答应出来。梅丽笑道："她老人家，今天真是高兴了，刚才叫了我一声八小姐，真把我愣住了。我想不出什么事做得太贵重了，所以妈倒说着我，后来一听，敢情是她老人家高兴得这样叫呢。"

金太太道："你听听她那话儿。凭着你亲生之母当面，我没有把你不当是肚子里出来的一样看待呀。我要骂你，要打你，尽可以明说，为什么我要倒说？人家都说我有点儿偏心，最欢喜阿七和你呢。阿七罢了，你是另一个母亲生的，我乐得人家说我偏心。"

燕西听见母亲叫他，正同了清秋一块儿来，刚走到门外，便接嘴道："这话我不承认啦。"

金太太道："你不承认吗？大家不但说我偏心向着你，连你的小媳妇，我都有偏爱的嫌疑哩！"

二姨太太笑道："没有的话，手背也是肉，手掌也是肉，哪里会对哪个厚哪个薄？"

金太太用手点了点二姨太道："你这话可让我挑眼了。梅丽不是我生的，算手背算手掌呢？"说着将右手掌翻覆着看了几看。

二姨太笑道："你瞧着吧，谁是手背？谁是手掌呢？其实这话，不应当那样说呀。你想，就算我存那个心事，我只一个，太太是七个，混在一堆儿算，我有多么合算，我们何必要分那个彼此！我一进来，太太就给我道喜，说我添了两个孙子。要分彼此的话，我这就先没分了。我真有那个心眼儿，我也只有放在心里，不能说出来呀！而且梅丽这东西，她简直地就不大亲近我，和太太自己生的一样。我不论背地里当面，都是这样说的，随便谁都能证实的。这都是我心眼儿里的话，我要分个彼此……"

梅丽道："得了得了，别说了。一说起来，你就开了话匣子。这一篇话，你先来了三个分彼此。"

梅丽挨着金太太坐的，金太太将手举着向她头上虚击了一击，笑道："你这孩子，真有些欺负你娘，我大耳光子打你。知道的说你娘把你惯坏了。不知道的还要说我教你狗仗人势呢。"

梅丽笑着向清秋这边一躲，笑道："我惹下祸了，你帮着我一点儿吧。"

燕西笑道："今天大家这一个乐劲儿，真也了不得，乐得要发狂了，连二姨妈一个有名的吴老实，都能说起来。"

梅丽笑着对清秋道:"你瞧,妈喜欢小孩子,喜欢到了什么地步?要不,你赶快的……"

清秋不等她向下说完,暗地里握着她的手胳膊,轻轻拧了一把,对她瞟了一眼道:"你还瞎说?"

梅丽笑着又避到燕西这边来。燕西道:"别闹了,别闹了。妈不是叫我们来有话说的吗?我还不知道是什么事呢?"金太太于是把计划着的事一说,大家都欢喜起来了。

第六十八回

堂上说狂欢召优志庆
车前惊乍过迎伴留痕

金太太笑对大家道："叫你们来，哪里还有什么重要的事说？后天咱们家里要热闹一番，你们建个议，怎样热闹法子？"

燕西道："唱戏是最热闹的了。省事点儿呢，就来一堂大鼓书。"

梅丽道："我讨厌那个。与其玩那个，还不如叫一场玩戏法儿的呢。"

燕西道："唱大戏是自然赞成者多，就是怕戏台赶搭不起来。"

梅丽道："还有一天两整晚哩，为什么搭不起来？"

燕西道："戏台搭起来了，邀角也有相当的困难。"

金太太道："你们哥儿几个，玩票的玩票，捧角的捧角，我有什么不知道的？漫说还有两天限期，就是要你们立刻找一班戏子来唱戏，也办得到的。这时候，又向着我假惺惺。"

燕西笑道："戏子我是认得几个，不过是别个介绍的。可是捧角没有我的事。"

梅丽道："当着嫂子的面，你又要胡赖了。"

清秋笑道："我向来不干预他丝毫行动的，他用不着赖。"

金太太道："管你是怎样认得戏子的，你就承办这一趟差使试试看。钱不成问题，在我这里拿。"

燕西坐着的，这就拍着手站了起来，笑道："只要有人出钱，那我绝可以办到，我这就去。"说着，就向外走。

金太太道："你忙些什么？我的话还没有说完呢。"但是燕西并不曾把

133

这话听到，已是走到外面去了。

金贵因有一点儿小事，要到上房来禀报。燕西一见，便道："搭戏台是棚铺里的事吗？你去对账房里说一声，叫一班人搭戏台。"

金贵摸不着头脑，听了这话，倒愣住了。燕西道："发什么愣？你不知道搭戏台是归哪一行管吗？"

金贵道："若是堂会的话，搭戏台是棚铺里的事。"

燕西道："我不和你说了。"一直就到账房里来，在门外便问道："贾先生在家吗？"

贾先生道："在家，今天喜事重重，我还分得开身来吗？"

燕西说着话，已经走进屋子里来了。问道："老贾，若是搭一座堂会的戏台，你看要多少时候？"

贾先生笑道："七爷想起了什么心事？怎么问起这一句话来？"

燕西道："告诉你听，太太乐大发了，自己发起要唱戏。这事连总理都同意了，真是难得的事呀。而且太太说了，要花多少钱都可以实报实销。"

贾先生笑道："我的爷，你要我办事出点儿力都行，你不要把这个甜指头给我尝。就算是实报实销，我也不敢开谎账。"

燕西道："这是事实，我并不冤你。老贾，我金燕西多回查过你的账的，你干吗急？"

贾先生笑道："这也许是实情。"他这样说着，脸可就红起来了。

燕西笑道："这话说完了，就丢开不谈。你赶紧办事，别误了日期。"

贾先生道："搭一所堂会的台，这耗费不了多大工夫，我负这个责任准不误事。只是这邀角儿的事不能不发生困难吧？"

燕西道："这个我们自然有把握，你就别管了。"说时，按着铃，手只管放在机上。

听差屋子里一阵很急的铃子响，大家一看，是账房里的铜牌落下来。就有人道："这两位账房先生常是要那官牌子，我就有点儿不服。"

说着话时，铃子还是响。金贵便道："你们别扯淡了。我看见七爷到账房里去，这准是他。"

金荣一听，首先起身便走，到了账房里，燕西的手，还按在机上呢。金荣连叫道："七爷七爷，我来了，我来了。"

燕西道："你们又是在谈嫖经，或者是谈赌经呢？按这么久的铃你才能够来。"

金荣道："我听到铃响就来了，若是按久了，除非是电线出毛病。"

燕西道："这个时候，我没有工夫和你说这些了。三爷到哪里去了，你知道吗？你把他常到的那些地方都打一个电话找找看。我在这里等你的回话。快去！"

金荣又不知道发生了什么紧急的事情，料着是片刻也不许耽误的，不敢多说话，马上就出来打电话。不料鹏振所常去的地方，都打听遍了，并没有他的踪影。明知燕西是要找着才痛快的，也只好认着挨骂去回话。他正在为难之际，只见玻璃窗外有个人影子匆匆过去，正是鹏振。连忙追了出来，嚷道："真是好造化，救星到了。"

鹏振听到身后有人嚷，回头一看，见是金荣。便问道："谁是救星到了？"

金荣道："还有谁呢？就是三爷呀。"于是把燕西找他的话说了一遍。

鹏振道："他又惹了什么大祸，非找我不可？"

金荣道："他在账房里等着呢。"金荣也来不及请鹏振去了，就在走廊子外叫道："七爷，三爷回来了。"

燕西听说，他就追了出来。一见鹏振，远远地就连连招手，笑道："你要给花玉仙找点儿进款不要？现在有机会了。母亲要在孩子的三朝演堂会戏呢，少不得邀她一角。戏价你爱说多少，就给多少，一点儿也不含糊。"

鹏振四周看了一看，因皱着眉道："一点子事你就大嚷特嚷，你也不瞧这是什么地方就嚷起来。"

燕西道："唱堂会，叫你邀一个角儿，这又是什么秘密，不能让人知道？"

鹏振听了半天，还是没有听到头脑，就和他一路走到书房里去，问他究竟是怎样一回事。燕西一说清楚了，鹏振也笑着点头道："这倒是个机会。后天就要人，今天就得开始去找了。我们除自己固定的人而外，其余别麻烦，交刘二爷一手办去。"说着，就将电话插销插上，要刘宝善的电话。

刘宝善恰好在家里，一接到电话，说是总理太太自己发起堂会，要热闹一番。便道："你哥儿们别忙，都交给我吧。我就来，不说电话了。"

电话挂上，还不到十五分钟，刘宝善就来了。笑道："难得的事，金夫人这样高兴。七哥就去说一声，这事已经全部交我负责办理就是了。此外还有什么事，可以一齐交给我去办。"

燕西道："你去办就是了，何必还要先去说上一声？"

鹏振笑道："若不去说上一声，功劳簿上怎样记这笔账？"

刘宝善红了脸道："府上有什么大喜事，我九二码子敢说不效劳吗？和金夫人去说一声，也无非是让她老人家放心一点儿的意思，哪里就敢以功自居？"

鹏振笑道："不要功劳就好，这一笔小小功劳，让给老七吧。"

燕西笑道："我干吗那样不讲交情？下次还有找人家的时候呢。"

刘宝善闹得真有点儿不好意思，便笑道："我先来拟几个戏码吧，不好再请二位更改。"于是借着写字，就避开他兄弟俩的辩论。因问燕西道："把白莲花也叫来，好不好？"

燕西道："她在天津，怎么把她叫来？"

刘宝善道："一个电话到天津，说是金七爷叫她来，她能不来吗？"

燕西沉吟半晌，又笑了一笑，因道："那又会闹得满城风雨的。依我说，少她一个人也不见得就减少兴趣。多她一个人也不见得就增加兴趣。"

刘宝善道："减是不会减少兴趣，可是她若真来了，增加兴趣，就不在少处了。"

燕西笑道："要打电话，我也不拦阻你们，可是别打我的旗号。"

刘宝善道："只要说是金府上的堂会就得了，不打你的旗号，那是没有关系的。再说，她到了北京来，还怕你不会殷勤招待吗？"

燕西沉吟了一会子，笑道："电话让我自己来打也好。"

刘宝善笑道："你瞧，马上就自己露出马脚来了不是？可是这长途电话，好几毛钱三分钟，别在电话里情话绵绵的。有那笔费用，等她到了京以后，买别的东西送她得了。"

燕西道："就算要说情话，反正后天就见面了，我为什么要花那种钱呢？我是怕她没有同我亲自说话，会疑心人家开玩笑，少不得还要打电话来问的。与其还要她来一次电话，不如就是我自己打电话去吧。而且她打电话来，我未必在家，那就要耽误时间了。"

136

鹏振道："这倒也是事实。既是要她来，当然你要招待的。这电话可以到了今天晚上再打，那时候她正由戏园子里回了家。你也不必打里面的电话，到外客厅里来打电话得了，省得又闹得别人知道。"

刘宝善听他说时，只管向着他微笑。他说完了，才道："嘿！你哥们儿真有个商量。"

鹏振道："你知道什么？你想，我要不叮嘱他，由他闹去，一定会闹得上下皆知的。那个时候，我们不方便倒没有什么关系，就怕白莲花来了，从中要受一丝一毫波折，你看这是多难为情。"

刘宝善笑道："我有什么不知道的？我不过和你们说笑话罢了。那么，花玉仙、白莲花两个人就让你们自己电召。其余的男女角，都归我去邀。"

燕西道："你先拟一个戏单吧，让我拿进去老人家瞧瞧。若是戏有更动的话，或者还要特别找几个人也未可定。"

刘宝善道："这话说得是，要不是这样，临时才觉得戏有点儿不对老人家劲儿，那就迟了。"说着，就把刚才文不加点拟的一个草单，揉成一团，摔到字纸篓里去了。却又另拿了一张纸恭恭敬敬地写了一个戏单子。原来点着几出风情戏，如《花田错》《贵妃醉酒》，都把来改了。

燕西将单子接了过来，从头至尾一看，皱眉道："你这拟得太不对劲了。老太太听戏，老实说不怎样内行，就爱个热闹与有趣。武的如《水帘洞》，文的如《荷珠配》，那是最好的了。你来上《二进宫》《上天台》《打金枝》这样整大段的唱功戏，简直是去找钉子碰。"

刘宝善道："我的七哥，你为什么不早说？"于是把那张单子接过去又一把撕了，坐下来，又仔细斟酌着戏码写将起来。

鹏振笑道："我真替你着急，这样一档子事，你会越办越糟。你若是就用原先那个单子，我瞧大体还能用。你这凭空一捉摸，倒完全不对劲。"

刘宝善笑道："并不是我故意捉摸。我听七哥说这回堂会是金夫人发起的，年老的人，当然意见和我们不同。"

燕西道："你也不必拟了，你就还把原先那个戏码誊正吧。纵然要改，也不过一两样，比二次三次的强得多。"

刘宝善现在一点儿主张也没有了，就照他们的话，把最先一个单子，从字纸篓里找了出来，重新誊了一份。燕西拿着，又从头至尾看了一遍，笑道："这个就很好。你要重新改两遍，真是庸人自扰。"

刘宝善在怀里掏出方手帕，揩着额角上的汗珠，强笑道："得了，这份儿差使总算没有巴结上。你兄弟俩的指示，这回是受教良多，下次我就有把握了。"

燕西也笑了起来，就拿戏单进去。刘宝善却和鹏振依旧在外面等信，约有半个钟头，燕西出来了，拍着刘宝善的肩膀道："我说怎么样？家母就说这戏码大体可以，自己用笔圈了几个，除了这个不必更动而外，其余听我们的便。"

刘宝善将单子接过来一看，只见第一个圈圈，就圈在《贵妃醉酒》上面。鹏振笑道："你看这事情怎么样，不是我们猜得很准吗？"

刘宝善拱了一拱手笑道："甚为感激。要不然，我准碰一个大钉子。这是大家快乐的时候，就是我一个人碰钉子，也未免有点儿难为情。"

燕西道："要论起你拿话挖苦我们来，我们就应该让你碰钉子去！"

刘宝善拿着单子又拱了几拱手道："感激感激，这件差事，我已经摸着一些头绪了，还是交给我吧。"

鹏振兄弟本来就怕忙，二来也不知堂会这种事要怎样去接洽，当然是要交给人去办的。一点儿也不留难，就让刘宝善拿着单子去了。有了他这一个宣传，大家在外面一宣扬，政界里先得了信，知道金铨一天得两个孙子。再有几个辗转，这消息传到新闻界去了。有两家通讯社和金铨是有关系的，一听说总理添了两个孙少爷，便四处打电话打听这个消息。有这样说的，有那样说的，究竟听不出一个真实状况来。后来只得冒了重大的危险，向金宅打电话，请大爷说话。凤举又不在家，通讯社里人说，就随便请哪一位少爷说话吧。听差找着燕西，把话告诉他。燕西仿佛知道父亲曾津贴两家通讯社，可不知道是哪家？现在说是通讯社里的电话，他便接了。那边问话，恭喜，总理今天一次添两个孙少爷吗？燕西答应是的。那通讯社里便问，但不知是哪一位公子添的？燕西虽然觉得麻烦，然而既然说上了，又不便戛然中止，便答道："我大家兄添了，二家兄也添了。"通讯社便问，是两个吗？燕西就答应是两个。那边又问都是两个吗？燕西觉得实在麻烦了，便答道："都是两个。"说毕，便将电话挂上了。通讯社里以为是总理七公子亲自说的话，哪里还有错的，于是大书着，本社据金宅电

138

话，金总理一日得了四个孙子。乃是大公子夫人孪生两个，二公子夫人孪生两个。孪生不足奇，同日孪生，实为稀有之盛事云云。这个消息一传出去，人家虽然知道有些捧场的意味，然而这件事很奇，不可放过，无论哪家报上都登了出来。

金铨向来起得不晚，九点多钟的时候，连接着几个朋友的电话，说是府上有这样喜事，怎么不先给我们一个信呢？金铨这才知道报上登遍的了，他一日孪生四孙。只得对朋友说了实话，报上是弄错了。一面就叫听差，将报拿来看。因为阔人们是不大看报的，金铨也不能例外。现在听了这话，才将报要来一查。一见报上所载，是有关系的通讯社传出去的，而且他所得的消息，又是本宅的电话。不觉生气道："这是谁给他们打电话的？自己家里为什么先造起谣言来？"

听差见总理不高兴，直挺挺地垂手站在一边，不敢作声。金铨道："你去把贾先生请来。"

听差答应着去，不多一会儿，贾先生便来了。金铨问道："现在还在家里拿津贴的那两家通讯社，每月是多少钱？"

贾先生听到这话，倒吓了一跳。心想，一百扣二十，还是和他们商量好了的，难道他们还把这话转告诉了老头子不成？金铨是坐在一张写字台上，手上拿着雪茄，不住地在烟灰缸子上擦灰，眼睛就望着贾先生，待他答话。贾先生道："现在还是原来的数目。"

金铨道："原来是多少钱？我已经不记得了。"

贾先生道："原来是二百元一处。"

金铨道："家里为什么要添这样一笔开支？从这月起，将它停了吧。"

贾先生踌躇道："事情很小，省了这笔钱……也不见得能补盖哪一方面。没有这一个倒也罢了，既然有了，突然停止，倒让他们大大地失望。"

金铨道："失望又要什么紧？难道在报上攻击我吗？"

贾先生微笑道："那也不见得。"

金铨道："怎样没有？你看今天报上登载我家的新闻吗？他们造了谣言不要紧，还说是据金宅的电话，把谣言证实过来。知道的说是他们造谣言。不知道的岂不要说我家里胡乱鼓吹吗？"说着话，将雪茄连在烟灰缸上敲着几下响。

贾先生一看，这样子，是无疏通之余地的了。只得连答应了几声是，就退出去了，口里却自言自语地道："拍马拍得好，拍到马腿去了。"

　　他这样一路说着，正好碰着了燕西，燕西便拦住他问道："你说谁拍马没有拍着？"

　　贾先生就把总理吩咐，停了两家通讯社津贴的事说了一遍。燕西笑道："糟糕，这事是我害了他。他昨天打电话问我，我就含糊着答应了他们，大概他们也不考量，就做了消息。天下哪有那么巧的事？同日添小孩子，还会同是双胞儿吗？"一路说着，就同到账房里来。

　　贾先生道："你一句话，既是把人家的津贴取消，你得想点儿法子，还把人家津贴维持着才好。"

　　燕西道："总理今天刚发了命令，今天就去疏通，那明摆着是不行。他们是什么时候领钱？"

　　贾先生道："就是这两天。往常都领过去了，唯有这个月，我有事压了两天，就出了这个岔儿。"

　　燕西笑道："那有什么难办的？你就倒填日月，发给他们就是了。不然，我也不管这事，无奈是我害得人家如此的，我良心上过不去，不能不这样。"

　　贾先生踌躇着道："不很妥当吧？你要是不留神，给我一说出来，那更糟了。"

　　燕西道："是我出的主意，我哪有反说出来之理？"

　　贾先生笑道："好极了，明天我让那通讯社多多捧捧七爷的人儿吧。"燕西为着明日的堂会，正忙着照应这里，哪有工夫过问这些闲事，早笑着走开了。

　　这一天不但是金家忙碌，几位亲戚家里也是赶着办好礼物，送了过来。清秋因为自己家里清寒，抵不上那些亲友的豪贵，平常是不主张母亲和舅舅向这边来的，不过这次家中一日添双丁，举家视为重典，母亲也应当来一次才好。因此趁着大家忙乱，私下回娘家去了一转，留下几十块钱，叫母亲办一点儿小孩儿东西。又告嘱母亲明日要亲去道喜。

　　冷太太听说金家要大会亲友，也是不愿来，但是不去，人情上又说不过去。只是对清秋说，明天到了金家要多多照应一点儿。清秋道："那也

140

没有什么，反正多客气少说话，总不会闹出错处来。"叮嘱一遍，就匆匆地回来。

自己是坐着人力车的，刚要到家门，只见后面连连一阵汽车喇叭响，一回头，汽车挨身而过，正是燕西和一个年轻的女子坐在里面，燕西脸正向了那女子笑着说话，却没有看到清秋。让汽车过去了，清秋立刻让车夫停住，给了车钱，自走回家来。

她走到门口，号房看见，却吃了一惊，便迎着上前道："七少奶奶没坐车吗？"

清秋笑道："我没有到哪里去，我走出胡同去看看呢。"

号房见她是平常衣服，却也信了。等她进去以后，却去告诉金荣道："刚才七爷在车站上接白莲花来，少奶奶知道了，特意在大门外候着呢。"

金荣道："我们这位少奶奶，很好说话，大概不至于那样的，可是她一人到门口来做什么呢？我还是给七爷一个信儿的好。"

于是走到小客厅里，在门外逡巡了几趟，只听到燕西笑着说："难得你到北京来的，今天晚上，我得陪你哪儿玩玩去才好。"

金荣轻轻地自言自语道："好高兴！真不怕出乱子呢。"

接上又听到鹏振道："别到处去瞎跑了，到绿荫饭店开个房间打牌去吧。"

金荣一听，知道屋子里不是两个人，这才放重脚步，一掀帘子进去。见燕西和白莲花坐在一张沙发上，鹏振又和花玉仙坐在一张沙发上。于是倒了一杯茶，然后退了站在一边，燕西对他看时，他却微微点了点头。燕西会意，于是走到隔壁小屋子里去，随后金荣也就跟着来了。

燕西问道："有什么事吗？"

金荣把号房的话说了一遍。燕西道："不是她一个人出去的吧？"

金荣却说是不知道，只是听到号房如此说的。燕西沉吟了一会儿，因轻轻地道："不要紧的，不必对别人说了。"

燕西依旧和白莲花在一处说笑了一会儿，不过放心不下，就走回自己院子里来，看看清秋做什么。只见她站有那株盘松下面，左手攀着松枝，右手却将松针一根一根地扯着向地下扔，目不转睛地却望了天空，大概是想什么想出了神呢。

燕西道:"你这是做什么?"

清秋猛然听到身边有人说话,倒吃了一惊。因手拍着胸道:"你也不作声地就走了来,倒吓我一跳!"

燕西道:"你怎么站在这儿?"

清秋皱了眉道:"我心里烦恼着呢,回头我再对你说吧。"

说着这话,一个人竟自低着头走回屋子去了。燕西看她的样子,分明是极不高兴,这倒把金荣的话证实了。本想追着到屋子里去问几句,说明白了,也无非是为了和白莲花同车的事。这时白莲花在前面等着,若是和清秋一讨论起来,怕要消磨许多时间,暂时也就不说了。便掉转身躯出去。这一出去,先是陪着白莲花吃晚饭,后来又陪着在旅馆里打牌,一直混到晚上两点多钟回来,清秋早是睡熟了。燕西往常回来得晚,也有把清秋叫醒来的时候,今天房门是虚掩的,既不用她起来开门,自己又玩得疲倦万分,一进房也就睡了。清秋睡得早,自然起来得早。又明知道今天家里有许多亲友来,或者有事,起来以后,就上金太太那边去。燕西一场好睡,睡到十二点钟才醒,一看屋子里并没人。及至到金太太那边去,已经有些亲戚来了。清秋奉着母亲的命令,也在各处招待,怎能找她说话?

到了下午一点钟,冷太太也来了。金太太因为这位亲母是不常来的,一直出来接过楼房门外。敏之、润之因为母亲的关系,也接了出来,清秋是不必说,早在大门口接着,陪了进来。冷太太见了金太太,又道喜她添了孙子,又道谢不敢当她接出来。金太太常听到清秋说,她母亲短于应酬,所以不大出门。心想,自己家里客多,一个一个介绍,一来费事,二来也让人苦于应酬,因此不把她向内客厅里让,直让到自己屋子里来。清秋也很明白婆婆是体谅自己母亲的意思,更不踌躇,就陪着母亲来了。

冷太太来过两回,一次是在内客厅里坐的,一次是在清秋屋子里坐的,金太太屋子里还没到过。金太太笑道:"亲母,今天请你到我屋子去坐吧。外面客多,我一周旋着,又不能招待你了。"

冷太太笑道:"我们是这样的亲戚,还客气吗?"

金太太道:"不,我也要请你谈谈。"

说着话,行了一列六根朱漆大柱落地的走廊。里面细雕花木格扇中露着梅花、海棠、芙蓉各式玻璃窗。一进屋,只觉四壁辉煌,脚下的地毯,其软如绵。也不容细看，已让到右手一间屋。房子是长方形，正面是一副紫绒堆花的高厚沙发，沙发下是五凤朝阳的地毯，地毯上是宽矮的踏凳。这踏凳，也是用堆花紫绒蒙了面子的。再看下手两套紫檀细花的架格，随格大小高下，安放了许多东西，除了古玩之外，还有许多不识的东西。也常听到清秋说过，金太太自己私人休息的屋子，她所需要的东西，都预备在那里，另外有两架半截大穿衣镜，下面也是紫檀座橱，据说，一边是藏着无线电放音器，一面是自动的电器话匣子。冷太太一看，怪不得这位亲母太太是如此的气色好，就此随便闲坐的屋子，都布置得这样舒服。

金太太道："亲母就在这里坐吧，虽然不恭敬一点儿，倒是极可以随便的。"说着，让冷太太在紫绒沙发上坐了。冷太太一看这屋子，全是用白底印花的绸子裱糊的墙壁，沙发后，两座人高的大瓷瓶，瓶子里全是颠倒四季花。最妙的是下手一座蓝花瓷缸，却用小斑竹搭着架子，上面绕着绿蔓，种着几朵黄花、几只王瓜，心里便想着，五六月天，我们鸡笼边也搭着王瓜架，值得如此铺张吗？

金太太见她也在赏鉴这王瓜，便笑道："亲母，你看，这不很有意思吗？"

冷太太笑道："很有意思。"

金太太道："有人送了我们早开的牡丹和一些茉莉花，另外就有两架王瓜。这瓷缸和斑竹架子都是他们配的，我就单留下了这个。这屋子里阳光好，又有暖气管，是很合宜的。"金太太将王瓜夸奖了一阵子，冷太太也只好附和着。

清秋见她母亲虽是敷衍着说话，可是态度很自然的。今天家里既是客多，自己应该去陪客，不能专陪着自己母亲，就转身到内客厅里来。玉芬一见，连忙走过来，拍着她的肩膀道："你来得正好，我听说伯母来了，我应该瞧瞧去。这许多客，你帮着招待一下子吧。劳驾劳驾！"

清秋道："我也是分内的事，你干吗说劳驾呢？"

玉芬又拍拍她的肩道："我是要休息休息，这样说了，你就可以多招待些时候了。"

清秋笑着点了点头道："你尽管去休息吧，都交给我了，还有五姐六姐在这儿呢，我不过摆个样子，总可以对付的。"

玉芬笑道："老实说，我在这里，真没有招待什么，我都让两位姐姐上前，不过是做个幌子而已。"

　　清秋连忙握她一只手，摇撼了几下道："好姐姐，你可别多心，我是一句谦逊话。"

　　玉芬笑道："你说这话，才是多心呢。我多什么心呢？别说废话了，我瞧伯母去。"说着，也就走了。

第六十九回

野草闲花突来空引怨
翠帘绣幕静坐暗生愁

　　清秋站在客厅门外，懊悔不迭，自己来招待就来招待便了，又和她谦虚个什么？这人是个笑脸虎，说不多心一定是多心了。正在发愣，客厅却有一班客挤出来了。清秋只得敷衍了几句，然后自己也进客厅去。

　　这时玉芬已经到了金太太屋子里来了。她见冷太太和婆婆同坐在沙发上，非常地亲密，便在屋子外站了一站。冷太太早看见了，便站起身来，叫了一声三少奶奶。

　　金太太道："你请坐吧，和晚辈这样客气？"

　　玉芬想不进来的，人家这样一客气，不得不进来了，便进来寒暄了几句。

　　冷太太道："清秋对我说，三少奶奶最是聪明伶俐的人，我来一回爱一回，你真个聪明相。"

　　玉芬笑道："你不要把话来倒说着吧，我这人会让人见了一回爱一回？"冷太太连称不敢。

　　金太太笑道："这孩子谁也这样说，挂着调皮的相。但是真说她的心地，却不怎样调皮。"

　　冷太太连连点头道："这话对的，许多人看上去老实，心真不老实。许多人看上去调皮，实在倒忠厚。"

　　玉芬笑道："幸而伯母把这话又说回来了，不然，我倒要想个法子，把脸上调皮的样子改一改才好。"这一说，大家都笑了。

玉芬道："前面大厅上已经开戏了，伯母不去听听戏去？"

金太太道："这时候好戏还没有上场，我和伯母倒是谈得对劲，多谈一会儿，回头好戏上场再去吧。你要听戏，你就去吧。"

玉芬便和冷太太笑道："伯母，我告罪了，回头再谈吧。"说着，走了出来，便回自己的屋子里。

只见鹏振胁下夹了一包东西，匆匆就向外跑。玉芬见着，一把将他拉住道："你拿了什么东西走？让我检查检查。"

鹏振笑道："你又来捣乱，并没有什么东西。"说着，一甩玉芬的手就要跑。

玉芬见他如此，更添了一只手来拉住，鼻子一哼道："你给我来硬的，我是不怕这一套，非得让我瞧不可。"

鹏振将包袱依旧夹着，笑道："你放手，我也跑不了。检查就让你检查，但是我有几句话，要和你讲一讲理，你看成不成？"

玉芬放了手，向他前面拦着一站，然后对他浑身上下看了一看，笑道："怎不讲理？"

鹏振道："讲理就好，你拿东西进进出出，我检查过没有？为什么你就单单地检查我？我拿一个布包袱出去，都要受媳妇儿的检查，这话传出了，叫我脸向哪里搁？"

玉芬道："你说得很有理，我也都承认。可是有一层，今天无论如何，我要不讲理一回，请你把包袱打开，给我看一看。我若是看不着内容，我是不能让你过去的。"

鹏振笑道："真的，你要看看？得啦，怪麻烦的，晚上我再告诉你就是了。"

玉芬脸一板，两手一叉腰，瞪着眼道："废话！硬来不行，就软来，软来我也是不受的！"

鹏振也板着脸道："要查就让你查。查出来了，我认罚，查不出来呢，你该怎么样？"

玉芬道："哼！你唬我不着，我要是查不出什么来，我也认罚，这话说得怎么样？"

鹏振道："搜不着，真能受罚吗？"

玉芬道："君子一言，驷马难追，说了出来，哪有反悔之理。"

鹏振就不再说什么了，将包袱轻轻巧巧地递了过去，笑道："请你检查吧！诸事包涵一点儿。"

玉芬将包裹接过去，匆匆忙忙打开一看，却是一大包书。放在走廊短栏上，翻了一翻，都是燕西所订阅的杂志，此外却是大大小小一些画报，拿了几本杂志，在手里抖了一抖，却也不见一点儿东西落下来。便将书向旁边一推，落了一地，鼻子一哼道："怪不得不怕我搜，你把秘密的信件，都夹在这些书里面呢，我又不是神仙，我知道你的秘密藏在哪一页书里？我现在不查，让我事后来慢慢打听，只要我肯留心，没有打听不出来的。你少高兴，你以为我不查，这一关就算你闯过去了？我可要慢慢地来对付，总会水落石出的。"一口气，她说上了一遍，也不等鹏振再回复一句，一掉头，挺着胸脯子就走了。

鹏振望着她身后，发了一会子愣。等她走远了，一个人冷笑道："这倒好，猪八戒倒打了一耙！她搜不着我的赃证，倒说我有赃证她没工夫查。"

忽然身后有人笑道："干吗一个人在这里说话？又是抱怨谁？"

鹏振回头一看，却是翠姨，因把刚才事略微说了一说。翠姨道："你少给她过硬吧，这回搜不着你的赃证，下回呢？"

鹏振又叹了一口气道："今天家里这么些亲戚朋友，我忍耐一点子，不和她吵了。可是这样一来，又让她兴了一个规矩，以后动不动，她又得检查我了。"

翠姨笑道："你也别尽管抱怨她。若是你总是好好儿的，没有什么弊在人家手里，我看她也不至于无缘无故地兴风作浪的。今天这戏子里面，我就知道你捧两个人。"

鹏振道："不要又用这种话来套我们的消息了。"

翠姨道："你以为我一点儿不知道吗？我就知道男的你捧陈玉芳，女的你是捧花玉仙，对不对？"

鹏振笑道："这是你瞎指的。"

翠姨道："瞎指有那么碰巧全指到心眼儿里去吗？老实告诉你，我认识几个姨太太，她们都爱听戏捧坤角，还有一两个人，简直就捧男角的呢。她们在戏子那里得来的消息，知道你就捧这两个人，因为不干我什么事，我早知道了，谁也没有告诉过。你今天当着我面胡赖，我倒成了造谣言了，我不能不说出来。老实说，你们在外头胡来，以为只要瞒着家里人，就不要紧，你就不许你们的朋友对别人说，别人传别人，到底会传回来吗？你要不要我举几个例？"

鹏振一听这话，的确不大好，向翠姨拱了一拱手，笑道："多多包涵吧。"说毕，竟自出去了。

这个时候，金氏兄弟和着他们一班朋友，都拥在前面小客厅里，和那些戏子说笑着。因为由这里拐过一座走廊，便是大礼堂。有堂会的时候，这道宽走廊，将活窗格一齐挂起，便是后台。左右两个小客厅，就无形变成了伶人休息室。右边这小客厅，尤其是金氏弟兄愿到的地方，因为这里全是女戏子。

鹏振推门一进来，花玉仙就迎上前道："我说随便借两本杂志看看，你就给我来上这些。"

鹏振道："多些不好吗？"

花玉仙道："好的，我谢谢你。这一来，我慢慢地有得看了。"

燕西对鹏振道："你倒慷他人之慨。"花玉仙没有懂得这句话，只管望了燕西。燕西又不好直说出来，只是笑笑而已。

孔学尼伸出右手两个指头，做一个阔叉子形，将由鼻子梁直坠下来的近视眼镜，向上托了一托。然后摆一摆脑袋，笑道："这种事情我得说出来。"于是走近一步，望着花玉仙的脸道："老实告诉你，这些书都是老七的，老三借去看了。看了不算，还一齐送人，当面领下这个大情，不但是乞诸其邻而与之，真有些掠他人之美。"

鹏振笑道："孔夫子，这又挨上你背一阵子'四书五经'了。这些杂志，每月寄了许多来，他原封也不开，尽管让它去堆着。我是看了不过意，所以拆开来，偶然看个几页。我给他送人，倒是省得辜负了这些好书。不然，都送给换洋取灯儿的了。"

燕西笑道："你瞧瞧，不见我的情倒罢了，反而说一大堆不是。"

花玉仙怕鹏振兄弟倒为这个恼了，便上前一手拉着他的手，一手拍着他的肩膀道："我事先不知道，听了半天，我这才明白了。我这就谢谢你，你要怎样谢法呢？"

燕西笑道："这是笑话了，难道为你不谢我，我才说上这么些个吗？"

花玉仙笑道："本来也是我不对，既是得了人家的东西，还不知道谁是主人，不该打吗？"

白莲花也在这里坐着的，就将花玉仙的手一拖道："你有那么些闲工夫和他说这些废话。"说着，就把花玉仙轻轻一推，把她推得远远的。

孔学尼摆了两摆头道："在这一点上面，我们可以知道，亲者亲，而疏者疏矣。"

王幼春在一边拍着手笑着："你别瞧这孔夫子文绉绉的，他说两句话，倒是打在关节上。玉仙那种道谢，显然是假意殷勤。莲花出来解围，显然是帮着燕西。"

白莲花道："我们不过闹着好玩罢了，在这里头，还能安什么小心眼儿吗？你真是铜碗找碴儿。"说着，向他瞟了一眼，嘴唇一撇，满屋子人都拍手顿足哈哈大笑起来。

孔学尼道："不是我说李老板，说话连带飞眼儿，岂不是在屋子里唱《卖胭脂》，怎么叫大家不乐呢？"这样一来，白莲花倒有些不好意思，便拉花玉仙走出房门去了。

刘宝善在人丛里站了起来道："开玩笑倒不要紧，可别从中挑拨是非，你们这样一来，她俩不好意思，一定是躲开去了。我瞧你们该去转圜一下子，别让她俩溜了。"

鹏振道："那何至于？要是那样……"

燕西道："不管怎样，得去看看，知道她两人到哪里去了？"说着，就站起身来追上去。

追到走廊外，只见她两人站在一座太湖石下，四望着屋子。燕西道："你们看什么？"

白莲花道："我看你府上这屋子盖得真好，让我们在这里住一天，也是舒服的。"

燕西道："那有什么难？只要你乐意，住周年半载又待何妨？刚才你所说的是你心眼儿里的话吗？"

花玉仙手扶着白莲花的肩膀，推了一推，笑道："傻子！说话不留神，让人家讨了便宜去了。"

白莲花笑道："我想七爷是随便说的，不会讨我们的便宜的。要是照你那样说法，七爷处处都是不安好心眼儿的，我们以后还敢和他来往吗？"

燕西走上前，一手挽了一个，笑道："别说这些无谓的话了，你们看看我的书房吧！我带你们去看。"

他想着，这时大家都听戏陪客去了，自己书房里绝没有什么人来的。就一点儿不踌躇，将二花带了去坐。坐了不大一会儿，只见房门一开，有一个女子伸进头来，不是别人，正是清秋。二花倒不为意，燕西未免为之一愣。清秋原是在内客厅里招待客的，后来冷太太也到客厅里来了。因为冷太太说，来几次都没有看过燕西的书房，这一回倒是要看看。所以清秋趁着大家都起身去看戏，将冷太太悄悄地带了来。总算是她还是格外的小心，让冷太太在走廊上站了一站，先去推一推门，看看屋子里还有谁。不料只一开门，燕西恰好一只手挽了白莲花的脖子，一只手挽着花玉仙的手，同坐在沙发上。清秋看二花的装束，就知道是女戏子。知道他们兄弟都是胡闹惯了的，这也不足为奇，因此也不必等燕西去遮掩，连忙就身子向后一缩。

冷太太看她那样子，猜着屋子里必然有人，这也就用不着再向前进了。清秋过来，轻轻地笑道："不必瞧了，他屋子里许多男客。"

冷太太道："怎么斯斯文文，一点儿声音都没有呢？"

清秋道："我看那些人，都在桌子上哼哼唧唧的，似乎是在作诗呢。"

冷太太道："那我们就别在这里打扰了。有的是好戏，去听戏去吧。"于是母女俩仍旧悄悄地回客厅来。

清秋虽然对于刚才所见的事，有些不愿意，因为母亲在这里，家里又是喜事，只得一点儿颜色也不露出，像平常一样陪着母亲听戏。也不过听了两出戏，有个老妈子悄悄地走到身边，将她的衣襟扯了一扯，她已会意，就跟老妈子走了开来。走到没有人的地方，清秋才问道："鬼鬼祟祟的有什么事？"

老妈子道："七爷在屋子里等着你，让你去有话说呢。我不知道是什么事。"

清秋心里明白，必定是为刚才看到那两个女宾，他急于要向我解释，其实我哪里管这些闲账？也就不甚为意地走回屋子里来。只见燕西板着脸，两手背在身后，只管在屋子里走来走去。看见人来，只瞅了一眼，并不理会，还是来回地走着。

清秋见他不作声，只得先笑道："叫我有什么事吗？"

燕西半晌又不作声，忽然将脚一顿，地板顿得咚地一响。哼了一声道："你要学她们那种样子，处处都要干涉我，那可不行的！"

清秋已是满肚子不舒服，燕西倒先生起气来，便冷笑道："你这是给我一个下马威看吗？我想我很能退让的了，我什么事干涉过你？"

燕西道："你说下马威就是下马威，你怎么样办吧？"

清秋见他脸都气紫了，便道："今天家里这些个人，别让人家笑话。你有什么话，只管慢慢地说，何必先生上气？"

燕西道："你还怕人家笑话吗？昨天你就一个人到街上侦探我的行动去了。刚才你还要我的好看，一直找到我书房里去。"

清秋道："你别嚷，让我解释。我绝对不知道你有女朋友在那里。因为母亲要看你的书房，所以我引了她去。"

燕西道："很好，我以为不过是你要和我捣乱呢。原来你把你母亲也带去调查我的行动，事情总算你查出来了，你要怎样办，就听你怎样办。"

清秋不曾说得他一句，他倒反过来生气，一肚子委屈，也不知道怎么说好，只在这一难之间，两道眼泪，就不期然而然地流下来了。燕西道："这又算委屈你了？得！我还是忍耐一点儿，什么也不说，省得你说我给了你下马威看。"他说毕，掉转身子就走了。清秋一点儿办法没有，只得伏到床上去哭了一阵。

一会子，只听得玉儿在外面叫道："七少奶奶，你们老太太请你去哩。"

清秋连忙掏出手绢，将脸上泪痕一阵乱擦，向窗子外道："你别进来，我这儿有事。你去对我们老太太说，我就来。"

玉儿答应着去了。清秋站起来，先对镜子照了一照，然后走到屋后洗澡间里去，赶忙洗了一把脸，重新扑了一点儿粉，然后又换了一件衣服，才到戏场上来。冷太太问道："你去了大半天，做什么去了？"

清秋笑道："我又不是客，哪能够太太平平地坐在这里听戏哩？我去招待了一会子客，刚才回屋子里去换衣服来的。"

冷太太道："你家客是不少，果然得分开来招待。若是由一个人去招

151

待，那真累坏了。燕西呢？我总没瞧见他，大概也是招待客去了。"清秋点点头，三言两语将事情掩饰过去了，就不深谈了。

这金家的堂会戏，一直演到半夜三四点钟。但是冷太太因家里无人，不肯看到那么晚。吃过晚饭之后，只看了一出戏，就向金太太告辞。金太太也知道她家人口少，不敢强留，就吩咐用汽车送，自己也送到大楼门外。清秋携着母亲的手，送出大门，一直看着母亲上了汽车，车子开走了，还站着呆望，一阵心酸，不由得落下几点泪。一个人怅怅地走回上房，只听得那边大厅里锣鼓喧天，大概正演着热闹戏。心里一阵阵难受，哪里还有兴致去听戏？便顺着走廊，回自己院子里来。这道走廊正长，前后两头，也不见一个人，倒是横梁上的电灯都亮灿灿的。走到自己院子门口，门却是虚掩的，只檐下一盏电灯亮着，其余都灭了。叫了两声老妈子，一个也不曾答应。大概她们以为主人翁绝不会这时候进来，也偷着听戏去了。院子里静悄悄的，倒是隔壁院子下房里哗啦哗啦抄动麻雀牌的声音，隔墙传了过来。自己并不怕，家里难得有堂会，两个老妈子听戏就让她听去，不必管了。

一个人走进屋子去，拧亮电灯，要倒一杯茶喝，一摸茶壶，却是冷冷冰冰的。于是将珐琅瓷壶拿到浴室自来水管子里灌了一壶水，点了火酒炉子来烧着了。火酒炉子烧得呼呼作响，不多大一会儿，水就开了。她自己沏上了一壶茶，又撮了一把台湾沉香末，放在御瓷小炉子里烧了。自己定了一定神，便拿了一本书，坐在灯下来看。但是前面戏台上的锣鼓，锵当锵当只管一片传来。心境越是定，越听得清清楚楚，哪里能把书看了下去？灯下坐了一会儿，只觉无聊。心想，今天晚上，坐在这里是格外闷人的，不如还是到戏场上去混混去。屋子里留下一盏小灯，便向戏场上来。只一走进门，便见座中之客，红男绿女，乱纷纷的。心想都是快乐的，唯有我一个人不快乐，我为什么混在他们一处？还不曾落座，于是又退了回去。到了屋子里，那炉里檀烟，刚刚散尽，屋子里只剩着一股稀微的香气。自己坐到灯边，又斟了一杯热茶喝了。心想，这种境界，茶热香温，酒阑灯地，有一个合意郎君，并肩共话，多么好！有这种碧窗朱户，绣帘翠幕，只住了我一个含垢忍辱的女子，真是彼此都辜负了。自己明明知道燕西是个纨绔子弟，齐大非偶。只因他忘了贫富，一味地迁就，觉得他是个多情人。到了后来，虽偶然也发现他有点儿不对的地方，自己又成了骑虎莫下之势，只好嫁过来。不料嫁过来之后，他越发是放荡，长此以往，不知道要变到什么样子了。今天这事，恐怕还是小发其端吧？

她个人静沉沉地想着，想到后来，将手托了头，支着在桌上。过了许久，偶然低头一看，只见桌上的绒布桌面，有几处深色的斑点，将手指头一摸，湿着沾肉，正是滴了不少的眼泪。半晌，叹了一口气道："过后思量尽可怜。"这时，夜已深了，前面的锣鼓和隔墙的牌声反觉得十分吵人。自己走到铜床边，正待展被要睡，手牵着被头，站立不住，就坐下来，也不知道睡觉，也不知道走开，就是这样呆呆地坐在床沿上。坐了许久，身子倦得很，就和衣横伏在被子上睡下去。自己也不知道什么时候，醒了过来，只觉身上凉飕飕的，赶忙脱下外衣，就向被里一钻。就在这个时候，听得桌上的小金钟和隔室的挂钟，同时当当当敲了三下响，一听外面的锣鼓无声，墙外的牌声也止了。只这样一惊醒，人就睡不着，在枕头上抬头一看，房门还是自己进房时虚掩的，分明是燕西还不曾进来。到了这般时候，他当然是不进来了。他本来和两个女戏子似的人在书房里纠成了一团，既是生了气，索性和她们相混着在一处了。不料他一生气，自己和他辩驳了两句，倒反给他一个有辞可措的机会。夫妻无论怎样的恩爱，男子究竟是受不了外物引诱的，想将起来，恐怕也不免像大哥三哥那种情形吧？清秋只管躺在枕头上望了天花板呆想。钟一次两次地报了时刻过去，总是不曾睡好，就这样清醒白醒的天亮了。越是睡不着，越是爱想闲事，随后想到佩芳、慧庵添了孩子，家里就是这样惊天动地的热闹，若临到了自己，应该怎么样呢？只想到这里，把几个月犹豫莫决的大问题，又更加扩大起来，心里乱跳一阵，接上就如火烧一般。

还是老妈子进房来扫地，见清秋睁着眼，头偏在枕上，因失惊道："少奶奶昨晚上不是比我们早回来的吗？怎么眼睛红红的，倒像是熬了夜了。"

清秋道："我眼睛红了吗？我自己不觉得呢。你给我拿面镜子来瞧瞧看。"

老妈子于是卷了窗帘子，取了一面带柄的镜子，送到床上。清秋一翻身向里，拿着镜子照了一照，可不是眼睛有些红吗？因将镜子向床里面一扔，笑道："究竟我是不大听戏的人，听了半天的戏，在床上许久，耳朵里头，还是锵当锵当地敲着锣鼓，哪里睡得着？我是在枕上一宿没睡，也怪不得眼睛要红了。"

老妈子道："早着呢，你还是睡睡吧。我先给你点上一点香，你定一定神。"

于是找了一撮水沉香末，在檀香炉里点着了，然后再轻轻地擦着地板。清秋一宿没睡，只觉心里难受，虽然闭上眼睛，但屋子里屋子外一切动作，都听得清清楚楚，哪里睡得着？听得金钟敲了九下，索性不睡，就坐起来了。不过虽然起来了，心里只是如火焦一般，老想到自己没有办法。尤其是昨日给两个侄子做三朝，想到自己身上的事，好像受了一个莫大的打击。以前燕西和自己的感情如胶似漆，心想总有一个打算。而今他老是拿背对着我，我怎么去和他商量？好便好，不好先受他一番教训，也说不定，一个人在屋子里就是这样发愁。

到了正午，勉强到金太太屋子里去吃饭。燕西也不曾来，只端起碗，扒了几口饭，便觉吃不下去。桌上的荤菜，吃着嫌油腻，素菜吃着又没有味，还剩了大半碗饭，叫老妈子到厨房里去要了一碟子什锦小菜，对了一碗开水，连吞带喝地吃着。

金太太看到，便问道："你是吃不下去吧？你吃不下去，就别勉强。勉强吃下去，那会更不受用的。"

清秋只淡笑了一笑，也没回答什么。不料金太太的话果然说得很对，走到自己房里来，只觉胃向上一翻，哇的一声，来不及就痰盂子，把刚才吃的水饭，吐了一地板。一吐之后，倒觉得肚子里舒服多了。不过这种痛快乃是顷刻间的，一个好好的人，大半天没吃饭，总不会舒服。约莫过了半个钟头，清秋又觉心里有种如焦如灼的情况，不好意思又叫老妈子到厨房里去要东西，便叫她递钱给听差，买些干点心来吃。干点心买来了以后，也只吃了两块就不想吃。因为这些点心，嚼到嘴里，就像嚼着木头渣子一样，一点儿也没有味。倒是沏了一壶好浓茶，一杯一杯地斟着，都喝完了。心里自己也说不出哪一种烦闷，坐也不好，睡也不好，看了一会儿书，只觉眼光望到书上，一片模糊，不知所云。放了书走到院子里来，便只绕着那两棵松树走，说不出个滋味。走得久了，人也就疲倦得很。她这样心神不安地闹了大半天，到了下午四点以后，人果然是支持不住，便倒在床上

154

去睡了。一来昨晚没有睡好，二来是今天劳苦过甚，因此一上床就昏着睡过去了。

醒过来时，只见侍候润之的小大姐阿囡斜着身子坐在床沿上。她伸了手握着清秋的手道："五小姐六小姐刚才打这里去，说是你睡了，没敢惊动。叫我在这里等着你醒，问问可是身上不舒服？"

清秋道："倒要她两人给我担心，其实我没有什么病。"

阿囡和她说话，将她的手握着时，便觉她手掌心里热烘烘的，因道："你是真病了，让我对五小姐六小姐说一声儿。"

清秋握着她的手连摇几下道："别说，别说！我在床上躺躺就好了，你要去说了，回头惊天动地，又是找中国大夫找外国大夫，闹得无人不知。自己本没什么病，那样一闹，倒闹得自己怪不好意思的。"

阿囡一想，这话也很有理由，便道："我对六小姐是要说的，请她别告诉太太就是了。要不然，她倒说我撒谎。你要不要什么？"

清秋道："我不要什么，只要安安静静地躺一会儿就好了。"

阿囡听她这话，不免误会了她的意思，以为她是不愿人在这里打搅，便站起身来说道："六小姐还等着我回话呢。"

清秋道："六小姐是离不开你的，你去吧，给我道谢。"

阿囡去了，清秋便慢慢地坐了起来，让老妈子拧了手巾擦了一把脸。老妈子说："大半天都没吃东西，可要吃些什么？"

清秋想了许久，还是让老妈子到厨房去要点儿稀饭吃。自己找了一件睡衣披着，慢慢地起来。厨房知道她爱吃清淡的菜，一会子，送了菜饭来了，是一碟子炒紫菜苔，一碟子虾米拌王瓜，一碟子素烧扁豆，一碟子冷芦笋。李妈先盛了一碗玉田香米稀饭，都放在小圆桌上。清秋坐过来，先扶起筷子，夹了两片王瓜吃了，酸凉香脆，觉得很适口，连吃了几下。老妈子在一边看见，便笑道："你人不大舒服，可别吃那些个生冷。你瞧一碟子生王瓜，快让你吃完了。"

清秋道："我心里烧得很，吃点儿凉的，心里也痛快些。"说着，将筷子插在碗中间，将稀饭乱搅。

李妈见她要吃凉的，又给她盛了一碗上来晾着。清秋将稀饭搅凉了，夹着凉菜喝了一口，觉得很适口，先吃完了一碗。那一碗稀饭晾了许久，自不十分热，清秋端起来，不多会儿，又吃完了。伸着碗，便让老妈子再盛。李妈道："七少奶奶，我瞧你可真是不舒服，你少吃一点儿吧。凉菜你就吃的不少，再要闹上两三碗凉稀饭，你那个身体可搁不住。"

清秋放着碗，微笑道："你倒真有两分保护着我。"于是长叹了一口气，站起来道，"我们往后瞧着吧。"

李妈也不知道她命意所在，自打了手巾把子，递了漱口水过来。清秋趿着鞋向痰盂子里吐水。李妈道："哟！你还光着这一大截腿子，可仔细着了凉。"

清秋也没理会她，抽了本书，坐到床上去，将床头边壁上倒悬的一盏电灯开了。正待要看书时，只觉得胃里的东西一阵一阵地要向外翻，也来不及趿鞋，连忙跑下床，对着痰盂子，哗啦哗啦吐个不歇。这一阵恶吐，连眼泪都带出来了。李妈听到呕吐声，又跑进来，重拧手巾，递漱口水。李妈道："七少奶奶，我说怎么着？你要受凉不是？你赶快去躺着吧。"

于是挽着清秋一只胳膊，扶她上床，就叠着枕头睡下。吩咐李妈将床头边的电灯也灭了，只留着横壁上一盏绿罩的垂络灯。李妈将碗筷子收拾清楚自去了。清秋一人睡在床上，见那绿色的灯，映着绿色的垂幔，屋子里便阴沉沉的。这个院子，是另一个附设的部落，上房一切的热闹声音，都传不到这里来。屋子里是这样的凄凉，屋子外又是那样沉寂。这倒将清秋一肚子思潮，都引了上来。一个人想了许久，也不知道什么时候了，忽然听到院子里呼呼一阵声音，接上那盏垂络绿罩电灯，在空中摇动起来，立刻人也凉飕飕的。定了一定神，才想起过去一阵风，忘了关窗子呢。

床头边有电铃，按着铃，将李妈叫来，关了窗子。李妈道："七爷今晚又没回来吗？两点多钟了，大概不回来了。我给你带上门吧。"清秋听说，微微地哼了一声，在这一声哼中，她可有无限的幽怨哩。

第七十回

救友肯驰驱弥缝黑幕
释囚何慷慨接受黄金

这一晚上，清秋迷迷糊糊地混到了深夜，躺在枕上不能睡熟，人极无聊，便不由得观望壁子四周，看看这些陈设，有一大半还是结婚那晚就摆着的，到而今还未曾移动。现在屋子还是那样子，情形可就大大地不同了。想着昔日双红烛下，照着这些陈设，觉得无一点儿不美满，连那花瓶子里插的鲜花那一股香气，都觉令人喜气洋洋的。还记得那些少年恶客，隔着绿色的垂幕偷听新房的时候，只觉满屋春光旖旎。而今晚，双红画烛换了一盏绿色的电灯，那一晚上也点着，但不像此时此地这种凄凉。自己心里，何以只管生着悲感？却是不明白。

正这样想着时，忽听得窗子外头滴滴答答地响了起来，仔细听时，原来是在下雨，起了檐溜之声。那松枝和竹叶上稀沙稀沙的雨点声，渐渐儿听得清楚。半个钟点以后，檐溜的声音加倍地重大，滴在石阶上的瓷花盆上与叭儿狗的食盆上，发出各种叮当噼啪之声。在这深沉的夜里，加倍地令人生厌。同时屋子里面也自然加重一番凉意。人既是睡不着，加着雨声一闹，夜气一凉，越发没有睡意。迷迷糊糊听了一夜的雨，不觉窗户发着白色，又算熬到了天亮。别什么病自己不知道，失眠症总算是很明显的了。不要自己害着自己，今天应当说出来，找个大夫来瞧瞧。

一个人等到自己觉得有病的时候，精神自觉更见疲倦。清秋见窗户发白以后，渐觉身上有点儿酸痛，也很口渴，很盼望老妈子她们有人起来伺候。可是窗户虽然白了，那雨还是淅淅沥沥地下着，因此窗户上的光亮，老是保持着天刚亮的那种程度，始终不会大亮。自从听钟点响起，便候着人，然而候到钟响八点，还没有一个老妈子起来。实在等不过了，只好做向来不肯做的事，按着电铃，把两个老妈子催起来。

刘妈一进外屋子里，就哟了一声说："八点钟了，下雨的天，哪里知道？"

清秋也不计较她们，就叫她们预备茶水。自己只抬了一抬头，便觉得晕得厉害，也懒得起来，就让刘妈拧了手巾，端了水盂，自己伏在床沿上，向着痰盂胡乱盥洗了一阵。及至忙得茶来了，喝在口内，觉得苦涩，并没有别的味，只喝了大半杯，就不要喝了。窗子外的雨声格外紧了，屋子里阴暗暗的，那盏过夜的电灯因此未灭。清秋烦闷了一宿，不耐再烦闷，便昏沉沉地睡过去了。

睡着了，魂梦倒是安适，正仿佛在一个花园里，日丽风和之下看花似的，只听得燕西大呼大嚷道："倒霉！倒霉！偏是下雨的天，出这种岔事。"

清秋睁眼一看，见他只管跳着脚说："我的雨衣在哪里？快拿出来吧，我等着要出门呢。"

清秋本想不理会，看他那种皱了眉的样子，又不知道他惹下了什么麻烦，只得哼着说道："我起不来，一刻也记不清在哪箱子里收着。这床边小抽屉桌里有钥匙，你打开玻璃格子第二个抽屉，找出衣服单子来，我给你查一查。"

燕西照着样办了，拿着小账本子自己看了一遍，也找不着。便扔到清秋枕边，站着望了她。清秋也不在意，翻了本子，查出来了。因道："在第三只皮箱子浮面，你到屋后搁箱子地方，自己去拿吧。那箱子没有东西压着，很好拿的。"

燕西听说，便自己取雨衣来穿了。正待要走，清秋问道："我又忍不住问，有什么问题吗？"

燕西道："你别多心，我自己没有什么事，刘二爷捣了乱子了。"

清秋这才知道是刘宝善的事，和他不相干的。因道："刘二爷闹了什么事呢？"

燕西本懒得和清秋说，向窗外一看，突然一阵大雨，下得哗啦哗啦直响。檐溜上的水瀑布似的奔流下来。因向椅上一坐道："这大雨，车子也没

158

法子走，只好等一等了。谁叫他拼命地搂钱呢？这会子有了真凭实据，人家告下来了，有什么法子抵赖？我们看着朋友分上，也只好尽人事罢了。"

清秋听了这话，也惊讶起来，便道："刘二爷人很和气的，怎么会让人告了？再说，外交上的事，也没有什么弄钱的事情。"

燕西道："各人有各人的事，你知道什么？他不是在造币局兼了采办科的科长吗？他在买材料里头弄了不少的钱，报了不少的谎账。原来几个局长和他有些联络，都过去了。现新来的一个局长，是个巡阅使的人，向来欢喜放大炮。他到任不到一个月，就查出刘二爷有多少弊端。也有人报告过刘二爷，叫他早些防备。他倚恃着我们这里给他撑腰，并不放在心上。昨天晚上，那局长雷一鸣叫了刘二爷到他自己宅里去，调了局子里的账一查，虽然表面上没有什么漏洞，但是仔细盘一盘，全是毛病。我今天早上听见说，差不多查出有上十万的毛病呢。到了今天这个时候为止，刘二爷还没有回来，都说是又送到局子里去看管起来了。一面报告到部，要从严查办。他们太太也不知是由哪里得来的消息，把我弟兄几个人都找遍了，让我们想法子。"

清秋道："你同官场又不大来往，找你有什么用？"

燕西道："她还非找我不可呢。从前给我讲国文的梁先生，现在就是这雷一鸣的家庭教授，只有我这位老先生私下和姓雷的一提，这事就可以暗销。我不走一趟，哪行？"说时，外面的雨，已经小了许多，他就起身走了出来。

燕西一走出院门，就见金荣在走廊上探头探脑。燕西道："为什么这样鬼鬼祟祟的？"

金荣道："刘太太打了两遍电话来催了，我不敢进去冒失说。"

燕西道："你们以为我这里当二爷三爷那里一样呢。这正正经经的事，有什么不能说？刚才那大雨我怎样走？为了朋友，还能不要命吗？"

说着话，走到外面。汽车已经由雨里开出来了，汽车夫穿了雨衣，在车上扶机盘，专等燕西上车。燕西道："我以为车子还没有开出来呢，倒在门口等我。你们平常沾刘二爷的光不少，今天人家有事，你们是得出一点力。要是我有这一天，不知道你们可有这样上劲？"车夫和金荣都笑了。

这时，大雨刚过，各处的水，全向街上涌。走出胡同口，正是几条低些的马路，水流成急滩一般，平地一二尺深，浪花乱滚。汽车在深水里开着，溅得水花飞起好几尺来。燕西连喝道："在水里头，你们为什么跑得这快？你们瞧见道吗？撞坏了车子还不要紧，若是把我摔下来了，你们打算怎么办？"

汽车夫笑着回头道："七爷，你放心，这几条道，一天也不知走多少回，闭了眼睛也走过去了。"口里说着，车子还开得飞快。

刚要拐弯，一辆人力车拉到面前，汽车一闪，却碰着人力车的轮子，车子、车夫和车上一个老太太，一齐滚到水里去。汽车夫怕这事让燕西知道了，不免挨骂，理也不理，开着车子飞跑。燕西在汽车里，似乎也听到街上有许多人，啊了一声，同时自己的汽车，向旁边一折，似乎撞着了什么东西了。连忙敲着玻璃隔板问道："怎么样？撞着人了没有？"

汽车夫笑道："没撞着，没撞着。这宽的街，谁还要向汽车上面撞，那也是活该。"

燕西哪里会知道弄的这个祸事？他说没有撞着，也就不问了。汽车到了这造币局雷局长家门口，小汽车夫先跳下来，向门房说道："我们金总理的七少爷来拜会这里梁先生。"

门房先就听到门口汽车声音，料是来了贵客，现在听说是总理的七少爷，哪敢怠慢？连忙迎到大门外。燕西下了车子，因问梁先生出去没有？门房说："这大的雨，哪会出去？我知道这位梁先生，从前也在你府上待过的。这儿你来过吗？"

燕西厌他絮絮叨叨，懒和他说得，只是由鼻子里哼着去答应他。他说着话，引着燕西转过两个院子，就请燕西在院门旁边站了一站，抢着几步，先到屋子里厢报告。燕西的老业师梁海舟由里面迎了出来，老远地笑着道："这是想不到的事，老弟台今天有工夫到我这里来谈谈。"说着，便下台阶来，执着燕西的手。

燕西笑道："早就该来看看的，一直延到了今天呢。"

于是二人一同走到书房来。这时正下了课，书房里没有学生。梁海舟让燕西坐下，正要寒暄几句话。燕西先笑道："我今天来是有一件事，要求求梁先生讲个情。这事自然是冒昧一点儿，然而梁先生必能原谅的。"于是就把刘宝善的事情，详详细细地说了。因轻轻地道："刘二爷错或者是有错的。但是这位局长恐怕也是借题发挥。刘二爷也不是一点儿援救没有的人，只是这事弄得外面知道了，报上一登，他在政治上活动的地位，恐怕也就发生影响。最好这事就是这样私了，大家不要伤面子。梁先生可以不可以去和雷局长说一说？大家方便一点儿。"

燕西的话虽然抢着一说，梁海舟倒是懂了。因道："燕西兄到这儿来，总理知道吗？"

燕西道："不知道，让他老人家知道，这就扎手了。你想，他肯对雷局长说，这事不必办吗？也许他还说一句公事公办呢。连这件事最好是根本都不让他晓得。"

梁海舟默然了一会儿，点了点头道："刘二爷也是朋友，老弟又来托我，我不能不帮一个忙。不过我这位东家虽然和我很客气，但是不很大在一处说话。我突然去找他讲情，他或者会疑心起来，也未可知。"说着，将手轻轻地拍一下桌沿道，"然而我决计去说。"

燕西听说，连忙站起来和他拱拱手，笑道："那就不胜感激之至，只是这件事越快越好，迟了就怕挽回不及了。"正说到这里，听差的对燕西说："宅里来了电话，请七爷说话。"

燕西跟着到了接电话的地方，一接电话，却是鹏振打来的。他说："这老雷的脾气，我们是知道的，光说人情恐怕是不行，你简直可以托梁先生探探他的口气，是要不要钱？若是要钱的话，你就斟酌和他答应吧。"

燕西放下电话，回头就来把这话轻轻地对梁海舟说了。梁海舟踌躇了一会儿，皱着眉道："这不是玩笑的事，我怎样说哩？我们东家这时倒是还没有出去，让我先和他谈谈看。老弟你能不能在我这里等上一等？"

燕西道："为朋友的事，有什么不可以？"

梁海舟便在书架上找了一部小说和一些由法国寄来的美术信片，放在桌上，笑道："勉强解解闷吧。"于是就便去和那位雷一鸣局长谈话去了。

去了约一个钟头，他笑嘻嘻地走来，一进门便道："幸不辱命，幸不辱命！"

燕西道："他怎么说了？"梁海舟道："我绕了一个很大的弯子才说到这事，他先是很生气。他后来说了一句，历任局长未必有姓刘的弄得钱多，应该让他吃点儿苦才好。梁先生你别和他疏通，请问他弄了那些个钱，肯分一个给你用吗？"

燕西笑道："他肯说这句话，倒有点儿意思了。梁先生应该乘机而入。"

梁海舟道："那是当然。我就说，从前的事那是不管了。现在若是要他吐出一点子来，也不怕他不依。这种事情本来可大可小，与其让他想了法子来弥补，倒不如抢先罚他一笔款子，倒让他真感受着痛苦。这位雷局长说，罚他一下也好。我是不要钱，我们大帅正打算在前门外军衣庄上要付一笔款子，他若肯担任下来，我就放过他。可是我又怕传出去了，人家倒疑惑我弄钱，我背上这个名声，未免不值得。我就说，这事情不办则已，若一办起来，只要他签一张支票，派人到银行将款子取将出来，有谁知道？他听了我的话，只管抽着烟微笑，那意思自然是可以了。我就说，这位刘君，我虽不大熟识，但是也见过几次面，他那方面倒有人和他表示事是做错了，只要有补救之法，倒无不从命。他就说，你不能和他直接说吗？我听他说了此话，分明是成功了，索性把这话从头至尾，详详细细一说。他也就说，和刘二爷并没有什么恶感，只要公事上大家过得去，他又何必和刘二爷为难？既是有金府上人来转圜，不看僧面看佛面，他愿担一半责任，不把这事告到部里去，也不打电报给赵巡阅使，只要大家过得去就是了。总而言之，他是完全答应了。"

燕西道："事情说到这种程度，自然是成功了，但不知开口要多少钱？"

梁海舟笑道："这个数目，他好意思说出口，我倒不好意思说出口。你猜他要多少？他要十万。"

燕西道："什么？"

梁海舟笑道："你不用惊讶，我已声明在先，连我都不好意思说的。"

燕西道："难道他还把刘二爷当肉票，大大绑他一笔不成？刘二爷这事大概也不至于砍头，他若是有这么些钱，不会留在那里，等着事情平了他慢慢地受用，何必一下子拿出来给人家去享福呢？"

梁海舟望了一望院子，然后走近一步，轻轻地道："这话不是那样说，他反正有人扛叉杆儿的，设若他绑票绑到底，把刘二爷向他的主人翁那儿一送，你猜怎么样？那结果不是更糟糕吗？"

燕西听了这话，心里倒为之软化起来，踌躇着道："不过一开口就要十万，这叫人可没有法子还价。事情太大了，我也不敢做主，让我和他太太商量商量看。不过由我看来，他太太就是愿出，破了他的产未必还凑合得上呢。"

梁海舟笑道："老弟究竟是个书生，太老实了。他说要十万，我们就老老实实地给十万吗？自然要他大大地跌一跌价钱。给我草草地说了一番，他已经打了对折了。因为我不知道刘二爷那方面的事，不敢担负讲价，所以没有把价钱说定。由大势说来，自然还是可以减的。"

燕西道："既是数目还可以通融，那就好办。现在我先回去，和刘太太商量一下，究竟能出多少钱，让她酌定。"

梁海舟笑道："这个你放心，他既愿意妥洽，当然不把事情扩大起来的。我等候你的电话吧。"燕西见这方面已不成问题，就坐了车子一直到刘宝善家来。

刘太太和刘宝善一班朋友都是熟极了的人，燕西一来了，她就出来相见。燕西把刚才的事说了一遍，刘太太道："只要能平安无事，多花几个钱，倒不在乎。七爷和宝善是至好朋友，他的能力七爷总也知道，七爷看要怎样办呢？"

燕西笑道："这个我可不敢胡来，据那老雷的意思，是非五万不可的了，我哪敢担这种的担子呢？"

刘太太道："钱就要交吗？若是就要交的话，我就先开一张支票请七爷带去。"

燕西道："二爷的支票，刘太太代签字有效吗？"

刘太太沉吟了一会儿，因道："我不必动他名下的，我在别处给他想一点儿法子得了。"说着，她走进内室去，过了一会子，就由里面拿出了一张支票来交给燕西。燕西接过来看时，正是五万元的支票，下面写了云记，盖了一颗小圆章，乃是"何岫云"三个字签字，这正是刘太太的名字。

燕西看到，心里很是奇怪，怎么她随随便便就开了一张五万元的支票来？这样子，在银行没有超过一倍的数目，不能一点儿也不踌躇呢。她既如此，刘宝善又可知了。他心里想着，自不免在脸上有点儿形色露出来。刘太太便道："七爷，你放心拿去吧。这又不是抵什么急债，可以开空头支票。"

燕西笑道："我有什么不放心？宝善有了事，刘太太难道还舍不得花钱

163

把他救出来吗？我暂时回家去一趟，和三家兄大家兄商量一下子，看看这支票，是不是马上就要交出去？若是还可以省得的话，就把这支票压置一两天。"

刘太太皱了眉道："不要吧！我们南方人说的话，花了钱，折了灾，只要人能够早一点儿平平安安地恢复自由，那也就管不得许多，只当他少挣几个得了。"

燕西道："好吧，那我就这样照办吧。"于是告别回家。

今天天气不好，凤举弟兄都在家里坐在外面小客厅里，大家正在讨论刘宝善的事，正觉没有办法。燕西一回来，大家就先争着问事情怎么样。燕西一说，鹏振便首先要了支票去看，因笑道："人家说刘二爷发了财，我总不肯信，于今看起来，手边实在是方便。我看总有个三五十万。"

鹤荪叹了一口气道："我们空负着虚名，和刘老二一比，未免自增惭愧了。"

凤举笑道："见钱就眼馋。那又算什么，值得叹一口气？"

鹤荪道："并不是我见钱眼馋，我佩服刘老二真有点儿手段，那雷一鸣绑了票，他有这些个钱，你想搜刮岂是容易吗？"

燕西道："人家正等我们帮忙，我们倒议论人家。我是拿不着主意，现在刘太太这张支票，是不是交出去呢？"

凤举道："她自己都舍得花钱，还要你给她爱惜做什么？他惹了那大的祸，用五万块钱脱身，他就是一件便宜事了。你就把这张支票送去吧。不过你要梁先生负责，支票交了出去，可就得放人。他们这种票匪，可不讲什么江湖上的义气，回头交了钱他不放人，那可扎手。"

鹏振道："能用钱了，这事总算平易，我就怕要闹大呢。那边既是等着你回话，你就去吧。"

燕西见大家都如此主张，他也不再犹豫，揣了支票，又到雷家来了。见了梁海舟，将支票交给他，笑道："款子是遵命办理了，人能够在今天恢复自由吗？"

梁海舟道："大概总可以吧。让我去和他说说看。"于是将支票藏在身上，去见雷一鸣了。

那雷一鸣等着梁海舟的消息，却也没有出门。过了一会儿，梁海舟笑嘻嘻地走来，进门对燕西拱拱手道："事情妥了，妥了，妥了！我原想银行兑过支票以后，才能放人的。他倒更直接痛快，说得人家干脆，我也干脆，已经打了电话给局子里，将监视刘二爷的警察取消了。"

燕西道："这样说来，人是马上可以恢复自由了？"

梁海舟道："当然。他还说了，你若是愿意送他回家，你就可以坐了你的汽车去接他出来。"

燕西不料轻轻巧巧地就办成了这样一件大事，很是高兴。便道："既然马上可以接他，我又何必不顺便去接他出来。"于是一面和梁海舟道谢，一面向外走。

坐上汽车，就告诉车夫直开造币局。汽车走了一截路，才想起来，刘宝善被监视在什么地方，也不曾打听清楚。再说，只有撤销监视的话，究竟让不让人来接他，也没有一句切实的话。况且雷局长通电话到现在，也不到一点钟，急忙之间，是否就撤销了监视，还未可知。自己马上就来接人，未免太大意一点儿了。他在车上，正自踌躇着，汽车已到造币局门口停住。燕西要不下车，也是不可能，只好走下车来，直奔门房。

不料刚到门房口，就见刘宝善由里面自自在在地走将出来。他老远地抬起一只手，向燕西招了一招，笑道："我接到梁海舟的电话，说是你已经起身由那里来了。我知道你是没有到这儿来过的，所以我接到外边来。"说着话，二人越走越近，刘宝善就伸着手握了燕西的手，连连摇了几摇，笑道："把你累坏了，感激得很。将来有用我老大哥的时候，我是尽着力量帮忙。"

燕西笑道："你出来了，那就很好。你太太在家里惦记得很，我先送你回家去吧。"

刘宝善跟他一路上车，燕西和他一谈，他才知道家里拿出了五万块钱来赎票。因笑道："我们太太究竟是个女流，经不得吓。人家随便一敲，就花了五万元了。"

燕西道："什么？据你这样说，难道说这五万块钱出得很冤吗？我原打算考量考量的，可是我也问过好几位参谋，都说只要人出来就得了，花几个钱却不在乎。我因为众口一词都是如此说，也就不肯胡拿主意。若是照你的办法，又怎么样呢？大概你还能有别的良法脱身吗？"

165

刘宝善笑道："虽然不能有良法脱身，但我自信账目上并没有多大的漏缝，罪不至于坐监。我就硬挺他一下子，他也不过把我造币局里的地位取消。可是政治上的生活，日子正长，咱们将来也不知道鹿死谁手呢。"

燕西道："那么，这五万块钱算是扔到水里去了？"

刘宝善微笑了一笑道："出钱也有出钱的好处，我相信我这位置，他是不能不给我保留的，那么……"说着，又微笑了一笑。

燕西待要问个究竟，汽车已经停在门口了。刘太太听说刘宝善回来了，喜不自胜，一直迎了出来，笑道："怎么出来得这样快？这都是七爷的力量，我们重重地谢谢。"

燕西道："别谢我，谢谢那五万元一张的支票吧。"

刘宝善夫妇说得挺高兴的，燕西一想，就不必在这里误了人家的情话，就道："刘二爷，回头见吧，我忙了一上午，还没有吃饭呢。"也不等刘宝善表出挽留的意思，他已经抽开身子走得很远了。燕西到了家，很是得意的，见着人就说，把宝善接回来了。

这个时候，家里已吃过了饭，回房换衣服的时候，就叫老妈子去吩咐厨房里另开一客饭，送到外面屋子里吃。这时清秋勉强起了床，斜靠在沙发椅上。燕西先是没有留心到她的颜色，以为她对于前天的事，还没有去怀，不理会她的好。后来找了一个鞋拔子拔了鞋，一只脚放在小方凳上，一弯腰正对着清秋的脸色，见她十分的清瘦，便问道："你真的病了吗？"

清秋微笑道："你这话问得有点儿奇怪，我几时又假病过呢？"

燕西且不答复她的话，只管使劲去拔鞋，把两只鞋都拔好了，还把刷子去刷了一刷。虽和清秋相距很近，并不望着她的脸。

清秋道："这下雨的天，穿得皮鞋好好的，干吗又换上一双绒鞋？换了也就得了，这样苦刷做什么？"

燕西这才把鞋拔子一扔，坐到沙发上道："忙一早上，真够了，我这一换鞋，今天不出去了。"

清秋道："结果怎样呢？"

燕西就把大概情形说了一说，又道："我出了面子来说，总得办好，若不是我，恐怕要出十万，也未可知呢。话又说回来了，就是十万刘二爷也出得起。我真奇怪，他怎么会有许多钱？"

清秋道：“我不说心里忍不住，说出来或者你又会不快活。据我看，他发财是该的，一点儿不稀奇。这种人高比一点儿，是我们家的门客，实在说一句，是你们贤昆仲的帮闲。你欢喜小说，你不曾看到《红楼梦》上说的赖大家里，还盖着园子吗？这赖大家里有这样子好，那些少爷哪比得上？”

燕西道：“你胡扯！刘二爷是我们的朋友，怎把他当起老管家的来？”

清秋道：“据我看，还比不上呢。你想，他终年到头都是陪着你们玩，有屁大的事情，你们也叫他帮忙。他口里虽有时也推诿一下子，但是实际上没有不出全力和你们去办的。你们请客，是假座他家，你们打小牌，也是假座他家。还有许多在家里不方便做的事情，都可以在他家里办。若说是朋友，天下有这样在朋友家里闹的吗？若说他是父亲的僚属，勉强敷衍你们贤昆仲。那也不过偶尔为之，出于不得已罢了。现在终年累月这样，那绝不能是不得已，要是不得已的话，那就宁可得罪你们贤昆仲，放事不干了。”

燕西道：“据你这样说，难道他还揩我们的油吗？”

清秋道：“凭你这句话，你就糊涂，你们贤昆仲一年玩到头，花钱虽冤，都是为着装面子，明明地花去。若是要你们暗中吃亏，是不可能的。刘二爷哪敢揩你们的油？就揩油，又能揩你们多少钱呢？”

燕西道：“据你说，他就有钱，也是他的本事弄来的，与我们无干。你怎么又说他是门客帮闲那些话？”

清秋望着燕西，不由得微笑了一笑道：“我猜你不是装傻，唯其你们不明白这道理，他才好弄钱。你想，他因为和你们熟识，父亲有什么事，他全知道，得着你们的消息，他要做投机的事，比之别人总是事半功倍。同时，人家要有什么事，不能不求助于父亲的，又不能不找个消息灵通的人接洽接洽。刘二爷终年到头和你们混，无论他能不能在父亲面前说话，人家也会说他是我们的亲信。他对于外面，就可借此挟天子以令诸侯，要求什么不得？对于内呢，利用你们贤昆仲给他通消息，父亲有点儿对他不满，你们还有不告诉他的吗？他自然先设法弥补起来。他若是要求得父亲一句话，一张八行，在父亲分明是随便的，人家就以为是金总理保荐了他的亲信，总要想法子给他一份兼差。有了差事之后，他那样聪明的人还不会弄钱吗？他有钱不必瞒别人，只要瞒我们金家人就行了。外人知道他有钱，他是没关系的。你们知道他有钱，把这事传到父亲耳朵里去，哪里还能信他穷，到处给他想法子找事呢？所以他应该发财，你们也应该不知道。"

燕西将她的话，仔细一想，觉得很对，因笑道："你没做官，你也没当过门客，这里头的诀窍，你怎么知道这样清楚？"

清秋道："古言道得好，王道不外乎人情，这些事我虽没有亲自经历，猜也猜出一半，况且你们和刘二爷来往的事，你又喜欢回来说，我冷眼看看，也就知道不少了。你想，他也是像你们贤昆仲一样，敞开来花钱吗？他可没有你们这样的好老子呢。"

燕西听了他夫人这些话，仔细想了一想，不觉笑道："听君一席话，胜读十年书。"

清秋道："这就不敢当，你回家来，少发我一点儿大爷脾气，我也就感激不尽了。"

燕西觉得夫人如此聪明，说得又如此可怜，不觉心动，望着夫人的脸只管注意。男女之间，真是有一种神秘，这一下子，燕西夫妇又回复到了新婚时代了。

第七十一回

四座惊奇引觞成眷属
两厢默契坠帕种相思

　　清秋如此说了一遍，燕西虽觉得她言重一点儿，然而是很在理的话，只是默默微笑。在他这样默然微笑的时候，眼光不觉望到清秋面上，清秋已是低了头，只看那两脚交叉的鞋尖，不将脸色正对着燕西，慢慢地呆定着。燕西一伸手，摸着清秋的脸道："你果然是消瘦得多了，应该找位大夫瞧瞧才好。"

　　清秋把头一偏，笑道："你不要动手吧，摸得人怪痒痒的。"

　　燕西执着她一只手，拉到怀里，用手慢慢地摸着。清秋要想将胳膊抽回去，抬着头看看燕西的颜色，只把身子向后仰了一仰，将胳膊拉得很直。燕西又伸了手，将一个指头，在清秋脸上爬了一爬，笑道："你为了前天的事，还和我生气吗？"

　　清秋道："我根本上就不敢生气，是你要和我过不去。你既是不生气，我有什么气可生呢？我不过病了，打不起精神来罢了。"

　　燕西道："你这话我不信，你既是打不起精神来，为什么刚才和我说话有头有尾，说了一大堆？"

　　清秋道："要是不能说话，我也好了，你也好了。现在偶然患病，何至于弄到不能说话哩？"

　　燕西道："你起来，我倒要躺躺了，早上既是冒着雨，跑了这大半天，昨晚上又没有睡得好。"

　　清秋听他昨晚上这句话，正想问他昨晚在哪里睡的。忽然一想，彼此发生了好几天的暗潮，现在刚有一点儿转机，又来挑拨他的痛处，他当然是不好回答。回答不出来，会闹成什么一个局面呢？如此想着就把话来忍住。燕西便问道："看你这样子有什么话要说，又忍回去了。是不是？"

清秋道："可不是，我看你的衣服上，有几点油渍，不免注意起来。只这一转念头，可就把要说的话忘了。"

燕西倒信以为实，站起来，伸了一伸懒腰，和衣倒在床上睡了。不多大的工夫，他就睡得很酣了。李妈进来看见，笑道："床上不离人，少奶奶起来，七爷倒又睡下了。他早上回家，两边脸腮上红红的，好像熬了夜似的，怪不得他要睡。"

清秋道："他大概是打牌了。"李妈却淡淡地一笑，不说什么走了，清秋靠着沙发，只管望了床上，只见燕西睡得软绵绵的，身子也不曾动上一动，因对他点了点头，又叹了一口长气。

燕西一睡，直睡到天色快黑方才醒过来。阴雨的天，屋子里格外容易黑暗，早已亮上了电灯。燕西一个翻身，向着外道："什么时候了？天没亮你就起来了。"

清秋道："你这人真糊涂！你是什么时候睡的，大概你就忘了。"

燕西忽然醒悟，笑着坐了起来，自向浴室里去洗脸。只见长椅上放了一套小衣，澡盆边挂的铁丝络子里，又添了一块完整的卫生皂。燕西便道："这为什么？还预备我洗澡吗？"

清秋道："今天晚上，我原打算你应该要洗个澡才好，不然，也不舒服的。衣是我预备好了的，洗了换上吧。"

燕西想不洗，经她一提，倒真觉得身上有些不爽。将热水气管子一扭，只见水带着一股热气直射出来。今天汽水烧得正热，更引起人的洗澡兴趣。这也就不作声，放了一盆热水，洗了一个澡。洗澡起来之后，刚换上小衣，清秋慢慢地推着那扇小门，隔了门笑问道："起来了吗？"

燕西道："唉！进来吧。怕什么？我早换好衣服了。"

清秋听说，便托了两双线袜、一双丝袜，笑着放到长椅上。燕西笑道："为什么拿了许多袜子来？"

清秋道："我知道你愿意要穿哪一种的？"说着话，清秋便伸手要将燕西换下来的衣裤，清理在一处。

燕西连忙上前拦住道："晚上还理它做什么？"说着，两手一齐抱了，向澡盆里一扔。清秋在旁看到，要拦阻已来不及，只是对燕西微笑了一笑，也就算了。

燕西穿好衣服，出了浴室，搭讪着将桌上的小金钟看了一看，便道："不早了，我们应该到妈那儿吃饭去了吧？"

清秋道："你看我坐起来了吗？我一身都是病呢，还想吃饭吗？"

燕西道："刚才我问你，你只说是没精神，不承认有病。现在你又说一身都是病？"

清秋道："你难道还不知道我的脾气？我害病是不肯声张的。"

燕西道："你既是有病，刚才为什么给我拿这样拿那样呢？"

清秋却说不出所以然来，只是对他一笑。燕西远远地站着，见清秋侧着身子斜伏在沙发上，一只手只管去抚摩靠枕上的绣花，似乎有心事说不出来，故意低了头。燕西凝神望着她一会儿，因笑道："你的意思，我完全明白了，但是你有点儿误会。十二点钟以后，我再对你说。"

清秋道："你不要胡猜，我并没有什么误会。不过我自己爱干净，因之也愿意你干净，所以逼你洗个澡，别的事情我是不管的。"

燕西道："得啦！这话说过去，可以不提了。我们一路吃饭去吧。你就是不吃饭，下雨的天，大家坐在一处，谈谈也好，不强似你一个人在这里纳闷。"

清秋摇了一摇头道："不是吃不吃的问题，我简直坐不住，你让我在屋子里清静一会子，比让我去吃饭强得多。"

燕西一人走到金太太屋子里来吃饭，只见金太太和梅丽对面而坐，已经在吃了。梅丽道："清秋姐早派人来告诉了，不吃饭的，倒不料你这匹野马今天回来了。"

燕西笑道："妈还没有说，你倒先引起来？"说着，也就坐下来吃饭。

金太太道："你媳妇不舒服，你也该去找大夫来给她瞧瞧。你就是公忙，分不开身来，也可以对我说一声，她有几天不曾吃饭了。"

燕西道："不是我不找大夫，她对我还瞒着，说没有病呢。看也是看不出她有什么病来。"

金太太将一只长银匙正舀着火腿冬瓜汤，听了这话，慢慢地呷着，先望了一望梅丽，将汤喝完，手持着筷子，然后望着燕西道："我看她那种神情，不要不是病吧？你这昏天黑地的浑小子，什么也不懂的，你问问她看吧。要是呢？可就要小心了。她是太年轻了，而且又住在那个偏僻的小院子里，我照应不着她。"

梅丽笑道："妈这是什么话？既不是病，又要去问问她。"

金太太瞪了她一眼，又笑骂道："做姑娘的人，别管这些闲事。"

梅丽索性放下手上的筷子，站起来鼓着掌笑道："我知道了，我知道了，七哥，恭喜你啊！"

金太太鼓着嘴又瞪了她一眼。梅丽道："别瞪我，瞪我也不行，谁让你当着我的面说着呢？"

金太太不由得扑哧一声笑了，因道："你这孩子，真是淘气，越是不让你说，你是越说得厉害，你这脾气几时改？"

燕西道："梅丽真是有些小孩子脾气。"

梅丽道："你娶了媳妇几天，这又要算是大人，说人家是小孩子。"

燕西笑着正待说什么，梅丽将筷子碗一放，说道："你别说，我想起一桩事情来了。"说罢，她就向屋外一跑。

燕西也不知道她想起了什么心事，且不理会，看她拿什么东西来。不一会儿工夫，只见梅丽拿着几个洋式信封进来，向燕西一扬道："你瞧这个。明天有一餐西餐吃了。"

燕西拿过来看时，却是吴蔼芳下的帖子，请明日中午在西来饭店会餐，数一数帖子，共有八封，自己的兄弟妯娌姐妹们都请全了。有一人一张帖子，有两人共一张帖子的。燕西道："怪不得你饭也不要吃，就跑去拿来了，原来是吴二小姐这样大大地破钞，要请我们一家人。无缘无故这样大大地请客，是什么用意呢？"

梅丽道："我也觉得奇怪。我把请帖留着，还没有给她分散呢。我原是打算吃完了饭拿去问大嫂的。"

燕西道："你去问她，她也和我们一样的不知道。帖子是什么时候送来的？该问一问下帖子的人就好了。"

梅丽道："是下午五点才送来的，送的人送来了还在这里等着人家问他吗？要问也来不及了。"

金太太道："你们真是爱讨论，人家请你们吃一餐饭，也很平常，有什么可研究的？"

燕西道："并不是我们爱讨论，可是这西来饭店不是平常的局面，她在这地方请我们家这么多人，总有一点儿意思的。"

他说着，觉得这事很有味，吃完了饭，马上就拿着帖子去问润之和敏之。润之道："这也无所谓，她和我们家里人常在一处玩的，我们虽不能个个都做过东，大概做过东的也不少。她这样大方的人，当然要还礼。还礼的时候，索性将我们都请到，省去还礼的痕迹，这正是她玩手段的地方。有什么不了解的呢？"

燕西点点头道："这倒有道理。五姐六姐都去吗？"

润之道："我们又不是有什么大了不得事情的人，若是不去，会得罪人的，那是自然要去的。"燕西见她们都答应去，自己更是要去的了。

到了次日，本也要拉着清秋同去的，清秋推了身上的病没有好，没有去。燕西却和润之、敏之、梅丽同坐一辆汽车到西来饭店去。一到饭店门口，只见停的汽车马车人力车却不在少数。只一下车，进饭店门，问着茶房吴小姐在哪里请客，茶房说是大厅。燕西对润之轻轻地笑道："果然是大干。"润之瞪了他一眼，于是大家齐向大厅里来。

一路进来，遇到的熟人却不少。大厅里那大餐桌子，摆成一个很大的半圆形，大厅两边小屋子里，衣香帽影，真有不少的人，而且有很多是不认识的。燕西姐妹们，找着许多熟人一块儿坐着，同时凤举、鹤荪、鹏振三人也来了。看看在场的人，似乎脸上都带有一层疑云，也不外是吴蔼芳何以大请其客的问题。这大厅两边小屋子里，人都坐满了，蔼芳却只在燕西这边招待，对过那边，也有男客，也有女客，她却不去。不过见着卫璧安在那里走来走去，似乎他也在招待的样子。他本来和蔼芳很好的，替蔼芳招待招待客，这也不足为奇，所以也不去注意。过了一会子，茶房按着铃，蔼芳就请大家入座。不料入座之后，蔼芳和卫璧安两个人，各占着桌子末端的一个主位。在座的人不由得都吃了一惊，怎么会是这样的坐法呢？

大家刚刚是落椅坐下，卫璧安敲着盘子当当响了几下，已站将起来。他脸上带着一点儿笑容，从从容容道："各位朋友，今天光降，我们荣幸得很。可是今天光降的佳宾，或者是兄弟请的，或者是吴女士请的。在未入席之前，都只知道那个下帖子的一位主人翁，现在忽然两个主人翁，大家岂不要惊异吗？对不住，这正是我们弄点儿小小的玄虚，让诸位惊异一下子。那么，譬之读一首很有趣味的诗，不是读完了就算了事，还要留着永久给诸位一种回忆的呢。"

说到这里，卫璧安脸上的笑容格外深了。他道："但是，我们为什么要这样引得大家感到趣味呢？就是引了大家今日在座一笑而已吗？那又显得太简单了。现在我说出来，要诸位大大地惊异一下子，就是我和吴女士请大家来喝一杯不成敬意的喜酒，我们现在订婚了。不但是订婚了，我们现在就结婚了。不但是结婚了，我们在席散之后，就到杭州度蜜月去了。"

这几句话说完，在席的人，早是发了狂一般，哗啦哗啦鼓起掌来。等大家这一阵潮涌的鼓掌声过去了，卫璧安道："我对于吃饭中间来演说，却不大赞成。因为一来大家只听不吃，把菜等凉了。只吃不听，却又叫演说的人感觉不便。所以我今天演说，在吃饭之前，以免去上面所说的不妥之点。今天来的许多朋友，能给我们一个指教，我们是非常的欢迎的。"

说毕，他就坐下去了。在座的人听了他报告已经结婚，已经是忍不住，等着要演说完了，现在他自己欢迎人家演说，人家岂有不从之理？早有两三个人同时站立起来，抢着演说。在座的人，看见这种样子，不由得哈哈大笑起来。于是三人之中，推了一个先说。那人道："我们又要玩那老套子的文章了。卫先生和吴女士既然是有这种惊人之举动，这就叫有非常之人，必有非常之功。这种非常之事的经过，是值得一听的，我们非吴女士报告不可！"

卫璧安对于这个要求，总觉得有点儿不好依允，正自踌躇着，吴蔼芳却敲了两下盘子站将起来。新娘演说，真是不容易多见的事，所以在座的来宾一见之下，应当如何狂热？早是机关枪似的，有一阵猛烈的鼓掌。这一阵掌声过去，蔼芳便道："这恋爱的事情，本是神秘的，就是个中人对于爱情何以会发生？自己也说不出所以然来。唯其是这样神秘，就没有言语可以形容，若是可以形容出来，就很平常了。这事要说，也未尝不能统括地说两句，就是我们原不认识，由一个机会认识了，于是成了朋友。成了朋友之后，彼此因为志同道合，我们就上了爱情之路，结果是结婚。"说毕，便坐下去了。

这时大家不是鼓掌，却是哄天哄地地说话，都道："那不行，那不行，这完全是敷衍来宾的，得重新说一遍详详细细的。"

大家闹了一阵子，蔼芳又站起来道："我还有真正的几句话，未曾报告诸位，现在要说一说。我们结婚以前，所以不通知诸位好友，不光是像璧安君所说，让大家惊异一下子，实在是为减省这些无谓的应酬起见。可是话又说回来了，既是要减省这些无谓的应酬，为什么我们又要请酒呢？这就因为度蜜月以后，也就要出洋，当然要和大家许久不见面的，所以我们借这个机会，来谈一谈。"大家听她说到这里，却不知道她是什么用意。蔼芳又道，"唯其如此，我们在一处聚餐的时候，却是很匆促。很想聚餐之后，还照几张相。照相之后，我们还要回去料理铺盖行李，这时间实在怕分配不开来了。若是诸位真要我们报告恋爱的经过，我们就在蜜月里头，用笔记下来，将来印出若干份来，报告诸位吧。我们还很欢迎大家给我们一个批评呢。"

大家一听吴蔼芳如此说了，就不应再为勉强，只得算了。临时有几个人起来演说，恭维了吴卫二人几句，后来在场的孟继祖，却笑嘻嘻地站起来演说道："兄弟今天所恭贺新人的话，前面几位先生都说了，我用不着再来赞上几句。我所要说的，就是吴女士说的，得了一个机会和卫先生认识，这是事实，而且兄弟也曾参与那个机会。不但兄弟参与了那个机会，在场的诸位先生们女士们，大概曾参与的，也不少哩。是哪一回呢？就是金燕西、冷清秋二位结婚，四个男女傧相中，吴卫两君却在其内，这一对璧人就是那一见倾心了。由此说来，结婚的场合，不光是为着主人翁而已，还要借这机会，实行愿天下有情人都成眷属的工作。所以吴卫二君，在打破婚姻虚套仪式之下，今天还主张聚餐，实在大有用意。这用意，说明了就没有意思；不说明，又怕有人辜负主人翁的好意。所以我得点破一句。"他说到这里，已经把前面斟满了的一只玻璃杯子举着道："我们恭祝新夫妇前途幸福无量，同时又恭祝参与今天盛筵的人，他若是有得机会的资格，就庆贺他们今天得机会。"

食堂里面许多的青年男女，自然不少未订婚的，听了这话，都不免心里一动。在女宾里面，还不过是一笑，在男宾里面早就要鼓掌，因为孟继祖有那一番做作，只好等着他说完。他正要举着杯子喝酒呢，这里的鼓掌声，已经是惊动了屋瓦。

这时在招待一切的谢玉树，却站起来道："我要代表新人说一句，请大家原谅，来宾喝酒吃菜吧，人家时候不多呢。"

他坐下来，在座就有人笑道："谢先生，记得燕西那天结婚，你和璧安一般，也是一个男傧相啊，怎么你没有得着机会呢？"

于是在座的人，哄堂大笑了。又有人道："说这话的这位先生，未免太武断一点儿，在他未宣布以前，我们又怎么知道他没有得着机会呢？也许他的对手方，就在食堂里，比吴卫二位的经过，更守得很秘密，将来让我们惊异一下子，那更是有趣味了。"这一遍话说完，大家笑得更厉害，经过五分钟之久，声浪才平静。

说这话的人，原是无心，可是他误打误撞，这几句话，真的射中两人的心坎了。这其中第一个听了不安的，便是谢玉树。他心想，我的心事，小卫是知道的，他的嘴一不稳，我这事就很容易传到别人耳朵里去的，大概孟继祖这话，不能凭空捏造，必定有所本。他心里这样想着，眼睛就不免向对过那排座位上的梅丽看去。梅丽听孟继祖演说时，她也想着，这个促狭鬼在哪里瞎诌了这一篇演说？到这里来拿人开玩笑。那天当傧相的，除了卫璧安，还有个谢玉树，论起人才来，他不见得不如小卫，不知道有了爱人没有？若没有爱人，在那天，倒是不少的人注意他，他要找个对手，那天果然他是一个机会。他有两次和我碰见的，倒不免有些姑娘调儿，见人脸先红了。心里想着时，目光也不免向对面看来。两个有心的人，不先不后，目光却碰个正着。梅丽倒不十分为意，谢玉树却是先扎了一针麻醉剂一般，不由得身上酥麻一阵。现在用的是一碗汤，于是只管低了头，将长柄的勺子，不住地舀着汤喝。梅丽早知道他这个人是最善于害臊的，见他如此，不由得扑哧一声笑了。

润之和梅丽紧邻坐着的，因轻轻地问道："你笑什么？我看到谢玉树向我们这边望着来的呢。"

梅丽笑道："我笑他，既是偷着看人，又怕人家看着他，真是做贼的心虚。我就不信这位卫先生和他一样的，怎么现在就改变了？"

润之笑道："小卫果然是比从前开敞多了。你要知道这种开敞，是蔼芳陶融出来的。若是小谢也有人去陶融他，我想不难做到小卫这种地步的。"梅丽也不再说什么，就笑了一笑。

西餐到了上咖啡，大家就纷纷离座，卫璧安和蔼芳两人便在一处走着，和大家周旋完了，他两人就双双出门，同坐一辆汽车而去。这饭店里的男女来宾自有吴卫几个友人招待，燕西见主人翁一去，也就无须再在这里盘桓，就和姊妹们一块儿出门。

刚走到大厅门口，恰好和谢玉树顶头相遇，便笑道："小谢，你今天做何感想呢？"

谢玉树一见他身后站立着三位小姐们，这却不可胡开玩笑，便含着微笑点点头道："这件事情，大概你出于意料以外吧？照说，他们是不应该瞒着你的。可是他是不得已。因为你这人太随便了，一高兴起来，你对人一说，他们所谓要让人惊异一下子的，就成了泡影了。"说着，敏之她们都笑了。

燕西道："都认识吗？要不要介绍一下子？"

谢玉树连连点头道："都认识的，都认识的。"

正说着话，孟继祖也走过来了。他和金家是世交，小姐们自是都认识的。因之他就比较放肆些，就拍着谢玉树的肩膀道："我说的话，你听清楚了没有？对于我有什么批评呢？很对的吧？"

谢玉树见了梅丽，不免就有点儿心神不定。孟继祖竟把这话直说出来，他大窘之下，红着脸只说了四个字："别开玩笑。"

梅丽见他们说笑，站在两个姐姐后面，也是微笑。燕西上前一步握着谢玉树的手道："你好久不到我那里去玩了。我很想跟你学英语，你能不能常到舍下去谈谈？"

谢玉树道："我是极愿意去的，可是不容易会着你，可记得正月里那一次吗？在你书房里，整整等六个钟头，真把我腻个够。"

他一提这话，梅丽倒记起了，那次是无意中碰见过他的。正自想着，润之忽然一牵手道："走哇，你还要等谁呢？"梅丽一抬头，只见燕西已走到门边，连忙笑着走了。手正一开门，想起来了，手里原捏着一块印花印度绸手绢，现在哪里去了？回头一看，只见落在原站之处的地板上，所幸发觉得早，还不曾被人拾了去。就回身来要去拾那手绢。但是她发觉之时，恰好谢玉树也发觉了，他站得近，已是俯了身子拾将起来。梅丽一见，倒怔住了，怎样开口索还呢？谢玉树拾了手绢，心里先一喜，一抬头见梅丽站在一边看着，就一点儿不考虑，将手绢递给她，心里原想说句什么，一时又说不出来，就只笑着点了一下头。梅丽接过手绢，道了一声劳驾。见燕西等已出门，便赶上来。

梅丽退到门外，润之道："你都出来了，又跑回去做什么？倒让我们在这里先等你。"

梅丽道："我手绢丢了，也不应当回去找吗？"

润之道："你的手绢，不是拿在手上的吗？"

梅丽笑道："是倒是拿在手上的。我可不知道怎么样会丢了？现在倒是寻着了。"

润之道："大厅里那么些个人，都没有看见吗？"

梅丽一红脸道："我又没走远，就是人家看见，谁又敢捡呢？"润之本是随便问的一句话，她既能答复出来，哪里还会注意？于是大家坐上汽车回家。

到了家里，梅丽早跑到金太太那里去告诉了，回头又到佩芳屋子里去，问佩芳可知道一点儿。佩芳道："我若知道，就是事先守秘密，今天我也会怂恿你们多去几个人了。"

梅丽道："你和二嫂不去，那是当然的，玉芬姐好好的人为什么不去呢？"

佩芳道："这个我知道。这几天她为了做公债，魂不守舍，连吃一餐饭的工夫都不敢离电话，她哪有心思去赴不相干的宴会？"

梅丽道："她从前挣了一笔钱，不是不干了吧？"

佩芳道："挣钱的买卖，哪有干了不再干的？这一回，她是邀了一班在行的人干，自信很有把握。不料这几天，她可是越做越赔，听说赔了两三万了。好在是团体的，她或者还摊不上多少钱。"

梅丽道："怪不得，我今天和三哥说话，他总是不大高兴的样子。"

佩芳道："你又胡扯了。玉芬做公债和鹏振并不合股，她蚀了本，与鹏振什么相干？"

梅丽道："这有什么不明白的？三嫂公债做蚀了本，三哥有不碰钉子的

178

吗？大概见着面，三嫂就要给他颜色看，钉子碰多了，他……"

还不曾说下去，只听着院子里有人叫着梅丽梅丽，这正是鹏振的声音。梅丽向佩芳伸了一个舌头，走到玻璃窗边，将窗纱掀起一只角，向外看了一看，只见鹏振站在走廊上，靠了一个柱子，向里边望着，像是等自己出去的样子。因此放下窗纱，微笑着不作声。

鹏振道："你尽管说我，我不管的。我有两句话对你说，你出来。"

梅丽躲不及了，走出房来，站在走廊这头，笑嘻嘻地向鹏振一鞠躬，笑道："得！我正式给你道歉，这还不行吗？"

鹏振笑道："没有出息的东西，背后说人，见了面就鞠躬。别走，别走，我真有话说。"

梅丽已走到走廊月亮门边，见他如此，慢吞吞将手摸着栏杆一步一步走来。鹏振笑道："我的事没有关系，可是你三嫂做公债亏了，你别嚷说，若是让父亲知道了，是不赞成的。知道与我不相干，不知道的，还不知道我私下积蓄了多少私款呢。"

梅丽笑道："就是为了这个吗？这也无所谓，我不告诉人就是了。"说到这里，脸色便正了一正道，"三哥，我有一句话得说明，我心里虽然搁不住事，可是不关紧要的事我才说。嫂嫂们的行动，我向来不敢过问，更是不会胡说。况且我自己很知道我自己的身份，我是个庶……"

鹏振不等她说完，就笑道："得了，得了，我也不过是谨慎之意，何曾说你搬什么是非。"说着话时，早在腰里掏出皮夹子来，在皮夹子里，拿了一张电影票，向梅丽手上一塞道："得！我道歉，请你瞧电影。"

梅丽笑道："瞧你这前倨而后恭。"拿了电影票也就走了。

第七十二回

苦笑道多财难中求助
逍遥为急使忙里偷闲

　　鹏振走回自己屋子，只见玉芬躺在一张长沙发上，两只脚高高地架起，放在一个小屉几上。她竟点了一支烟卷，不住地抽着。头向着天花板，烟是一口一口地向上直喷出来。有人进来，她也并不理，还是向着天花板喷烟。鹏振道："这可新鲜，你也抽烟，抽得这样有趣。"玉芬依旧不理，将手取下嘴里的烟卷，向一边弹灰。这沙发榻边，正落了一条手绢，她弹的烟灰，全撒在手绢上。鹏振道："你瞧，把手绢烧了。"说着话时，就将俯了身子来拾手绢。

　　玉芬一扬脸道："别在这里闹！我有心事。"

　　鹏振道："你这可难了，我怕你把手绢烧了，招呼你一声，那倒不好吗？若是不招呼你，让你把手绢烧了，那会又说我这人太不管你的事了。"说着，身子向后一退，坐在椅子上，不由得叹了一口气。

　　玉芬见他这样子，倒有些不忍，便笑着起来道："你不知道我这几天有心事吗？"

　　鹏振道："我怎么不知道？公债是你们大家合股的，你蚀本也有限，你就把买进来的抛出去拉倒。摊到你头上有多少呢？"

　　玉芬道："抛出去，大概要蚀两千呢，然而这是小事。"说到这里，眉毛皱了两皱。刚才发出来的那一点儿笑容，又收得一点儿没有了。看那样子似乎有重要心事似的。

　　鹏振道："据你说，蚀两千块钱是小事，难道还有比这更大的事吗？"

180

玉芬道："人要倒霉，真没有法子，我是祸不单行的了。"

鹏振听了，突然站立起来，走到她身边问道："你还有什么事失败了？"

玉芬道："果然失败了，我就死了这条心，不去管了。"说着把大半截烟卷，衔在口里，使劲吸了一阵，然后向痰盂子猛一掷，好像就是这样子决定了什么似的，便昂着头问道："我说出来了，你能不能帮我一点儿忙？若是本钱救回来了，我自然要给你一点儿好处。"说着，便向鹏振一笑。

鹏振也笑起来道："什么好处哩？难道……"说着，也向沙发上坐下来。若在往日，鹏振这样一坐下来，玉芬就要生气的。现在玉芬不但没看见一般，依然安稳地坐着。鹏振笑道："究竟是什么事？你说出来，我好替你打算。好处哩……"

玉芬道："正正经经地说话，你别闹，你若是肯和我卖力，我就说出来，你若是不能帮忙，我这可算白说，我就不说了。"

鹏振道："你这是怎么了？难道我不愿你发财，愿你的大洋钱向外滚吗？只要可以为力，我自然是尽力去干。"

玉芬昂着头向天花板想了一想，笑道："你猜吧，我有多少钱私蓄？"

鹏振道："那我怎么敢断言，我向来就避免这一层，怕你疑我调查你的私产。"

玉芬道："唯其是这样，所以我们都发不了财。我老实说一句，我积蓄一点儿钱也并不为我自己。就是为我自己，我还能够把钱带到外国去过日子吗？无论如何，这里面你多少总有点儿关系的。我老实告诉你吧，我一共有这个数。"说着，把右手四个指头一伸。

鹏振笑道："你又骗我了。无论如何，你总有七八千了，而且首饰不在其内的。"

玉芬道："你真小看我了。我就上不了万数吗？我说的是四万。"

鹏振笑道："你有那么些个钱，干吗常常还要向我要钱用？"

玉芬道："我像你一样吗？手上有多少就用多少。要是那样，钱又能积攒得起来？"

鹏振笑道："得！你这理由是很充足。自己腰里别着五六万不用，可要在我这月用月款的头上来搜刮。我这个人，就不该攒几文的？"

玉芬胸脯一伸，正要和他辩论几句，停了一停，复又向他微笑道："过去的事，还有什么可说的？算我错了就是了。现在我这笔钱，发生了危险，你看要不要想法子挽救呢？"

鹏振笑道："那当然要挽救，但不知道挽救回来了，分给我多少？"

玉芬道："你这话，岂不是自己有意见外吗？从前我不敢告诉你，无非是怕你拿去胡花掉。现在告诉你了，就是公的了。这个钱，我自然不会胡花的，只要你是做正当用途，我哪里能拦阻你不拿。"

鹏振听了这话，直由心里笑出来，因道："那么，你都把这钱做了公债吗？这可无法子想的，除非向财政界探听内幕，再来投机。"

玉芬道："若是做了公债，我倒不急了，一看情形不好，我就可以赶快收场。我现在是拿了五万块钱，在天津万发公司投资……"

鹏振不等她说完，就跳起来道："哎呀！这可危险得很啦！今天下午，我还得了一个秘密的消息，说是这家公司要破产呢。但是他有上千万的资本，你是怎样投了这一点儿小股呢？"

玉芬道："我还和几位太太们共凑成三十万去投资的。她们都挣过好些个钱呢！不然……唉！不说了，不说了。"说着只管用脚擦着地板。

鹏振道："大概你们王府上总有好几股吧？不是你们王府上有人导引，你也不会走上这条道的。这个万发公司经理，手笔是真大，差不多的人真会给他唬住了。有一次，我在天津一个宴会上会着他，有一笔买卖要十八万块钱，当场有人问他承受不承受。他一口就答应了，反问来人要哪一家银行的支票。那人说是要汇到欧洲去的，他就说是那要英国银行的支票省事一点儿了，他找了一张纸，提起笔来，就写了十八万的字条，随便签了一个字，就交给那人了。那人拿了支票去了，约有半个钟头，银行里来了电话，问了一问就照兑了。在外国银行，信用办到了这种程度，不能不信他是一个大资本家。"

玉芬道："可不是吗？我也是听到人说，这万发公司生意非常好，资本非常充足，平常的人，要投资到那公司里去是不可能的。他还要大资本家、大银行才肯做来往呢。我因为做公债究竟无必胜之券，所以把存款十分之八九，都入了股。不料最近听得消息，这个经理完全是空架子，不过是善于腾挪，善于铺张，就像很有钱似的。最近在印度做一笔买卖，亏空了六七十万，又发现了他公司里借过好几笔三五万的小债，因此人家都疑惑起来。但是我想他的资本有一二千万呢，总不至于完全落空吧？"

鹏振道："做大买卖的人，大半就是手段辣的，一个钱也不肯让他放空，这里钱来了，那边就赶快想一个输出的法子，好从中生利。到了后来，有了信用，不必拿钱出来，一句话也可以生利，更挣得多。越是挣得多，越向空头买卖上做去，结果总是债务超过资本，有一天不顺手了，债就一齐出头，试问有什么不破产之理？不过他大破产就不知道要连累多少人小破产。大家维持场面起见，只有债权人不和他要债，股东不退股，甚至于还加些股本进去，然后公司不倒，多少还有挽回之余地。据我所知，现在有些银行，有些公司，都是这样……"

玉芬道："得！得！得！哪个和你研究经济学？要你说这个。我就是问你，这笔款子，能不能想法子弄回来？"

鹏振笑道："你别忙呀，我这正是解释款子，或者不至于生多大的问题。这不是瞎子摸海的事。你等我到银行界里去打听打听消息看。"

玉芬听说，就将鹏振挂在衣架上的帽子取下来。递到他手里，将手推了他一推道："好极了，我心都急碎了，你就去吧，我等你的信。"鹏振待要缓一缓，无奈见他夫人两眉尖几乎要锁到一处，眼睛眶子深陷下去了，白脸泛黄，真急了。只得勉强出去。

鹏振被玉芬催了出来，走到外书房里，就向外面打了几个电话，找着经济界的人，打听这个消息。这究竟是公司里秘密的事，知道的很少，都说个不得其详。有几个人简直就说没有这话，像那样的大公司，哪里会有倒闭的事，这一定是经济界的谣言。鹏振问了好几处，都没有万发公司倒闭的事，心里不免松动了许多，就把积极调查的计划放下来了。挂上了电话，正自徘徊着，不知道要个什么事消遣好？金贵却拿了一封信进来，笑道："有人在外面等回话呢。"说着将信递了过来。鹏振接过去一看，只是一张信纸，歪歪斜斜，写了二三十个笔笔到头的字，乃是：

三爷台鉴：

即日下午五时，请到本宅一叙。恭候台光。

台安！

花玉仙启

鹏振不由得扑哧一笑，因向金贵道："你叫那人先回去吧。不用回信了，我一会儿就来。"

金贵答应去了。鹏振将信封信纸一块儿拿在手里，撕成了十几块，然后向字纸篓里一塞，又把字纸抖乱了一阵，料着不容易再找出来了，才坐汽车先到刘宝善家里去，再上花玉仙家。玉芬在家里候着信，总以为鹏振有一个的实消息带回来。到了晚上两点钟，鹏振带着三分酒兴，才走一步跌一步地走进房来。

玉芬见他这个样子，便问道："我这样着急，你还有心思在外面闹酒吗？我托你办的事，大概全没有办吧？"

鹏振被他夫人一问，人清醒了一大半，笑道："那是什么话？我今天下午，到处跑了一周，晚上还找了两个银行界里的人吃小馆子。我托了他们仔细调查万发公司最近的情形，他们就会回信的。"

玉芬道："闹到这时候，你都是和他们在一处吗？"

鹏振道："可不是！和这些人在一处是酸不得的，今天晚晌花的钱，真是可观。"

玉芬道："他们怎样说，不要紧吗？"

这句话倒问得鹏振不知如何回答是好，因已走向浴室来，便只当着没有听到，却不答复这个问题。玉芬一直追到屋子里来，连连问道："怎么样？要紧不要紧？"

鹏振冷水洗了一把脸，脑筋突然一凉，清醒了许多。因道："我仔细和他们打听了，结果，谣言是有的，不过据大局看来，公司有这大的资本，总不至于倒的。"

玉芬一撒手，回转身去，自言自语地道："求人不如求己，让他打听了这一天一宿，还是这种菩萨话。若是这样，我何必要人去打听，自己也猜想得出来呀！"

鹏振知道自己错了，便道："今天我虽然卖力，究竟没有打听一些消息出来。我很抱歉！明天我抽一点儿工夫，给你到天津去一趟，无论如何，我总可以打听一些消息出来。"

玉芬跑近前，拉着鹏振的手道："你这是真话吗？"

鹏振道："当然是真话，不去我也不负什么责任，我何必骗你呢？"

玉芬道："我也这样想着，要访得实的消息，只有自己去走一趟。可是我巴巴地到天津去，要说是光为着玩，恐怕别人有些不肯信。你若是能去，那就好极了，你也不必告诉人，你就两三天不回来，只要我不追问，旁人也就不会留心的。我希望你明天搭八点钟的早车就走。"

鹏振听说，皱了眉，现着为难的样子，接上又是一笑。玉芬道："我知道，又是钱不够花的了。你既是办正事，我岂有袖手旁观之理？我这里给垫上两百块钱，你衙门里发薪水的时候，还我就是了。"

鹏振听到，心里暗想，这倒好，你还说那笔款子救回来了，大家公用呢。现在我给你到天津去想法子，盘缠应酬等费，倒都要花我自己的。便向玉芬拱了拱手笑道："那我就感谢不尽了，可是我怕钱不够花，你不如再给我一百元。干脆，我就把图章交出来，盐务署那一笔津贴，就由你托人去领，利息就叨光了。"说着，又笑着拱了拱手。

玉芬道："难道你到天津去一趟，花两百块钱还会不够吗？"

鹏振道："不常到天津去，到了天津去，少不得要多买一些东西。百儿八十的钱，能做多少事情呢？"

玉芬笑道："你拿图章来，我就给你垫三百块钱。"

鹏振难得有这样的好机会，可以在外面玩几天不归家。反正钱总是用的，便将自己的图章拿出，交给玉芬。玉芬看了一看，笑道："可是这一块图章？你别把取不着钱的图章拿来。"

鹏振道："我这人虽然不讲信用，也应当看人而设，在你面前，我怎么能使这种手段呢？你想，你拿不着钱，能放过我吗？"

玉芬笑了。等到鹏振睡了，然后悄悄地打开保险箱子，取了三百块钱的钞票，放在床头边一个小皮箱里。到了次日早上醒时，已是九点多钟了。玉芬道："好，还赶八点的车呢！火车都开过一百多里了。"于是将鹏振推醒，漱洗完了，打开小皮箱，将那卷钞票取了出来，敞着箱子盖也不关。

鹏振指着小箱子道："还不盖起来，你那里面有多少钱，都让我看到了。"

玉芬听说，索性将箱子里东西翻了一翻，笑道："请看吧，有什么呢？我一共只剩了三百块钱，全都借给你了。现在要零钱用，都要想法子呢，这还对你不住吗？"鹏振见她是倾囊相助，今天总算借题目重重地借了一笔大债，这也就算十分有情，不然和她借十块钱，还不肯呢。

当时叫秋香到厨房里去要了份点心吃，要了一个小皮包，将三百块钱钞票揣在里面。就匆匆地出门，坐了汽车到花玉仙家来，就要她一路到天津玩儿去。

花玉仙道："怎么突然要上天津去？"

鹏振道："衙门里有一件公事，要派我到天津去办，我得去两三天。我想顺便邀你去玩玩，不知道你可能赏这个面子？"

花玉仙道："有三爷带我们去玩玩，哪里还有不去之理？只是今天我有戏，要去除非是搭晚车去。"

鹏振道："那也可以。回头我们一路上戏馆子，你上后台，我进包厢。听完了戏，就一路上车站。"

花玉仙道："那就很好，四天之内我没有戏，可以陪你玩三天三晚呢。"

鹏振听说大喜，到了晚上，二人就同坐一间包房上天津去了。玉芬总以为鹏振十一点钟就走了，在三四点钟起，就候着他的电话，一直候到晚上十二点钟，还不见电话到。玉芬急得什么似的，实在急不过了，知道鹏振若是住旅馆，必在太平饭店内的，就打电话去试试，问有位金三爷在这里没有？那边回说三爷是在这里，这个时候不在旅馆，已经出去听戏去了。挂上了电话，玉芬倒想起来，不曾问一声茶房，是和什么人一路出去听戏的？也只索性罢了。

到了晚上一点钟，鹏振却叫回电话来了。原来玉芬自从做公债买卖而后，自己却私安了一个话机，外面通电话来，一直可到室内的。当时玉芬接过电话，首先一句就说道："你好，我特派你到天津去打听消息，真是救兵如救火，你倒放了不问，带了女朋友去听戏！"

鹏振说道："谁说的？没有这事。"接上就听到鹏振的声浪离开了话机，似乎像在骂茶房的样子。然后他才说道："绝对没有这事，连戏也没去听。戏出在北京，干吗跑到天津来听戏？"

玉芬道："别说废话了，长途电话是要钱的，打听的事情怎么了？"

鹏振道："我打听了好多地方，都说这公司买卖正做得兴旺，在表面上一点儿破绽也没有。明天中午我请两个经济界的人吃饭，得了消息，一定告诉你。是好是歹，明天下午，我准给你一个电话。"玉芬听得鹏振如此说，也就算了。

天津那边鹏振挂上电话。屋子里电灯正亮得如白昼一般，花玉仙脱了高跟皮鞋，踏着拖鞋，斜躺在沙发上。手里捧了一杯又热又浓的咖啡，用小茶匙搅着，却望了鹏振微微一笑，点头道："你真会撒谎呀！"

鹏振道："我撒了什么谎？"

花玉仙道："你在电话里说的话，都是真话吗？"

鹏振道："我不说真话，也是为了你呀。"说着，就同坐到一张沙发椅上来。于是伸了头，就到她的咖啡杯子边看了一看，笑道："这样夜深了，你还喝这浓的咖啡，今天晚上，你打算不睡觉了吗？"

花玉仙瞅了他一眼，微笑道："你也可以喝一杯，豁出去了，今天我们都不睡觉。"

鹏振笑道："那可不行，我明天还得起早一点儿，给我们少奶奶打听打听消息呢。"

花玉仙道："既然是这样，你就请睡吧。待一会儿我到我姐姐家里去。"

鹏振一伸手将她耳朵垂下来的一串珍珠耳坠，轻轻扯了两下，笑道："你这东西又胡捣乱，我使劲一下，把你耳朵扯了下来。"

花玉仙将头偏着，笑道："你扯你扯，我不要这只耳朵了。"

鹏振道："你不要，我又不扯了。这会子，我让你好好地喝下这杯咖啡，回头我慢慢地和你算账。"

花玉仙又瞅了他一眼，鼻子里哼了一声。这时，不觉时钟当当地两下，鹏振觉得疲倦，自上床睡了。这一觉睡得不打紧，到了第二天上午十二点以后方才醒过来。

鹏振一睁眼，看见玻璃窗上，有一片黄色日光，就在枕头底下将手表掏出来一看，连忙披着睡衣爬了起来。漱洗以后，茶房却送了几份日报进来，鹏振打开来，便支着脚在沙发上看。他先将本埠戏园广告、电影院广告看了一遍，然后再慢慢地来看新闻，看到第二张，忽然有几个加大题目的字，乃是"华北商界最大事件，资本三千万之万发公司倒闭"。鹏振一看这两行题目，倒不由得先吓了一跳，连忙将新闻从头至尾一看，果然如此。说是公司经理昨日下午就已逃走，三时以后，满城风雨，都说该公司要倒闭。于是也不及叫茶房，自己取下壁上的电话分机，就要北京电话。偏是事不凑巧，这天长途电话特别忙，挂了两个钟头的号，电话方才叫来。

那边接电话的，不是玉芬，却是秋香，她道："你是三爷，快回来吧。今天一早，少奶奶吐了几口血，晕过去了，现在病在床上呢。"

鹏振道："她知道万发公司倒闭的消息吗？"

秋香道："大概是吧？王三爷今天一早七点钟打了电话来，随后九点钟他自己又来一趟，我听到说到公司里的事情。"鹏振再要问时，秋香已经把电话挂上了。鹏振急得跳脚，只得当天又把花玉仙带回京来。

原来玉芬自鹏振去后，心里宽了一小半，以为他是常在外面应酬的，哪一界的熟人都有。他到了天津去，不说他自己，就凭他父亲这一点儿面子，人家也不能不告诉他实话的。他打电话回来说没有问题，大概公司要倒的话总不至于实现。于是放了心，安然睡了一觉。

及至次日清晨，睡得蒙蒙眬眬的时候，忽然电话铃响，心里有事，便惊醒了，以为必是鹏振打来的长途电话。及至一接话时，却是王幼春打的电话，因问道："你这样早打电话来，有什么消息吗？"

王幼春道："姐姐，你还不知道吗？万发公司倒了。"

玉芬道："什么？公司倒了？你哪里得来的消息？"

王幼春道："昨天晚上两点多钟，接了天津的电话，说是公司倒了。我本想告诉你的，一来恐怕靠不住，二来又怕你听了着急。反正告诉你，也是没有办法的，所以没有告诉你。今天早上，又接到天津一封电报，果然是倒闭了。"

玉芬听了这话，浑身只是发抖，半晌说不出话来。那边问了几声，玉芬才勉强答道："你……你……你还给我……打……听打听吧。"挂上电话，哇的一声，便吐了一口血。电话机边，有一张椅子，身子向下一蹲，就坐在上面。老妈子正在廊檐下扫地，见着玉芬脸色不对，便嚷了起来，秋香听见首先跳出房来。玉芬虽然晕了过去，心里可是很明白的，就向她们摇了几摇手。秋香会意，就不声张，因问道："少奶奶，你要不要上床去躺一躺呢？"

玉芬点了点头。于是秋香和老妈子两人，便将她搀上床去。秋香知道她有心事是不睡的了，将被叠得高高的，放在床头边，让她靠在枕上躺着。

玉芬觉得很合意，便点了点头。秋香见她慢慢地醒了过来了，倒了一杯凉开水，让她漱了口，将痰盂接着，然后倒了一杯温茶给她喝。

玉芬喝了茶，哼哼两声，然后对她道："吐的血扫了没有？"

秋香道："早扫去了。"

玉芬道："你千万不要告诉人，说我吐了血，人家知道，可是笑话。你明白不明白？"

秋香道："我知道。王少爷也许快来了，我到前面去等着他吧。他来了，我就一直引他进来就是了。"玉芬又点了点头。

秋香走到外面去，不多一会儿，王幼春果然来了。秋香将他引来，他在外面屋子里叫了两声姐姐。玉芬道："你进来吧。"

王幼春走了进来，见她脸色惨淡，两个颧骨隐隐地突起来。便道："几天工夫不见，你怎么就憔悴到这种样子了？"

玉芬道："你想，我还不该着急吗？你看我们这款子，还能弄多少回头呢？"

王幼春道："这公司的经理，听说已经在大沽口投了海了，同时负责的人也跑一个光，所有的货款，在谁手里谁就扣留着，我们空拿着股票，哪里兑钱去？"

玉芬道："照你这样说，我们所有的款子，一个也拿不回来了吗？"

王幼春道："唉！这回事，害得人不少，大概都是全军覆没呢。"

玉芬听到，半晌无言，垂着两行泪下来道："我千辛万苦攒下这几个钱，现在一把让人拿了去了，我这日子怎么过呢？"说毕，伏在床沿上，又向地下吐了几口血。

秋香哟了一声道："少奶奶你这是怎么办？你这是怎么办？"说着，走上前一手托了她的头，一手拍着她的背。

玉芬道："你这是怎么了？把我当小孩子吗？快住手吧。"说着，便伏在叠的被条上。

王幼春皱眉道："这怎办？丢了钱不要闹病，赶快去找大夫吧。"

玉芬摇了一摇头道："快别这么样！让人家听见了笑话。谁要给我嚷叫出来了，我就不依谁。"

王幼春知道他姐姐的脾气的，守着秘密的事不肯宣布的；而且为了丢钱吐血，这也与面子有关。她一时心急吐了两口血，过后也就好了的，用不着找大夫的了。因道："那么，你自己保重，我还要去打听打听消息呢。我们家里受这件事影响的还不在少处呢。姐夫不是到天津去了吗？他也许能在哪方面，打听一点儿真实消息，找一个机会。"

玉芬听说，她那惨白的脸色，立刻又变一点儿红色，咯咯笑上一阵说道："他能找一点儿机会吗？我也是这样想呢！"

王幼春一看形势不对，就溜了。刚才到了大门口，秋香由后面惊慌惊张地追了上来，叫道："王三爷，你瞧瞧去吧，我们少奶奶不好呢。"

王幼春不免吃了一惊，就停了脚问道："怎么样，又变了卦了吗？"

秋香道："你快去看吧，她可真是不好。"

王幼春也急了，三脚两步跟她走到房内，只见玉芬伏在叠被上，已是不会说话，只有喘气的份儿。王幼春道："这可是不能闹着玩的，我来对她负这个责任，你们赶快去通知太太吧。"

秋香正巴不得如此，就跑去告诉金太太了。一会儿工夫，金太太在院子里就嚷了起来道："这是怎么样得来的病？来得如此凶哩。"说着，已走进屋子里来，看见玉芬的样子，不由得向后退了一步，呀了一声道："果然是厉害，赶快去找大夫吧。"身边只有秋香一个人可差使，便道："糊涂东西！你怎么等少奶奶病到这样才告诉我哩？到前面叫人坐了汽车找大夫去吧。不论是个什么大夫，找来就得。"

王幼春道："伯母，也不用那样急，还是找一位有名的熟大夫妥当一点儿，我来打电话吧。"

王幼春到外面屋子里打了一个电话。好在是早上，大夫还没有到平常出诊的时候，因此电话一叫，大夫就答应来。不到十五分钟的工夫，就有前面的听差把梁大夫引进来。这时，家中人都已知道了，三间屋子都挤满了人。王幼春也不便十分隐瞒，只说是为公债亏了，急成这样的。金太太听到起病的原因，不过是如此，却也奇怪。心想，玉芬不是没有见过世面的人，就是公债上亏空两三千，也不至于急到这步田地。让大夫瞧过之后，就亲自问梁大夫，有什么特别的病状没有？大夫也是说，不过受一点儿刺激，过去也就好了。金太太听说，这才宽了心。

一直等大夫去后，王家又有人来看病，金太太才想起来了，怎么闹这

190

样的厉害还不见鹏振的影子？这也不用问，一定是在外面又做了什么坏事。玉芬本来在失意的时候，偏是他又置之不顾，所以越发急起病来了。因此金太太索性装着糊涂，不来过问。玉芬先是晕过去了，有一小时人是昏昏沉沉的，后来大夫扎了一针，又灌着喝下去好多葡萄糖，这才慢慢地清醒了。清醒了之后，自己又有些后悔，这岂不是让人笑话？我就是那样没出息，为了钱上一点儿小失败就急得吐血。但是事已做出去了，悔也无益。好在我病得这样，鹏振还不回来，他们必定疑心我为了鹏振气出病来。若是那样，比较也有点儿面子，不如就这样赖上了。本来鹏振也太可恶，自己终身大事相托，巴巴让他上天津去，不料他一下车就去听戏，也值得为他吐一口血。如此想着，面子总算找回一部分，心里又坦然些了。

第七十三回

扶榻问黄金心医解困
并头嘲白发蔗境分甘

鹏振赶回北京的时候，已经两点多钟了。自己是接花玉仙一路走的，当然还少不得先送花玉仙回去，然后再回家。自己也觉乱子捅大了，待要冒冒失失闯进屋去，怕会和玉芬冲突起来。因此先在外面书房里等着，就叫一个老妈子进去，把秋香叫出来。

秋香一见面，就道："三爷，你怎么回事？特意请你到天津去打听消息的，北京都传遍了，你会不知道？"

鹏振笑道："你这东西没上没下的，倒批评起我来，这又和你什么相干呢？"

秋香道："还不和我相干吗？我们少奶奶病了。"

鹏振问是什么病。秋香把经过情形略说了一说，因道："现在躺着呢，你要是为省点儿事，最好是别进去。"

鹏振道："她病了，我怎能不进去？我若是不进去，她岂不是气上加气？"

秋香望着他笑了笑，却不再说什么。鹏振道："我为什么不能进去？"

秋香回头看了一看，屋子外头并没有人，就笑着将身子蹲了一蹲道："除非你进去，和我们少奶奶这么……不然……"说着脸色一正道，"人有十分命，也去了七八分了。你瞧着她那样子，你忍心再让她生气吗？我真不是闹着玩，你要不是先叫我出来问一声，糊里糊涂地跑进去，也许真会弄出事情来。"

鹏振道："你说这话，一定有根据的，她和你说什么来着吗？"

秋香沉吟了一会子，笑道："话我是告诉三爷，可是三爷别对少奶奶说。要不然，少奶奶要说我是个汉奸了。"

鹏振道："我比你们经验总要多一点儿，你告诉我的话，我岂有反告诉人之理？"

秋香笑了一笑，又摇摇头道："这问题太重大了，我还是不说吧。"

鹏振道："你干吗也这样文绉绉的，连问题也闹上了。快说吧！"

秋香又沉吟了一会儿，才笑着低声说道："这回可不是闹着玩的，少奶奶要跟你离婚哩。"

鹏振笑道："就是这句话吗？我至少也听了一千回了，这又算什么？"

秋香道："我是好意，你不信就算了。可是你不信我的话，你就进去，闹出祸事来了，后悔就迟了。少奶奶还等着我呢。"说毕，她抽身就走了。

鹏振将秋香的话一想，她究竟是个小孩子，若是玉芬真没什么表示，她不会再三说得这样恳切的。玉芬的脾气自己是知道的，若是真冒昧冲了进去，也许真会冲突起来。而自己这次做的事情实在有些不对，总应该暂避其锋才是。鹏振犹豫了一会子，虽然不敢十分相信秋香的话，却也没有这样大的胆子敢进屋去，就慢慢地踱到母亲屋里来。

金太太正是一个人在屋子里闲坐，一个陪着的没有。茶几边放了两盒围棋子、一张木棋盘，又是一册《桃花泉围棋谱》。鹏振笑道："妈一个人打棋谱吗？怎么不叫一个人来对着？"

金太太也不理他，只是斜着身体，靠了太师椅子坐了。鹏振走近一步，笑道："妈是生我的气吗？"

金太太板着脸道："我生你什么气？我只怪我自己，何以没有生到一个好儿子？"

鹏振笑道："哎哟！这样子，果然是生我的气的。是为了玉芬生病，我不在家吗？你老人家有所不知，我昨天到天津去了，刚才回来呢。"

金太太道："平白地你到天津去做什么？"

鹏振道："衙门里有一点儿公事，让我去办，你不信可以调查。"

金太太道："我到哪儿调查去，我对于这些事全是外行，你们爱怎么撒谎，就怎么撒谎。可是我希望你们自己也要问问良心，总别给我闹出大乱子来才好。"

鹏振道："我又不能未卜先知，我要是知道玉芬今天会害病，昨日就不到天津去。"

金太太冷笑道："你指望我睡在鼓里呢？玉芬就为的是你不在家，她才急病的。据我看来，也不知你们这里头还藏了什么机关？我声明在先，你既然不通知我，我也不过问，将来闹出乱子来了，可别连累我就是了。"

鹏振见金太太也是如此说，足见秋香刚才告诉的话，不是私造的，索性坐下来问玉芬是什么情形。金太太道："你问我做什么？你难道躲了不和她见面这事就解决了吗？女子都是没有志气的，不希望男子有什么伟大的举动，只要能哄着她快活就行了。你去哄哄吧，也许她的病就好了。"

鹏振听了母亲的话，和秋香说的又不同，自己真没了主意，倒不知是进去好，是不进去好？这样犹豫着，索性不走了，将桌上的棋盘展开，打开一本《桃花泉》，左手翻了开来，右手就伸了到棋子盒里去，沙啦沙啦抓着响。人站在桌子边，半天下一个子。金太太将《桃花泉》夺过来，向桌上一扔，将棋盘上的棋子抹在一处，抓了向盒子里一掷，望了他道："你倒自在，还有心打棋谱呢？"

鹏振笑道："我又不是个大夫，要我急急去看她做什么呢？"但是嘴里这样说着，自己不觉得如何走出了房门。慢慢踱到自己院子里，听到自己屋子里静悄悄的，也就放轻着脚步走上前去。到了房门口，先掀着门帘子伸头向里望了一望，屋子里并没有别人。玉芬侧着身子向外面睡，脸向着窗子，眼睛却是闭了的。鹏振先微笑着进了房去。玉芬在床上，似乎觉得有人进来了，却把眼睛微微睁开了一线，然后又闭上，身子却不曾动一动。

鹏振在床面前弯腰站着，轻轻叫了两声玉芬。玉芬并不理会，只是闭眼不睁，犹如睡着一般。玉芬不作声，鹏振也不作声，彼此沉寂了许久，还是鹏振忍耐不住，因道："你怎样突然得了这样的重病？"

玉芬睁开眼望了他一望，又闭上了。鹏振道："现在你觉得怎样了？"

玉芬突然向上一坐，向他瞪着眼道："你是和我说话吗？你还有脸见我，我可没有脸见你呢。你若是要我快死，干脆你就拿一把刀来。要不然，就请你快出去。我们从此永不见面。快走快走！"说着话时，将手向外乱挥。

鹏振低着声音道："你别嚷，你别嚷，让我解释一下。"

玉芬道："用不着解释，我全知道。快走快走！你这丧尽了良心的人。"她口里说着，手向床外乱挥。一个支持不住，人向后一仰，便躺在叠被上。

秋香和两个老妈子听到声音，都跑进来了，见她脸色转红，只是胸脯起伏，都忙着上前。鹏振向她们摇了一摇手道："不要紧，有我在这里，你们只管出去。"她们三人听到，只好退到房门口去。

鹏振走到床面前，给玉芬在胸前轻轻抚摩了一番，低着声音道："我很对你不住，望你原谅我。我岂有不望你好，不给你救出股款的吗？实在因为……得了，我不解释了，我认错就是了。我们亡羊补牢，还得同心去奋斗，岂可自生意见？那！这儿给你正式道歉。"说时，他就退后了两步，然后笑嘻嘻地向玉芬行了两个双鞠躬礼。

玉芬虽然病了，她最大的原因是痛财，对于鹏振到天津去不探听消息这一件事，却不是极端的恨，因为公司要倒是已定之局，多少和公司里接近的人一样失败。鹏振一个事外之人，贸然到天津去，他由哪里入手去调查呢？不过怨他不共患难罢了。现在听到鹏振这一番又柔软又诚恳的话，已心平气和了一半。及至他说到我这里给你鞠躬了，倒真个鞠躬下去，一个丈夫，这样地和妻子道歉，这不能不说他是极端的让步了。因道："你这人怎么一回事？要折死我吗？"说时，就不是先紧闭双眼不闻不问的样子了，也微微地睁眼偏了头向鹏振望着。

鹏振见她脸上没有怒容了，因道："你还生我的气吗？"

玉芬道："我并不是生你气，你想，我突然受这样大的损失，怎样不着急？巴巴地要你到天津去一趟，以为你总可以给我帮一点儿忙。结果，你去了的，反不如我在家里的消息灵通，你都靠不住了，何况别人呢？"

鹏振道："这回实在是我错了，可是你还得保重身体，你的病好了，我们就再来一同奋斗。"说着，他就坐在床沿上，侧了身子，复转来，对了玉芬的耳朵轻轻地说。

玉芬一伸手，将鹏振的头向外一推，微微一笑道："你又假惺惺。"

鹏振道："我是受不了良心的谴责，只因偶然一点儿事不曾卖力，就弄得你遭这样的惨败，我怎能不来安慰你一番呢？"

玉芬道："我失败的数目，你没有对人说吗？"

鹏振道："我自然不能对人说，去泄漏你的秘密……"

下面还不曾接着说，就有人在院子里说道："玉芬姐。"鹏振一听是个女子的声音，连忙走到窗子边。隔着窗纱向外一看，原来是白秀珠，这真出乎意料以外的事。自从金冷二家的婚事成了定局以后，她就和这边绝交了。不料她居然惠然肯来，做个不速之客。赶着就招呼道："白小姐，稀客稀客，请到里面来坐。"

玉芬在床上问道："谁？秀珠妹妹来了吗？"

鹏振还不曾答话，她已经走进来了。和鹏振点了一下头，走上前执着玉芬的手道："姐姐，你怎么回事？突然得了这样的重病。我听到王家的伯母说，你为了万发公司倒闭了。是吗？"玉芬点了点头，又叹了一口气。

秀珠回转头来，就对鹏振道："三爷，我要求你，我单独和玉芬姐说几句话，行不行？"

鹏振巴不得一声，笑道："那有什么不可以？"说时，就起身走出房门去了。

秀珠等着鹏振脚步声音走远了，然后执着玉芬的手，低低地说道："你那个款子，还不至于完全绝望，我也许能帮你一个忙，挽救回来。"

玉芬紧紧握着秀珠的手，望了她的脸道："你不是安慰我的空话吗？"

秀珠道："姐姐，你怎么还不明白？我要是说空话，我也不必自己来跑一趟了。你想，你府上我还愿意来吗？我就知道我这剂药，准能治好你的病，所以我自己犯着嫌疑来一趟。"

玉芬不由得笑了。因道："小鬼头，你又瞎扯。我有什么病要你对症下药哩？不过我是性子躁，急得这样罢了。你说你有挽救的办法，有什么法子呢？"

秀珠正想说，你已经说不是为这个病，怎么又问我什么法子？继而一想，她是一个爱面子的人，不要说穿吧。就老实告诉她道："这个公司里，承办了一批洋货，是秘密的，只有我哥哥和一两个朋友知道。这洋货足值五六十万，抵偿我们的债款，大概还有富余。我就对我哥哥说，把你这笔款子也分一股，你这钱不就回来了吗？我哥哥和那几个朋友都是军人，只要照着他们的债款扣钱，别人是不敢说话的。"

玉芬道："这话真吗？若是办成了，要什么报酬呢？"

秀珠道："这事就托我哥哥办，他能要你的报酬吗？这事详细的情形我也不知道，反正他们和万发公司有债务关系，款子又收得回来，这是事实。要不然，等你身体好了，你到我家里去，和我哥哥当面谈谈，你就十分明白了。"

玉芬道："若是令兄肯帮我的忙，事不宜迟，我明天上午就去看他。"

秀珠道："那也不忙，只要我哥哥答应了，就可以算事。等你好了再去见他，也是一样。"

玉芬道："我没有什么。我早就可以起床的，只是我恨鹏振对我的事太模糊，我懒得起床。现在事情有了办法，我要去办我的正事，就犯不着和他计较了。"

秀珠笑道："你别着急，你自己去不去，是一样的。我因为知道你性急，想要托一个人来转告诉你都来不及，所以只得亲自前来。我这样诚恳的意思，你还有什么不放心的吗？"

玉芬道："我很感激你，还有什么不放心？我就依你，多躺一两天吧。"

于是二人说得很亲热，玉芬并留秀珠在自己屋里吃晚饭。秀珠既来了，也就不能十分避嫌疑，也不要人陪，厨房开了饭来，就在外面屋子里吃。饭后又谈到十点钟，要回去了，玉芬就叫秋香到外面打听打听，自己家里有空着的汽车没有？秀珠连忙拦住道："不，不。我来了一天了，也没有人知道。现在要回去倒去打草惊蛇，那是何必？你让我悄悄地走出去。你这大门口有的是人力车，我坐上去就走了。"玉芬觉得也对，就吩咐秋香送她到大门口。

秀珠经过燕西书房的时候，因指着房子低低地问秋香道："这个屋子里的人在家里吗？"

秋香道："这个时候不见得在家里的。有什么事要找我们七爷吗？我给你瞧瞧去。"

秀珠道："我不过白问一声，没有什么事。你也不必去找他。"

秋香道："也许在家里，我给你找他一下子，好不好？"

秀珠道："你到哪里去找他？"

秋香道："自然是先到我们七少奶奶那里去找他。"

秀珠扶着秋香的肩膀，轻轻一推道："这孩子说话，干吗叫得这样亲热？谁抢了你七少奶奶去了？还加上'我们'两个字做什么？"

秋香也笑了起来。二人说着话，已走到洋楼门下，刚一转弯，迎面一个人笑道："本来是我们的七少奶奶嘛，怎么不加上'我们'两个字呢？"

秀珠抬头看时，电灯下看得清楚，乃是翠姨。便笑道："久违了，你好？"翠姨上前一步执着秀珠的手道："我早就想你，你怎么老不来？"秀珠道："总是有事，抽不开身来。"翠姨道："哟！一个大小姐，哪有那么忙呢？"说到这里，顿了一顿，又笑道，"也许，各人有各人的事，哪里说得定呢？几时来的？我一点儿不知道，坐一会儿再走吧。"

秀珠道："我半下午就来了，坐了不少的时候了，改天再见吧。"说着，就匆匆地出门去了。

翠姨站在楼洞门下，等着秋香送客回来。因问道："这一位今天怎么来了？这是猜想不到的事呀。"

秋香道："她是看我们少奶奶病来的。"

翠姨笑道："你这傻瓜！你不知道和她说七少奶奶犯忌讳吗？怎么还添上'我们'两个字呢？可是这事你也别和七少奶奶说，人家也是忌讳这个的。"

秋香道："七少奶奶她很大方的，我猜不会在这些事上注意。"

翠姨道："七少奶奶无论怎样好说话，她也只好对别的事如此，若是这种和她切己有关的事，她也马虎吗？"

两人说着话，一路笑了进来。秋香只管跟翠姨走，忘了回自己院子，及走到翠姨窗外，只见屋子里电光灿烂，由玻璃窗内射将出来，窗子里头兀自人影摇动。秋香停住了脚，接上又有人的咳嗽声，秋香一扯翠姨衣襟道："总理在这里了，我可不敢进去。"说完，抽身走了。

翠姨走进房去，只见沙发背下一阵一阵有烟冒将出来。便轻轻喝道："谁扔下火星在这儿？烧着椅子了。"

这时，靠里一个人的上身伸将出来，笑道："别说我刚才还咳嗽两声，就是你闻到这种雪茄烟味，你也知道是金总理光降了。"说着，就将手上拿的雪茄烟，向翠姨点了两点。

翠姨先不说话，走到铜床后，绣花屏风里换了一件短短的月白绸小紧衣，下面一条葱绿短脚裤比膝盖还要高上三四寸，踏着一双月白缎子绣红花拖鞋，手理着鬓发，走将出来。问道："这个时候，你跑到我这里来做什么？"

金铨口里衔着雪茄，向她微笑，却不言语。翠姨道："来是尽管来，可是我有话要声明在先，不能过十二点钟，那个时候我要关房门了。再说，你也得去办你的公事。"

金铨衔着雪茄，只管抽着，却不言语，又摇了一摇头。翠姨道："你这是什么玩意儿？我有些不懂。"

金铨笑道："有什么不懂？难道我在这屋子里还没有坐过十二点钟的权利吗？"

翠姨笑道："那怎样没有？这屋子里的东西，全是你的，你要在这里坐到天亮也可以。但是……"

金铨道："能坐，我就不客气坐下了，我不知道什么叫着但是。"

翠姨也坐到沙发上，便将金铨手上的雪茄，一伸手抢了过来。皱着眉道："我就怕这一股子味儿，最是你当着人对面说话，非常地难受。"

金铨笑道："我为了到你屋子里来，还不能抽雪茄不成？"

翠姨将雪茄递了过来，将头却偏过去。笑道："你拿去抽去，可别在我这里抽，两样由你挑了。"

金铨笑道："由我挑，我还是不抽烟吧。"

翠姨撇嘴一笑，将雪茄扔在痰盂子里了。坐了一会儿，翠姨却打开桌屉，拿了一本账簿出来。金铨将账簿抢着，向屉里一扔，笑道："什么时候了，还算你的陈狗屎账。"

翠姨道："我亏了钱呢，不算怎么办？算你的吗？"

金铨道："算我的就算我的。难道你那一点儿小小的账目，我还有什么担负不起吗？"

翠姨笑道："得！只要你有这句话，我就不算账了。"于是把抽屉关将起来。

金铨随口和翠姨说笑，以为她没有大账，到了次日早晌，因为有公事，八点钟就要走，翠姨一把扯住道："我的账呢？"

金铨笑道："哦！还有你的账，我把这事忘了。多少钱？"

翠姨笑道："不多，一千三百块钱。"口里说着，手上扯住金铨的衣服，却是不曾放。

金铨笑道："你这竹杠，未免敲得凶一点儿。我若是昨天不来呢？"

翠姨道："不来也是要你出。难道我自己存着一注家私，来给自己填亏空吗？"

金铨只好停住不走，要翠姨拿出账来看。翠姨道："大清早的，你有的是公事，何必来查我这小账呢？反正我不能冤你。今天晚晌，你来查账也不迟，就是这时候，要先给我开一张支票。"

金铨道："支票簿子不在身上哪行呢？"

翠姨道："你打算让我到哪家去取款呢？你就拿纸亲笔写一张便条得了。只要你写上我指定的几家银行，我准能取款，你倒用不着替我发愁。"

金铨道："不用开支票，我晚上带了现款来交给你，好不好？"

翠姨点点头笑道："好是好，不过要涨二百元利息。"

金铨笑道："了不得！一天工夫，涨二百块钱利钱，得！我不和你麻烦，我这就开支票吧。"说着，见靠窗户的桌上，放了笔和墨盒，将笔拿起，笑道："你这屋子里，会有了这东西，足见早预备要讹我一下子的了。"

翠姨道："别胡说，我是预备写信用的。"说时，伏在桌沿上，用眼睛斜瞅着金铨道："你真为了省二百块钱，回头就不来查账了吗？"金铨哈哈一笑，这才一丢笔走了。

到了这天晚上，金铨果然就拿了一千五百元的钞票，送到翠姨屋子里来。笑道："这样子，我总算对得住你吧？"

翠姨接过钞票，马上就打开箱子一齐放了进去。金铨道："我真不懂，凭我现在的情形，无论如何也不至于要你挨饿，何以你还是这样地拼命攒钱？这箱子里关了多少呢？"说着，将手向箱子连连点了几下。

翠姨道："我这里有多少，有什么不知道的？反正我的钱，都是由你那儿来的啊。你觉我这儿就攒钱不少了。你打听打听看，你们三少奶奶，就存钱不少，单是这回天津一家公司倒闭，就倒了她三万。我还有你撑着我的腰，我哪里比得上她？"

金铨笑道："你可别嫌我的话说重了。若是自己本事挣来的钱呢，那就越挣的多越有面子。若是滚得人家的钱，一百万也不足为奇。你还和她比呢！"

翠姨道：“一个妇人家，不靠人帮助，哪里有钱来？”

金铨道：“现在这话说不过去了，妇女一样可以找生活。”

翠姨道：“好吧？我也找生活去。就请你给我写一封介绍信，不论在什么机关找一个位置。”

金铨听了，禁不住哈哈大笑，因站起身来伸手拍着翠姨的肩膀道：“说来说去，你还是得找我。你也不必到机关上去了，就给我当一名机要女秘书吧。”说着，又哈哈大笑起来。

翠姨道：“你知道我认识不了几个字，为什么把话来损我？可是真要我当秘书，我也就去当。现在有些机关上，虽有几个女职员，可是装幌子的还多着呢。”

金铨笑道：“难道还要你去给我装幌子不成？”

翠姨道：“瞎扯淡，越扯越远了。”说着话，她就打开壁上一扇玻璃门，进浴室去洗手脸。金铨在后面笑着也就跟了来。

到了浴室里，只见翠姨脱了长衣，上身一件红鸳鸯格的短褂子，罩了极紧极小的一件蓝绸坎肩，胸下突自鼓了起来。她将两只褂袖子高高举起，露出两只雪白的胳膊，弯了腰在脸盆架子上洗脸。她扭开盆上热水管，那水发出沙沙的响声，直射到盆里打漩涡。她却斜着身子等水满。这脸盆架上，正斜斜地悬了一面镜子，翠姨含着微笑，正半抬着头在想心事。忽然看到金铨放慢了脚步，轻轻悄悄地绕到自己身后，远远伸着两只手，看那样子，是想由后面抄抱到前面。当时且不作声，等他手伸到将近时，突然将身子一闪，回过头来对金铨笑道：“干吗？你这糟老头子。”

金铨道：“老头子就老头子吧，干吗还加上个‘糟’字？”

翠姨将右手一个食指，在脸上轻轻耙了几下，却对金铨斜瞅着，只管撇了嘴。金铨叹了一口气道：“是呀！我该害臊呀。”

翠姨退一步，坐在洗澡盆边一张白漆的短榻上，笑道：“你还说不害臊呢？我看见过你对着晚辈那一副正经面孔，真是说一不二。这还是自己家里人，大概你在衙门里见着你的属员，一定是活阎罗一样的。可是让他们这时在门缝里偷瞧瞧你这样子，不会信你是小丑儿似的吗？”

金铨道：“你形容得我可以了，我还有什么话说？”说着，就叹了一口气。于是在身上掏出一个雪茄的扁皮夹子来，抽了一支雪茄，放在嘴里。

一面揣着皮夹子，一面就转着身子，要找火柴。

翠姨捉住他一只手，向身后一拉，将短椅子拍着道："坐下吧。"

金铨道："刚才我走进来一点儿，你就说我是小丑，现在你扯我坐下来，这就没事了？"

翠姨笑道："我知道你就要生气。你常常教训我一顿，我总是领教的。我和你说两句笑话，这也不要紧，可是你就要生气。"

金铨和她并坐着，正对了那斜斜相对的镜子。这镜子原是为洗澡的人远远在盆子里对照的。两人在这里照着影子，自然是发眉毕现。金铨对了镜子，见自己头上的头发虽然梳着一丝不乱，然而却有三分之一是带着白色的了。于是伸手在头上两边分着，连连摸了几下，接上又摸了一摸胡子，见镜子里的翠姨乌油油的头发，配着雪白的脸儿，就向镜子点了点头。

翠姨见他这种样子，便回转头来问道："你这是怎么一回事？难道说我这样佩服了你，你还要生气吗？"

金铨道："我并不是生气。你看着镜子里那一头斑白的头发，和你这鲜花一朵并坐一处，我有些自惭形秽了。"

翠姨道："你打了半天的哑谜，我以为你要说什么？原来是一件不相干的事。漫说你身体很康健，并不算老。就是老的话，夫妻们好不好，也不在年岁上去计较。若是计较年岁，年岁大些的男子，都应该去守独身主义了。"

金铨拍了她的肩膀笑道："据你这样说，老头子也有可爱之道，这倒很有趣味啊！"说着，昂头哈哈大笑起来。

翠姨微笑道："老头子怎么没有可爱之道？譬如甘蔗这东西，就越老越甜，若是嫩的呢，不但嚼着不甜，将甘蔗水嚼到口里，反有些青草气味。"

金铨走过去几步，对了壁上的镜子，将头发理上两理，笑道："白头发你还不要发愁，有人爱这调调儿呢。"说着，又笑了起来。因对翠姨道："中国人做文章，欢喜搬古典，古典一搬，坏事都能说得好。老头子年岁当然是越过越苦，可是他掉过头来一说，年老还有点儿指望，这就叫什么蔗境。那意思就是说，到了甘蔗成熟的时候了。书上说的，我还不大信，现在你这样一说，古人不欺我也。"

翠姨皱了眉道："你瞧，这又用得搬上一大套子书？"

金铨道："不是我搬书，大概老运好的人，都少不得用这话来解嘲的。

202

其实我也用不着搬书。像你和我相处很久，感情不同平常，也就不应该嫌我老的。"说着，又笑起来。

翠姨道："你瞧，只管和你说话，我放的这一盆热水，现在都凉过去了。你出去吧，让我洗澡。"

金铨道："昨天晚晌天气很热，盖着被出了一身的汗。早晌起来忙着没有洗澡，让我先洗吧。"

翠姨道："我们盖的是一床被，怎么我没有出汗呢？你要洗你就洗吧。"说着，就起身出浴室，要给他带上门。

金铨道："你又何必走呢？你花了我那些钱，你也应该给我当一点儿小差事。"

翠姨出去了，重新扶着门，又探了头进来笑问道："又是什么差事？"

金铨道："劳你驾，给我擦一擦背。"说时，望了翠姨笑。

翠姨摇着头道："不行不行，回头溅我一身水。"

金铨道："我们权利义务，平等待遇，回头你洗澡，我是原礼儿退回。"

翠姨道："胡说！"一笑之下，将门带上了。

第七十四回

三戒异时微言寓深意
百花同寿断句写哀思

　　这个时候，也就到了开稀饭的时候了。那边金太太屋子里吃晚餐，因为儿辈们都散了，一个人吃的时候居多，有时金铨也就于此时进来，和金太太吃饭，借以陪着说笑。这晚晌，金太太想起老头子有一星期不曾共饭了，倒有点儿奇异起来。金太太越想越有点儿疑惑。这屋子里伺候杂事的就是陈二姐一人，她是个中年的孀居，有些话又不便和她说。一人喝罢了稀饭，因道："今天晚上，天气暖和得很，这水气管子，热得受不了，我到外面透透空气去吧。"说着，就慢慢地踱到外面来。

　　陈二姐追出来道："太太，晚上的风吹得怪凉，别……"

　　金太太喝道："别嚷，别嚷，我就只在廊子下走走。"陈二姐不敢作声，退进屋子去了。

　　金太太在廊子下转了半个圈圈，不觉踱到小跨院子门边来。这里就是翠姨的私室。除了丫头玉儿，还有一个老妈子伺候她。这时下房都熄了电灯了，只有上房的玻璃窗子有电光。那电光带着紫色，和跳舞厅里夜色深沉、酒醉酣舞的时候一样的颜色。金太太想了一想，她屋子里哪有这样的灯光？是了，翠姨曾说在床头边要安盏红色电灯泡，这大概是床头边的电灯泡了。金太太正在凝想，不觉触着廊下一只白瓷小花盆，当的一声响。自己倒吓了一跳，向后一缩，站着靠了圆月亮门，再一看时，只见玻璃窗边伸出一只粉臂，拉着窗纱，将玻璃掩上了。窗子里的灯光，就格外朦胧。金太太呆呆地站了一会儿，却听到金铨的嗓子，在屋子里咳嗽了几声。金

204

太太一个人冲口而出地轻轻骂了一句道："越老越糊涂。"也就回房去了。

金太太走回房去，连忙将房门一关，插上了横闩，只一回身，就看到陈二姐走了过来，她笑道："太太，你怎么把我也关在屋子里？"金太太这才知道只管关门，忘了有人在屋子里，不觉笑了起来。陈二姐开了门，自己出去了。这里金太太倒不要睡觉，又自斟了一杯茶，坐在沙发椅上慢慢地喝将起来。自己只管一人发闷，就不觉糊里糊涂地坐到两点钟了。空想也是无益，便上床安歇了。

次日吃午餐的时候，金太太叫人到金铨办公室里去看看，由衙门里回来没有。打听的结果，回来说总理刚到那屋子里去，今天还没有上衙门呢。金太太坐了一会儿，缓缓踱到办公室来。在门帘子外，先问了一声谁在这里，有金贵在旁答应出来了。

金太太道："没有什么事，我看有没有人在这里呢？你们是只顾玩，公事不管罢了，连性命不管，也没有关系的。"

金贵也不知什么事得罪了太太，无故碰一个钉子，只得退到一边，连喳了几声。金太太一掀帘子，走进房去，只见金铨靠住了沙发抽雪茄。金太太进来，他只是笑了一笑，没说什么，也没起身。金太太道："今天早上，你没有上衙门去吗？"

金铨道："没有什么公事，今天可以不去。"

金太太道："你什么时候起来的？"

问到这句话，金铨越发地笑起来了，因道："今天为什么盘问起这个来了哩？"

金太太道："你笑什么？我是问你正话。"

金铨笑道："说正话，反正不是说气话，怎么不笑呢？说正话，你有什么问题要提出来呢？"

金太太道："正经莫过于孔夫子，孔夫子曾说过，君子有三戒。这三戒怎么分法呢？"

金铨听了这话，看着夫人的颜色，笑道："这有什么难懂？分为老壮少罢了。"

金太太道："老时候呢？"

金铨将嘴里雪茄取出来，以三个指头夹住，用无名指向雪茄弹着，伸到痰盂子上去落灰。那种很安适而自然的样子，似乎绝不为什么担心，笑着答道："这有什么不能答的呢？孔子说，戒之在得。得呀，就是贪钱的意思。"

问道："壮年的时候呢？"

答："戒之在斗。那就是和人生气的意思。"

问道："少年的时候呢？"

金铨又抽上雪茄了，靠着沙发，将腿摇曳了几下，笑道："戒之在色。要不要下注解呢？"说着望了他夫人。

金太太点了点头道："哦！少年戒色，壮年和老年就不必戒的，是这样说吗？"

金铨笑道："孔子岂会讲这一家子理？他不过是说，每个时候，有一个最容易犯的毛病，就对那个毛病特别戒严。"

金太太连摇着头道："虽然是孔子说的话，不容后人来驳，但是据我看来，有点儿不对。如今年老的人哪，他的毛病，可不是贪钱呢。你相信我这话不相信我这话呢？"

说到这里，金铨却不向下说了，他站了起来，将雪茄放在玻璃缸子上，连忙一推壁下的悬镜，露出保险箱子来，就要去开锁。原来这箱子是专门存放要紧的公文的。金太太道："我要不来和你说话，你就睡到下午三点钟起来也没有事。我一来找你，你就要办公了。"

金铨又把玻璃缸子上的雪茄拿起，笑道："你说你的，我干我的，我们两不妨碍。"

金太太道："你不要误会了我的意思，我来和你说话，完全是好意。你若不信，我也不勉强要你信。"

金铨口里含着雪茄，将两只手背在身后，在屋子里来回地踱着，笑道："你这话，我有点儿不明白。"

金太太道："你不明白吗？那就算了。只是我对于你有一个要求，从今天起，请你不必到里边去了，就在这边楼上那间屋子里安歇。据我看，你身上有点儿毛病，应该要养周年半载。"

金铨笑道："就是这事吗？我虽然寂寞一点儿，老头子了倒无所谓。可是这样一来，连自己家里的晚辈和那些下人，都会疑心我们发生了什么裂痕。"

金太太道："绝不，绝不，绝不能够的。"说时，将脚在地板上连连踏了几下。又道："你若不照我的话办，也许真发生裂痕呢。谁要反对这事，谁就对你不怀好意。我非……"

金铨笑道："得，得，就是这样办吧。不要拖泥带水，牵上许多人。"

金太太冷笑一声道："你有了我这一个拖泥带水的，你比请了十个卫生顾问还强呢。你心里要明白一点儿。我言尽于此，听不听在乎你。"

说毕，马上站起身，就走出他的屋子了。刚刚走出这办公室的屋子，一到走廊外，就见翠姨打扮得像个花蝴蝶子似的，远远地带着一阵香风就向这边来。她一遇到了金太太，不觉向后退了一步，金太太一看身边无人，将脸色一正道："他这会子正有公事要办，不要去打他的搅了。"

翠姨笑道："我不是去见总理的。今天陈总长太太有电话来，请太太和我去吃便饭。我特意来问一声，太太去我就去，太太不去我又不懂规矩，我就不去了。"

金太太本来不高兴，见她这种和颜悦色的样子，又不好怎样申斥，便淡淡地答道："我不去。你要去你就去吧。"

翠姨道："那我也不去了。"说着话时，闪到一边，就陪着金太太，一路走到屋里来，又在金太太屋子里陪着谈了一会儿话。因大夫瞧玉芬的病刚走，便道："我瞧瞧她去。病怎么还没有好呢？"这就走出来了。

先到玉芬屋子里坐着，听到清秋这两天身体也常是不好，又弯到清秋这院子里来。走进院子，便闻到一种很浓厚的檀香味儿，却是一点儿声音也没有。一掀帘子，只见清秋卧室里，绿幔低垂，不听到一些响动。再掀开绿幔，钻了进去，却见清秋斜靠在沙发上，一手撑了头，一手拿了一本大字的线装书，口里唧唧哝哝地念着。沙发椅旁边有一个长脚茶几，上面只放了一个三脚鼎，有一缕细细的青烟由里面直冒上空际。看那烟只管突突上升，一点儿也不乱，这也就觉得这屋子里是十分的安静，空气都不流动的。

清秋一抬头看见她进来，连忙将书放下，笑着站起来道："姨娘怎么有工夫到我这里来谈谈？请坐请坐。"

翠姨笑道："你真客气。以后把这个'娘'字免了，还是叫我翠姨吧。

我比你大不了几岁，这个'娘'字我不敢当。"说着，拉了清秋的手，一块儿在沙发上坐下了。因摸着她的手道："我听说你身上不大舒服，是吗？"

清秋笑道："我的身体向来单弱，这几月来都是这样子的。"

翠姨拍着她的肩膀，笑着轻轻地道："你不要是有了喜了吧？可别瞒人啦。你们这种新人物，总也不会为了这个害臊吧？"

清秋脸一红道："我才不会为这个害臊呢，我向来就是这个样子。"

翠姨道："老七在家，你就陪着老七。老七不在家，你也苦守着这个屋子做什么？随便在哪个屋子里坐坐谈谈都可以，何必老闷着看书？我要学你这样子，只要两三天，我就会闷出病来的。"

清秋笑道："这话我也承认。你是这样，就会闷成病。可是我要三天不这样，也会闷成病的。"

翠姨道："可不是！我就想着，我们这种人，连读书的福气都没有。"

清秋笑道："你说这话，我就该打，难道我还在长辈面前卖弄认识字吗？姨娘，你别看我认识几个字，我是十二分无用，什么也不懂，说话也不留心，什么能说，什么不能说，全不知道。我有不对的事，姨娘尽管指教我。"

翠姨对于这些少奶奶们向来不敢以长辈自居的，少奶奶们虽不敢得罪她，可是总不恭维她，现在见清秋对她这样客气，心里反老大地不过意。笑道："我又懂得什么呢？不过我比你早到金家来几年，这里一些人的脾气都是知道的。其实这里的人除了玩的时候，大家不常在一处，各干各的，彼此不发生什么关系。你不喜欢玩，更是看你的书去好了。漫说你这样的聪明人用不着人来说，就是个傻子，也不要紧。不过你也不可以太用功了，大家玩的时候，你也可以凑在一处玩玩。你公公就常说什么人是感情动物，联络联络感情，彼此就格外相处得好的，这话我倒也相信。二十块底的小麻雀，他们也打的，玩玩不伤脾胃。听戏、看电影、吃馆子，花钱很有限，而且那是大家互相做东的。你听我的话没错，以后也玩一玩，省得那些不懂事的下人，说你……"说到这里，翠姨顿了一顿，笑了一笑，才接着道，"说你是书呆子罢了，也没有说别的。"

清秋听了她的话，自然很感激，也不去追求是不是人家仅笑她书呆子。可是要照着这样办，越发是向堕落一条路上走。因对她笑道："谁不愿玩？

可是我什么玩意儿也不行。那还得要姨娘指导指导呢。"

翠姨笑道："行哪，你说别的事，我是不在行，若要说到玩我准能来个双份儿。"

清秋道："年轻的人，都喜欢玩的，这也不单是姨娘一个人呀。"翠姨却不说什么，深深地叹了一口气。她原以为清秋有病的，所以来看一看，现在见她也不像什么有病，说了几句话，也就走了。

清秋送着客走了，见宣炉里香烟更是微细，添上一点儿小檀条儿。将刚才看的一本书，又拿起来靠着沙发看。但是经翠姨一度来了之后，便不住咀嚼着她说的那几句话，眼睛虽然看在书上，心里可是念着翠姨说的话。大概不是因话答话偶然说出的，由此可知自己极力地随着人意，无所竞争，结果倒是这个主义坏了事。古人所谓有不虞之誉，有求全之毁，这是个明证了。回转来想想，自己并不是富贵人家的女子，现在安分守己，还觉不忘本，若跟他们闹，岂非小人得志便癫狂吗？我只要居心不做坏事，他们大体上总也说不出什么坏处来，我又何必同流合污？而且就是那样，也许人家说我高攀呢。她一个人，只管坐在屋子里，沉沉地想着，也不知道起于何时，天色已经黑了。自己手里捧着一本书，早是连字影子都看不见，也不曾理会得，实在是想出了神了。自己一想，家里人因为我懒得出房门，所以说病体很沉重，我今天的晚饭，无论如何是要到母亲屋子里去吃的。这样想着，明了电灯，洗了一把脸，梳了一梳头发，就到金太太屋子里来。

金太太戴了眼镜，正坐在躺椅上看小说，见她进来，放下书本，一只手扶了眼镜腿，抬起头来，看着清秋道："你今天颜色好些了。我给你一盒参，你吃了些吗？"

清秋笑道："吃了一些。可是颜色好一些乃是假的，因为我抹了一些粉哩，省得他回来一见，就说我带着病容。"

金太太笑道："不要胭脂粉，那也是女子唱高调罢了。其实年轻的人，谁不爱个好儿？你二嫂天天和那些提倡女权的女伟人一块儿来往，嚷着解放这里，解放那里，可是她哪一回出门，也是穿了束缚着两只腿的高跟鞋。"

清秋笑道："我倒不是唱高调，有时为了看书，或者做事，就把擦粉忘了。"说着话时，走近来，将金太太看的一本书，由椅上拿起来翻了一翻，乃是《后红楼梦》。因道："这个东西，太没有意思，一个个都弄得欢喜团圆，一点儿回味也没有。你老人家倒看着舍不得放手。"

金太太笑道："这书很有趣呀。贾府上不平的事，都给他弄团圆了，热闹意思，怪有趣的。所有的《红楼梦》后套，什么《续梦》《后梦》《复梦》《圆梦》《重梦》《红楼梦影》，我全都看过了，我就爱这个。什么文学不文学，文艺不文艺，我可不管。我就不懂文学是什么意思？好好的一件事，一定要写得家败人亡，那才乐意。"

清秋可不敢和金太太讨论文学，只一笑，便在对面椅子上坐下。金太太道："我就常说，你和老七的性情，应该调换调换才好。他一谈到书，脑袋就痛，总是玩，你又一点儿也不运动，总是看书。"

清秋道："母亲是可以坐着享福的人呢，还要看书，何况我呢？"

金太太道："我看什么书？不过是消遣消遣。"

清秋道："母亲是消遣？我又何尝不是消遣？难道还想念出书来做博士吗？我也想找点儿别的事消遣，可是除了打麻雀还勉强能凑付一脚而外，其余什么玩意儿我也不行，不行就没有趣味的。我看书，倒不管团圆不团圆，只要写得神乎其神的，我就爱看。"

金太太笑道："这样说，我是文学不行，所以看那不团圆的小说心里十分难过。我年轻的时候，看小说还不能公开的。为了看《红楼梦》，不知道暗下掉了多少眼泪。你想一个人家，落到那样一个收场，那是多么惨呀！"

正说到这里，梅丽一掀门帘，跳了进来，问道："谁家收场惨？又是求帮助来了。"

金太太道："我们在这儿谈小说，你又想打听消息和谁报告去？做小姐的时候，你喜欢多事，人家不过是说一句快嘴快舌的丫头罢了。将来做了少奶奶，可别这样。"

梅丽皱了眉道："不让我说话，就不让我说话，干吗提到那些话上面去？"

金太太望了清秋笑道："做女孩子的人都是这样，总要说做一辈子姑娘，表示清高。可是谈到恋爱的时候，那就什么都会忘了，只是要结婚。"

梅丽不和她母亲说话了，却把手去抚弄桌上的一套活动日历。这日历是用玻璃罩子罩了，里面用钢丝系在机钮上，外面有活钮，可以扯过去，也可以退回来的。梅丽拨了那活钮，将里面的日历，乱拨了一阵，把一年的日历全翻过来了。

金太太道："你瞧，你总是没有一下子消停不是？"

梅丽将头一偏，笑道："你不和我说话，又不许我动手，要我做个木头人儿坐在这里吗？"

清秋就站起来，笑着将日历接过来，一张一张翻回来，翻到最近的日子，翻得更慢了。及至翻到明日，一看附注着阴历日子，却是二月十二日，不觉失声，呀了一声。

梅丽道："我弄坏了吗？你呀什么？"

清秋道："不是，我看到明日是花朝了。"

金太太道："是花朝吗？这花朝的日子，各处不同，有定二月初八的，有定十二的，有定十五的。明天是阴历什么日子？"

清秋道："是十二，我们家乡是把这日当花朝的。"

金太太道："是花朝也不足为奇，为什么你看到日历有些失惊的样子？"

清秋笑道："糊里糊涂，不觉春天过去了一半了。"

金太太道："日子还是糊里糊涂混过去的好。像我们算着日子过，也是没有事，反而会焦躁起来。倒不如糊里糊涂地过去，忘了自己是多大年纪。"清秋先以金太太盘问起来，倒怕是金太太会问出什么来。现在她转念到年纪老远的问题上去，把这事就牵扯开了。

大家吃过晚饭，清秋却推有东西要去收拾，先回房去。在路上走着，却碰到小大姐阿囡，清秋便叫她到自己房里来，因问道："我听说你在这个月内要回上海去，这话是真的吗？"

阿囡微微一笑，将身子连忙掉了转去。手掀了帘子，做要走的样子。清秋扯着她的衣裳道："傻子，回来吧。我并不是和你开玩笑，有正经话和你说呢。因为你若是真回南去的话，我倒有些事要托你办，所以我把你拉住，好问几句话。"

阿囡听她如此说，就回转身来，望着清秋微笑道："我也是这样说，你不至于和我开玩笑哩。"

清秋将她按了一按，让她在沙发上坐下，又倒了一杯茶递给她。阿囡见她倒茶，以为她是自己喝，及至一伸手过来，连忙站起来，两手捧着，啊了一声道："那还了得！折煞我了。"

清秋笑道："你这叫少见多怪，你又不是伺候我的人，我顺手递一杯茶给你喝，你就受折。你不过穷一点儿，在我家帮工，又不是晚辈对着长辈，折什么呢？"

阿囡笑道："七少奶奶，你这话和二少奶奶常说的一样。可是要论到你这样客气，她可没有做出来呢。"

清秋道："她为人的确是很讲平等的，不过因为你少和她接近，你若是常和她在一处，她自然也和我这样地客气了。"

二人谈了一阵子，清秋就问到她的生辰上去，又问这些少奶奶过生日平常是怎样的办法呢？阿囡道："也无所谓办法。大家闹一阵子，吃吃喝喝，回头听听戏罢了。"

清秋道："除此以外，没有别的乐子吗？"

阿囡道："这也就够了，还有什么闹的呢？七少奶奶是什么时候生日？"

清秋昂着头想了一会儿，微笑道："早着哩。"

阿囡道："我仿佛听到说是春天似的，春天都快过完了，怎么还远着呢？"

清秋微笑，又想了一想道："也许要等着明年了。"

阿囡道："啊！你把生日都瞒着过去了，那可了不得。"

清秋笑道："这也无所谓了不得，不过省事罢了。"

阿囡又谈了一会儿，见清秋并没有什么事，又恐怕敏之、润之有事，便起身走了。回房之后，他姊妹二人写信的写信，看书的看书，都没有理会到她。

次日吃午饭的时候，阿囡在一边陪着闲谈。谈到清秋真是讲平等。润之笑道："你和她向无来往，怎么好好地和她宣传起来了？"

阿囡便说："并不是无缘无故的。"就把昨晚上的事，细述了一遍。

润之道："这可怪了，她好好地把你叫了去，又没有什么事，不过和你闲谈几句，这是什么意思呢？"

敏之道："据我想，一定是她有什么事情要问，又不好意思说出来，于是就叫阿囡去闲谈，以便顺便将她口风探出来，你看对不对？"

润之道："我想起来了，清秋的生日不是花朝吗？今天阴历是什么日子呢？"

敏之道："我也仿佛记起是花朝，那就是今天了。"

阿囡道："怪不得我问她是哪天的生日，她就对着我笑，先不肯说，后来才说早过去了。我看那神气就很疑心的，倒不料就是今天。"

润之道："我先去瞧瞧，她在做什么？"说着，马上吃了饭，跟着净了手脸，就到清秋这边院子里来。

转过走廊，屋子里还是静悄悄的，寂无人声。润之以为是还在金太太屋子里吃饭，不曾回屋子。正待转身，却听到清秋房子里一阵吟哦之声达于户外，这正是清秋的声音。于是停了脚步，听她念些什么。可是清秋这种念书的调子，是家传的，还是她故乡的土音。因之润之站在外面听了一会子，一个字也听不出来。还待要听时，老妈子却在下房看见了，早叫了一声六小姐。润之只得一掀帘子，自走进房去。

清秋站着在收拾窗户前横桌上的纸笔，笑道："六姐静悄悄地就来了，也不言语一声。"

润之指着她笑道："言语一声吗？我要罚你呢！"

清秋道："你罚我什么呢？"

润之道："你手里拿些什么稿子？只管向抽屉里乱塞。"

清秋将手上的稿子，一齐塞进去了，然后将抽屉一推，便关合了缝。笑道："没有什么可研究的价值，我是一个人坐在屋子里无聊，瞎涂了几句诗。"

润之走过来，笑着将她一拉，向沙发上一推，笑道："你一个小人儿，可别和我讲打，要打，你是玩不过我的。"

清秋根本就未曾防备到她会扯上一把的，所以她一拉一推，就让她拉开了。润之也不征求她的同意，扯开抽屉，将稿子一把拿在手里。然后向身后一藏，笑问道："你实说，是能看不能看的呢？若是能看的，我才看，不能看的，我也不胡来，还给你收起。"

清秋笑道："我先收起来，不是不给你看，因为写得乱七八糟的。你要看就看，可别见笑。"

润之见她如此，才拿出来看。原来都是仿古云笺，拦着细细直横格子，头一行，便写的是《花朝初度》。润之虽是个新一点儿的女子，然而父亲是个好谈中国旧学的。对于辞章也略微知道一点儿，这分明是个诗题了。"初度"两个字，仿佛在哪里念过，就是生日的意思。因问道："'初度'这两个字怎么解？"

清秋道："初度就是初次过，这有什么不懂的？"

润之也不敢断定"初度"两个字就是生日，她说初度就是初次过，照字面也很通顺的，就没法子再追问她，且先看文字。清秋道："你不要看了，那是零零碎碎的东西，你看不出所以然来的。"润之且不理会，只看她写的字。只见头一行是：

锦样年华一指弹，风花直似梦中看。
终乖鹦鹉贪香稻，博得鲇鱼上竹竿。

那"鹦鹉"一句，已是用笔圈了一路圈儿，字迹只模糊看得出来。第二行是：

不见春光似去年，却觉春恨胜从前。

这底下又没有了。第三行写的是：

百花生日我同生，命果如花一样轻。

润之叫起来道："这两句我懂了。这不是明明说着你是花朝过生日吗？只是好好地过着生日，说这样的伤心话，有点儿不好吧？"

清秋道："那也无所谓，旧诗人都是这样无病而呻的。"

润之道："你问我要罚你什么？我没有拿着证据，先不敢说，现在可以说了。你今天的生日，为什么一个字也不吐露出来？怕我们喝你一杯寿酒吗？"

清秋道："散生日，过去了就过去了，有什么可说的？"

润之道："虽然是散生日，可是到我们金家来的第一个生日，为什么不热闹热闹呢？你不说也罢了，老七这东西也糊涂，为什么他也给你保守秘密？"

清秋鼻子微微哼了一声，淡淡地笑道："他忙着哩，哪里还记得这个不相干的事？"

润之看她这种神色，知道燕西把清秋的生日忘了。虽明明知道燕西不对，然而无如是自己的兄弟，总不好完全批评他不对。因道："老七这种人，就是这样，绝对不会把正经事放在心上的。"

清秋道："过散生日，这不算什么正经事。不过他有两天不见面了，是不是还记得我的生日，我也无从证明。"

润之道："两天没有见着他，难道晚上也没有回家来吗？"

清秋想了一想笑道："回来的，但是很晚，今天一早他又出去了。这话你可不要告诉两位老人家，我早是司空见惯的了！"

润之道："你愿意替他遮掩，我们还有替他宣布的道理吗？不过你的生日，我们不知道也就算了。我们既然知道，总得热闹一下子才好。"

清秋连连摇手道："那又何必呢，就算今天的生日，今天也过去大半天了。"

润之道："那不成，总得热闹一下子。"说着，将稿子丢了下来，就向外面跑，清秋想要拦阻，也来不及了。

润之走回房去，一拍手道："可不是今天生日嘛！"

敏之道："你怎知道？她自己承认了吗？"

润之就把来看出证据的话说了出来。因道："那张稿子，全写的是零零碎碎的句子。可想她是心里很乱。你说要不要告诉母亲去？"

敏之道："她写些什么东西不必说了，至于她的生日当然要说出来。她心里既然不痛快，大家热闹一下，也给她解解闷。"

润之笑道："我这么大人，这一点儿事都不知道，还要你先照应着哩？"说着，便向金太太屋子里来。

金太太斜斜地躺在沙发上，看着梅丽拼益智图，梅丽将一本画样，放在桌上，手上拿着十几块大小木板，只管拼来拼去，一心一意地对着图书出神。润之笑道："我瞧这样子，大概大家都无聊得很，我现在找一个有趣味的事情，大家可以乐一阵子了。"

梅丽站起来，拍着胸道："你这冒失鬼，真吓我一大跳，什么事？大惊小怪。"

润之向她笑道:"你这会打听新闻的人,要宣告失败了。清秋是今天的生日,你怎么会没打听出来?"

梅丽一拍手,哦了一声道:"我想起来了,怪不得昨日她见日历发愣哩,这明明是想起生日来了。"

金太太也道:"她昨日吃饭的时候,提到过花朝来的。原来花朝是她的生日,这孩子就是这个脾气不好,过于守缄默了。这也不是什么不能告人的事,为什么守着秘密呢?日子过了半天去了,找什么玩意儿呢?到账房去拿两百块钱,由你们大家办去吧。她是到我们金家来的第一个生日,冷淡了她可不大好。"

梅丽笑道:"喝寿酒不能安安静静地喝,找个什么下酒哩?"

说到这里,燕西由外面嚷了进来,问道:"喝谁的寿酒,别忘了我啊!"他这一说,大家都向他笑。正是:粗忽恒为心上事,疏慵转是眼前人。

第七十五回

日半登楼祝嘏开小宴
酒酣谢席赴约赏浓装

却说燕西问起谁过生日，大家向他发笑，他更是莫名其妙。因道："大家都望着我做什么？难道我这句话说错了吗？"

金太太正色道："阿七，你整天整晚地忙些什么？"

燕西笑道："你瞧，好好地说着笑话，这又寻出我的碴儿来了！"

金太太道："我找你的碴儿吗？若是像你这样地瞎忙，恐怕将来连自己姓甚名谁都忘了。你自己媳妇的生日你不记得，倒也罢了，怎么连人家说起来了你还是不知道？你两个人不像平常的小两口儿，早是无话不说不谈的，难道哪一天的生日，都没有和你提过吗？"

燕西伸起手来，在自己头上轻轻地拍了一下，笑道："该打！今天是她的生日，我全忘了。她倒不在乎这个，忘了就忘了，可是我们那位岳母冷老太太，今天一定在盼这边的消息，等到现在音信渺然，她一定很奇怪的。我瞧瞧去，她在做什么事？"

说着掉转身子，就向自己屋子里来。一掀帘子便嚷道："人呢？人呢？"

清秋答道："在这儿。"

燕西听声音，在卧室后面浴室里，便笑问道："我能进来吗？"

清秋道："今天怎么这样客气？请进来吧。"

燕西走了进去，只见她将头发梳得溜光，似乎脸上还微微地抹了一点儿胭脂，那白脸上，犹如喝酒以后，微微有点儿醉意一般。因笑道："除了结婚那一天我看见你抹胭脂，这还是第一次呢！今天应该喜气洋洋的。这样就好。"

清秋笑道："今天为什么要喜气洋洋的？特别一点儿吗？"

燕西深深地点了一下头，算是鞠躬。笑道："这是我不对，你到我家来第一个生日，我会忘了。昨晚晌我就记起来了的，偏是喝得醉得不成个样子，我也不好意思来见你，就在外面书房里睡了。今天起来又让人家拉去吃小馆子，刚刚回来，一进门我心里连说糟了，怎么会把你的生日都忘了呢？你是一定可以原谅我的，只是伯母那里，也不知道你今天是热热闹闹地过着呢，也不知道是冷冷清清地过着？所以我急于来见你，问问你看要怎么样地通知你家里。你觉得我这话说得撒谎吗？"

清秋笑道："什么人也有疏忽的时候，我一个散生日，并不是什么大事。这一程子我又没和你提过，本容易忘记的，何况你一进门就记起来了，究竟和别人的关系是不同。不要说别的，只这几句话，我就应该很感激你的了。"

燕西一伸手，握住清秋的手，一只手拍着她的肩膀，笑道："你这一句话，好像是原谅我，又像是损我，真叫我不知道要怎样答复你才好。本来我自己不对。"

清秋道："你别那样说，我要埋怨你就埋怨几句，旁敲侧击损人的法子，我是向来不干的。这是我对你谅解，你倒不对我谅解了。"

燕西点着头笑道："是是是，我说错了。这时候要不要我到你家去通知一声呢？"

清秋笑道："你今天真想得很周到。最好是自己能回家一趟，但是大家都知道了，我要回去，反是说我矫情了。"

燕西道："你偷偷去一趟，也不要紧，不过时候不要过多了，省得大家盼望寿星老。"

清秋摇摇头道："你做不了主，等我见了母亲问上一问再说吧。"

正说到这里，只听得院子里一阵嚷着："拜寿拜寿，寿星老哪里去了？"

清秋听说，连忙迎到外边，这里除了敏之姊妹，还有刘守华，都拥了进来。刘守华虽是年长，然而他是亲戚一边，可以不受拘束地开玩笑。因笑道："这事老七要负一大半责任，怎么事先不通知我们？这时候要我们预备寿礼都来不及。"

218

清秋笑道："这不能怨他，原是我保守秘密的。我守秘密，就因为十几岁的人，闹着过生日，可是有点儿寒碜。"

敏之道："这话可就不然，小孩周岁做寿，十岁也做寿，十几岁倒不能做寿吗？"

清秋道："那又当别论，因为过周岁是岁之始，十岁是以十计岁之始，是一个纪念的意思。"

梅丽笑道："文绉绉的，你真够酸的了。妈正等着你，问你要什么玩？走吧，我们还要乐一阵子呢。"说着，拉了清秋的手向外就跑。

清秋笑道："去就去，让我换一件衣服。"这句话说出来，自己又觉得不对，这更是装出一个过生日的样子了。

梅丽笑道："对了，寿星婆应该穿得齐齐整整的。穿一件什么衣服？挑一件红颜色的旗袍子穿，好吗？"本来已是将清秋簇拥到走廊子上来了，于是复又簇拥着她回房去。

清秋笑道："得了，我也用不着换衣了，刚才是说着玩的。你想，真要换新衣服，倒是自己来做寿，岂不是笑话吗？而且见了母亲也不大方便。"

梅丽究竟老实，就听她的话，又把她引出来。大家到金太太屋子里，金太太笑道："你这孩子太守缄默了。自己的生日纵然不愿取个热闹，也该回去看看你的母亲。我拿我自己打比，娘老子对于儿女的生日，那是非常注意的。"说到这里，抬头一看清秋脸上头上，笑着点了点头道，"原来你是预备回家去的，这也好。你先回家去吧，这里让大家给你随便地凑些玩意儿，你早一点儿回来就是了。若是亲家太太愿意来，你索性把她接了来，大家玩玩。"

清秋听她如此说，觉得这位婆婆不但是慈祥，而且十分体贴下情，心中非常地感激。便道："我正因为想回去，打算先来对母亲说一声，母亲这样说了，我就走了。"

金太太道："别忙，问问家里还有车没有？若是有车，让车子送你回去。"

燕西道："有的，刚才我坐了那辆老车子回来。"说了这句，觉得有点儿不合适似的，就向清秋看了一看。

清秋对于这一层，倒不甚注意，便道："好极了，我就走吧。"

燕西也十分凑趣，就道："你只管回家吧，这里的事都有我为你张罗。"清秋道："你不阻止大家，还和我张罗热闹吗？"

燕西道："你去吧，你去吧，这里的事，你就不必管，反正不让你担受不起就是了。"清秋听了他如此说，这才回房换了一件衣服，坐了汽车回家去。

到了门口，汽车喇叭只一响，冷太太和韩妈早就迎了出来。韩妈抢上前一步，搀着她下了汽车，笑道："我就猜着你今天要回来的。太太还说不能定呢，金家人多，今天还不留着她闹一阵子吗？我正在这里盼望着，你再不回来，我也就要瞧你去了。"

冷太太道："依着我，早就让她去了，倒不料你自己果然回来。"

三个人说着话，一路进了上房。韩观久提着嗓子，在院子里嚷起来道："大姑娘，我瞧你脸上喜气洋洋的，这个生日一定过得不错。大概要算今年的生日，是最欢喜了。"

清秋道："是啊，我欢喜，你还不欢喜吗？"说着话，隔了玻璃向外张望时，只见韩观久乐得只用两只手去搔着两条腿，韩妈也嘻嘻地捧了茶来，回头又打手巾把。清秋道："乳妈，我又不是客，你忙什么？现在家境宽裕一点儿了，舅舅又有好几份差事，家里就雇一个人吧。"

冷太太道："我也是这样说呀。可是他老夫妻俩都不肯，说是家里一共只有四人，还有一个常不落家的，雇了人来，也是没事，我也只好不雇了。"

清秋道："虽然没有什么事可做，但是家里多一个人，也热闹一点子，那不是很好吗？"

说着话时，韩妈已在外面屋子里端了一大盘子玫瑰糕来。笑道："这是我和太太两个人做的，知道你爱吃这个，给你上寿呢。"

她将盘子放在桌上，却拿了一片糕递给清秋手上，笑道："若是雇的人，也能做这个吗？我们自己做东西，虽是累一点儿，倒也放着心吃。"

清秋吃着玫瑰糕，只是微笑。冷太太道："你笑什么？你笑乳妈给你上寿的东西太不值钱吗？"

清秋道："我怎么说这东西不值钱？你猜得是刚刚相反，我正是爱吃这个呢。我歇了许久没有看见这种小家庭的生活，今天回来，看见家里什么事都是自己来，非常地有趣。我想到从前在家里过的那种生活，真是自然生活。而今到那种大家庭去，虽然衣食住三大样都比家里舒服，可是无形中受有一种拘束，反而，反而……"说到这里，她只将玫瑰糕咀嚼微笑。

韩妈道："哟！我的姑奶奶，你怎说出这种话来了呢？我到了你府上去过几次，我真觉得到了天宫里一样。那样好的日子，我们住一天半天，也是舒服的，何况过一辈子呢？我倒不明白，你反是不相信那种天宫，这不怪吗？"

冷太太道："在家过惯了，突然掉一个生地方，自然有些不大合适，由做姑娘的人，变到做少奶奶，谁也是这样子。将来你过惯了，也就好了。"

清秋笑道："妈这话还只说对了一半，有钱的人家，和平常的人家那种生活可是两样呢。"说到这里，笑容可就有点儿维持不住。便借着将糕拿在手上看了几看，又复笑道："可真是比平常家里有些不同，又干净，又细致，这样就好，只要我受用就得了。金家那些小姐少奶奶们，这一下午，可不知要和我闹些什么？"说完了这话，又坐下来说笑。

冷太太道："既是你家里很热闹，你就回家热闹去吧。人家都高高兴兴地给你上寿，把一个寿星翁跑了，可也有点儿不大好。"

清秋道："妈，你记得吗？去年今日，我还邀了四五个同学在家里闹着玩呢。今年我走了，我想你一个人太寂寞，你也一路跟我到金家去玩玩好吗？"冷太太道："等一会儿你舅舅就要回来，他一回来，就要开话匣子的，我不会寂寞。再说，和你在一处闹着玩的，都是年轻的人，夹我一个老太婆在里面，那有什么意思？我能那样不知趣，夹在你们一处玩吗？"清秋一想，这话也对，看看母亲的颜色，又很平稳，不像心中有什么伤感，这也就不必再劝了。

又坐了一会儿，回来共有两小时之久了。心想，对于那边怎么样的铺张，也是放开不下，因笑道："这玫瑰糕是我的，我就全数领收了，带回去慢慢地吃吧。"

韩妈笑道："是呀，我们这位姑爷就很爱吃这个呢。"说着，就找了一张干净纸来，将一盘玫瑰糕都包起来了。

冷太太和韩妈也都催着清秋早些回去。清秋站着呆了一呆，便走到里面屋子里去，因叫着韩妈送点儿热水洗手，趁着冷太太不在面前，轻轻地道："乳娘，我有点儿事托你，请你过两三天到我那里去一趟。可是你要悄

221

悄地去，不要先说出来。"韩妈连连点着头，说是知道了。清秋见韩妈的神气，似乎很明白，心里的困难觉得为之解除了一小部分。这才出门上汽车回家。

只是一到上房，大家早围上来嚷着道："寿星回来了，寿星回来了。"也不容分说，就把她簇拥到大客厅楼上去。楼上立时陈设了许多盆景，半空悬了万国旗和五彩纸条，那细纸条的绳上，还垂着小红绸灯笼。正中音乐台挂了一幅丝绣的《麻姑骑鹿图》。前面一列长案，蒙上红缎桌围，陈设了许多大小锦匣，都是家中送的礼，立时这楼上摆得花团锦簇。

清秋笑道："多劳诸位费神，布置得真好真快，但是我怎样承受得起呢？"

因见燕西也站在人丛中，就向燕西笑道："我还托重了你呢！怎么让大家给我真陈设起寿堂来？"

燕西道："这都是家里有的东西，铺陈出来，那算什么？可是这些送礼的给你叫了一班大鼓书，给你唱落子听呢。"说着，手向露台上一指。

清秋向露台上看时，原来是列着桌椅，正对了这楼上，桌上摆了三弦二胡，桌前摆了鼓架，正是有鼓书堂会的样子。因笑道："你们办是办得快，可是我更消受不起了。我怎样地来答谢大家呢？"

燕西笑道："这个你就不用操心了，我已经叫厨房里办好几桌席面，回头请大家多喝两杯就是了。"

说时，佩芳和慧庵也都来了，一个人后面，跟随着一个乳妈抱着小孩。佩芳先笑道："七婶上座呀，让两个小侄子给你拜寿吧。"

两个乳妈听说，早是将红绸小褥子里的小孩，向清秋蹲了两蹲，口里同时说着给你拜寿。佩芳也在一边笑道："虽然是乳妈代表，可是他哥儿俩，也是初次上这楼，参加盛典，来意是很诚的呢。"

清秋笑着，先接过佩芳的孩子，吻了一吻，又抱慧庵的孩子吻了一吻。当她吻着的时候，大家都围成一个小圈圈，将两个孩子围着。梅丽笑着直嚷："你瞧，这两个小东西，满处瞧人呢。"

只这一声，就听到有人说道："你们这些人一高兴，就太高兴了，怎么把两个小孩子也带出来了呢？这地方这么多人，又笑又嚷，仔细把孩子吓着了。"

大家看时，乃是金太太来了。燕西笑道："这可了不得！连母亲也参加这个热闹了。"

金太太道："我也来拜寿吗，你这寿星公当不起吧？我听说两个孩子出来了，来照应孩子的。"

燕西笑道："你老人家这话漏了，儿子受不住，特意地来瞧孙子，孙子就受得住吗？"说毕，大家哄堂一笑。

金太太连忙挥着乳妈道："赶快抱孩子走吧。这里这些个人，这么点儿大的孩子，哪里经得住这样嘈杂呢？"

两个乳妈目的只是在拜这个寿领几个赏钱。寿是拜了，待一会儿，赏钱自然会下来的，这就用不着在这里等候了。因之她们也笑着抱孩子走了。只在她们走后，楼下就有人笑了上来道："这可了不得，连这点儿大的小孩子，都把寿拜过去了，你瞧，我还不曾出来呢。"

大家一看，原来是玉芬到了。当时玉芬走上前握了清秋的手，一定要她站在前面，口里笑道："贺你公母俩千秋。"

清秋笑道："三嫂，你这样客气，我怎样受得了？有过嫂嫂给弟媳拜寿的吗？"

玉芬笑道："这年头儿平等啦。"

清秋看她眉飞色舞，实实在在是欢喜的样子。便道："道贺不敢当，回头请你唱上一段吧。"

玉芬道："行，上次老七做寿，我玩票失败了，今天我还得来那出《武家坡》。"说时，望了望大家一笑。

清秋心里好生疑惑，她闹了大亏空之后，病得死去活来，只昨天没有去看她，怎么今天完全好了？而且是这样的欢喜。向来她是看不起人的，今天何以这样高兴和亲热？这真是奇怪了，难道自己的生日还会引起她的兴趣吗？那倒未必。不但清秋是这样想，这寿堂一大部分人也是这样想。她前几天如丧家之犬一般，何以突然快乐到这步田地呢？不过大家虽如此想，也没有法问了出来，都搁在心里。

这舞厅上，已经安设了一排一排的椅子，一张椅子面前一副茶点。燕西笑着请大家入座，一面就有听差将大鼓娘由露台下平梯上引上来。佩芳、慧庵是初出来玩，玉芬又高兴不过，她们都愿意听书，其余的人也就没有肯散的。燕西一班朋友，有接着电话的，也都来了，所以也有一点儿小热闹。到了晚上吃寿酒的时候，临时就加了五席，家里人自然没有不到的。

这其间却只有鹤荪在酒席上坐了一半的时候，推着有事下了席。女宾里头的乌二小姐，正坐在寿星夫妇的一桌，回过头来，一看鹤荪要走，便笑道："二爷，我有一件事托你。"说着，走近前来道，"我有一个外国女朋友，音乐很好，还会几种外国语，有什么上等家庭课，请你介绍一两处。"鹤荪说着可以，走出了饭厅外，乌二小姐又觉着想出了一句什么话要追加似的，一直追到走廊上，回头望了一望，低低地笑道："你们老七知道吗？"

鹤荪道："大概知道吧？但是回头怕要打小牌，他未必走得开。"

乌二小姐道："你先去，我就来，你和他们说，我绝不失信的。"说毕，匆匆又归座了。只说到这里，那边桌上，已有人催乌二小姐喝酒，便回座了。

鹤荪轻轻悄悄地走到外边。今天家里的汽车都没有开出去，就吩咐金荣，叫汽车夫开一辆车到曾小姐家里去。汽车夫们坐在家里，是找不着外花的，谁也愿意送了几位少爷出门，不是牌局，便是饭局，总可以得几文。而今又听说是到曾小姐家去，更是乐大发了。鹤荪溜出大门，坐上汽车，就直上曾美云家来。原来曾美云和家庭脱离关系后，自己在东城另觅了一幢带着浓厚洋味的房子，一人单独住家。屋子里除了几个不甚相干的疏远亲戚而外，其余就是仆役们。她在这里，无论怎样交际也没有人来干涉她。有些男朋友，以为她这里又文明，又便利，也常在她这里聚会。鹤荪和曾美云的感情，较之平常人又不同一点儿，有时竟可借她这地方请客。客请多了，曾美云多次作陪，也不能不回请一次。今晚这一会，就是曾美云回席，除了几位极熟的女朋友而外，还有两位唱戏的朋友，约了今晚，大家小小同乐一宿。鹤荪在三日前就定好了今天的日期，不料突然发表出来，却是清秋的生日。在情理上固然是非到不可，同时也觉得不到又很露形迹，所以勉强与会，吃了半餐饭。这边曾美云也早已得了他的消息，好在这些朋友一来各家都有电话，二来他们并不怕晚，所以都通知了一声，约着十点钟才齐集。鹤荪吃了半餐就跑了出来，不过九点钟刚刚过去，还要算他来得最早。

他一下汽车，只见里面屋子里电灯接二连三地一齐亮着，很像是没有客到的样子。所以他走到院子里便笑道："我总以为来得最晚呢。原来倒是我先到。"

隔着纱窗，就看见曾美云袅袅婷婷地由里面屋子里走到外面客厅里来。等到鹤荪上了走廊下的石阶，她就自己向前推着那铁纱门，来让鹤荪进去。

鹤荪望了她笑道："你这样客气，我真是不敢当。"曾美云等人进来了，也不说什么，就一伸手，在他头上取下帽子，一回手交给了老妈子。鹤荪见她穿了绿绸新式的旗衫，袖子长齐了手脉，小小地束着胳膊。衣服的腰身小得一点点空幅没有，胸前高高地突起两块。这绸又亮又薄，电灯下面一照，衣服里就隐约托出一层白色。这衣服的底襟，长齐了脚背，高跟皮鞋移一步，将开岔的底摆踢着有一小截飘动。她在左摆上面，又垂着一挂长可二尺的穗子，上面带着一束通草藤萝花，还有一串小葡萄。走起来哆里哆嗦，倒有个热闹意思，鹤荪不由得先笑了。

曾美云见鹤荪老是笑嘻嘻地望着他，便笑问道："什么事你今天这样地乐，老是对着我笑？"

鹤荪笑道："我看你这一身，美是美极了，不过据我看来，也有些累赘似的，不知道你觉得怎么样？"

曾美云道："这就太难了。我常穿西服，你们说我过于欧化，失去东方之美。我穿着中国衣服，又说太累赘了，到底是哪一种的好呢？"

鹤荪道："这话还是你不对。中国衣服有的是又便利又好看的。这种衣服，我敢说浑身上下都受了一种束缚，而且还有许多不便。"说着，向曾美云微微一笑。正燃了一支烟卷抽着，于是衔了烟卷，斜靠在沙发上，望了曾美云。

她瞟了鹤荪一眼道："你这人是怎么了？总说不出好的来。"说着，挨了鹤荪，也就在沙发上坐下。笑着道："你说你说，究竟是哪一点儿不便利？你自己不往好处着想，我有什么法子呢？"

鹤荪道："我就指点出几种坏处来，譬如手胳膊上的痒，你可没有法子搔，用手做事，如下水洗手之类，不能不小心。这衣服下摆是这样的小，虽然四角开了岔口，总不像短旗袍，光着两腿，可以开大步。上起高台阶，自己踏着衣服，也许摔你一个跟头。再说，如今讲曲线美，两条玉腿是要

225

紧的一部分，长旗袍把腿遮了起来，可有点儿开倒车。"

曾美云笑道："据你这样说，这种最时新的衣服，倒是一个钱不值。"

鹤荪道："衣服不管它时新不时新，总要合那美观和便利两个条件。若是糊里糊涂的时新，究竟是不久就会让人家来打倒的。"

曾美云笑道："这样时新的衣服，我还做的不多，要说打倒的话，我很愿意这种衣服先倒，因为大袖子短身材的衣服，我还多着呢，我自然愿意少数的牺牲。"

只说到这里，院子外就有人接着嘴说道："要牺牲谁呀？无论站在哪一方面说，我都是少数的，不要将我牺牲了。"

鹤荪听了这话，向外问道："咦！这不是老五？"

外面答道："是我呀。你料想不到今晚来宾之中，有我这样一位吧？"说着话，这人已是由外面推了门进来，就是上次燕西和曾美云所讨论有曲线美相片的那个李倩云小姐。

她手上搭着一件紫色夹斗篷，身上穿一件对襟半西式的白褂子，袖口比两胁长出二三寸。下面穿着猩猩血的短绸裙，其长不到一尺。上面两条光胳膊，下面两条丝袜子裹着大腿，都是圆圆溜溜的。

鹤荪因她说了猜不到我吧，这里面言中有物，不好意思把这话追下去说了，便笑道："这孩子真是，只要俏，冻得跳。为什么这样早的时候，你就穿着这样露出曲线美的衣服？"

李倩云还不曾答复，曾美云便笑道："你这人怎么这样说话？我穿了这长袖子的衣服，你说是不好，人家穿了短衣服，你又说不好。"

鹤荪道："我并不是说不好，不过我觉得这样太薄一点儿罢了。"说时，便伸手捞住李倩云的胳膊。

李倩云笑道："你摸着我的手，我凉不凉，你还不知道吗？"说时，也就向她一挨身坐下，挤着下去。

曾美云是坐在鹤荪右边，她就在鹤荪左边，将头靠在鹤荪肩膀上，脸一偏望着曾美云笑道："我这样，你讨厌不讨厌？"说毕，昂着头，眼睛又向鹤荪一溜。

曾美云道："老五，你这话是什么意思？"

李倩云将嘴对鹤荪一努，笑道："他不是你的吗？我们朋友太亲热了，

226

与你友谊有碍吧？"

曾美云道："你这话就自相矛盾，你既然承认是你的朋友，又说恐碍了我的友谊，分明大家都是朋友了。朋友和朋友亲热，与别个朋友有什么相干？二爷又怎能够是我的呢？"

李倩云道："虽然都是朋友，可是朋友也要分个厚薄呀。"

曾美云道："我和二爷很熟，这是我承认的，但是你和二爷熟的程度，也不会在我以下。我就是听到别人说，关于和二爷交朋友，你我发生了误会。我想，这是哪里的话？谁也不能只交一个朋友哇？所以我今天请客，非把你请到不可，表示我们没有什么成见。"

李倩云笑道："唯其是这样，所以你一请，我今天就来，我要有成见，今天我也是不会到的了。"

鹤荪笑道："你二位不必多说了，所有你们的苦衷，我都完全谅解。"

李倩云将右手伸出，中指按住大拇指，中指打着掌心，啪的一下响。在这响的中间，眼睛斜望着鹤荪道："反正你不吃亏，你有什么不谅解的呢？"

鹤荪伸着手，将她的大腿拍了几下，笑道："瞧你这淘气的样子。"

曾美云笑道："你们俩在这里蘑菇吧。"说毕，她就起身入室去了。

鹤荪和倩云，都以为她果真有事，这也就不跟着去问。过了一会儿，她走了出来，却是焕然一新，原来她也照着李倩云的装束，换了一身短衣短袖的西服出来。鹤荪本想说两句俏皮话，转身一想，那或者有些不好意思，也就向她一笑而已。

第七十六回

声色无边群居春夜短
风云不测一醉泰山颓

只在这时，院子里一阵喧哗，刘宝善、朱逸士、赵孟元三个人一同进来了。鹤荪劈头一句便道："老刘，你今天有一件事失于检点。"

刘宝善听说，站着发愣，脸色就是一变。鹤荪道："老七的少奶奶今天生日，你怎么也不去敷衍一阵？"

刘宝善笑道："我的二爷，你说话太过甚其词，真吓了我一跳。"说完这一句话，才将头上的帽子摘下来。

朱逸士笑道："二爷，你有所不知，人家成了惊弓之鸟了。还架得住你说'失于检点'这一句话吗？"

鹤荪笑道："你们一说笑话，就不管轻重，真把刘二爷看得那样不值钱，为了上次那点儿小事，就惶恐到这样子？"

刘宝善将肩膀抬了一抬笑道："二哥，你别把高帽子给我戴，我到现在为止，心里可真是有点儿不安呢。今天七少奶奶寿辰，我并不是不知道，可是我就怕碰到了总理，问起我的话来我没有话去回答。衙门里的事，现在我托了有病请着假，真得请你们哥儿几位，给我打个圆场才好。"

鹤荪见曾李二小姐在一边含着微笑，自己很不愿朋友失面子，便道："你在哪里喝了酒？说些无伦次的话。"

朱逸士、赵孟元也很知鹤荪的用意，连忙将别的言语，把这话扯开。朱逸士就问曾美云道："还有些什么客没到？我给你用电话催一催。"

曾美云笑道："你这话有点儿自负交际广阔，凡是我的朋友，他们的电话你都全知道，这还了得？不过这里头有两个人你或者认识，就是王金玉和花玉仙。"

朱逸士笑道："了不得！这两位和他们哥儿们的关系，你也知道吗？你说我的交际广阔，这样看起来，实在还是你的交际广阔，这件事知道的人还不会多哩。花玉仙的电话……"

只这一句未完，院子里有人接着答道："是六八九九。"说这话的，正是花玉仙的嗓音，已是一路笑着进来了。王金玉、花玉仙两个人牵着手笑嘻嘻地走了进来。鹤荪道："今天晚上怎么回事？提到谁，谁就来了。"

花玉仙道："倒有个人想来，你偏不提一提。"

鹤荪便问是谁，花玉仙道："我们来的时候，黄四如在我那里，她很想来。可是她不认识曾小姐，不好意思来。"

曾美云道："那要什么紧？只管来就是了。朋友还怕多吗？花老板，就请你打个电话，替我请一请。"

鹤荪道："那不大好吧？她是王二哥的人，只有她没有王二哥，王二哥年纪轻，醋劲儿大，会惹是非的。"

王金玉道："他们俩感情有那么好，那就不错了。四如倒真有点儿痴心，可是王二爷真看得淡极了，总不大理会她。"

曾美云道："哪个王二爷？不就是金三爷的令亲吗？我也认识的，那就把他也请上吧。"

鹤荪道："你请多少客，还能够添座？"

曾美云道："除现在几位之外，就是李瘦鹤和乌老二，原是预备临时加上两位的。"

刘宝善听说，便去打电话催请。花玉仙家到这里不远，首先一个便是黄四如到了。她一进来，就请花玉仙给她介绍两位小姐，曾美云见她异常的活泼，就拉着她的手笑道："我为了黄老板要来，把王二爷也请了，你想我这主人翁想得周到不周到？"

黄四如笑道："曾小姐，你别听人家的谣言，王二爷和我也不过是一个极平常的朋友，他来不来，与我是没有关系的。"

鹤荪笑道："你这人看上去好像调皮，其实是过分的老实，我听说你对王二爷感情不错，可是王二爷对你很寡情。既是这样，你应该造一个空气才好，为什么反说你和王二爷没有什么关系，这样一来，他是乐得推个干净了。老刘，我们可以做点儿好事，小王来了，我们给她拉拢拉拢。"

刘宝善笑道："这个我是拿手，只要黄老板愿意的话……"说着，望了黄四如。

黄四如道："刘二爷，你别瞧我，我总是乐意的。拉人交朋友，总是好心眼儿。"

李倩云听了，向她点了点头，笑道："你说话很痛快，我就喜欢这样的人。"

黄四如看到李倩云那样子似乎是个阔小姐，便借了这个机会，和她坐在一处谈话。一会子工夫，李瘦鹤来了，王幼春也来了，只有乌二小姐一个人了。

曾美云吩咐听差不用等，在别一间小客厅子里开了席，请大家入座。刘宝善早预备席的次序，四周放了来宾的姓字片，将王黄二人安在邻席，王幼春不知道黄四如在这里，进来之后也没法子躲，就敷衍了几句。黄四如也很自量，只和李倩云说话。王幼春见李倩云浑身都露着曲线美，脸上淡淡的胭脂，衬着深深的睫毛，眼睛微微低着看人，好像有点儿近视似的，越发地增了几分媚态。她又不时地微笑，露出一嘴齐整的白牙来。王幼春只闻其名，今日一见，果然名不虚传，不觉多看她几眼。他只知道李倩云小姐和金家兄弟们有交情，却不知黄四如却也和她好。现在看出来了，要想认识认识她，少不得还要走着黄四如的路子才好。因此把不理会黄四如的心思，又活动一点儿。这时入席见自己的位子和黄四如的位子相连，待要不愿意，很显然得罪她。得罪了她，怎能借着她和李倩云去亲近？因此只装着模糊，大家按照名字入席，自己也就按了名字入席。

黄四如坐下，拿起王幼春的杯筷，就用碟子底下的纸片来擦。王幼春笑道："你还和我来这一手？"

黄四如笑着轻轻地道："怎么样？巴结不上吗？"

王幼春道："哪有这样的道理？你就说得我这人那样不懂事？我是说我们不应该客气。"

黄四如道："既不应该客气，你就让我动手得了，又说什么呢？"于是王幼春也就只好一笑了之。他二人说话，声音是非常的细微，在座的人，

230

有听见的少不得向着他们笑。

李倩云道："大家笑，我可不笑。朋友在一处，客气一点儿，擦擦杯筷，这也不算什么。"因看见右手李瘦鹤的杯筷还不曾擦，便笑道，"我也给你擦擦吧。"说着，就把他面前的杯筷拿了起来擦。

李瘦鹤只呵呵两声，连忙站了起来，一面用双手接了过来道："真不敢当！真不敢当！"口里说着，眼睛又望了鹤荪。

刘宝善在对面看见，笑道："这样一来，我倒明白了一个典故，晓得书上说的受宠若惊是一句什么意思了。你瞧我们这李四爷。"

李瘦鹤笑道："你不是心里觉着难受吗？这一会子，你的嘴又出来了。"

刘宝善道："不错，我心里是很难受。可是我这分子难受，也应该休息一会儿，若是老这样难受下去，你猜我不会急死吗？"

李瘦鹤笑道："你这话我倒赞成，中国真正的过渡时代，总算咱们赶上了。在这只破船里遇着这样的大风大浪，咱们都是不知命在何时，干吗不乐上一乐？"

李倩云已是把杯筷擦干净了，听他这样说，就伸手拍了他的脊梁道："你这话很通，我非常地赞成。"

王幼春见李倩云是这样的开通，他想道：自己若是坐在李瘦鹤那个地方，就是不要什么介绍，也未尝不可以和她玩起来的。可惜事先不知道，要知道她这样容易攀交情的，我就硬坐到那边去。他心里是这样想着，眼睛少不得多看了李倩云几眼。李倩云的眼光，偏是比平常人要锐利些。她便望着王幼春抿嘴一笑。

这个时候，听差斟过了一遍酒，大家动着筷子吃菜。王幼春见李倩云笑他，他就不住地夹了几筷子咀嚼着，想把这一阵微笑敷衍过去。李倩云笑道："二爷这人有点儿不老实，既然是看人家，就大大方方地看得了，干吗又要躲起来不好意思呢？"

这一说不打紧，王幼春承认看人家是不好，不承认看人家也是不好，红着脸只管笑着说："没有这话，没有这话。"心里可就想着，这位小姐浪漫的声名，我是听到说过的，可不知道她是这样敞开来说。

赵孟元就道："李老五，我有一句话批评你，你可别见怪。"

李倩云一偏头道："说呀！你能说，我就能听，我不知道什么叫着

231

见怪。"

赵孟元道："那我就说了。你这人开通，我是承认的。可是两性之间，多少要含一点儿神秘的意味，那才感觉得有趣。若是像你这一样，遇事都公开，大煞风景。譬如王老二，他偷看你，是赏鉴你的美。据你刚才那种表示，虽不能说是你欢迎他的偷看，可是不拒绝他偷看。你既不是拒绝，口里就别言语，或者给一点儿暗示也可以，那么，王老二对于你这份感情那就不必提了，至少他把你心事当哑谜猜，够他猜一宿的了。你这一说，他首先不好意思再看你，或者还要误会你故意揭他的短处，把他羡慕你的心思至少也要减除一半。你把一个刚要成交的好朋友，兜头浇了一盆凉水了。"

李倩云且不答复赵孟元，却笑问王幼春道："老赵的话对吗？你真怪我吗？"

王幼春怎样好说怪她，连说："不不。"

李倩云笑道："我不敢说我长得美，可是哪一个女子也乐意人家说她美的。要不然，女子擦粉，抹胭脂，烫头发，穿高跟鞋为着什么？为着自己照镜子给自己看吗？所以我并不反对人家看我的。"

在桌上的男宾，除了王幼春而外，都鼓起掌来。赵孟元就向她伸了一个大拇指，笑道："你这种议论总算公道，所有女子不肯说的话，你都说出来了。"

李倩云笑道："你别瞧我欢喜闹着玩，可是交朋友又是一件事。谁要愿意和我交朋友，我嘴里不说出来，心里未尝不明白。譬如王二爷他今天一见着我，就有和我交朋友的意思，不过初次见面，不好意思十分接近。其实社交公开年头儿，那没有关系，爱和谁交朋友，就和谁交朋友去。至于那个人愿意不愿意和你交朋友，那又是一个问题，就别管了。"

李瘦鹤道："这样说，你愿不愿和王二爷交朋友？"

李倩云道："在座的人，谁要和女人交朋友，都有这意思，就算是发生了恋爱。这一点，我不便直说。"

赵孟元拿了手上的筷子，轻轻在桌子上一敲笑道："得！我们索性敞开来说。我问你，你和鹤荪交情是不错的了，究竟是朋友，是爱人呢？"

李倩云倒不料他会问出这一句话来，不直说了，他们一定要批评自己还是不能硬到底。果然直说了，又怕会对不住曾美云。先望着鹤荪笑了一笑，然后右手用筷子夹了几丝菜，在嘴里咀嚼着，左手端起酒杯子来，咕嘟喝了一口酒。笑着用筷子指着鹤荪道："我和他的事，你不是明知故问吗？"

曾美云一看他们这样的玩笑，不免有点儿不高兴，可是碍着面子，又不便说什么，只得望了大家傻笑。鹤荪因为李倩云说的话，也是太露骨一点儿，便笑道："傻孩子，你喝醉了酒了吗？"

李倩云笑道："你别怪我，我是骑虎莫下。你想，我拿人家打冲锋，已经说在前面了，到了我自己，我就不说，那还不是自己打自己的嘴巴吗？其实我们也不过深进一层的朋友，谈到爱人，你当着大众，是不肯承认的。就是我在这席上面，也不敢硬说出来我和你有什么关系。"

曾美云道："老五，你今天的酒，果然是喝多了，他们都拿你开心，你上了人家的当还不知道吗？"

李倩云见鹤荪和曾美云都有点儿不乐意的样子，心想，若继续地向下说，一定会闹得不欢而散，不如就借了这个机会转圜，因笑道："可不是吗？他们都拿我开心的，我不说了。"回转头来，就向李瘦鹤笑道，"老李，你怕嚷不怕嚷？若是不怕，我们来豁上几拳，你看好不好？"

李瘦鹤也是醉心于李老五的，他特别地见邀，岂有不从之理？马上点头笑道："来来来！"说着话时，左手卷着右手袖口，左手已是伸出拳头来了。马上七巧八马，总算把刚才的话锋遮掩过去了。但是一开了端，大家豁起拳来，就闹了个不休。

曾美云看了李倩云风头出足了，却提议道："老五的酒量很好，拳也很好，能打一个通关吗？"

李倩云道："你想灌醉我的酒吗？"

曾美云道："并不是我要灌醉你的酒，不过我看你这样兴高采烈，给你凑一凑趣，你若没有那个胆量，你就不必尝试了，好在你又不是三岁两岁的小孩子，给人家一冤就冤上了。你说我是冤你，就算是冤你，我也不去否认。"

李倩云笑道："得！我就打一个通关。"于是左手将右手的光胳膊擦了一擦，就向李瘦鹤笑道，"来来来！这该先轮着你了。"

李倩云究竟是个女子，对于这种武剧化的猜拳，绝不也像男子那样有经验，因之打到一半，就退回来。她又不服这口气，非打通不可，只管向下打了去。这样一来，酒就喝得可以了。只有半餐酒席的工夫，李倩云两脸喝得通红，只管笑哈哈地高声说话。只看耳朵根上戴的两根耳坠子，只管摇摆不定，已经醉得可以了。

鹤荪看了有些不过意，就对她笑道："你还闹什么？人家糊弄你，你不知道呢。我看有好几拳，都是你赢了，人家手快，手指头一伸一缩，就混过去了。你的拳实在好，人家不和你正正经经地豁，也是枉然。"说着，向李瘦鹤丢了一个眼色。

李瘦鹤一见会意，便笑道："老五，他们大家都不忠厚，你不要来吧？"

李倩云道："是真的吗？"说着话，鼓了嘴，呼都呼都地呼出两口气，因见旁边茶几上放有两碟水果，便起身拿了一个大梨，站在当地咬。

恰好王幼春也起来拿烟卷，李倩云就笑问他道："你看我醉不醉？"

王幼春笑道："醉不醉？问你自己，我怎样知道呢？"

李倩云笑道："也许我喝得多一点儿了，脸上都发烧了，你摸摸我的脸。"

王幼春当了许多人，已经觉得不便伸手摸人家的脸，况且李倩云又说了在先，自己是偷看人家的，更不好摸人家，只得向她笑了一笑。李倩云见他不好意思摸，就拿着他的手，用脸向前一伸，一直伸到王幼春怀里，跐起脚来，脸在王幼春脸上一贴，斜着眼睛问道："你看发烧了不是？"

王幼春真不料她有这种直率，吓得向后一退。李倩云将嘴一撇道："你瞧，他还害臊！"

鹤荪皱了皱眉道："她真是醉了，让她躺下吧。"

于是站起身来，两手挽着她，向隔壁屋子里一张长椅上躺下，她倒是睡下了，鹤荪待要走时，她一把将鹤荪拉住，笑道："你别走，咱们谈谈。"

鹤荪坐在长椅的尾端，笑道："你今天也闹得够瞧了，还打算闹吗？"

说到这里，那面散了席，大家一窝蜂似的拥到这边屋子来。刘宝善笑道："饭是吃过了，我们找一点儿什么娱乐事情？"

李瘦鹤道："打牌打牌。"

刘宝善道："我们有这些个人，一桌牌如何容纳得下？"

李瘦鹤道："打扑克，推牌九，都成。"

刘宝善道："娱乐的事情也多，为什么一定要赌钱？让曾小姐开了话匣子，我们跳舞吧。"

黄四如一见李倩云和王幼春闹得那样热闹，心里十二分不高兴，可没有法子劝止一句，只是脸上微笑，心中生闷气。这时刘宝善提到跳舞，她不觉从人丛中跳了起来，拉着刘宝善的手道："这个我倒赞成，我早就想学跳舞，总是没有机会。今天有这些个教员，我应该学一学了。"

王金玉道："我也是个外行，我也学一学，哪个教我呢？"

刘宝善用手指着鼻子尖，笑道："我来教你，怎么样呢？"

王金玉笑道："胡说！"

刘宝善道："你才胡说呢！跳舞这件事，总是男女配对的，你就不让爷们教，你将来学会了，难道不和爷们在一处跳吗？你要是不乐意挨着爷们，干脆，你就别学跳舞。"

王金玉道："我也不想和别人跳，我只学会了就得了。"

刘宝善道："那更是废话！不想和人家跳，学会了有什么意思？"

曾美云道："不要闹，你先让她看看，随后她就明白了。"于是指挥着仆役们，将屋子中间桌椅搬开。话匣子也就放在这屋子里的，立刻开了机器，就唱了起来。

只在这时，乌二小姐嚷了进来，连说："来迟了，来迟了。"

鹤荪道："你怎么这时候才来呢？可真不早哇。"

乌二小姐还不曾答复这问题，赵孟元迎着上前，将她一搂，笑道："咱们一对儿吧。"说着，先就跳舞起来。其余曾美云和鹤荪一对，刘宝善和花玉仙一对，王幼春和李倩云一对。

王幼春不曾想到和李倩云一对跳舞的，只因站在沙发椅的头边，李倩云一听到跳舞音乐，马上站立起来，她看见王幼春站着发愣，笑道："来呀。"面对王幼春而立，两手就是一伸。王幼春到了这时，就也莫名其妙地和她环抱起来。环抱之后，这才觉得有言语不可形容的愉快。王金玉和黄四如站在一边，都只是含着微笑。曾美云这个话匣子，是用电气的，放下一张片子，开了电门，机器自己会翻面、会换片，所以他们开始跳舞之后，音乐老没有完，他们也就不打算休息。还是曾美云转到话匣子边，将电门一关，然后大家才休息。

刘宝善走过来问黄四如道："你看，这不是很平常的事情吗？值得你那样大惊小怪。"

黄四如看他们态度如常，也就只对他们微笑点点头。刘宝善道："你若愿意来的话，我就叫王二爷来教你。"

李倩云道："王二爷的步法很好，让他教你吧。"王幼春见人家当面介绍了，自然是推辞不得，也就只是向着大家微笑。

又休息了一会儿，话匣子开了起来，便二次跳舞。黄四如虽是有点儿不好意思，但是看着有人为之在先了，也就不十分害臊。王幼春道："你一点儿都不懂吗？"

黄四如抿着嘴唇，点了点头。王幼春笑道："你这个蘑菇，我告诉你一个死诀窍，你既是不会跳，你就什么也不用管，只管身子跟我转，脚步跟我移。"

黄四如笑着，点了点头。于是王幼春将她环抱着，混在人群中跳。黄四如刚才在一边，仔细看了那么久，已经有些心得，现在王幼春又教她不要做主，只管跟了跑，当然还不至于十分大错。王幼春原是不大欢喜黄四如的，这个时候手环抱着她的腰，她的手在肩上半搭过来，肌肤上的触觉，有两个消息告诉心灵，便是异样的柔软与温暖，加上一阵阵的粉香，尽管向人鼻子里送来，人是感情动物，总不能无动于衷。因之经过一回跳舞之后，王幼春也就和黄四如坐在一张沙发上喝茶。笑问道："你觉得有趣没有趣？"

黄四如道："当然是有趣，若是没有趣，哪有许多人学跳舞呢？"

王幼春道："你吃力不吃力？"说着，伸了手摸黄四如的胳膊，觉得有些汗津津的。

黄四如因轻轻地用脚碰着他的腿道："这一会子你不讨厌我了吗？"

王幼春觉得她这话怪可怜的，不由得哈哈笑起来。因道："你这话可得说清楚，我什么时候又讨厌你了？"

黄四如是明明有话可答的，她想着是不答复出来的好，便笑道："只要这样就好哇！我还不乐意吗？"说时，握了王幼春的手，望了他一眼，轻轻地道，"明天到我家里去玩，好不好？"

王幼春笑着，点了点头。黄四如拉住他的手，将身子扭了两扭，哼着道："我不！你要说明你究竟去不去，我不！你非说明不可。"

王幼春笑道："去是去的，不知道是预备什么送你。"

黄四如正色道："那样你就是多心了。难道说我要你到我家里去，我是敲你竹杠吗？"

王幼春道："不是那样说。因为我初次到你府上去，就这样人事一点儿没有，似乎不大好看似的。"

黄四如道："你真老妈妈经了，怎么还要带东西，才好到人家家里去呢？若是二爷要一点儿面子的话，给我们老妈子三块五块的，那就很好了。只要交情好，还在乎东西吗？哟！这话我可说得太亲热一点儿。"说着，掏了手绢掩住嘴笑。

王幼春喝的酒，这时慢慢地有点儿发作了，精神兴奋起来，不觉得有什么倦容，就只管和黄四如谈话。偶然感到口渴了，站起来要倒一杯茶喝。四周一看，这屋子里只剩电光灿烂，那些坐客全不知道哪里去了。因笑道："我听说他们要到前面打牌去，也没有留神，怎么就去了？"

黄四如将右手中间三指捏着，将大拇指小指伸出来，大拇指放在嘴上一比道："是这个吧？"

王幼春道："不能吧？他们都没有瘾的，除非借此闹着玩两口。我瞧瞧去。"

于是悄悄地掀开左边的帷幔，只见里面点了两盏绿电灯，并不见人。由这屋拐过去，便是曾美云的内室了。走进去，听到隐隐有笑声，好像是曾美云说把客送到这里再说吧。王幼春便退出来了，右边是刚吃酒的地方，拐过去是东厢房。果然有鸦片气味，却是刘宝善横在一张小铜床上吸烟，王金玉陪着。

王幼春道："一会子工夫，人都哪里去了？"

刘宝善道："他们说是打扑克去了，大概在前院吧。他们的意思，是怕吵了主人翁。"

王幼春走回来，叫着黄四如道："小黄，他们打扑克去了，我们也去加入。"

黄四如却没有答应，缩了脚，侧着身子睡在沙发上。王幼春道："别睡着呀，仔细受了冻。"

黄四如伸了一个懒腰，蒙眬着两眼，慢慢地道："好二爷，什么时候了？我真倦，你有车子吗？请你送我回家去。"说毕，又闭上眼睡了。

王幼春推了她几推，她还是睡着。没有法子，一个人只好坐着陪了她。静静悄悄地过了一会子，黄四如坐起来，手抚着鬓发道："呀！电灯灭多久了？窗子上怎么是白的？天亮了吧？"

王幼春将窗纱揭开，隔玻璃向外张望，因笑道："可不是天亮了吗？春天的夜里，何以这么短？混了一下子，天就亮了！"

黄四如笑道："现在，你该送我回家了吧？还有什么可说的？"

王幼春道："这个时候天刚亮，谁开门？索性等一会子吧。"

黄四如笑道："真是糟心，回又回去不得，睡又没有地方睡。"

王幼春道："你在那沙发上躺着吧，我到别的地方找个地方打个盹儿。"

黄四如果然在沙发上睡了，王幼春却转到烧鸦片那间屋子里去。只见烟盘子依然放在床中间，刘宝善却和王金玉隔着灯盘子睡了。再转到前面，只见那小客厅里桌子斜摆着，上面铺了厚绒垫，散放了一桌的扑克牌和红绿筹码子，还有一张五元的钞票。王幼春自言自语地道："这也不知是谁的钱太多了？"捡了起来，向裤子袋里一塞。屋子里并没有人，李倩云、李瘦鹤、乌二小姐都不知道到哪里去了。这时候也不便去叫听差的，还是回到上房，就在一张小沙发上坐下，把两只脚抬起来，放在别张沙发上，这也可以算是躺下，就睡下了。

及至醒来，已是十二点钟了，有人摇着他的肩膀道："你这样睡着，不受累吗？"

抬头一看，却是鹤荪。王幼春将两只脚慢慢地放下来，用手捶着腿道："真酸真酸。"

鹤荪道："既然酸，为什么还睡得很香哩？"

王幼春道："你不知道，昨天晚晌实在闹得太厉害，倦极了，所以坐下来就睡着了。"

曾美云也在身后站着了，笑着，向王幼春道："这样闹，可是可一而不可再呀。"

王幼春笑道："要闹也是大家闹，不是我一个人呀。"

238

王金玉搭着花玉仙的肩膀，走进了屋来，笑着对黄四如道："小黄，睡够了没有？我们该走了。"

黄四如在里面屋子里，理着头发，和曾美云深深地道了一声谢，然后走了。其余男客女客也各有事，各自告辞。唯有鹤荪本人，曾美云要留着吃了午饭再走。鹤荪因闹了一夜，总还没有睡得好，在这里能休息一会儿，也是好的，因此就表示可以吃午饭。又是两点钟才开出来，吃过了午饭，天就快黄昏的时候了。鹤荪想起有几件事要办一办，又到别处混了一混，并没有回家。到了晚上八点钟，电话约了曾美云在中外饭店吃饭，带看跳舞，算是对于昨晚的宴会小小回席。

到了九点钟的时候，只见饭店里的西崽引着金荣一直到舞厅里来。鹤荪见金荣的颜色有些不对，连忙在跳舞场出来，将金荣拉到一边，轻轻地问道："家里有什么事吗？是二少奶奶找我吗？"

金荣满面愁容地道："不是的，总理喝醉了酒，身体有些不舒服。恰好几位少爷都不在家，我们这个忙，不用说，到处找人。"

鹤荪道："喝醉了酒，也不妨事，你们大惊小怪地做什么？"

金荣道："不是光喝醉了，而且摔了一跤，人……是不大好，找了好几个大夫在家里瞧。二爷，你赶快回家去吧，现在家里是乱极了。"

鹤荪听了这话，心里也扑通一跳，连问："怎样了？"一面说话，一面就向外走，连储衣室的帽子，都忘了去拿，走出饭店门，才想起没有坐车来。看看门口停的汽车号码，倒有好几辆是熟朋友的汽车，将里面睡的汽车夫叫醒，说明借车一用，也不让人家通知主人，坐上去就逼着他开车。到了家门口，已经停了七八辆车在那里，还有一两辆车上画了红十字。

鹤荪一跳下车，进了大门，遇到一个听差，便问总理怎么样了。听差说："已经好些。"鹤荪一颗乱蹦的心，才定了一定。

往日门房里面，那些听差们总是纷纷议论不休，这时却静悄悄地一点儿声息没有。鹤荪一直向上房里走，走到金铨卧室那院子里，只见叽叽喳喳屋子里有些人说话，同时也有一股药气味送到人鼻子里。凤举背了两手，在走廊上走来走去，尽管低了头，没有看到人来了似的。燕西却从屋子里跑出来，却又跑进去。隔了玻璃窗子，只见里面人影摇摇，似乎有好些人都挤在屋子里。

鹤荪走到凤举面前，凤举一抬头，皱了眉道："你在哪里来？"

鹤荪道："我因为衙门里有几件公事办晚了，出得衙门来，偏偏又遇到几个同事的拉了去吃小馆子，所以迟到这个时候回来。父亲究竟是什么病？"

凤举道："我也是有几个应酬，家里用电话把我找回来的。好端端的，谁料到会出这样一件事呢？"鹤荪才知这老大也犯了自己一样的毛病，是并不知道父亲如何得病的。只得闷在肚里，慢吞吞地走进金铨卧室里去。

原来金铨最近有几件政治上的新政策要施行，特约了几个亲信的总长和银行界几个人在家里晚宴。本请的是七点钟，因为他的位分高，做官的人也不敢摆他的官派，到了六点半钟，客就来齐了。金铨先就发起道："今天客都齐了，总算赏光。时间很早，我们这就入席。吃完饭之后，我们找一点儿余兴，好不好？"

大家都说好，陪总理打四圈。金铨笑道："不打就不打，四圈我是不过瘾，至少是十六圈。"说毕，哈哈大笑。

听差们一听要赌钱，为了多一牌多一分头子的关系，马上就开席，格外陪衬得庄重起来。宾主入席之后，首席坐的是五国银行的华经理江洋，他是一个大个儿，酒量最好。二席坐的是美洲铁路公司驻华代表韩坚，也是个酒坛子。金铨旁边坐的财政赵总长便笑道："今天有两位海量的嘉宾，总理一定预备了好酒。"

金铨笑道："好不见得好，但也难得的。"于是叫拿酒来。大家听说有酒，不管尝未尝，就都赞了一声好。

金铨笑道："诸位且不要先说好，究竟好不好，我还没有一点儿把握。"便回头问听差道，"酒取来了没有？"

听差说："取来了。"

金铨将手摸了一摸胡子笑道："当面开封吧。纵然味不好，也让大家知道我绝不是冤人。"

说着，于是三四个听差，七手八脚地扛了一坛酒来。那坛子用泥封了口，看那泥色，转着黑色，果然不是两三年的东西了。金铨道："不瞒诸位说，我是不喝酒，要喝呢，就是陈绍。我家里也有个地窖子，里面总放着几坛酒。这坛是年远的了，已有十二年，用句烂熟的话来赞它，可以说是炉火纯青。"

　　在座的人，就像都已尝了酒一般，又同赞了一声好。听差们一会儿工夫将泥封揭开，再揭去封口的布片，有酒漏子，先打上两壶。满桌一斟，不约而同地各人都先呷了一口，呷了的，谁也不肯说是不好。金铨也很高兴，吩咐满席换大杯子，斟上一遍，又是一遍，八个人约莫也就喝了五六斤酒。金铨已发起有酒不可无拳，于是全席豁起拳来。直到酒席告终，也就直闹两个钟头了。金铨满面通红，酒气已完全上涌，大家由酒席上退到旁边屋子里来休息的时候，金铨身子晃荡晃荡，却有点儿走不稳，笑道："究竟陈酒力量不错，我竟是醉……"一个"了"字不曾说完，人就向旁边一歪。恰好身边有两个听差，看到金铨身子一歪，连忙抢上前一步，将他扶住。然而只这一歪身子之间，他就站立不住，眼睛望了旁边椅子，口里罗儿罗儿说了两声，手扶了椅子靠，面无人色地竟倒了下去。这一下子，全屋子人都吓倒了。

第七十七回

百药已无灵中西杂进
一暝终不视老幼同哀

这个时候，听差李升在一边看到，正和他以前伺候的李总长犯了一样的毛病，乃是中风。说了一声不好，抢上前来一把搀住，问道："总理，你心里觉得怎样？难受吗？"

金铨转眼睛望着他，嘴里哼了一声，好像是答应他说难受。大家连忙将金铨扶到一张沙发上，嚷道："快去告诉太太，总理有了急病了。"

旁的听差，早跑到上房去，隔着院子就嚷道："太太，不好了！太太，不好了！"

金太太一听声音不同，将手边打围棋谱的棋盘一推，向外面问道："是谁乱嚷？"

那一个听差还不曾答复，第二个听差又跑来了，一直跑到窗子外边，顿了一顿，才道："太太，请你前面去看吧。总理摔了一下子，已经躺下了。"

金太太觉得不好，一面走出来，一面问道："摔着哪里没有？"

听差道："摔是没有摔着哪里，只是有点儿中风，不能言语了。"

金太太听说，呀了一声，虽然竭力地镇定着，不由得浑身发颤，在走廊上走了两步，自己也摔了一跤。也顾不得叫老妈子了，站了起来，扶着壁子向前跑。到了前面客厅里，许多客围住一团，客分开来，只见金铨躺在沙发上，眼睛呆了，四肢动也不动。金太太略和他点了一点头，便俯着身子，握着金铨的手道："子衡，你心里明白吗？怎么样？感觉到什么痛苦吗？我来了，你知道吗？"

金铨听了她的话，似乎也懂得，将眼睛皮抬起望了望她。那些客人这一场酒席，吃的真是不受用，现在主人翁这样子，走是不好，不走也是不好，就远远地站着，都皱了眉，正着面孔默然不语。有一个道："找大夫的电话，打通了没有？"

这一句话把金太太提醒，连忙对听差道："你们找了大夫吗？找的是哪个？再打电话吧，把我们家几个熟大夫都找来，越快越好，不管多少钱。"

几个听差的答应去了，同时家里的人都拥了出来。来宾一看，全是女眷，也不用主人来送，各人悄悄地走了。因为这正是吃晚饭刚过去的时候，少奶奶小姐们都在家里，只有二姨太和翠姨不曾上前。原来二姨太听了这个消息，早来了，只是远远地站着，不敢见客。一看金铨形色不好，也不知道两眶眼泪水由何而至？无论如何，止它不住，只是向外流。自己怕先哭起来，金太太要不高兴，因此掏出手绢，且不擦眼睛，却握住了嘴，死命地不让它发出声音来。及至大家来了，她挤不上前，就转到一架围屏后去，呜呜咽咽地哭。翠姨吃过晚饭之后，本打算去看电影，拢着头发，擦好胭脂，换了一身新鲜的衣服正待要走。听说金铨中了风，举家惊慌起来。这样子上前，岂不先要挨金太太一顿骂？因此换了旧衣服，又重新洗了一把脸，将脸上的胭脂粉一律擦掉，这才赶忙地走到前面客厅里来。好在这时金太太魂飞魄散，也没有心去管他们的事，叫听差找了一张帆布床来，将病人放在床上，然后抬进房去。同时，金太太也进房了。

众人将金铨抬入卧室，就平正放在床上。他们家那个卫生顾问梁大夫也就来了。梁大夫一看总理得了急病，什么也来不及管，一面挂上听脉器，一面就走到床面前，给金铨解衣服的纽扣，将脉听了一遍，试了一试温度。这才有工夫，回头见身后挨肩叠背地挤了一屋子人，因问道："大爷呢？"

听差的在一旁插嘴说："都不在家。"

梁大夫一看金太太望着床上，默然坐在旁边的椅子上，便半鞠着躬向她问道："这病不轻，名叫脑充血。救急的办法，先用冰冰上，当然还得打针。是不是可以，还要请太太的示。"

梁大夫这样半吞半吐地说着，话既没有说完全，金太太又不明白他的意思所在，便道："人是到了很危急的时候了，怎能救急，就请梁大夫怎样做主张去办，要问我，我哪里懂得呢？"

梁大夫待要说时，德国大夫贝克也来了。梁大夫和他也是朋友，二人一商量之下，便照最危急的病症下手。刘守华急急忙忙地首先来了，他手上拿着帽子乱摇，口里问："怎么样？怎么样？"他虽不是金家人，究竟是个半子职分的女婿。只走到房门口，道之就将他拦住，把大略情形告诉了他。刘守华连连点头道："当然当然，这还有什么问题。"

　　于是到了房里，轻轻和两位大夫说了，责任由家庭负，请他只管放手去诊。两位大夫听了这话，就准备动手，可是一个日本田原大夫，又带了两个女看护来了。金铨睡的卧室虽大，里面的人也不少，因此梁大夫就和金太太商量，将家里人都让出屋子外来，只留金太太和刘守华在里面。梁大夫和德国大夫日本大夫一比，当然是退避三舍，就让贝克和田原去动手。正在动手术的时候，燕西却由外面首先回家了。走到走廊外，听屋子里鸦雀无声。只是屋子里电光灿烂，在外面可看到人影幢幢。正要向前，那脚步不免走得重一点儿，润之却由外面屋子里走出来，和他连连摇摇手，并不说话。这样子分明是不让进去，不让高声。

　　燕西便皱了眉，轻轻地问道："现在怎么样了？"

　　润之道："正在施行手术，也许打了针就好了。"

　　燕西走过一步，探头向里面看时，只见父亲屋子里，四个穿白衣服的，都弯了腰将床围住。刘守华背了两只手，站在医生后面探望。母亲却坐在一边躺椅上，望了那些人的背影，一语不发。由人缝里可以看见金铨垂直地躺在床上，一动也不动，而且是声息全无。燕西一见，才觉得情形依然很是严重，站在门口，呆呆地向里望着。刘守华一回头，见他来了，便掉转身，大大地开着脚步，轻轻地放下来。两步跨到门外，拉了燕西的衣襟，嘴向屋里一努，意思是让他进去。燕西听到父亲突患急病，这是一生最大关键的一件事，怎能够忍耐着不上前去看？因此轻轻地放着脚步，踏一步，等一步，走到里面。在医生后面伸头望时，见女看护手上，拿了一个玻璃筒子，满满地装了一筒子紫血，似乎是手术已经完了，三个大夫正面面相觑，用很低微的声音说着英语。看那神气，似乎也许病要好一点儿。因为他们说着话，对了床上，极表示很有一种希望的样子。再看床上，金铨上身高高地躺着，垂着外边的一只手，略略曲起来。脸是像蜡人似的，斜靠在枕上，只是眼睛微张，简直一点儿生动气色没有。

燕西不看还好，一看之下，只觉心口连跳上了一阵。一回头，鹏振也站在身后，一个大红领结斜坠在西服衣领外面，手上拿了大衣和帽子，也呆了。三个医生在床前看了一看，都退到外面屋子来，燕西兄弟也跟着。早有听差过来，将鹏振的衣帽接过去，轻轻地道："三爷坐的汽车，是雇的吧？还得给人车钱呢。"

　　鹏振在身上掏出一沓钞票，拿了一张十元的，悄悄塞在听差的手上，对他望了一望，又皱了一皱眉。听差知道言语不得，拿着钱走了。

　　燕西已是忍耐不住，首先问梁大夫道："你看老人家这病怎么样？现在已经脱了危险的时期吗？"

　　梁大夫先微笑了一笑，随后又正着颜色道："七爷也不用着急，吉人自有天相。过了一小时再看吧。"

　　燕西不料他说出这种不着痛痒的话来，倒很是疑惑。凡是大夫对于病人的病，不能说医药可活，推到吉人自有天相上去，那就是充量地表示没有把握。鹏振听了，更是急上加急。一想起他们的这个家庭全赖老头子，仗着国务总理的一块牌子，一个人在那里撑持着。所以外面看来，觉得非常的有体面。而他们弟兄们也得衣食不愁，好好地过着很舒服的日子。倘然一旦遭了不讳，竟是倒了下来，事情可就大大地不同了。这实是一种切己的事情。任他平日就是一个浑蛋，当他的念头如是地一转，除了着急之外，心中自然觉得一阵的悲切。这眼泪就再也忍不住，几乎要扑簌簌地掉下来了。像他已是这般的悲切，这二姨太比他的处境更是不同，正有说不出的一种苦衷，心中当然更要加倍地难过，早坐在外边屋子垂泪。一会儿，方揩着泪道："老三走来，我和你商量商量。"

　　她口里叫着人过来，自己倒走出屋子去了。鹏振、燕西都跟了来，问什么事。二姨太看看屋子的医生，然后轻轻地道："西医既没有办法，我看请个中医来瞧瞧吧，也许中医有办法呢。"

　　鹏振道："也好，几个有名的中医，都托父亲出名介绍过的。一找他们，他们自会来的。"于是就吩咐听差打电话，把最有名的中医谭道行大夫请来。一面却请几位西医在内客厅里坐，以免和中医会面。

　　这个谭大夫是陆军中将，在府院两方都有挂名差事，收入最多。为了出诊便利起见，也有一辆汽车。所以不到半个钟头，他也来了。听差们引着，一直就到金铨的卧室里来。他和鹏振兄弟拱手谦让了一会儿，然后侧身坐在床面前，偏着头，闭着眼，静默着几分钟，分别诊过两手的脉。然后站起来，向鹏振拱拱手向外，意思是到外面说话。鹏振便和他一路到外面屋子来，首先便问一句怎么样。

谭大夫摸了两下八字须，很沉重地道："很严重哩！姑且开一个方子试试吧。"桌上本已放好笔砚八行，他坐下，擂着墨，出了一会子神，又慢吞吞地蘸着笔许久，整了一整纸，又在桌上吹了一口灰，才写了一张脉案，大意是断为中风症。并云六脉沉浮不定，邪风深入，加以气血两亏，危险即在目前，已非草木可治。

鹏振拿起方子一看，虽不知道药的性质如何，然而上面写的"邪风深入"，又说是"危险即在目前"，这竟和西医一样，认为无把握了。因道："看家父这样，已是完全失了知觉，药熬得了，怎样让他喝下去呢？"

谭大夫道："那只好使点儿蛮主意，用筷子将总理的牙齿撬开灌了下去。"

鹏振虽觉得法子太笨了，然而反正是没用了，将药倒下去再说。于是将方子交给听差们，让快快地去抓药。谭大夫明知病人是不行了，久待在这里，还落个没趣，和鹏振兄弟告了辞，匆匆地就走了。金太太先听说请中医，存着满腔的希望，以为多少有点儿办法。及至中医看了许久，结果，还是闹了个危险即在目前。而且药买来了，怎样让病人喝下去，也还是个老大的问题。看看床上躺的人，越发地不动了，连忙嚷道："快请大夫，快请大夫。"

大家一听嚷声，便不免各吃一惊。有些人进房来，有些人便到客厅里请大夫。这三个大夫已经受了燕西的委托，就在这里专伺候病人。至于医费要多少，请三个大夫只管照价格开了来，这里总是给。三个大夫听了这种话，当然无回去理由之可言，所以都在客厅里闲谈，只一请，便都来了。那梁大夫和金家最熟，在头里走，以为病人有什么变卦了，赶紧走到床前，诊察了一回，因对金太太道："现在似乎平稳了一点儿，还候一候再说吧，急着乱用办法来治，是不妥的。"

金太太道："病人这个样子沉重，还能够等一会儿再看吗？"

梁大夫被了一被眉道："虽然是不能等待，但是糊里糊涂，不等有点儿

246

转机，又去扎上一针，也许更坏事。至于药水，现在是不便用了。"说着，三个大夫，又用英语讨论了一阵子。这时鹤荪回来了。

等了一会儿，大夫还是不曾有办法。金家平常一个办笔札的先生，托人转进话来，说是他认识一个按摩专家，总理的病既是药不能为力，何不请那位按摩大夫来试试。听差们悄悄地把金太太请到外面来，就问这样可以不可以。金太太道："总理正是四肢不能动，也许正要按摩。就派一辆汽车把那大夫接来吧。"

金贵站在一边道："我倒有个办法，也不用吃药，也不用按摩，就怕太太不相信。"

金太太道："除此之外，还有什么法子呢？你说出来试试看。"

金贵道："我路上有个画辰州符的，法子很灵。他只要对病人画一道符，就能够把病移在树上去，或移到石头上去。"

凤举走了过来道："这个使不得，让人知道，未免太笑话了。"

金太太冷笑一声道："你知道什么使得使不得？不是四下派人找你，你还不知道在哪里找快乐呢！设若你父亲有个三长两短，我看你们这班寄生虫还到哪里去找快乐？"凤举不敢作声，默然受了。

金贵道："把他请了来，他只对着总理远远地画下一道符，纵然不好，也决计坏不了事。"

金太太道："你不必问了，干脆就把那人请来吧。"

金贵道："那个按摩大夫请不请？"

金太太道："自然是请。只要有法子可以治好总理的病，你们只管说。不管花多少钱，你们只管给我做主花。总理病好了，再重重地提拔你们。"

金贵见金太太这样信任，很得意地去了。凤举虽然觉得这样乱找医生，不是办法，然而自己误了大事，有罪还不曾受罚，若是从中多事，又不免让母亲驳回。驳回了不要紧，若把自己兄弟们全不在家，父亲病了，没有人侍候的话说出来，真会影响得很大，因此只好让母亲摆布，并不作声。就和这三个西医混在一处，详细地问了一问病状。及至按摩医生来了，听差悄悄地给凤举一个信，凤举就把三位西医引出金铨卧室来。

那按摩大夫走到卧室里床面前一看，才知道病已十分沉重。屋子站着一位总理夫人，三个公子，眼睁睁地看他治病。他想，总理不像平常人，已是不可乱下手，而况这病又重到这种程度，设若正在按摩的时候，人不行了，千斤担子，都让按摩的人担着，这可不是闹着玩的。因伸手按了一按金铨的脉，又故意看了一看脸色，便往后退了一步。因听到人家叫鹤荪二爷，大爷不在这里，自然是二爷做主了。因向鹤荪拱拱手道："二爷，我们在外面说话吧。"说着，就到外面屋子里去了。

金太太拦住鹤荪轻轻地道："这样子，他是要先说一说条件哩。无论什么条件你都答应，只要病好了，哪怕把家产分一半给他呢。"

鹤荪不料母亲对于这位按摩医生，倒是如此的信任，既是母亲说出这种重话来，也就不能小视，因此便一直到外面来和按摩医生谈话。按摩医生一见，就皱了眉道："总理的病症太重，这时候还不可以乱下手术，只好请他老人家先静养一下子吧。"

鹤荪道："难道按摩这种医治的方法，也有能行不能行的吗？"

他道："医道都是一理，那自然有。"他说着话时，充分地显出那踌躇的样子来。鹤荪看那神情，明知道他是不行，也只好算了，和他点了点头，就让听差将他带了出去。

他一出去，那个画辰州符的大夫就来了。这位大夫情形和西医中医以及按摩医生都不同。他穿了一件旧而又小的蓝布袍子，外罩一件四四方方的大袖马褂。头上戴了一顶板油瓜皮小帽，配上那一张雷公脸，实在形容不出他是何性格。听差引他到金铨卧室外时，他已经觉得这里面的富贵气象真可吓人，转过许多走廊与院落，只觉头晕目眩。这时，见屋里屋外这些人，而又恰是鸦雀无声，不由得不肃然起敬。早是两只大袖按了大腿，一步一步，比着尺寸向前走去。到了外边屋子里，鹤荪出来接见，听差告诉他，这是二爷。他一听"二爷"两个字，便齐了两只袖子，向鹤荪深深地作了三个揖。一揖下去，可以打到鞋尖，一揖提上来，恰是比齐了额顶。只看那情形，可以知道他十二分恭敬。这个样子很用不着去敷衍他的了，就很随便地向他点了一点头。燕西、鹏振在一处看着，也是十分不顺眼，这是天桥芦席棚内说相声带卖药的角色怎么也找来了？只是金太太有了新主张，只要是能治病，管他什么人，用什么办法来治，她都一律欢迎，那么，也只好让他试试再说。天下事本难预料，也许就是他这种人能治好。本来中西医以及按摩大夫都束手无策，也不能就眼看着不治。

这个画辰州符的倒不像旁人，他的胆子很大，和鹤荪作了一揖以后，便拱拱手问道："但不知道总理在哪里安寝？"

鹤荪向屋里一指道："就是那里。"

这画符的听说，先向屋子里看了一看，然后又在屋外周围上下看了一看，点了一点头，似乎有什么所得的样子。然后又向鹤荪道："二爷，请你升一步，引着我进去看看总理。"

这时，屋子里只有金太太和道之夫妇，大家都在外面屋子里候着。画符的医生，进去之后，先作了一阵揖，然后走到床面前，离床还有二尺路，便不敢再向前一步了，只是伸了腰，向前看了一看金铨的颜色。再倒退一步，向鹤荪轻轻地道："我不敢说有把握，让我给总理治着试试看。请二爷吩咐贵管家，给预备一张黄纸，一碗白水，一支朱笔，再赐一副香烛，我就可以动手。"说着，又向鹤荪笑着将手拱了两拱。

这样一来，一家人便转得一线希望，大家以为他能治，金铨未必到了绝境了。听差们连忙就照着他的话，将香烛朱笔白水一齐预备了来。那医生吩咐听差将香烛在院子里墙根下燃烧了，他然后手上托了那碗清水，在香头上熏了一熏。碗是在左手托着的，右手掐了诀，就手对着水碗，遥遥地在空中连画了几遍，连圈了几圈。做了一套手脚之后，喝了一口饱水，回过头来，呼的一声，就向金铨的卧室窗子外一喷。喷过之后，便拿了朱笔黄纸，在院子走廊下的电灯光里，伏在一个茶几上画了三道符。鹤荪背了两手，在远远地看着，心里不住地揣想，像这种行为，照着道教中说，这是动天兵天将的勾当了，是如何尊严的事，不料他就含含糊糊地在廊子下闹将起来，看来是未必有何效验吧？他正这样想着，那医生拿了这三道符，就向着天打了三个拱，然后在烛头上将符焚化了。昂着头向了天，两片嘴唇一阵乱动，恍惚口中念念有词，然后左手五指伸开，向天空一把抓下来，捏了一个诀。右手拿了一支朱笔，高抬过顶，好像得着了什么东西似的，连忙掉转身子，向屋子里跑了进来。走到床面前，距离着金铨约莫也有二尺路之远，挺着身子立定，闭了双眼，只管出神。鹤荪兄弟，都静静地跟随在身后，燕西看了这样子，倒吓了一跳，这是什么意思？莫不是传染了中风？那画符医生嘴唇又乱动了一阵，然后两眼一睁，浑身一使劲，将笔对准了金铨的头，遥遥地就画上了三个大圈圈。左手的诀一伸，再向空中一抓，这右手的笔，就如通了电流一样，只管上下左右，一阵飞舞，画了一个不停。这一阵大画之下，又把左手做佛手式的中指伸直向上，其余四指，全在下面盘绕起来。鹤荪见他忙个不了，不敢从中插言，只管遥遥地看着他。

这时，凤举溜开了那三位西医，特地到屋子里来，看看他是怎么医治的法子。进来之时，便见金铨的面色有点儿不佳。那医生越画得凶，金铨的面色越不好看。凤举忍耐不住了，走上前，正待和医生说一句话，那医生就像是如有所得，立刻向金铨做抓东西之势，抓了三大把，掉转身去，就向屋子外跑，然后又做抛东西之势，对墙头上抛了三下，将朱笔一丢，喝了一声道："去！""去"字刚完，凤举接着在屋子里大嚷起来。原来他这种手脚凤举却不曾看，只是在屋子里细察父亲的病，伸手一摸金铨两手，已是冰冷。又一摸鼻息，好像一点儿呼吸没有，不由得嚷了一声不好了。接上道："快请前面三位大夫来瞧瞧吧。"那画符的医生本来还想做几套手脚，以表示他的努力，现在一听凤举大嚷，知道事已危急，趁着大家忙乱，找了一个听差引路，就溜走了。

这里鹤荪兄弟向屋子里一拥，把床围住，只见金铨面如白纸，眼睛睁着望了众人，金太太从人丛挤了过来，握住金铨的手道："子衡，你不能就这样去呀！你有多少大事没办呢！我们几十年的夫妻，你忍心一句话也不给我留下吗？你你……"金太太说到这里，万分忍不住了，眼泪向下流着，就放声哭了起来。

二姨太在外面屋子里逡巡了几个钟头，可怜要上前，又怕自己不能忍耐会哭出来；要不上前，究竟不知道病人的现象是什么样子，万分难受。这时，听到金太太在屋子里有哭声，一阵心酸，哇的一声，由屋外哭到屋里来。几位小姐早是眼泪在暗中不知弹了多少，现在母亲一哭，也引动了。小姐们一哭，少奶奶们也哭，一时屋里屋外，人声鼎沸。究竟凤举年纪大一点儿，有些经验，垂着泪向大众摇手道："别慌，别慌，大夫还在这里呢。请大夫来看看，纵然不能治好，或则将时间延长一点儿，也许让父亲留下几句遗嘱。"大家听了这话，更是伤心，哭声哪里禁得住？

三个西医已经让听差请了进来，还是梁大夫挤着上前，到床边仔细看了一看。只一看金铨的颜色，也不用再诊脉了，便正着颜色对凤举道：

"大爷，你还是预备后事吧。纵然再施手术，再打针，也是无用，总理已经算是过去了。"说毕，向后退了一步，其余两个医生，也不愿在这里多讨没趣，一齐走了。

金太太听到说完全绝望，便猛然地向铜床上一扑，抱着金铨的颈脖，放声大哭。金太太究竟是有学问的人，伤心是伤心，表面上总是规矩的。二姨太和金铨的感情本就不错，而今又失了泰山之靠，心里有什么事就藏不住，挤到床边，伏在床栏上，一边哭着，一边说着，只说是"我怎样得了呢？日子还长着啦，我靠着谁？你待我们那些好处，我们一丝丝也没报答你，叫我们心里怎么过得去呀？你在世，你让我们享福。你陡然把我们丢开，我们享惯了福，干什么去呢？你是害了我们啦"。二姨太这一遍老实话，也差不多是全家人心里要说的话。她一说不打紧，兜起大家一肚皮心事，越发地大哭起来。

金太太垂着泪向佩芳、慧庵道："叫奶妈把两个孩子快抱了来，送他爷爷去吧。是他的骨肉，都站到他前面来，一生一世，就是这一下子告别了。"说毕，又放声大哭起来。

不多一会儿，两个乳孩子也抱了来。孩子听到一片哭声，也吓得哇哇地直哭。两个小孩子一哭，大家倒不像往常一样，怕小孩子受了惊，却觉得这大的小孩子都哭了，这事是十分的凄惨，于是大家更哭起来。在大家这样震天震地的哭泣声中，金铨所剩一缕悠悠之气，便完全消灭了。

第七十八回

不惜铺张慎终成大典
慢云长厚殉节见真情

金铨一去世，在屋子里的人，大家只有哭的份儿，一切都忘了。翠姨走近前，靠了墙，手上拿了手帕，掩着脸，也哭得泪珠雨下。听差们丫头老妈子因屋子里站不下，都在房门外，十停也有七八停哭。

凤举哭了一阵，因对金太太道："妈，现在我们要停一停哭了，这丧事，要怎样地办呢？"

金太太哭着将手两边一撒道："怎么办呢？怎么完全就怎样办吧。"

凤举正待回话，金铨的两个私人机要秘书韩何二先生，站在走廊下，叫听差来请大爷说话。凤举将袖子擦着眼泪走了出来，两个秘书劝了一顿，然后韩秘书道："现在大爷要止一止哀，里里外外，有许多事要你直起肩膀来负责任了。第一，是国家大事，政府方面，得用你一个名义，赶快通知院里，总理已经出缺。一方面也要以私人名义写一封呈子到府里去报丧，这样院里就好办公事。总理在政治上的责任很大，这是不可忽略的。第二，府上与外省的疆吏和国外的使领，很多有关系的，是否要马上拍电去通知，应当考量一下。"

凤举听了这话，踌躇了一会儿道："这种事情，我不但没有办过，而且没有看人办过，我哪里拿得什么办法出来？就请你二位和我办一办吧。"

韩秘书听了，几乎要笑出来，但立刻想到，少主人正有这样重大的血丧，岂可当面笑人？于是脸色沉了一沉道："大爷，这是如何重大的事，我们岂能代办？对于府院两处通知一层，那是必不可少的，这倒无所谓。至于对京外通电一层，这是不是影响到政局上面去，很可研究。在政府方面说，当然是愿意暂时不把消息传出去。可是在府上亲友方面，私谊上有该知道的，若是不给他们知道，也许他们见怪。大爷总也要到政治上去活动的，是否要和他们联络，这就在大爷自己计划了。"

凤举听了这话，心里才恍然大悟，便道："既是这样，我一时也拿不定主意，让我去和家母商量商量看。"

两个秘书道："既然如此，那就请太太出来，大家商量一下也好。"

凤举于是转身进房，将金太太请到外面屋子里来，把话告诉了她。金太太坐下，一面擦着眼泪，一面心里计划这件事，因道："对外的电报，那还从缓拍出去吧。你们将来的出身，总还少不了要府里提拔，就是内阁一部分阁员，也都是和你父亲合作的人，在他们还没定出什么法子以前，回头疆吏就来了两个电报，让他们更难应付，那不是我们的过错吗？"

凤举道："我也是这样想啊！那么，妈就不必出去见他们，我叫他们办通知府院两方的事情就是了。"

金太太道："这一说通知，我倒想起一件事了，是亲戚和朋友方面，都要去通知一个电话。你们兄弟居丧，有些事情，是不能出面过问了，我把里面的事都交给守华办，外面的事我想刘二爷最好。"

凤举道："不过他有了上次那案子以后，有些人他不愿见，我想还是找朱逸士好一点儿。"

金太太道："关于这一层，我也没有什么成见，只要他周旋得过来就是了。"于是凤举走至外面，回复两个秘书的话。

这时，已是十点多钟了，刘宝善、朱逸士、赵孟元、刘蔚然都得了消息，先后赶到金府来。因上房哭泣甚哀，有许多女眷在那里，他们不便上前，只在内客厅里坐着。现在凤举抽出身子来办事，听差就去告诉他，说是刘二爷都来了。凤举听说，走到内客厅里，他们看到，一齐迎上前道："这件事我们真出于意料以外呀。"

凤举垂着泪道："这样一来，我一家全完了，老人家在这个时候实在丢下不得呀。"说着，两手一撒，向沙发上一躺，头枕着椅子靠，倒摇头不已。

刘宝善道："大爷，你是长子，一切未了的事，你都得扛起双肩来办，你可不能过于伤心。"

凤举擦着泪，站了起来，一手握着刘宝善的手，一手握着朱逸士的手道："全望二位帮我一个忙。"因把刚才和金太太商量的话说了。

朱逸士道："照情理说，我们是义不容辞的，不过这件事，我怕有点儿不能胜任吧。"

赵孟元道："现在凤举兄遭了这种大不幸，我们并不是说客气话的时候。既是凤举兄把这事重托你，你就只好勉为其难。"

凤举道："还是孟元兄痛快，我的事很麻烦，就请你也帮我一点儿忙吧。"

赵孟元偏着头想了一想，因道："这里没外人，我倒要打听一件事，关于丧费的支出，以及丧事支配，你托付有人没有？"

凤举道："没有托人，我想这事由守华大概计划一下子，交账房去办，反正尽量地铺张就是了。"

赵孟元听了这话，且不答应，望着刘宝善。刘宝善微微摆了一摆头。凤举道："怎么样，不妥吗？"

刘宝善道："令亲刘先生，人是极精明，然而他在外国多年，哪知道北京社会上的情形。你说诸事紧缩一点儿也罢了，你现在笼统一句话，放开手去办，这不是让……"说到这里，走近一步，低声道，"这分明是开一条账房写谎账的大路。经理丧事的人，趁着主人翁心不在焉的时候，最好落钱，何况你们又是放开手办呢？"

说到这里，鹏振鹤荪兄弟都出来了。接上和金家接近的一些政界要人，已经得了消息，也纷纷地前来探候。于是推了朱逸士、刘宝善二人在前面客厅里招待。凤举和一些至好的亲友，就在内客厅会议一切。一面吩咐账房柴先生、庶务贾先生，合开一份丧费单子来。

贾柴二位，在账房里又商议了一阵，将单子呈上。赵孟元和他兄弟们围在桌上看，只见写道：寿材一具，三千八百元，寿衣等项五百元，珍宝不计，白棚约一千五百元，添置灯烛五百元，酒席三千元，杠房一千元。只看到这里，赵孟元一看单子后面，千元上下的，还不计有多少。因将单子一按道："大致还差不离。只是我有一个疑问，这寿材一样东西，原是无定格的，开三千不为少，开五千不为多，何以开出一个零头三千八百元？"

他手按了单子，回过头去，望了柴贾二位先生的面孔。贾先生笑道：

254

"这事不是赵五爷问，我们也得先说明呢。刚才我和几家大椴厂子里通了电话，问他们有好货没有。我可没有敢说是宅里的电话，他们要知道是总理去世了，他准能说有一万块钱的货，反正他拿一千的货来抵数，我们又哪里知道。所以我只说是个大宅门里有丧事，要打听价钱而已。问到一家，有一副沉香木的，还是料子，不曾配合，他说四千块钱不能少，我想：一二百块钱，总可以退让，所以开了三千八百块钱。不过这也没有一定，我们还可以设法去找好的。"

赵孟元听他说毕，点了点头道："这算二位很在行。可是这单子上漏着没开的还多，请你二位到前面再去商议一下子，我们再在这里计议。"

柴贾二人听了如此说，自出去了。凤举连忙问道："怎么样？这里面有弊病吗？"

赵孟元望了一望屋里，见没有听差，又看了一看屋外，然后拉着凤举的手，低了声音道："不是我多事，也不是我以疏间亲。"

鹤荪连忙插嘴道："五哥，你为什么说这话？岂不是显得疏远了？"

赵孟元道："是啊！因为你们托重了我，所以我不管那些，就实在办起来。我看这单子，头一下子，我就看出毛病了。一说到价目，他们就说是用电话在椴厂子里打听来的。他不举这个证据也罢了，举了这个证据，我倒发生一个极大的疑问。无论是谁，不会注意到棺材铺里的电话，若是注意到棺材铺里的电话，当然和他们是很熟，我们叫他开单子，统共有多少的时间，居然就在椴厂子里把价钱打听出来了，这里面不能无疑问。无论南北，替人经手丧事的，多少要落一点儿款子，说是以免倒霉。就是至亲好友也要从中落个块儿八毛，买点儿东西吃，我看你们账房怕不能例外。而且寿材这样东西，果然像他所说的那话，完全是蒙事，你嫌三百元的东西不好，回头他将一百元的东西给你看，说是最好的了，要值五百元，你有什么法子证明他不确？一个经手人要和椴厂子认识，你想，这买卖应该怎样呢？"

这一席话，说得凤举兄弟真是闻所未闻。燕西道："五哥，你说得很有情理，但是这些事情，你怎样又会知道？"

赵孟元道："你们过的快活的日子，怎么会料到这些事上来？而且贤昆仲所接近的，都是花钱不在乎的大爷，又哪听过这样打盘算的事？我曾有

255

过两回丧事，吃亏不小。当时经过也不知道，事后慢慢人家点破，所以才知道很多了。这些事，诸位也不必说破，只说诸事从简省入手……"

凤举听他说到这里，连忙接嘴道："那不很妥当吧？我们本来就不从简省入手。老人家做了这一生的大事业，到了他的丧事，倒说从简省入手，人家听了，未免发生误会，而且与面子有关。"

赵孟元皱了眉，向凤举拱了拱手道："啊哟！我的大爷，这不过一句推诿之词罢了，并不是把丧事真正从简省入手。我们和账房这样说，别人怎么会知道？"

凤举道："那究竟不妥，宁让他们从中吞没我一点儿款子，我也不对他们说从简省入手。无论怎样说一句推诿话都可以，为什么一定要说从简省入手呢？"

赵孟元听了他这话，肚子里嚷着："他们怎样得了！"可是一想到一向受金家父子提携之处，人家有了这种大事，当然给人家切实的帮忙。他们要这样的虚面子，且自由他，犯不着和他们去计较。便点点头，低低说了一声那也好。鹤荪见赵孟元有一种有话要说又止住的样子，连忙道："五哥说得很对的，我老大只是怕账房发生了误会，真会省俭起来。我看这事就重托五哥仔细参酌开一个单子，吩咐他们照了这单子去办，是办得体面，或是办得省俭，这都用不着细说的。"

赵孟元是一番好意，替金家省俭一点儿款子。现在听他们弟兄口音，总是怕负"省俭"两个字的名义，自己又何必苦苦多这事去吃力不讨好，便道："还是这话适得其中，就照这样办吧。现在第一要办的，便是府上大大小小，上上下下要穿的孝衣，总在一百件以上，就是上房里穿的，也有三四十件。这要叫一班裁缝来，连夜赶快地做。"

凤举道："这倒说的是。不过平常人家用的，都是一种粗白布做的，未免寒酸。我们不在乎省那几个钱，我想用一种俄国标或者漂白竹布。"

赵孟元听了这话，眉毛又皱了几皱，虽有十二分的忍耐性，到了这时也不得不说上一两句，便道："若论平常的孝衣呢，寒酸倒是寒酸。不过古人定礼，这种凶服，本来就不要好布，为了形容出一种凄惨的景象出来。自古以来，无论谁家都是这样，府上若用粗布做了，越显得很懂古礼，我想绝没人反说省钱的。关于这些事，都会斟酌，贤昆仲用不着操心，只要给我一个花钱的范围就是了。"

凤举道："没有范围，家母说了，尽量去办。"

说到这里，柴贾二位把账单已经开来了。赵孟元却不似先那样仔细地看，只看了一个大概。就是这账单子，也不是先前那样吓人，把数目都写了个酌中。赵孟元道："这样子就很好了，应该只有添的，没有减少的了。事不宜迟，你们就去办起来吧。"

柴先生道："现在账房里还共存有一千多元现款，动用大数目，少不得要开支票。"

凤举道："这个你又何必问呢？只管开就是了。"

赵孟元道："大爷这话可没有领会到柴先生的意思。往日账房运用数百元的数目，或者开支票，都是要向总理请示的。现在总理去世了，他还照着老例，遇到大事，不能不问大爷一下。"

凤举被他一提，这才明白，因道："你这话说得对。我想这两天要用整批款子的地方，一定不在少处，可以先报一个总数目，然后我再向太太请示去。"

柴先生道："太太这两天是很伤心的，我们不能时时刻刻到上房去麻烦，我想遇事请大爷做主就行了。就是大爷不在前面，还有二爷三爷七爷呢，都可以问的，那就便当多了。"

凤举也不曾深为考量，听到这种说法，倒以为账房里很恭维他们兄弟。就点点头答道："你这话也说的是，就是这样地办吧。"柴贾二位照着往日对金铨的态度，向凤举连说两声是，便退下去了。

刘守华本早出来了，他一看到前面客厅里来的客很多，因此替凤举兄弟们出去应酬了一遍。这时他到内客厅里，听了他们所议丧事的办法有点儿不对。在外国看过许多名人的丧事，只是仪式隆重而已，没有在乎花钱图热闹的。可是开口又怕他们说洋气重，不懂中国社会风俗，因此也不说什么。凤举说是托他和赵孟元共同指挥着，他也就答应了。这样一来，仆役们都知道丧事是要铺张的，大家也就放开手来干了。

自这日十点钟起，金家上上下下，电灯一齐亮着，乌衣巷这一条胡同，都让车子塞满了。上房里是亲戚来慰问的，外客厅里是政界银行界来唁问的，内客厅里齐集了金家的一些亲信，账房里是承办丧事的来去接洽，门房围着许多外来的听差，厨房预备点心。这除了上房女眷们哭声而外，这样闹哄哄的，令人感觉不到有抱恨终天的丧事。前后几重院子，为了赶办丧棚，临时点着许多汽油灯。这汽油灯放着白光，燃烧出一种嗡嗡的声音，许多人在白光之下跑来跑去，自然表示出一种凌乱的景象来。上房里，许多女眷们都围着金太太在自己屋里，不让她到停丧的屋子里去。金太太的喉咙带着哑音，只向众人叙述金铨一生对人对己种种的好处，说得伤心了，便哭上一遍。举家人忙到天亮，金太太也就又哭又说坐到天亮。凤举兄弟们神经受了重大的刺激，也就忘了要睡觉，混混沌沌，闹到天亮。还是朋友们相劝，今天的事更多，趁早都要去休息一下子，回头也好应酬事情。凤举兄弟们一想，各自回房安息。

弟兄里面，这时各有各的心事，尤以燕西的心事最复杂。他知道，男女兄弟或有职业，或有积蓄，或有本领，或有好亲戚帮助，自己这四项之中，却是一件也站立不住。父亲在日，全靠一点儿月费零用，父亲去世了，月费恐怕不能维持。要说去弄差事，好差事已经失了泰山之靠，不容易到手了。小差事便有了，百儿八十的薪水，何济于事？有父亲是觉察不到可贵，而今父亲没了，才觉得失所依靠了。他这样一肚子心事，在大家一处谈着还可以压制一下，离开了众人，心事就完全涌上来。

走到自己房里，只见清秋侧着身子躺在沙发上，手托着半边脸呆了，只管垂泪珠儿。燕西进来了，她也不理会。

燕西道："这样子，你也一宿没睡吗？"

清秋点了点头，不作声。燕西道："你不是在母亲房里吗？几时进来的？"

清秋道："我们劝得母亲睡了，我就回房来。我想，我这人太没有福气，有这样公正这样仁慈的公公，只来半年便失去了。我们夫妇是一对羽翼没有长成的小鸟，怎能……"说到这里，就哽咽住了。

燕西听她这一番话，正兜动了自己满腹的心事，不觉也垂下泪来。因拿手绢擦着眼睛道："谁也做梦想不到这件事。事到如今有什么法子？我们只好过着瞧瞧吧。"

正说到这里，院子外有人叫道："七爷在这里吗？"

燕西在玻璃窗子里向外一看，只见金荣两手托着一大叠白衣服进来。

因道："有什么事？你进来吧。"

金荣将衣服拿进来，放在外面屋子里桌上，垂着泪道："你的孝衣得了，少奶奶的也得了，连夜赶起来的。"

燕西一看，白衣服上，又托着两件麻衣，麻衣上，又是一顶三梁冠。自己一想，昨日早上很高兴起来，哪料到今日早上会穿戴这些东西哩？两手捧了脸，望着桌子，顿脚放声大哭。哭到伤心之处，金荣也靠了门框哭起来。

清秋垂了一会儿泪，牵着燕西的手道："尽哭也不是事。你熬了一夜，应该休息一会子了。待一会子起来，恐怕还有不少的事呢。"

燕西哭伤了心，哪里止得住？还是两个老妈子走来带劝带推，把他推到屋子里床边去，他和衣向下一倒，伏在床上呜咽了一会儿，就昏睡过去了。但是他心里慌乱，睡不稳贴，只睡了两个钟头便醒了。起来看时，清秋依然侧身坐在沙发上，可把头低了，一直垂到椅靠转拐的夹缝里去，原来就是这样睡着了。燕西见她那娇小的身材，也不是一个能穷苦耐劳的人。父亲一死，这个大家恐怕要分裂。分裂之后，自己的前途太没有把握，难道还让她跟着去吃苦吗？想到这里，望着她，不由呆了一呆。只在这静默的时间，却听到远远有哭声。心想，这个时候，不是房间里想心事的时候，于是便向外面走来，刚出院门，只见家中仆役们，都套上了一件白衣。自己身上还穿一件绸面衬绒袍子，这如何能走出去？复转身回房，将孝衫麻衣穿上了，更捆上白布拖巾，戴了三梁冠，这才向前面来。

到了上房堂屋时，各大小院子里已是把孝棚架起来了。所有的柱子和屋檐一齐都用白布彩挂绕着。来来往往的人，谁也是一身白，看了这种景象，令人说不出有一种什么奇怪的感想。刚走到母亲房门口，金太太垂泪走了出来道："去看看你父亲吧，看一刻是一刻了，寿材已经买好了，未时就要入殓了。"说着，一面向前走。

燕西一声言语不得，扶了金太太向金铨卧室里去。这时，凤举正陪着梁大夫和两个助手，在屋子里用药水擦抹金铨的身体。女眷们在外面屋子里坐着，眼圈儿都是红红的。

凤举见母亲来了，便上前拦住了道："妈，就在外面屋子里坐吧。"

金太太也不等他说下句，便道："我还能见几面？你不让我看着你父亲吗？"说时，便向前奔。可是一到房门口，就哽咽起来了。在外面屋子里的女眷们，一齐向前，再三劝解，说是等洗抹完了，再看也不迟，这时候上前，不免碍大夫的事。金太太勉强也不能进去，只得算了。

然而就是坐在这外面屋子里，对着金铨那屋子，想到室在人亡，也不由得悲从中来。加上满眼都是些穿白衣的，金铨屋子玻璃窗里垂着绿幔。往日卷着绿幔，远远地就可以看到他坐在靠窗子一张椅子边，很自在地抽着雪茄。而今桌子与绿幔依然，却在玻璃上纵横贴了两张白纸条。便是这一点结束了四十年的夫妻，不由得金太太又哭起来。她昨天一晚，已经是哭了数场，又不曾好好地睡上一觉，因此哭得伤心了，身子便昏晕着支持不住，人斜靠了椅子慢慢地就溜了下去。同时哭声也没有了，嘴里只会哼。燕西连忙就叫梁大夫过来，问是怎么了。梁大夫诊了一诊脉，说道："不要紧，这是人过于伤感，身体疲倦了，让太太好好地休息一会儿，也就回过来了，不吃药也不碍事的。为慎重一点儿起见，我可以打一个电话回家，叫家里送点儿药水来。"燕西于是叫听差们将母亲抬到一张藤椅上，先抬回房去。

这里刚进房，外面又是一阵大嚷，只听说是"不好了！二姨太不好了！快快找大夫吧"。燕西听了这话，也是一阵惊慌，便问："谁嚷？二姨妈怎么样了？"

二姨太屋里一个老妈子走上前拉住燕西道："七爷瞧瞧去，二姨太不好了！"

燕西见那老妈子脸色白中透青，料是不好，遂吩咐屋子里的人好好地看着母亲，自己连忙到二姨太屋子里来。只见二姨太直挺挺睡在床上，声息全无。梅丽站在面前，乱顿着脚，娘呀妈呀地哭着嚷着。燕西问道："二姨妈怎么了？怎么了？"

梅丽哭道："我也不知道是怎么的，刚才我要进房来拿东西，门是关的，随便怎样叫不应。还是刘妈打破玻璃窗，爬进来开的门，见娘睡在床上，一点儿声音没有，动也不动，我才知道不好了。七哥，怎么样办呢？"说着，拉了燕西的手，只管跳脚。

燕西伸手摸了二姨太的鼻息依然还有，再按手脉也还跳着。因道："大夫还在家里，大概不要紧的。"说到这里，清秋同凤举夫妇先来了，接上其余的家人，也都来了，立刻挤满了一屋子的人。

梁大夫在屋外就嚷着道："无论是吃什么东西，只要时间不久，总有法子想。"说着挤上前，就看了看脉，口里道："这是吃了东西，请大家找找看，屋子里犄角上，桌子抽屉里，有什么瓶子罐子没有？知道是吃什么东西，就好下手了。"

一句话将大家提醒，便四处乱找，还是清秋在床底下发现了一张油纸，捡起来嗅一嗅，很有烟土气味，便送给梁大夫看。他道："是的，这是用烟泡了水喝了。不要紧，还有救。我再打电话回去，叫他们送救治的东西来。"

说着，他马上又在人丛中挤了出来。梁大夫一面打电话，一面就吩咐金宅的听差的去取药品。不到二十分钟，药品取来了，梁大夫带着两个助手，就来救治。这时，二姨太在床上睡着，两眼紧闭，脸上微微白中透青，不时地哼上两声。梁大夫解开她的胸襟，先打了两药针，接上就让助手扶着她的头，亲自撬开她的口，用小瓶子对着嘴里，灌下两瓶药水下去。二姨太似有点儿知道有人救她了，又大大地哼上了两声。梁大夫这才回转头来对大家道："大概吃的不多，不过时间久一点儿，麻醉过去了，再给她洗洗肠子，就可没事。府上哪里来的烟土呢？"

凤举道："这都是为了应酬客预备的，谁提防到这一着棋呢！"

梁大夫道："大爷有事，就去料理事情吧。这里病人的事，有我在这里，总不至于误事。"

凤举也因为要预备金铨入殓，就让佩芳陪梅丽在屋子里看守二姨太。清秋也对燕西说，若是没有什么事，暂时也愿在这屋子里。燕西也很赞成。他们兄弟们这才出了二姨太屋子去应付丧事。一大清早，都算为了二姨太的事混过去了。

到了一点钟以后，是金铨入殓的时候了。前面那个大礼堂，只在一晚半天之间，把所有一切华丽的陈设撤销得干净。正中，蓝白布扎了灵位，两边用白布设了孝帷，正中两个大花圈，一是金太太的，一是二姨太的。此外大大小小分列两边。一进这礼堂，满目的蓝白色，已是凄惨。加上正灵位未安，一张大灵案上，两支大蜡台上插了一对绿蜡。正中放着空的寿材，不曾有东西掩护，简直是不堪入目。金家是受了西方文明洗礼的，金铨向来反对僧道闹丧的举动。加之主持丧仪的刘守华又是耶稣教徒，因之，并未有平常人家丧事锣鼓喇叭那种热闹景象。这只将公府里的乐队借来了，排列在礼堂外。关于入殓的仪典，刘守华请了礼官处和国务院几位秘书，草草地定了一个仪式。一、金总理遗体在寝室穿国定大礼服。二、男女公子，由寝室抬遗体至礼堂入棺。三、入棺时，视殓者全体肃静，奏深沉哀乐。四、封棺，金夫人亲加栓。五、金夫人设灵位。六、哀乐止。七、三位夫人献花。八、家族致敬礼。九、亲友致敬礼。十、全体举哀。以上仪节，又简单，又严肃，事先曾问过了金太太，她很同意，到了入殓时，便照仪式程序做下去。

金铨尸体在寝室里换了衣服之后，在医院里借得一张帆布病床来移了上去，将一面国旗在上面掩盖了，然后凤举、鹤荪背了带子，抬着两端，其余男女六兄弟，各用手扶着床的两边，慢慢抬上礼堂来。金太太和翠姨带着各位少奶奶，在后面鱼贯而行。到了礼堂，有力的仆役们就帮助着将尸体缓缓移入棺去。金铨入棺之后，金太太亲自加上栓，然后放下孝帷，大家走到孝帷前来，旁边桌上，已经题好了的灵牌，由凤举捧着送到金太太手上，金太太再送到灵案前。这时，那哀乐缓缓地奏着，人的举动因情感的关系，越是加倍地严肃。

设灵已毕，点起素蜡，哀乐便止了。司仪喊着主祭人献花，金太太的眼泪无论如何止不住了，抖抖擞擞地将花拿在手上，眼泪就不断地洒到花上与叶上。只是她是一个识大体的妇人，总还不肯放声哭出来。金太太献花已毕，本轮到二姨太，因为她刚刚救活过来，不能前来，便是翠姨献花了。关于这一点，在议定仪典的时候，大家本只拟了金太太一个人的。金太太说："不然，在名分上虽说是妾，然而和亡者总是配偶的人，在这最后一个关节，还是让两位姨太太和自己平等的地位，谁让中国有这种多妻制度呢？再说二姨太的孩子都大了，也不应看她不起。"因为有金太太这一番宏达大度的话，大家就把仪式如此定了。当金铨在日，只有二姨太次于金太太一层，似乎有半个家主的地位。翠姨无论对什么人都不敢拉着和家主并列，就是对于小姐少奶奶们还要退让一筹呢。所以关于丧仪是这样定的，她自己也出于意料以外，心想，或是应当如此的吧？金太太献花已毕，司仪的喊陪祭者献花，翠姨就照着金太太样式做一套，献花已毕，用袖子擦着眼睛，退到一边去。这以下晚辈次第行礼。到了一声举哀，所有在场的人谁不是含着一腔子凄惨之泪？尤其是妇女们，早哇的一声哭将出来。立刻一片哀号之声，声震屋瓦。在场有些亲友们看了也是垂泪。

朱逸士将赵孟元拉到一边，低声道："我们不要听着这种哭声了，我就只看了这满屋子孝衣，像雪一般白，说不出来有上一种什么感想哩。"

赵孟元道："就是我们，也得金总理不少的提拔之恩，我们有什么事报答过人家？而今对着这种凄惨的灵堂，怎能不伤心？"说到这里，朱逸士也为之黯然，不能接着说下去。

这天正是一个阴天，本来无阳光，气候现着阴凉。这时，恰有几阵风由礼堂外吹进里面来，灵案上的素烛立刻将火焰闪了两闪，那垂下来的孝帷，也就只管摇动着。朱逸士、赵孟元二人站在礼堂的犄角上窗户边，也觉得身上一阵凉飕飕的。赵孟元拉了一拉朱逸士的衣襟道："平常的一阵风，吹到孝帷上，便觉凄凉得很。这风吹来得倒很奇怪，莫不是金总理的阴灵不远，看到家里人哭得这样悲哀，自己也有些忍耐不住吧？"朱逸士呆呆地作声不得，只微微点了一点头。旁观的人尚属如此，这当事人的悲哀，也就不言可知了。

第七十九回

苍莽前途病床谈事业
凄凉小院雨夜忆家山

这里孝堂上大家足哭了半小时，方才陆续停止。女眷仍都回到上房，凤举兄弟却因为有许多亲密些的亲友来谒灵和慰问，事实上不能全请刘宝善代表招待，也只得在内客厅里陪客。所以丧事虽然告了一个段落，凤举兄弟们依然很忙。金家虽不适用旧式的接三送七，但是一班官场中的人物，都是接三那天前来吊孝，这又大忙了一天。哀感之余，又加上一种苦忙，男兄弟四个之中，到了第四天，一头一尾都睡倒了。大夫看了一看，也是说"这种病，吃药与不吃药，都没有多大的关系，只要好好地休养两天，就行了"。

燕西住在屋子里，前面有深廊，廊外又是好几棵松树。大夫说："阳光不大够，可以掉一个阳光足的屋子，让病人心胸开朗一点儿。"

清秋听了大夫的话，就和燕西商量，将他移到楼上去住。这楼上本是清秋的书房，陈设非常干净，临时加了两张小铁床，清秋就陪着他在楼上住。这几日，天气总也没有十分好过，不是阴雨，便是刮大风。燕西在楼上住着第二天，又赶上阴天，天气很凉。依着燕西，就要下楼在外面走动。清秋道："你就在屋子里多休息一天吧，大哥对内对外比你的事多得多，他信了大家的话，就没有出房门。你又何必不小心保养一点儿？家里遭了这种大不幸，你可别让母亲操心。"

燕西道："这个你怕我不知道吗？一天到晚把我关在屋里，可真把我闷得慌。"

清秋道："你现在孝服中，不闷怎么着？你就是下了楼，还能出大门吗？"

燕西叹了一口气道："这是哪里说起？好好的人家会遭了这样的祸事。我这一生的快乐就从此而终了。"

燕西说话时，本和衣斜躺在床上。清秋拿了一本书，侧身坐在软椅上看着，并和他谈着话。燕西说了这句话，她将手上拿着的书向下一垂，身子起了一起，望了燕西一下。但是她又拿起书来，低着头再看了。燕西道："你好像有什么话要说的样子，怎么又不说了？你还有心看书？"

清秋道："我的心急比你还恐怕要过十二分呢。你都说我有心看书，我真有心看书吗？我不看书怎么办？呆坐在这里，心里只管焦急，更是难受了。"

燕西道："你和我谈话，我们彼此都心宽一点儿。刚才你有一句什么话，不肯直说出来？"

清秋道："这话我本不肯说的，你一定要我说，我只得说了。刚才你说'一生的快乐，从此完了'。这个时候哪里容你我做子媳的谈'快乐'二字？你既是说了，倒可以研究研究，不知道你所说的快乐，是从前那种公子哥儿的快乐呢，还是做人一种快乐呢？"

燕西皱了眉道："你这是什么话？快乐就是快乐，怎么有公子哥儿的快乐，做人的一种快乐？难道公子哥儿就不是做人吗？"

清秋道："所以我说不和你讨论，我一说你就挑眼了。你想，一个人随便谈话，哪里能够用讲逻辑的眼光来看？你愿听不愿听呢？你不愿听，我就不必谈了，省得为了不相干的事，又惹你生气。况且你现在正有病，我何必让你生闲气？"

燕西道："据你这样说，倒是我没有理了。你有什么意见？你就请说吧。"

清秋道："你别瞧我年轻，但是我的家庭从前虽不大富大贵，究竟也不曾愁着吃喝。后来我父亲一死，家道就中落了。自我知道世事而后，人生的痛苦我真看见和听到不少。凡是没有收入，只有花钱出去的，这种穷是没有挽救的穷。自己有钱，慢慢会用光。自己没钱，只有借贷当卖了。我家里就过了这样不少的日子，所以我觉得人穷不要紧，最怕是没有收入。"

燕西道："这个我何尝不知道？不过我们总不至于像别人，多少有一点儿财产，产业不能说不是一种收入。只是这种收入是有限的，不能由我们任性地花罢了。"

清秋道："你这话就很明白了。所以我就问你是要哪一种快乐，若是要得做总理儿子时代的快乐，据我想，准是失败。若是你要想找别的一种快乐呢，我以为快乐不光是吃喝嫖赌穿，最大的快乐，是人精神上可以得着一种安慰。精神上的安慰，也难一言而尽，譬如一件困难的事，自己轻轻易易地就做完了，这就可以算的。"

燕西道："这个我也明白的，何须你说。"

清秋道："这不就结了，刚才我所说的话，还是没有错呀。我以为你不像大哥，他早就在政界里混得很熟了，人也认识，公事也懂得，无论如何，他要混一点儿小差事总不成问题。你对于那些应酬的八行，老实说，恐怕还不在行，更不要谈公事了。"

燕西道："你就看我这样一钱不值？"

清秋道："你别急呀。不懂公事那不要紧的，一个人也不是除了做官就没有出路，只要把本领学到就得了。"

燕西道："到了这个年岁了，叫我学本领来混饭吃，来得及吗？我想还是在哪个机关找一个位置，再在别的机关，挂上一两个名，也就行了。"

清秋道："若是父亲在日，这种计划要实现都不难。现在父亲去世了，恐怕没有那样容易吧？"

燕西道："哪个机关的头儿不是我们家的熟人？我去找他们能够不理吗？你一向把事情看得难些，又看得太难了。"

清秋见燕西谈到差事，满脸便有得色，好像这事只等他开口似的。他的态度既是如此，若一定说是不行，也许他真会着恼。因道："你对于政界活动的力量，我是不大知道，既是你自己相信这样有把握，那就很好。"

燕西道："据我想，找事是不成问题的，我急的就是我从来没有办过事，能不能干下去，倒不可知呢。"

清秋先是疑他未必能在政界混到事，现在他说有如此之容易，未必他就毫无把握，只要真能在政界混下去，以后好好地过日子，未尝不可以供应自己小两口子的衣食。只是他一做官之后，还是和这些花天酒地的朋友在一处混，那么，是他自己本领赚来的钱，更要撒手来一花，那如何是好？她心里如此想着，关于燕西所答应的话，一时就不曾去答应。

燕西望着她道："我所说的话你看怎么样？不至于说得很远吗？"

清秋道："当然啦，你们府上是簪缨世家，有道是百足之虫，死而不僵，何至于你要出来找事会生什么困难，不过是你们府上门面是这样的大，混到政界上去若是应酬大起来，恐怕也是入不敷出呢！"

燕西点点头道："这个你倒说的是。譬如老大去年在外另组织一个小家庭，一月用一千还不够呢，何况我们将来还要正式布置呢。"

当燕西说凤举小家庭一句，清秋就想说如何能比？不料这一句话还没有说出来，他连忙就说："何况我们将来还要正式布置呢。"如此说，是比凤举那番组织还要阔。待要批评两句，这又不是三言两语说得清的，说不清，彼此恐怕还会发生纠葛，这倒不如不说，还可以省了许多事了。因此又默然坐着。

燕西道："说着说着，怎么你又不作声了？"

清秋道："这种事情，至少也在三个月以后吧？我们又何必忙着讨论呢？你的身体又不大好，我不愿意空着急，分你的神。将来等家中丧事了结了，慢慢地磋商吧。"

燕西也是因为提到这种事，心神不免要增加许多烦恼，清秋不肯说，也就不说了。可是有了这一番谈话，清秋又凭空添了无限的心事，这一生，真要是像燕西执着维持原有生活状况的态度过下去，不能没危险。别的事不必说，就以现在而论，他不但没有一个钱私储，倒有好几千块钱的私债。设若一旦自己组织家庭起来，马上就会感到拿钱不出来了。关于将来谋生的事，燕西虽未必肯听自己的话，然而这件事关系甚大，究竟不能不和他说个详细。自己年轻，见解总还有不到之处，这件事少不得要私自向自己母亲请教一下，看她怎样说。不过自己母亲以为金家有的是钱，女婿也很像有才干，将来也不可限量的。这时若把实话告诉她，她不但要大大的失望，恐怕也要把燕西的为人看穿。在母亲面前揭出丈夫的短处来，这究竟也是不相宜的事情呀。这样看起来，还是自己慢慢地打算，不要告诉母亲为妙吧。清秋沉沉地想了又想，反而把自己弄得一点儿主意没有，神志昏昏地手上捧着一本书，坐在一边，只是爱看不看的。

267

这一天的天气格外地坏，到了下午六七点钟，竟是淅淅沙沙地下起雨来。自从家中有了丧事以后，金太太总不很大进饮食。大家劝着，或者喝一碗稀饭，或者用热汤泡一点儿饭，就是这样马马虎虎地算了。清秋虽不至于像金太太那样的悲伤，然而满腹忧愁，不减于第二人，要她还是像平常一样的吃饭，当然是不能够的。但是向来是陪着金太太吃饭的，在金太太这样眼泪洗面的日子里，不能不打起精神来，增加她的兴趣。因之这天晚上，纵然是一点儿精神没有，也不得不勉强走下楼到金太太屋子里来吃晚饭。饭盒子这时已经拿到屋子里来了，正坐了一屋子人。原来这两天，除了梅丽陪着二姨太，佩芳陪着凤举之外，只有道之夫妇另外是一组，其余金太太的子女都在这里吃饭，是好让母亲心里舒服些。

　　金太太一看到清秋进来，便道："今晚上你还来做什么？你屋子里不是还躺着一个吗？"

　　清秋道："他睡着了，现时还不吃晚饭呢。"

　　金太太道："我这里坐着一大桌人，够热闹的了，你还是到自己屋子里去吃饭吧。若是没有心思看书，把我这里的益智图带去解解闷。省得那位一个人在屋子里。"

　　清秋本来也吃不下饭去，既是金太太叫自己回房去，落得回自己房里静坐一番。因是在书橱子里拿着了益智图竟自先走了。

　　这个时候，雨下得正紧。清秋回到自己屋子里，虽然全有走廊可走，可是那一阵阵的晚风由雨林里吹过来，将雨吹成一片的水雾，挟着冷气，向人身上直扑过来。那雨丝丝地吹到脸上和脖子里，不由人连打了两个寒噤。自己所住的这个院子本来就偏僻的，往常还听到邻院里有各种嬉笑娱乐之声，现在都没有了，仿佛就是特别的冷静。加上自己又搬到楼上去住了，就只有廊檐下一盏电灯，其余的灯都熄了。远远望着自己屋子里，也好像又新添了一种凄凉景象似的，心里也就有点儿害怕。走到那海棠叶门边下，就叫了两声，都没有人答复，更是害怕。

　　自己勉强镇静着，生着气道："我越是好说话，这些底下人越是不听话，只是我一转眼的工夫，又不知道他们跑到哪里去了？"

　　一面说着，一面赶快地上楼，走进房去，燕西已是醒了，便道："我仿佛知道你走了的，这一会子工夫，你就吃了饭吗？"

清秋道："我哪里要吃饭？我原是去陪母亲。那里倒有一屋子的人，她说让我回屋子来陪着你。我也以为你一人在屋子里怪闷的，所以回来了。幸而是我来了，你瞧，就是我走开这一会子的工夫，两个老妈子都不见了。要不然，你一个人在这里，更要闷呢。"

燕西道："既是母亲那里人多，我去坐一会子吧，你可以一个人在这里吃饭。"说毕，出房就走。

清秋正有些害怕，幸得燕西是醒的，正好向他说几句话。不料他反要去赶热闹，自己又不好说两个老妈子走了，留他做伴。只得说道："外面雨倒罢了，那雨里头吹来的风，可有些不好受。"

燕西道："你让我出去谈谈吧，若是在屋子里坐着，那更是憋得难受呢。"说着，已是下楼而去。

清秋一时情急，楼壁上有个叫外面听差的电铃，也不问有事没有，忙将电铃一阵紧按。因之燕西出院去不多大一会儿，金荣就进来了，站在楼下高声问道："七爷叫吗？"

清秋道："我这院子里一个人没有，我还没吃饭呢。"

金荣道："我刚才看到这院子的李妈在厨房里呢，我去叫她吧。"

清秋道："不，不，你先找一个人来给我做伴吧，然后你再找他们去。"

金荣见清秋真是害怕，就隔着墙大声嚷道："秋香姐在院子里吗？七少奶奶叫你过来有事呢。"

秋香以为果然有事，答应着就走过来了。清秋听到秋香的声音，心下大喜，连忙走到栏杆边，向下面连招了几招手，笑道："快来，快来，我正等着你呢。"

金荣道："少奶奶，我该叫他们送饭来了吧？"

清秋道："稀饭就行，一两样菜就够了。"金荣答应着去了。

秋香走上楼来，清秋握着她的手道："你吃过了饭没有？"

秋香道："我们少奶奶到太太那里去了。我们用不着等，吃过了。"

清秋执着她的手，一路走进房来，因道："幸而你来给我做个伴，要不然，我一个人守着这一幢楼，孤寂死了。"

清秋在沙发上坐下，也让秋香坐了。秋香笑道："七少奶奶，你的脾气有好些和七爷相同，七爷和我们不分大小的，从前这里的小怜和他很好。

小怜走了，阿囡、玉儿和我，都和七爷不错，只是春兰年纪太小些，不和我们在一处玩。"

清秋听了这些话，忍不住要笑，便问道："你说话这样天真烂漫，你今年几岁了？"

秋香道："我哪里知道呢？我是小的时候，拐子把我拐出来的。那个时候问我，我自己会说四岁，就算是四岁，其实我是瞎说的。后来让拐子把我卖在杨姥姥家里，也不知过了多少年，就转卖到王家，跟着三少奶奶到这里来了。我到王家的时候，都说是十二岁，连那年共四个年头了，我就算是十五岁了。"

清秋道："你姓什么呢？"

秋香摇了一摇头道："我不大记得，好像是姓黄，可是和'黄'字音相同的房呀，方呀，王呀，都说不定呢。"

清秋道："你记得你的父母吗？"

秋香道："我还记得一点儿，我父亲还是个穿长衣服的人，天天从外面回来，都带东西给我吃。我母亲也常抱着我，但是这不过是一点儿模糊的影子罢了，仔细的情形我是一点儿也不记得。"

清秋道："你家在什么地方，你知道吗？"

秋香道："我的少奶奶，我哪里能记得清许多呢？就是我在杨姥姥家里的事，而今想起来，也好像在梦里的一样，你想，我还能够记得许多吗？我若记得许多，我为什么不逃回去呢？我就常说，像我这种人，在世上就算白跑了一趟，姓名不知道，年岁不知道，家乡父母不知道。"

清秋听她说得这样可怜，心里一动，倒为她垂下几点泪，秋香究竟是孩子气，自己说着，其初不觉得怎么样，及至清秋一垂泪，自己也索性大哭起来。清秋擦着泪道："傻孩子，别哭了，我心里正难受呢。你再要哭，我更是止不住眼泪了。有手绢没有？擦一擦吧。"

秋香听她如此说，一想也是，人家正丧了公公，十分懊丧，不能安慰人家，还要特意去惹出人家的眼泪来吗？因之立刻止住了哭，掏出手绢将两只眼睛擦了两擦。这时两个老妈子都回屋来了，接上厨子又送了稀饭小菜来。清秋让老妈子一直送到楼上屋子里来，掀开提盒，送上桌子，早有一阵御米香味，袭人鼻端。老妈子将菜碟搬上桌子来看时，乃是一碟花生仁拌香干，一碟福建肉松，一碟虾米炒菜苔。除了一大瓷罐子香米稀饭而外，还有一碟子萝卜丝烧饼。

清秋对秋香道："这菜很清爽，你不吃一点儿吗？"

秋香道："我刚吃完饭了。"说着，便在老妈子手上接了碗，在暖水瓶里倒了小半碗热水，将碗荡了一荡，然后给清秋盛了一碗稀饭，放在桌上，又把书桌上的纸裁了两小方块，将筷子擦了一擦，齐齐整整地放在桌沿上，再端一张方凳让清秋坐下。

清秋道："你们少奶奶太享福了。有你这样一个孩子伺候，多么称心！"

秋香道："这很容易呀，七少奶奶出钱买个使女来就是了。"

清秋道："我听了你刚才所说的话，我恨不得把天下做拐子的全杀了才称心，我还能自己去作这个孽，花钱拆散了人家的骨肉吗？"

李妈便接嘴道："少奶奶你是知其一，不知其二呢。卖人口，谁是亲爹娘做主呀？都是拐子手上的人了，你若不买，他也卖给别人。像卖到咱们这种人家来当使女的，真算登了天了。有些人家的使女，吃不饱，穿不暖，那还罢了，叫人家孩子做起事来，真是活牛马——做得好，没有一个'好'字，做不好，动不动打得皮破血出，或者把好孩子逼傻了，或者把活跳新鲜的孩子打死了，有的是呢。你若买了使女，你就算是救了那孩子了。"

清秋道："说虽然是这样说，我总不愿在我手上买使女。一个人不买使女，两个人不买使女，大家不买使女，这拐子拐了人来，没有人要，也就不干这坏事了。"

秋香点点头道："七少奶奶，你存这样好心眼儿，将来一定有好报。"

清秋叹了一口气道："小妹妹，你还没有我那种阅历，你哪里知道！"说时，见老妈子还站在一边，因道："我有一个人在这里做伴就行了，你们晚饭还没有吃吧？吃饭去吧。"李妈便笑着请秋香多待一会儿，自下楼去了。

清秋吃一碗稀饭，又吃一个半萝卜烧饼。说是饼很好吃，一定要秋香吃了一个。秋香给她收了碗碟到提盒子里去，送到廊外，又陪着清秋到楼下洗澡屋里去擦了手脸。清秋复上楼来，她又跟着上楼。

清秋道："我这院子里的人回来了，你来得太久了，你们少奶奶回来了，不看到你，又要怪你了，你去吧。"

秋香道："不要紧，三爷回来了，蒋妈会来叫我的。我在别个院子里，常常玩得很晚回去，也没有说过呢。"

清秋道："你平常怎么不到我这里来玩玩呢？"

秋香听说，向清秋微微一笑。清秋道："哟！你因为七爷在这里，就不来吗？一家人避什么嫌疑哩？"

秋香道："不是为了这个，我们从前和七爷老在一处呢，那要什么紧？这件事你就别问了，我也不愿意说出来。"

清秋道："为什么不愿说出来？难道还有什么不能说的事吗？"

秋香望了一望清秋的脸，又不敢向下说，向屋子外看了一看，见没有人上楼，这才低着声音微笑道："七少奶奶，你和我们少奶奶感情怎么样？"

清秋道："不坏呀，我和三位少奶奶，四位小姐，都过得像自己的姊妹似一样，和谁也不错。你干吗问我这一句话？"

秋香道："我也是这样说，你和谁也不错，可是你有件事不大清楚吧？从前有一位白小姐，和七爷很好，她是我们少奶奶的表妹呢。"说着，向清秋又是微微笑道，"这话我不能说了，说了又要说我多事。"

清秋道："我怎么不知道？我知道得很清楚呢。这位白小姐和我在舞场会过，人也很和气的。而且很活泼，不像我这样死板板的。你们七爷不能要她做少奶奶，真是可惜。"

秋香望着清秋的脸，好大一会儿，才道："果然是那样，你怎么办呢？我们也不会认识的，那更可惜了。"

清秋道："你这孩子，不知高低，倒问得我无言可答。我来问你，你说不能到我这里来，和白小姐有什么关系？"

秋香笑道："少奶奶，你有点儿装傻吧？我这样说了，你有什么不明白的？"

清秋道："明白虽明白，我还不知道详细，这件事，怎么会让你都知道了？"

秋香道："我怎会不知道呢？我们少奶奶就常和三爷提这一件事。三爷先还和少奶奶抬杠，后来说不过少奶奶，也就不说了。"

清秋听了这话，当然是十分的难过。转念一想，她究竟是个小孩子，她一高兴，能把听到的话都告诉我，也就许她把我的话告诉人。有了她这几句话，事情也很明白，不必多问了。因道："你这孩子有点儿胡扯！你少奶奶也不过和三爷说着开开玩笑罢了，哪真会为我的事抬杠子呢？这句话可不许再说了，说多了，我也会生气的。"

秋香笑道："你这人真老实。"

清秋道："你们少奶奶大概也就回到家里来了，你回去吧。"秋香因她提到这句，也不敢多说，就自行下楼了。

这样一来，清秋倒不害怕了，一个人对着一盏惨白的银灯，也不看书，也不做事，只是坐了呆想。这时，楼外一阵阵的雨声，又不觉地送入耳鼓。那雨本是松一阵，紧一阵，下得紧的时候，也不过听到他屋上树上，一片潮声。及至松懒之际，一切的声音都没有了，只有那松针上的积雨，滴答滴答不绝地溜下雨点。偶吹上一阵风，这雨点子，也就紧上一阵。古人所谓松风，所谓松子落琴床，都是一种清寒之韵。这种清寒的夜色里，院子里又没有一点儿人声，那雨点声借着松里呼呼的风势，那一份凄凉景象，简直是不堪入耳。清秋在丧翁之后，本已感到自己前途的苍茫，再又感到自己环境恶劣，伤心极了。就在她这伤心的时候，那雨点是啪哒啪哒，只管响着，那一点一滴，都和那凄凉的况味一齐滴上心头。因之这种响声，不但不能打破岑寂，而且岑寂加甚。这屋子门外，悬的那幅绿呢帘子，只管飘荡不定，掀起来多高。楼廊外，由松树穿过来的晚风一直穿进屋子来。清秋身上，只穿了一件旧绸的衬绒旗衫，风掀动了衣角，不知不觉之间，有一种寒气，直由皮肤透入心里。这种冷气，比把自己的身子放在冷水缸里，还觉得难受。本待先去睡觉，然而燕西身体不好，自己本来伺候他的，而今他还不曾回房，自己先倒去睡了，这也未免本末倒置。因之只管坐在了沙发上，静静地等候。等了一点钟，又等一点钟，只听到楼下的壁钟，当当地敲过了十下响，这院子里，也就觉得又度过了一重寂寞之关似的。这夜色是更深沉了，听听楼下时，一点儿声音没有，连那两个老妈子，都无甚言语了。坐着也是很无聊，便站起来，将茶壶里的茶倒了一杯，喝着消遣。恰是吃过饭以后，忘了添开水，这一杯茶，也就一点儿热气也没有。喝到嘴里，把口漱了一漱，便吐出来了。放下茶杯子又呆坐着。

那雨点声依然不曾停止。清秋烦恼不过，就索性走出房来，看看这雨色究竟是怎样？只刚伏到栏杆边，燕西站在楼下海棠叶的门中，只管向她乱招着手。

清秋道："你有事不会上楼来？偏偏要我下去。"

燕西不答，只管笑着招手。清秋不知不觉之间翩然下了楼。燕西执着她的手道："你一个人坐在屋子里，不是烦闷得很吗？雨声是多么讨厌啦！"

清秋道："那也不见得，仁者见仁，智者见智，小楼一夜听春雨，深巷明朝卖杏花，这不是由很好的印象中，产出来的香艳句子吗？"

燕西笑道："果然的，这是看杏花的时候了。你瞧，咱们后院子里那几棵杏花又红又白，开得是多么好看！走，咱们一块儿看花去。"

清秋道："雨是刚刚停止，路又湿又滑，不去也罢。"

燕西道："不要紧，搀着你一点儿。不趁着这花刚开的时候去看，等花开过了，再想看又没有了。走吧！"说时，拉了清秋的手就走。

清秋虽然不愿，可是在燕西一方面，总是好意，也只得勉强跟了他走。走的路上，正长遍了青苔，走得人前仰后合，好容易到了后院，果然几棵杏花，开得像堆云一般繁盛。杏花下面，有一个女子一闪，看不清是谁，燕西丢了清秋，便赶上去。清秋原是靠了他扶持的，他陡然一摔手，清秋站立不住，由台阶向下一滚。这里恰是一个水坑，清秋浑身冰冷，拖泥带水爬了起来，又跌下去，身上的泥水，也越滚越多，便招手乱嚷燕西。燕西只管追那女子去了，哪里听见呢。

第八十回

发奋笑空劳寻书未读
理财谋悉据借箸高谈

这个时候，清秋心里又是急，又是气，挣命把手伸了出来，只管乱招乱抓。忽然醒悟过来，原来是一场噩梦。自己依然斜躺在沙发上，浑身冰冷。屋子里那盏孤灯惨白地亮着，照着人影子都是淡淡的。自己回想梦中的情形，半天作声不得，身子也像木雕泥塑的一般，一点儿也不会动，只管出了神。心想，梦这样事情，本来是脑筋的潜忆力回复作用，算不得什么。不过这一个梦，梦得倒有点儿奇怪。这岂不是说我已落絮沾泥，人家置之不顾了吗？正想到这里，屋子外面，淅淅沙沙又是一阵雨，响声非常之急，这才把自己妄念打断。起来照着小镜子，理了一理乱发，觉得在楼上会分外的凄凉，就一人走下楼来，吩咐李妈沏上一壶热茶，斟了一杯，手里端了慢慢呷着出神。呷完了一杯，接上又呷一杯，接连喝完几杯茶，也不知道已喝足了，还是继续地向下喝。老妈子送她新沏的一壶茶，不知不觉之间，都喝完了。这时心神完全镇定了，想着又未免好笑起来，我发个什么傻？只管把这种荒诞不经的梦细细地咀嚼什么？腿上还穿的单袜子，坐久了，未免冷得难受，不如还是睡到被里去的舒服。于是将床上被褥展开了，预备在枕上等着燕西，不料人实在疲倦了，头刚刚挨着枕头，人就有点儿迷糊，不大一会儿工夫就睡着了。

睡得正香，只觉身体让人一顿乱搓。睁眼看时，只见燕西站在床面前掀了被乱推过来。连忙坐起来笑道："对不住，我原打算等你的，身上有些凉，一躺到床上就睡着了。"

燕西解了衣服，竟自上床来睡，并不理会清秋的话。清秋道："现在什么时候了？你觉得舒服些吗？"

　　燕西道："没事，你别问。"

　　清秋道："你瞧，就算我没有等人，也不是存心，这也值得生这么大的气。"

　　燕西依然不理会，在那头一个翻身向里，竟自睡着了。清秋倒起来替他盖好了被，自己坐着喝了一杯热茶再睡下去。

　　到了次日，自己起来，燕西也就起来了。清秋见房中无人，便低声问道："你昨晚为什么事生气呀？"

　　燕西道："昨晚在母亲那里谈话，大家都瞧不起我，说现在家庭要重新改换一下子。别人都好办，唯有我们一对恐怕是没有办法。母亲说让我好好地念几年书，大家的意思，以为我再念书也是无用。"

　　清秋道："就是这个吗？我倒吓了一跳，以为又是我得罪了你呢。他们说你无用，那就能量定吗？我虽不能帮助你的大忙，吃苦是行的。我情愿吃窝窝头，省下钱来，供给你读书，你就偏偏努一努力，做一点儿事业给他们看看，只要有了学问，不愁做不出事业来。你以为我这话怎么样？这并不是光生气的事呀。"

　　燕西将脚一跺道："我一定要争上这一口气，我看那些混到事情的，本事也不见得比我高明多少，我拿着那些人做标准，不见得就赶他们不上。"说着，又将脚跺了两跺。

　　清秋道："你的志气自是很好，但是这件事，是要慢慢地做给人家看的，不是一不合意，就生气的。"

　　燕西道："我自然要慢慢地做出来给人家看，为什么只管发气？"

　　当时他说完了，板着脸也不再提。漱洗完了，点心也不及吃，就向外走。清秋道："你到哪里去？这个样子忙。"

　　燕西道："我到书房里去，把书理上一理。"

　　清秋道："这也不是说办就办的事呀。"燕西哪里等得及听完，早出了院子门一直向书房里来。

　　到了书房里，一看桌子上，全摆的是些美术品和一些不相干的小杂志，书橱子的玻璃门可是紧紧地锁上了。所有从前预备学习的中西书籍，一齐都锁在里面。因之按了电铃，把金荣叫来，吩咐用钥匙开书橱门。

金荣道："这两把钥匙放到哪里去了，一时可想不起来，你得让我慢慢找上一找。"

燕西道："你们简直不管事，怎么连这书橱钥匙都会找不着。"

金荣道："七爷，你就不想一想，这还是一年以前锁上的了。钥匙是我管着，你总也没开过。再说，有半年多了不大上书房，哪里就会把这钥匙放在面前呢？"

燕西道："你别废话，赶快给我找出来吧。"说时，坐在一张转椅上，眼睛望了书橱，意思就是静待开书橱。

金荣也不敢再延误，就在满书房里乱找。只听到一片抽屉哗哒哗哒抽动之声。燕西道："你这样茫无头绪，乱七八糟地找，哪里是找？简直是碰。你也应该想一想，究竟放在什么地方的呢？"

金荣道："我的爷，我一天多少事，这钥匙是不是你交给了我的，我也想不起来，你叫我想着放在什么地方，哪成呢？"

燕西眉毛一皱道："找不着，就别找，把这橱门子给我劈开得了。"

金荣以为他生气，不敢作声，把已经开验过的抽屉，重新又检点回来，找得满头是汗。

燕西冷笑道："我叫你别找，你还要找，我就让你找，看你找到什么时候。我等着理书呢，你存心捣乱，不会把玻璃打破一块吗？"

金荣道："这好的花玻璃，一个橱子敲破一块，那多么可惜！"

燕西正待说时，屋子外有人叫道："七爷，太太有话说呢，你快去吧。"

燕西听到声音呼得很急促，不知道有什么要紧的事，起身便走了。金荣见他等着要开书橱门，恐怕是要取什么东西，不开不成。真要打破一块玻璃，取出了东西来，恐怕还是不免挨骂。想起金铨屋子里四架书橱，和这里的钥匙差不多的，赶快跑到上房，把那钥匙寻了来。拿着那钥匙和这书橱一配，所幸竟是同样的，一转就把锁开了。将锁一一开过了之后，把橱门大大地打开，就等着燕西自己来拿东西。书橱门既是开了，自己也不敢离了书房，说不定他有什么事要找。不料足足等了两小时，还不见燕西前来，自己原也有事，就不能再等了。只好将书房门一总锁起来，自己到门房里去等着。直到下午，送东西到燕西屋子里去，才顺便告诉他。

清秋在一旁听到，便问道："你追着金荣要开书橱做什么？难道把满书橱子书都要看上一遍吗？"

燕西道："我原来的意思，本想翻一翻书本子的，可是自己也不知道要看哪一部书好？所以把书一齐翻了出来，偏是越急越不行，书橱子关着，老打不开锁，我因为妈叫我有事，我就把这事忘了。"

金荣道："橱子都开着呢，我把书房门锁上的了。"

燕西皱眉道："我知道了，你怪麻烦些什么？"金荣不料闹了半天，风火电炮要开橱门，结果是自己来问他，他倒说是麻烦，也就不敢再问了。

燕西道："我今天一天，都没有看见大爷，你知道大爷在哪里？"

金荣道："我为着七爷要看书，整忙了一天，什么事也没有去办。上午听说蒙藏院的总裁介绍了几个喇嘛来，好像是说要给总理念喇嘛经。大爷就在内客厅里见着那些喇嘛的。又听说不一定要在家里做佛事，就是庙里也行的。"

燕西道："那么，他一定是在家里的了，我找他去。"说着，一直向凤举院子里来。

前面院子里寂焉无人，院子犄角下两株瘦弱的杏花，长长的、小小的干儿，开着稀落的几朵花，在凉风里摇摆着，于是这院子里更显得沉寂了。燕西慢慢走进屋去，依然不见一个人。正要转身来，却听到一阵脚步声。只见那墙后向北开的窗子外，有一个人影子闪了过来，复又闪了过去。那墙后并不是院子，乃是廊檐外一线天井，靠着白粉墙，有一个花台，种了许多小竹子，此外还有些小树，倒很幽静。

燕西由凤举卧室里推开后门，伸头一望，只见凤举背着了两只手，只管在廊下走来走去。看那样子，也是在想什么心事。他忽然一抬头看见燕西，倒吓了一跳，因道："你怎么不作声就来了？有事吗？"

燕西道："我找你一天，都没有看见你，不知道你到哪里去了？我有两句话，要和你商量一下子。"

凤举见他郑而重之说起来，倒不能不听，便道："我也正在这里打闷主意呢。"

燕西道："现在家里事都要你担一份担子了，我的问题，你看怎么样解决？就事呢，我怕没有相当的。读书呢，又得筹一笔款的。但是读书而后，是不是能有个出路，这也未可料。"

凤举道："我以为你要商量什么急事，找着我来问。这个问题很复杂的，三言两语，我怎能替你解决？"

燕西道："当然不是三言两语所能解决，但是你总可以给我想一个计划。"

凤举道："我有什么计划可想？我私人方面，有一万多块钱的债务，这两天都发生了。你们都是这样想，以为父亲去世了，钱就可由我手里转，我就能够胡来一气了。"

燕西道："你何必在我面前说这种话？只要别人不问，你随便有多少私债，由公款还了都不要紧。"

凤举道："你以为钱还在我手里管着吗？今天早上，母亲把两个账房叫去了，和我当面算得清清楚楚，支票现款账本，一把拿过去了。这事难为情不难为情，我不去管他。有两笔款子，我答应明天给人家的，现在叫我怎样去应付呢？真是糟糕！到了明日，我没有什么法子，只有装病不见人。"说着，依然在走廊下走来走去。

燕西一看这种情形，没法和他讨论，回身又折到金太太屋子里来。这里正坐了一屋子人，除了道之四姊妹，还有鹏振夫妇。佩芳和金太太斜坐在侧面一张沙发上。金太太道："也许是凤举有些觉悟了，从来银钱经过他的手，没有像这样干净的。"

佩芳道："这一层我倒知道的，他虽是乱七八糟地用钱，'公私'两个字，可分得很清楚。现在家里遭了这样的大难，他也心慌意乱，就是要扯公款，也想不到这上面来的了。"

说到这里，正是燕西一脚由外面踏了进来，金太太道："老七，你今天有什么心事？只看见你跑进跑出，坐立不安。"

燕西一看屋子里有这些人，便道："我有什么心事？我不过是心里烦闷得很罢了。"说着，在金太太对面一张椅子上坐下。这一坐下，不觉窸窣一阵响，连忙回头看时，原来是椅子上有一把算盘呢。因道："妈现在实行做起账房来了，算盘账簿老不离左右。"

金太太道："嘻！你知道什么？凡是银钱经手的人，谁见了会不动心？不过总有一种限制，不敢胡来罢了。一到了有机可乘，谁能说不是混水里捞鱼吃？现在除了家里两位账房经手的账不算，外面大小往来账目，哪里不要先审核一下？光是数目上少个一万八千，我都认为不算什么。最怕就是整笔地漏了去，无从稽考。钱是到人家手上去了，他不见你的情，还要笑你傻瓜呢。所以我在你父亲临危的那一天，我只把里外几只保险箱子管得铁紧。至于丧费怎样铺张，我都不会去注意。他们要花，就放手去花，就是多花些冤枉钱，也不过一万八千罢了。若总账有个出入，那可难说了，所以人遇到大事，最忌的是察察为明。"

说到这里，用眼望了道之姊妹道："我也是个妇人，不敢藐视妇女。可是妇女的心理，往往是抱定一个钱也不吃亏的主义，为了一点儿小事，拼命去计较，结果是你的眼光，注意在小事上的时候，大事不曾顾到，受了很大的损失了。这是哪一头的盘算呢？前几天，我心里有了把握，什么也不管，这几天我可要查一查了。总算不错，凤举办得很有头绪，花钱并不多。"

道之姊妹听了倒也无所谓，只有玉芬听了，正中着心病，倒难过一阵。当时望了一望大家，都没有说什么。在她这眼光像电流似的一闪之间，清秋恰是不曾注意着，面向了金太太。金太太向她补了一句道："你看我这话说得怎么样？"

清秋本来是这样地主张的，何况婆婆说话，又不容她不附和呢。因道："你老人家不要谈修养有素了，就是先说经验一层，也比我们深得很。这话自然是有理的，我们就怕学不到呢。"

玉芬听了这话，深深地盯了清秋身后一眼。清秋哪里知道，回转身见道之望着她，便道："四姐是能步母亲后尘的，其实用不着母亲教训，你也就很可以了。"道之不便说什么，就只微点了一点头。道之不说，其余的人，也是不肯说，金太太所说的一番话，无人答复，就这样消沉下去了。

玉芬向佩芳丢了一个眼色，轻轻地道："大嫂，我还有两样东西在你那里，我要去拿回来。"

佩芳会意，和她一同走出来。走出院子月亮门，玉芬首先把脸一沉道："你瞧，这个人多么岂有此理！上人正在说我，你不替我遮掩倒也罢了，还要火上加油，在一边加上几句，这是什么用意？我大大地受一番教训，她就痛快了吗？"

佩芳望了玉芬的脸道："夹枪带棒，这样地乱杀一阵，你究竟说的是谁？我可没有得罪你，干吗向我红着小脸？"

玉芬道："我是说实话，不是开玩笑，凭你说句公道话，清秋刚才所说的话，应当不应当？"

佩芳道："母亲那一番话，是对大家泛说的，又不是指着你一个人，干吗要你生这样大的气？"

二人说时，不觉已是走到佩芳院子里。佩芳道："你调虎离山把我调了回来，有什么话说？"

玉芬道："别忙呀，让我到了你屋子里去再说也不迟，难道我身上有什么传染病，不让进屋子不成？"

佩芳道："你这人说话真是厉害，今天你受了什么肮脏气，到我头上来出？"

说着，自己抢上前一步，给她打着帘子，便让她进去。玉芬笑道："这就不敢当了。"

佩芳让她进了房，才放下帘子一路进来，也笑道："你总也算开了笑脸了。"

玉芬道："并不是我无事生非地生什么气，实在因为今天这种情形，我有点儿忍耐不住。"

佩芳道："你忍耐不住又怎么样呢？向着别人生一阵子气，就忍耐住了吗？"

玉芬道："不是那样说，我早有些话要和你商量。"说着，拉了佩芳的手，同在一张沙发椅上坐下，脸上立刻现了一种庄严的样子道："我们为着将来打算，有许多事不能不商量一下子。就是这几天我听母亲的口音，这家庭恐怕不能维持现状了。而且还说，父亲既去世，家里也用不着这样的大门面。就是这大门面，入不敷出，也维持不了长久。"

佩芳笑道："你这算是一段议论总帽子吧？以下还有什么呢？帽子就说得这样透彻，本论一定是更好的了。"

玉芬把眉头一皱道："怎么一回事？人家越是和你说正经话，你倒越要开玩笑。你想想看，家庭不能维持现状，我们自然也不能过从前一样的生活了。"

佩芳道："这是自然的，我看多少有钱的人家，一倒就倒得不可收拾，这都是由于不会早早地回头之故。母亲的办法，我们当然极力赞成。"

玉芬道："极力赞成什么？也用不着我们去赞成呀。你以为家庭不能维持现状以后，她老人家还要拿着这个大家庭在手上吗？这样一来，十分之九，这家是免不了要分开的。凭着这些哥儿们的能耐，大家各自撑立门户起来，我以为那是盲人骑瞎马，夜半临深池的情形。"

佩芳先还不为意，只管陪着她说话，及至她说到这里，心中一动，就默然了。她靠了沙发背躺着，低了头只管看着一双白手出神。手却翻来覆去，又互相抢着指头，好像在这一双手上，就能看出一种答案出来的样子似的。半晌，便叹了一口气。

玉芬道："你叹什么气？这样重大的事情，你不过是付之一叹吗？"

佩芳这才抬头道："老妹，这件事，我早就算到了，还等今天才成问题吗？据你说，又有什么法子呢？"

玉芬道："这也不是没有法子一句话，可以了却的，没有法子，总也得去想一个法子来。我想了两天，倒有一条笨主意，不知道在你看去，以为如何？"

佩芳道："既有法子，那就好极了。只要办得动，我就唯命是听。"

玉芬道："那就不敢当，不过说出来，大家讨论讨论罢了。我想这家产不分便罢，若是要分的话，我们得向母亲说明，无论什么款子，也不用一个大，可是得把账目证明清清楚楚的，让我们有一份监督之权。除了正项开支，别的用途大家不许动。若是嫌这个办法太拘束，就再换一个法子，请母亲单独地拨给我们一份产业。我们有了产业在手，别人无论如何狂嫖滥赌，管得着就管，管不着就拉倒。"

佩芳听着这话，默然了一会儿，将头连摆了几下，淡淡地道了一个字："难。"

玉芬道："为什么难？眼睁睁地望着家产分到他们手上去，就这样狂花掉吗？"

佩芳道："我自然有我的一层说法。你想，产业当然是儿子承继的，儿媳有什么权要求监督？而且也于他们面子难堪，他们肯承认吗？现在他们用钱，我们在一边啰唆着还不愿意呢，你要实行监督起来，这就不必问了。至于第二步办法，那倒成了分居的办法，未免太着痕迹。那样君君子子地干，恐怕母亲首先不答应。"

玉芬道："这就难了。那样也不成，这样也不成，我们就眼巴巴地这样望着树倒猢狲散吗？"

佩芳道："这有什么法子？只好各人自己解决罢了，公开地提出来讨论那可不能的。"

玉芬听了这话，半晌不能作声，却叹了一口气。佩芳伸着手在她肩上连连拍了两下道："老妹，你还叹什么气？你的私人积蓄不少呀。"

玉芬道："我有什么积蓄？上次做公债，亏了一塌糊涂，你还有什么不知道？我一条小命，都几乎在这上面送掉了。"

佩芳笑道："你还在我面前弄神通吗？你去了的钱，早是完全弄回来了。连谁给你弄回来的，我都知道，你还要瞒什么呢？"

玉芬听了这话，不由得脸上一阵通红。顿了一顿，才低低地说了一句："哪里能够全弄回来呢？"只说了这样一句，以下也就没有了。

佩芳知道她对于这事要很为难，也不再讨论下去。坐了一会儿，扶着玉芬的肩膀起来，又拍了两下，笑道："你的心事，我都明白了，让我到了晚上，和凤举商量商量看，先探探他们弟兄是什么意思。若是他们弟兄非分居不可，我们也无执拗之必要。然后再和他们商议条件，别忙着先透了气。"说时，又连连拍了玉芬几下。

玉芬眼珠一转，明白这是佩芳不愿先谈了，只得也站起来道："可也不急在今日一天，慢慢商量得了。要是急着商量，他们还不定猜着我们要干什么事哩。"

佩芳点了一点头，玉芬出门而去。可是她走出院子里，却又转身回来，笑向佩芳道："我知道你们夫妻感情好的时候，是无话不谈的，你和大哥谈论起来，不许说这话是我说的。"

佩芳道："我们有什么无话不谈？人家可是说你夫妻无所不为哩。"玉芬听着，啐了一口，才抢着跑了出去了。

佩芳听了玉芬这一番话之后，心想，机灵究竟是机灵的，大家还没有梦到分家的事，她连分家的办法，都想出来了。照着她那种办法，好是好，可是办不通。若是办不通，就任凭凤举胡闹去，自然是玉芬所说的话，树倒猢狲散了。心里有了这样一个疙瘩，立刻也就神志不安起来，随后仿佛是在屋里坐不住，由屋后转到那一条长天井下，靠了一根柱子，只是发呆望着天。自己也不知道站了多久，正待回屋子里去的时候，只听凤举在屋内嚷道："不是在屋子里的吗？怎么没有看到人呢？"

佩芳道："什么事要找我？"

凤举听说，也走到后面天井里来，咦一声道："这就怪了，我今天躲在后面想正事了，你也躲在后面想心事，这可以说是一床被不盖两样的人了。"

佩芳将眼瞪了一瞪道："说话拣好听的一点儿材料，不要说这种不堪入耳的话。"

凤举道："这几句话有什么不堪入耳？难道我们没有同盖过一床被吗？"说到这里，就伸着脖子向佩芳微微一笑。

佩芳又瞪了他一眼道："你有这样的热孝在身，亏你还笑得出来！这是在我面前做这样鬼脸，若是让第二个人看见，不会骂你全无心肝吗？"

这几句话太重了，说得凤举一个字也回答不出来。还是佩芳继续地道："你不要难为情，我肯说你这几句话，我完全是为你好，并不是要找出你一个漏洞来挖苦你几句，我就心里痛快。我私下说破了，以后省得你在人面前露出马脚来。"

凤举一个字也不说，对着佩芳连连作了几个揖道："感谢，感谢！我未尝不知道死了老子是平生一件最可痛心的事，但是这也只好放在心里。叫我见着人就皱眉皱眼，放出一副苦脸子来，我实在没有那项功夫。反正这事放在心里，不肯忘记也就是了，又何必硬邦邦地搬到脸上来呢？"

佩芳道："你要笑，你就大笑而特笑吧。我不管你了。"说毕，身子向后一转，就跑进屋子去了。

凤举道："你瞧，这也值得生这样大的气。你教训我，我不生气倒也罢了，你倒反要生我的气，这不是笑话吗？"

佩芳已经到了屋子里去，躺在沙发椅子上了。凤举说了这些话，她只当没有听见，静静地躺着。凤举知道虽然是一句话闹僵了，然而立刻要她转身来，是不可能的，这也只好由她去，自己还是想自己的心事。不料她这一生气，却没有了结之时，一直到吃晚饭，还是愤愤不平。凤举等屋子里没有人了，然后才问道："我有一句话问你，让问不让问？"

284

佩芳在他未说之先，还把脸向着他，及至他说出这话之后，却把脸向旁边一掉。凤举道："这也不值得这样生气，就让我说错了一句话，驳我一句就完了，何必要这样？"说时，也就挨着佩芳，一同在大睡椅上坐下。

佩芳只是绷着脸，爱理不理的样子。凤举牵着她一只手，向怀里拖了一拖，一面抚着她的手道："无论如何，以后我们做事要有个商量，不能像从前，动不动就生气的了。何况父亲一大部分责任都移到了我们的头上来，我正希望着你能和我合作呢。"

佩芳突然向上一站，望着他道："你居然也知道以后不像从前了，这倒也罢。我要和你合作，我又怎么办呢？你不是要在外面挑那有才有貌的和你合作吗？这时才晓得应该回头和我合作了。"

凤举道："咳！你这人也太妈妈经了，过去了这么久的事情，而且我又很忏悔的了，为什么你还要提到它？"

佩芳道："好一个她！她到哪里去了？你且说上一说。"

凤举道："你又来挑眼了，我说的它，并不是指着外面弄的人，乃是指那一件事。有了那一件事，总算给了我一个极大的教训，以后我绝不再蹈覆辙就是了。"

佩芳鼻子一耸，哼了一声道："好哇！你还想再蹈覆辙呢。但是我看你这一副尊容，以后也就没有再蹈覆辙的能力吧？"

凤举道："我真糟！说一句，让你驳一句，我也不知道怎样说好？我索性不说了。"说毕，两手撑了头，就不作声。

佩芳道："说呀！你怎样不说呢？"

凤举依然不作声。佩芳道："我老实告诉你吧，事到如今，我们得做退一步的打算了。"

凤举道："什么是退一步的打算？你说给我听听。"

佩芳道："家庭倒了这一根大梁，当然是要分散的了。到了那个时候，我们这一部分，你是大权在握，你有了钱，敞开来一花，到后来用光了，只看着人家发财，这个家庭我可过不了。趁着大局未定，我得先和你约法三章。你能够接受，我们就合作到底。你不能接受，我们就散伙。"

凤举道："什么条件，这样的紧张？你说出来听听。"

佩芳道："这条件也不算是条件，只算是我尽一笔义务。我的意思，分

285

了的家产，钱是由你用，可是得让我代你保管。你有什么正当开支，我绝不从中阻拦，完全让你去用。不过经我调查出来，并非正当用途的时候，那不客气，我是不能支付的。"

凤举道："这样说客气一点子，你是监督财政。不客气一点儿，就是我的家产让你代我承受了，我不过仰你的鼻息，吃一碗闲饭而已。你说我这话对不对？"

佩芳道："好！照你这样的说，我这个条件，你是绝对不接受的了？"

凤举道："也并非不接受，不过我觉得你这些条件，未免过于苛刻一点儿，我希望你能通融一些。我也很知道我自己花钱太松，得有一个人代我管理着钱。但是像你这样管法，我无论用什么钱，你都认为不正当的开支，那我怎么办？"

佩芳见他已有依允之意，将头昂着说道："我的条件就是这样，没有什么可通融的。你若是不愿受我的限制，我也不能勉强。你花你的钱，花光了就拉倒。但是我不像以前了，有了你一个孩子，你父亲给你留下不少的钱，你也是人家的父亲，就应当一文不名的吗？你也该给我的孩子留下一些。这一笔款子在你承受产业的时候，就请你拿出来，让我替孩子保管着。将来孩子长大，省得求人，你也免得由自己腰包里掏出来有些肉痛。我的话，至此为止，你仔细去想想。"说毕，竟自出门去了。

凤举望了她的后影，半晌作声不得，究竟不知道她毅然决然地提出这样一个条件什么用意？既是她已经走了，也不能追着她去问，只好等到晚上她回房之后，再来从从容容地商量。自己也就慢慢地踱到前面客厅里来。

第八十一回

飞鸟投林夜窗闻愤语
杯蛇幻影晚巷走奔车

金家因为有了丧事以后，弟兄们常在这里聚会的。鹏振一见凤举进来，起身相迎，拉着他的手道："我有话和你说。"说了这句，不容分说，拉了凤举就向屋外走。

到了走廊下，凤举停了脚，将手一缩道："到底有什么事，你说就是了，为什么这样鬼鬼祟祟的？"

鹏振道："自然是不能公开的事，若是能公开的事，我又何必拉你出来说呢？"说了这句话，声音便低了一低道，"我听到说，这家庭恐怕维持不住了，是母亲的意思，要将我们分开来，你的意思怎么样？"

凤举听说，沉吟了一会儿，没有作声。鹏振又道："你不妨实说，我对于这件事，是立在赞成一方面的。本来西洋人都是小家庭制度，让各人去奋斗，省得谁依靠谁，谁受谁的累，这种办法很好。做事是做事，兄弟的感情是兄弟的感情，这绝不会因这一点受什么影响。反过来说，大家在一起，权利义务总不能那样相等，反怕弄出不合适来哩。"

凤举听他说时，只望着他的脸，见他脸上，是那样的正板的，便道："你这话未尝没有一部分的理由。但是在我现在的环境里，我不敢先说起此事，将来论到把家庭拆散，倒是我的罪魁祸首。"

鹏振道："你这话又自相矛盾了，既然分家是好意的，'罪魁祸首'这四个字，又怎能够成立？况且我们办这事，当然说是大家同意的，决计不能说谁是被动，谁是主动。"

凤举抬起手来，在耳朵边连搔了几下，又低着头想了一想，因道："果然大家都有这意思，我绝不拦阻。有了机会，你可和母亲谈上一谈。"

鹏振道："我们只能和你谈，至于母亲方面，还是非你不可。"

凤举道："那倒好，母亲赞成呢，我是无所谓，母亲不赞成呢，我算替你们背上一个极大的罪名，我为什么那样傻？我果然非此不可，我还得邀大家，一同和母亲去说。现在我又没有这意思，我又何必呢？"

鹏振让他几句话，说得哑口无言。呆立了一会儿，说了三个字："那也好。"

正这样立着，翠姨却从走廊的拐弯处，探出头来，看了一看，缩了转去。不多一会儿，她依然又走出来，便问道："你们两个在这里，商量什么事呢？能公开的吗？"

鹏振道："暂时不能公开，但是不久总有公开之一日的。"

翠姨点了点头道："你虽不说，我也知道一点，不外家庭问题罢了。"

凤举怕她真猜出来了，便道："他故意这样说着冤你的，你又何必相信。"一面说着，一面就走开了去。

但是翠姨刚才在那里转弯的地方，已经听到两三句话。现在凤举一说便跑，她更疑心了。而且鹏振又说了，这事不久就要公开，仿佛这分家就在目前，事前若不赶做一番打算，将来由别人来支配，那时计较也就迟了。她这样想着，心里哪能放得下？立刻就去找佩芳，探探她的口气。然而佩芳这时正在金太太那边，未曾回去。就转到玉芬屋子里来，恰是玉芬又睡了觉了，不便把她叫醒来再问这句话。回转身来，听到隔院清秋和老妈子说话，便走到清秋院子里来。

一进院子门，便道："七少奶奶呢？稀客到了。"

清秋正站在走廊下，便迎上前，握了她的手，一路进房去坐着。见她穿了一件淡灰呢布的夹袄，镶着黑边，腰身小得只有一把粗。头发不烫了，梳得光溜溜的，左耳上，编着一朵白绒绳的八节花，黑白分明。那鹅蛋脸儿，为着成了未亡人又瘦削了两三分，倒现着格外的俊俏。清秋这一看之下，心里不觉是一动。

翠姨将她的手握着，摇了两摇道："你不认得我吗？为什么老望着我？"

这样一说，清秋倒有点儿不好意思，便索性望着她的脸道："不是别的，我看姨妈这儿天工夫格外瘦了，你心里得放宽一点儿才好。"

翠姨听了，深深地叹了一口气，然后坐下道："一个二十多岁的人死了丈夫，有不伤心的吗？可是我这样伤心，人家还疑我是故意做作的呢。咳！一个女人，无论怎样，总别去做姨太太，做了姨太太，人格平白地低了一级，根本就成了个坏人，哪好得了呢？"

清秋宽解着她道："这话也不可一概而论，中国的多妻制度又不是一天两天，如夫人做出惊天动地的事情的，也不知多少。女子嫁人做偏房的，为了受经济压迫的，固然不少，可是也有很多的人为了'恩爱'二字，才如此的。在恩爱上说，什么牺牲都在所不计的，旁人就绝对不应看轻她的人格。"

翠姨道："你这话固然是不错。老头子对我虽不十分好，但是我对他绝无一点儿私心的。他在的日子，有人瞧不起我，还看他三分金面。现在他去世了，不但没有人来保护我，恐怕还要因为我以前有人保护，现在要加倍地和我为难呢。我这种角色谁肯听我的话？就是肯听我的话，我只有这一点儿年纪，也不好意思端出上人的牌子来。我又没有一个儿女，往后，谁能帮着我呢？再说，有儿女也是枉然，一来庶出的就不值钱，二来年纪自然是很小，怎样抚养得他长大？总而言之，在我这种环境之下，无论怎样家庭别分散了，大家合在一块儿去，大家携带我一把，我也就过去了。现在大家要分家，叫我这一个年轻的孀妇，孤孤单单的怎么办呢？七少奶奶，你待我很不错，你又是个读书明理的人，请你指教我。"

清秋不料她走了来会提起这一番话，不听犹可，一听之下只觉浑身大汗向下直流，便道："我并没有听到说这些话呀。姨妈，你想想看，我是最后来的一个儿媳，而且又来了不多久，我怎敢提这件事？而且就是商议这事，也轮不到我头上来哩。你是哪里听来的，或者不见得是真的吧？"

翠姨以为清秋很沉静的人，和她一谈，她或者会随声附和起来。不料现在一听这话，就是拦头一棍，完全挡了回来。便淡淡地笑道："七少奶奶，你以为我是汉奸，来探你的口气来了吗？你可错了。我不过觉得你是和我一样，是个没有助手的人，我同病相怜，和你谈谈罢了，你可别当着我有什么私心啦。"

清秋红了脸道："姨妈说这话，我可受不起，我说话是不大漂亮周到

289

的，不到的地方，你尽管指教我，可别见怪。"

翠姨道："并不是我见怪，你想，我高高兴兴地走来和你商量，你劈头一瓢冷水浇了下去，我有个不难受的吗？这话说破了，倒没有什么，见怪不见怪，更谈不上了。"

清秋见她这样说着，又向她赔了一番小心。翠姨这口气总算咽下去了。然而清秋对于分家这件事，既然那样推得干干净净，不肯过问，那么，也就不便再说，只说了一些别的闲事，坐了一会子就走了。

清秋等她走后，一个人坐在屋子里纳闷，这件事真怪，我除了和燕西谈了两句而外，并没有和别人谈过，她何以知道？再说，和燕西谈的时候，并不曾有什么分家的心思，不过这样譬方说着，将来前途是很暗淡的，家庭恐怕不免要走上分裂的一途。这种话漫说是不能作为根据的，就是可以作为根据，这是夫妻们知心之谈，怎样可以去瞎对第三个人说？翠姨虽然是个长辈，究竟年轻，而且她又不是那种谈旧道德的女子，和她谈起分家的话来，岂不是挑拨她离开这大家庭？这更是笑话了。她谁也不问，偏来问我，定是燕西在她面前漏了消息，她倒疑心我夫妇是开路先锋。这一件冤枉罪名，令人真受不了呀！设若这话传了出去，我这人缘不大好的人，一定会栽一个大跟头，这是怎样好？我非得把燕西找来，问他是怎样说出来的不可。

越想越是不安，也就不能再在屋子里坐了。又转身到金太太屋子来，可是燕西早已离开此地了。清秋因为屋子里只金太太一个人，便陪着金太太坐下。金太太说到金铨在时，事事有人拿主意，也就无所谓地过太平日子。现在孀居，才感到了种种痛苦。说着，又谈到了冷太太。金太太便说："我有这些儿女，衣食也是不必去发愁的了。当年亲家老爷去世，丢下亲家太太，你们母女孤苦伶仃度到现在，真是不容易哩。"这几句话，说得清秋加倍难受，两行眼泪，不由人做主便流了出来。转念一想，怕如此更惹出金太太眼泪，忙掏出手绢，将眼睛连擦了几擦。金太太似乎也知道她的意思，便向着她叹了一口气。所幸不久的时间，便吃晚饭，人也来多了，这种伤心的话，搁下不提。

吃过晚饭，金太太屋子里兀自坐着许多人。金太太心里烦得很，暂时不愿和这些人坐在一处，就一人走出来，顺着走廊不觉到了隔院翠姨屋子边。只听到翠姨一个人在屋子里说着话不歇。心里不觉得暗骂了一声，只有这种人是全无心肝的，一个女子，年轻死了丈夫，还有工夫发脾气，你看她倒不在乎。

金太太想着，就慢慢腾腾地走过来。到了窗户外，靠着一根柱子立着，一听那口声，却是翠姨和一个老妈子说话。那老妈子道："你怕什么？拔出一根毫毛来，比我们腰杆儿还粗呢。你还愁吃喝不成？"

翠姨道："一个人不愁吃喝就完了吗？再说，就靠我手上这几个钱，也不够过日子的，就叫我怎样不发愁呢？"

金太太一听，心里大吃一惊，心想，她为什么说这话，有吃有喝还不算，打算怎么样呢？于是越发沉默了，靠了柱子，侧着头向下听去。

只听见老妈子道："天塌下来，有屋顶着呢，你怕什么？"

翠姨冷笑一声道："屋能顶着吗？要顶着天，也是替别人顶着，可摊不上我呀！我想到了现在，太阳落下山去，应该是飞鸟各投林了。我受他们的气也受够了，现在我还能那样受气下去吗？你瞧，不久也就有好戏唱了，还用不着我们出头来说话呢。"

金太太听了这话，只气得浑身抖颤，两只脚其软如绵，竟是一步移动不得。本想嚷起来，说是好哇，死人骨肉未寒，你打算逃走了。这句话达到舌尖，又忍了回去。心想，和这种人讲什么理？回头她不但不说私议分家，还要说我背地里偷听她的话，有意毁坏她的名誉，我倒无法来解释了。她既有了这种意思，迟早总会发表出来的，到了那个时候，我再慢慢地和她计算，好在我已经知道了她这一番的意思，预防着她就是了。

金太太又立了一会儿，然后顺着廊檐走回自己屋子去。一看屋子里还坐有不少的人，这一肚子气，又不便发泄出来，只是斜着身子坐在沙发上，望了壁子出神。

凤举这时也在屋子里，一看母亲这样子，知道生了气，不过这气由何而来，却不得而知。因故意问道："还有政府里拨的一万块钱治丧费，还没有去领。虽然我们不在乎这个，究竟是件体面事，该去拿了来吧？"

金太太对于凤举的话，就像没有听到一样，依然板着面孔坐着。凤举见母亲这样生气，将话顿了一顿，然而要想和母亲说话，除了这个，不能有更好的题目。因此又慢慢地踱着，缓步走到金太太前面来，像毫不经意似的，问道："你老人家看怎么样？还是把这笔款子收了回来吧。"

金太太鼻子里突地呼了一口气，冷笑道："还这样钻钱眼儿做什么？死人骨肉未寒，人家老早地就要拆散这一份家财了。弄了来我又分了多少？"

凤举一听这话，才知母亲是不乐分家的这一件事。这一件事自己虽也觉得可以进行，似乎时间还早，所以鹏振那一番话，很是冒昧，自己并无代说之心。而今母亲先生了气，幸而不曾冒失先说，然而这个空气，又是谁传到母亲耳朵里来的哩？鹏振当然是没有那大的胆，除非燕西糊里糊涂将这话说了。这件事，母亲大概二十四分不高兴，只有装了不知道为妙。因之默然地在屋子里踱来踱去几步，并不接嘴向下说去。

金太太看他不作声，倒索性掉过脸来向凤举道："我也要下到这一着棋的，但是不知道发生得有这么快。一个家庭，有人存下分家的心事，那就是一篓橘子里有了一个坏橘子，无论如何，非把它剔出来不可。我也不想维持大家在一处。分得这样快，只是说出去了不好听罢了。"

金太太发过了一顿牢骚，见凤举没有搭腔，便回转脸来问道："你看怎么样？这种事情，容许现在我们家里发生吗？"

凤举对于这件事，本来想不置可否，现在金太太指明着来问，这是不能再装马虎的了。因道："我并没有听谁说过这个话。你老人家所得的消息，或者事出有因，查无实据……"

金太太突然向上一站，两手一张道："怎么查无实据？我亲耳听到的，我自己就是一个老大的证据呢。"

凤举道："是谁说的？我真没有想到。"

金太太道："这个人不必提了。提了出来，又说我不能容物。现在我开诚布公地说一句，既是大家要飞鸟各投林，我水大也漫不过鸭子去，就散伙吧。只有一个条件，在未出殡以前，这句话绝对不许提。过了七七四十九天，在俗人眼里看去，总算满了热服，然后我们再谈。俗言说得好，家有长子，国有大臣，我今天对你说了，我就绝对地负责任。你可以对他们说，暂时等一等吧。"

凤举道："你老人家这是什么话？我并没有一点儿这种意思，你老人家怎么对我说出这种话来？"

金太太道："说到家事，你也不必洗刷得那样干净，我也不怪你，我对你说这话，不过要你给我宣布一下子就是了。"

凤举一看金太太的神气，就知道母亲所指的人是翠姨，不过自己对于翠姨平常既不尊敬，也不厌恶。现在反正大家是离巢之燕，也更用不着去批评她。母亲说过了，自己也只是唯唯在一边哼了两声，等着金太太不说，也就不提了。

坐了一会儿，金太太气似乎消了一点儿，凤举故意扯着家常话来说，慢慢地把问题远引开了。金太太道："说到家庭的事，我总替燕西担心，你们虽是有钱便花，但是也知道些弄钱的法子，平常账目，自然也是清楚的。燕西他却是第一等的糊涂虫，对于这些事丝毫不关心，将来有一天到了他自己手上掌家，那是怎样办？而且他那位少奶奶，又是对他一味地顺从，他更是要加倍地胡闹了。"

凤举道："我想他还不急于谋事，今年只二十岁，就是入大学里读书去，毕了业出来再找事，还不晚啦。"

金太太道："我也是这样想。这个日子，叫他出去做什么事？想来想去，总是不妥。从前让他在家里游荡，那本就不成话，而今失了泰山之靠，这更不能胡来了。第一，就是那三百块的月钱，我要取消。原是给一笔整数，省得时时要钱零用。结果为了有这一笔钱，放开手来用，更大闹亏空了。"

说到这里，只见门外边，有一个人影子一趸，又缩转去了。金太太伸头向外望了一望，连问两声是谁，外面答应着是我，燕西却走进来了。金太太道："你这样鬼鬼祟祟地做什么？"

燕西道："并不是鬼鬼祟祟的，因为这儿正提到了我，我为什么闯进来？"

凤举道："母亲说，要裁掉你的月费哩。我不敢赞一词。"

燕西站着靠了桌子，五个指头虚空地扶了桌沿，扑通扑通地打了一阵，只是默然不作声。金太太道："我刚在屋子里说的话，大概你也听见，你因为有了这一笔月费，倒放开手来乱用，你想对不对？结果，钱反而不够。你的手笔反而也用大了，那是何必呢？"

燕西听了这话，依然不作声，将五个手指头把桌子扑通扑通又打着响了几下，那脸微微朝下，可没有理会到金太太说些什么。金太太道："你说吧，怎么不作声？我这话说得对不对呢？"

燕西依然向下看着，才慢慢地道："若是家用要缩小呢，当然把我的月费免了，不过我除此以外，可没有什么收入。至于用钱用得过分的话，那也不能一概而论。"说话时，将鞋尖只管在地板上乱画。

金太太道："论说，也不省在你头上这一点儿钱。只要你不胡花，我照常给你，也不算什么。"

凤举听说这话，心想，这倒好，刚才对我说要裁他的月费。这会子当面说，只要他不胡花，也不在乎，那么，我若先说出来，倒像是我多事了。因对燕西道："我也是这样想，你是没有就事的人，这月费如何可以取消？可是我也不敢保举，免得我们像约好了，通同作弊似的。我的主张最好你还是找个相当的学校去读书。"

燕西道："为什么你们主张我去读书呢？"

金太太道："据你这种口气说，好像你的学问已经够了，大可以就事了？"

燕西道："倒不是那样说，我想父亲去世了，我要赶快做个生利的人，不要依然做个分利的才好。并不是我觉得自己的能力够了。"

金太太道："只要你有这一番意思，你就有出头的希望了。平常人家还把儿女读书，读上二十多岁呢，咱们家里何至于急急要你挣钱？只要你明白，好好读书，将来自然是生利的，无论你用多少钱，我都供给你。"

燕西当金太太说时，背了两手，在屋子里当中走两步打一个转身，似听不听的样子，更也没有去看金太太的颜色。这时，忽然转身向着金太太道："你老人家这话真的吗？"

金太太道："你这话问得奇了，我做娘的人，以前只有替儿子圆谎的，几时向儿子撒过谎？"

燕西道："这话诚然，哪个也不能否认，但是我的意思不是那样说，怕是反过来说我无用呢。既是你老人家有这样好的意思，我一定努力去读书，本来前几天我就预备看过一次书了。"

凤举听他说出这种话来，只管向他望着，头微微地点上几点，金太太哼了一声道："这倒是你的老实话，预备过了一次。这一次，不知道有多少时候？第二次在什么时候预备呢？大概是不可知的了。"

燕西这才知是失言，微微笑了一笑。因为有了这两个爱儿在身边，金太太略微解除了一些愁闷。因为解除愁闷的缘故，对于翠姨说的那一番话，暂时也就搁了一搁，就不像以前那样愤愤不平的样子了。

凤举自父亲去世以后，孝心是格外地重了，每日都要抽出工夫来，陪着母亲说说话。而且每日的账目，金太太大致要问一问，小节目都是凤举报告。因为这样，凤举更是不能不多费一点儿工夫，细细报告出来。凤举先是背靠了桌子和金太太说话，那样子好像随时都可以走的样子。现在索性走到金太太对面一张椅子上坐下来，便不像要走的情形了。燕西见老大所说的一些家常话，非常之细琐，金太太倒偏是爱听，心想，老大也为什么学得一肚子奶奶经？半天没有插嘴的机会，就自行走出房来。

燕西自关在家里不能出去，苦闷异常，只是这个屋里坐坐，那个屋里坐坐，始终也得不到适当的安身法。今晚为了不知怎样好，才到母亲房里来的，到了母亲房里以后，又遇着凤举在谈家常，依然是不爱听的事。所以又跑出来。跑出来以后，倒是站在走廊下待了一待，这应该到哪里去好？母亲说是让我再进学校，以后要和书本子做朋友了。无聊的时候，正好拿书本子来消遣，自然不会感到苦闷，书也就慢慢地到肚子里去了。这样想着，不觉得信着脚向书房这院子里走来。老远地向前一看，连走廊下一盏电灯，也昏暗不明，书房里面，黑洞洞的，一线光明也没有，这又跑去做什么？夜是这样深，何必跑到那里去受孤凄？只这一转念之间，人已离开了院子门好几步，一直向自己房子里走来。

隔了窗户就微微听到清秋叹了一声气。进房看时，清秋侧着身子坐了，抬起一只右手，撑了半面脸，两道眉毛深锁，只管发愁。

燕西道："这日子别过了，我整天地咳声叹气，你是整天地叹气咳声。"

清秋这才将手一放，站了起来，向燕西道："你还说我，我心都碎了。我刚才接到韩妈一个电话，说是我母亲病了。"

燕西道："既是岳母病了，你就回家去看看得了，这也用不着发什么愁。"

清秋道："我就是愁着不能回去了，一来是在热孝中，大家都不出门呢，偏是我首先回去，自己觉得不大妥当。二来我怕这话说给人家听，人家未必相信，倒说是我借故回家去。电话里说，我母亲不过一点儿小烧热，也不是什么大毛病，不回去看，我母亲知道我的情形，当然也不会怪我。

真是睡在床上不能起来的话，我想韩妈明天早上一定会来的，那个时候，都问明白了，我再前去，或者妥当一点儿。”

燕西皱了眉道：“人家说你小心，你更小心过分了。你母亲病了，你回去看看，又不是好玩，有什么热孝不热孝？依我说，趁着今天夜晚，什么人也不通知，你就坐了家里的车跑去看一趟，一两个钟头之内悄悄地回来，谁也不会知道。我替你通知前面车房里，叫他们预备一辆车子，又快又省事多么好。”

清秋本来急于要回去看看母亲，只是不敢走，现在燕西说悄悄地回去一趟，马上就回来，果然可以做得利落，不会让什么人知道。这样想着，不觉是站起身来，一手扶了桌子，一手扣着大襟上的纽扣，望了燕西出神。

燕西脚一跺，站了起来道：“你就不用犹豫了，照了我的话，准没有错，我给你通知他们去。”

清秋对于这种办法，虽然很是满意，但是终觉瞒了出门，不大慎重。自己只管是这样考量，燕西已经走出院子门去了。不多一会儿，燕西走回房来，将清秋的袖子拉了一拉，低声道：“时候还早，趁此赶快回去。我在家里等着你，暂不睡觉，你上车子的时候，打一个电话回来，我就预先到前面去等着你，然后一路陪你进来。你看，这岂不是人不知鬼不觉的一件事？”

清秋随着燕西这一拉起了身，对着桌上一面小镜子，用手托了一托微蓬的头发，在衣架上取了一件青斗篷向身上一披，连忙就出门。刚刚走到院子门下，又向后一缩，燕西正在身后护送着，她突然一缩，倒和燕西一碰。燕西问道：“做什么？做什么？你又打算不去吗？”

清秋踌躇了一会子，斜牵着斗篷，向外一翻，因道：“你瞧！这还是绿绸的里子，我怎能穿了出去？”

燕西跺着脚，咳了一声，两手扶了清秋的肩膀，只向前推。清秋要向回退，也是不可能，纵然衣服是绸的，好在是青哔叽的面子，而且又是晚上回娘家去，也就不会有谁看见来管这闲事的。自己给自己这样地转圜想着，已是一步一步地走上了大门口。老远见大门半开，门上的电灯放出光亮来，果然一切都预备好了。走到大门下，已有两个门房站在大门一边伺候。据这种情形看来，分明是大家都知道的事情，这还要说是瞒这个瞒那个，未免掩耳盗铃。不过已经到了车成马就的程度，就是不回家去，也是大家都知道的了。低着头，一声不言语出门，家里一辆最好的林肯牌汽车，横了门外的台阶停着。这是金铨在日自己自用的汽车，家里人不敢乱坐的，不料燕西却预备了这样一辆，心里又觉得是不安。燕西已对车夫说好，是开往落花胡同，原车子接七少奶奶回来。汽车折光灯一亮，一点儿响声没有，悠然而逝地去了。燕西觉得这件事很对得住夫人，心里很坦然地回房去。

但是，这晚瞒着出门的人，不止清秋，还有个王玉芬。清秋的车子走到半路上的时候，玉芬坐了家里另一部汽车，由外面回家的时候，在一条胡同口上，两个相遇了。清秋心里一面念着母亲的病，一面又在惦念着怕在金家露出了马脚，心里七上八下，只低了头计划着，哪有工夫管旁的闲事。玉芬由外面回家，心里却是坦然的，坐在车子里只管向外乱看。这胡同出口的地方，双方汽车相遇，彼此都开慢了许多。在这个当儿，玉芬向外看得清楚，对方开来的这一辆蓝色林肯牌汽车，正是自己家里的车子，再一看车子里坐的不是男客，却是女性，更是可注意的了。玉芬猜想中，以为家里有女子坐这汽车出来，不过是道之姊妹，及至仔细一看，却是清秋，这真是一桩意料所不及的事了。恰是清秋低着头的，又好像是躲开人家窥视她似的，这让玉芬更加注意了。她这样跑出来，绝不会得燕西同意的。别的事我不能说，至少的成分，是跑回娘家去商量分家的事。看她不出，她倒是先下手为强了。我回去得查一查这件事，看看这分家的意思，是谁先有意？

这样一味地沉思，汽车不觉到了家门口。自己下车走进大门，门房站在一边，玉芬便问道："七少奶奶刚才坐车出去，你们知道吗？"

门房看她那样切实地说着，不敢说是没有出去，只得随便用鼻子哼了一声，答应是不错的样子。玉芬一听这话，站着偏了头问道："大概她回娘家去了吧？谁叫人开这辆好汽车走的？这件事若是让七爷知道了，我看你们是吃不了兜着走呢。"

门房道："不是七爷自己跑出来吩咐开这辆车，我们也是不敢开的。"

玉芬脸一沉道："这要是七爷对你说的，那就好。"说毕，挺着胸脯赶快地就向里边去。

鹏振在屋里软榻上躺着，一听到嗒嗒一路皮鞋声，就知道是玉芬回来了。他自己跑出屋来，拧着了屋檐下的电灯，等玉芬进去。玉芬笑着和他点了一点头道："劳驾。"

玉芬进了屋子，鹏振跟了进来。鹏振随手将房门向后掩着，就轻轻地对玉芬道："密斯白对于这件事，态度怎么样？总是出于赞成的一方面吧？"

玉芬皱了皱眉道："无论什么事，总是不宜对你商量的。若是对你说了，你总是不能保守秘密的。我去商量了，有没有结果，我自然会对你说，何必挂在口头？若是让别人听去了，你看够有多么大麻烦？"

鹏振道："我哪知道你总会对我说呢，我是个性急的人，心里有了事，非急于解决不可。"

玉芬向他连连摇着手，又摆着头道："不要说，不要说，我全明白了。"说毕，向椅子上一坐，左腿架在右腿上，两手十指交叉，将左腿膝盖一抱，昂着头，却长叹两口气。

鹏振心里倒是一吓，这是什么事得罪了她？要她发出这种牢骚来。刚才问了她一句，已经大大地碰了一番钉子。若要再问，正是向人家找钉子碰，恐怕非惹得夫人真动气不可，还是不说的好。于是将两手插在西服裤子袋里，半侧着身子，望了玉芬，只管出神。

玉芬道："你不要疑神疑鬼地做出那怪样子来，我老实告诉你，我们所做的事，是德不孤了。"

鹏振抢着问道："真有这样的事吗？这真怪了！谁？谁？"

玉芬于是将在胡同口上碰到了清秋的事，对鹏振说了一番。因道："你想，她这样更深夜静溜了出去，又是燕西同意的，不是有重要的事，何至于此？冷家是有名的穷亲戚，趁火打劫的，还不趁我们家里丧乱的时候，拼命地向家里搬吗？我倒要去探探老七的口气，看他说些什么？"

鹏振连忙摇着手道："这可使不得，谁都是个面子。你若把人家的纸老虎戳穿了，不但难为情，而且他以为我们有心破坏他的秘密，还要恨我们呢。"

玉芬笑道："你以为我真是傻瓜吗？我不过试试你的见解怎样罢了。不过他们也走上这条路了，我们可别再含糊，回头我多出了主意，你又说是女权提高，我可没有办法。"

鹏振笑道："我几时又说过这种话呢？我没有你给我摇鹅毛扇子，我还真不行呢。"说时，比齐两袖，向玉芬深深地一揖，然后又走近一步。

玉芬一掉脸道："你可别患那旧毛病，你可知道你在服中？我虽不懂什么叫古礼今礼，可也知道什么叫王道不外乎人情。"

鹏振脸一红道："我又患什么旧毛病？不过说一句实心眼儿的话罢了。"

玉芬也不计较，自到后房去，换了一件旧衣服，一双蒙白布的鞋，出了房间，却向佩芳这边来。

第八十二回

匣剑帷灯是非身外事
素车白马冷热个中人

 玉芬向佩芳这边院子经过鹤荪的院子，却听到慧庵冷笑了一声。这一声冷笑，不能说是毫无意思，玉芬一只脚已经下了走廊台阶，不觉连忙向后一缩，手扶了走廊的柱子，且听她往下说些什么？只听见鹤荪道："你就那样藐视人，无论如何，我也要做一番事业你看看。"

 慧庵道："你有什么事业？陪着女朋友上饭店，收藏春宫相片，这一层恐怕旁人比你不上。若论到别的什么本领，你能够的，大概我也能够。我劝你还是说老实话，不要用大话吓人了。"

 鹤荪对于慧庵这种严刻的批评，却没有去反诘，只是说了三个字"再瞧吧"。

 玉芬心里一想，他们夫妻俩，虽然也是不时地抬杠，但是不会正正经经谈起什么事业不事业，这个里头恐怕依然有什么文章，且向下听听看。这一听，他两人都寂默了五分钟，最后还是鹤荪道："我就如你所说，不能做什么大事，难道我分了家产之后，做一个守成者还不行吗？"

 慧庵道："这样说，你就更不值钱了。你们兄弟对于这一层，大概意见相同，都是希望分了家产来过日子的。还有一个女的……"说到这句，她的声音，忽然低了一低，这话就听不出来了。玉芬听那话音，好像是说自己分了财产之后，那家产可是收到自己腰包子里去的。

 鹤荪又低声道："别说了，仔细人家听了去。"

 玉芬怕鹤荪真会跑出来侦察，就绕了走廊，由外面到佩芳那边去。远远地只看到佩芳房间的窗户上，放出一线绿光，这是她桌子上那一盏绿纱灯亮着，她在桌子上写字了。屋子里这时是静悄悄的，并无人声，也不见什么人影子，这分明是凤举出去了，佩芳一个人在屋子里待着。这个时候，进去找她说话，那是正合适的了。于是在院子门外，故意地就先咳嗽了一声。佩芳听见，隔着窗户，就先问了一声谁。

玉芬道："没有睡吗？我一个人坐在屋子里，无聊得很，我想找你谈一谈。"

佩芳道："快请进吧，我也真是无聊得很，希望有个人来和我谈谈哩。"说着，自己走了出来，替玉芬开门。

玉芬笑着一点头，道了一声不敢当，然后一同走进屋子来。佩芳笑道："我闲着无事，把新旧的账目寻出来，翻了一翻，敢情是亏空不小。"

玉芬一看桌上，叠了两三本账簿，一个日本小算盘，斜压着账簿一只角。一支自来水笔，夹在账簿书页子里面。桌子犄角上，有一只手提小皮箱，已是锁着了，那锁的钥匙还插在锁眼儿里，不曾抽出来。玉芬明知道那里面的现款存折，各种都有，只当毫不知道，随便向沙发上一靠，将背对了桌子，斜着向里坐了。佩芳对于这只小皮箱，竟也毫不在意，依然让它在桌面前摆着，并不去管它，坐到一边去陪玉芬说话。

玉芬道："说句有罪过的话，守制固然是应该的事，但是也只要自然的悲哀，不要矫揉造作，故意做出那种样子来。就以我们做儿媳的而论，不幸死了一个顶天立地的公公，自然是心里难受。可是这难受的程度，一定说会弄得茶不思饭不想，整日整夜地苦守在屋子里，当然是不会的。既是不会，何必有那些做作？"

佩芳微笑道："你说的话，我还不大明白。你说那些做作，是些什么做作？"

玉芬道："自然就是指丧事里面那些不自然的举动。"

佩芳道："嘿！看你不出！你胆量不小，还要提倡非孝，打倒丧礼呢。但是我想，你也不会无缘无故说出这种话，必是有感而发。"

玉芬点头道："自然是。你知道我心里搁不住事，口里搁不住话的。我有点儿小事非回家去走一趟不可。但是鹏振对我说，不回去也罢，热孝在身上。平常他要这样拦我，我是不高兴的。这次他拦我，我可要原谅他，他实在是一番好意，我也不能不容纳。不过他自己有些家事，万不能不出去，也像大哥一样，出去几回了。今天晚上，他也出去的。他回来，可报告了我一件可注意的新闻。"

佩芳道："什么新闻？他还有那种闲情逸致打听新闻吗？"

玉芬偷看佩芳的颜色，虽然乘间而入，问了一句令人惊异的话，但是她脸上很平常，在桌上随手摸了一张纸条，两手两个大指与食指，只管抢着玩。玉芬这才道："这话我虽不相信，我料定他也不敢撒这样一个谎，去血口喷人。据他说，在路上遇到了我们七少奶奶，一个人坐了父亲那辆林肯牌的汽车在街上跑呢。"

佩芳道："真的吗？她为什么要瞒着人，冒夜在街上跑呢？"

玉芬道："这也很容易证明的事，大嫂派蒋妈到她屋子里要个什么东西，看她在家不在家，就晓得了。"

佩芳手上，依然不住地抢着那张纸条，眼光是完全射在那纸条上，却是没有看玉芬的脸色是怎样，淡淡地道："管他呢？家里到了这种田地，各人自扫门前雪，休管他人瓦上霜。"

玉芬点点头，表示极赞成的样子，答道："这话诚然，我也是这样想。我也不过譬方说，叫蒋妈去看一看。其实证明了又怎么样？不证明又怎么样？"

佩芳道："她没有出去倒罢了。若是出去了，我们也不必再提。因为夜晚出去，平常也不大好，何况现在又是热孝中？你对于她这事的批评怎么样？"

玉芬斜躺着，很自在的样子，左脚的脚尖，却连连在地板上敲了几下，顿了一顿，才道："出去是不应该的。不过有急事，也可例外。然而她何必瞒着大家呢？人家都说她对于娘家如何如何，我想或者不至于。像今天晚上的事，外面门房听差车夫等等那些下人，毫无知识，岂能不疑心她是回娘家去有所图吗？咳！聪明人究竟也有做错的时候。"

佩芳这才去收拾桌上的笔砚账簿，对于玉芬所提的一番话，好像是忘了，就没有再去答复。等得东西都收拾好了，然后就找了别的事来谈，越谈越有趣，却让玉芬把话转不过来。玉芬坐了许久，谈不入正题，起身走了。

这时，便是晚间十二点钟了，凤举由外面回房来，佩芳道："我料定你一点钟以前不能进房的，不料居然早来了。"

凤举道："往日你说我，犹所说焉，现在我在服中，你怎能疑惑我有什么行动？"

佩芳道："你这真是做贼的心虚了，我说不能早回房，也作兴是说你有事，不见得就是说你花天酒地胡闹去了。我没有说，你自己倒说出来了。这个我今天也不和你讨论。刚才玉芬在这里谈了半天的话，她说清秋今晚一个人坐汽车出去了，疑惑有点儿作用，你看怎么样？"

凤举道："怪不得我在前面，听到老七陪着清秋，一路唧唧喁喁说着话进来。原来他们小两口子，倒在另找出路！他们少高兴，母亲正在生气，要调查谁提倡分家呢。我听了母亲那口气，好像说要分家的是翠姨，倒不料是他两口子做的事。清秋那孩子，你别瞧她不言语，她的城府极深，你们谁也赶不上她哩。"

这一席话，凤举随口道出，不大要紧，可是又给清秋添上一项大罪。佩芳心里想着，婆婆终是疼爱小儿子小女的，保不定私分给了燕西一件什么东西，所以燕西预先腾移到岳母家里去。凤举总有手足之情的，大概就是在实际上吃一点儿亏，也未必肯说。趁了清秋刚回来，必定有些话和燕西商量，且偷着去听听，看他们说些什么。于是也不通知凤举，轻轻悄悄走向清秋这边院子里来，恰好这个时候院子门口那盏电灯已经灭了，手扶着走廊的柱子，一步一步，走向清秋的院子里。清秋的屋子里，还亮着电灯，她的紫色窗幔，因为孝服中，换了浅蓝的了。电灯由窗子上向外射，恰好看见窗子下有一个黑影子，斜立在廊下。佩芳贸然看见，浑身一阵冷汗向外一冒，全体都酥麻了，心里扑通扑通乱跳，只是来得尴尬，不便喊叫，就自己下死劲镇定了自己。仔细看那影子，却是一个女子，心里忽然明白，这也是来听隔壁戏的了。所幸自己还未曾走过去，轻轻向后倒退一步，便是院子的圆洞门，缩到圆门里，借着半扇门掩了自己的身子，再伸着头看看那人是谁。自己家里人，只要看一个影子，也认得出来的，这人不是别个，正是报告清秋今晚消息的王玉芬哩。看了一会儿，见玉芬不但不走，反而将头伸出去，微微偏着，还要听个仔细。自己在门边，也听到燕西在屋子里说话，他道："既是你母亲病不怎样重大，我就不去看她了。

要不然，人家又要说我只知道捧丈母娘。"直待听完了这句，玉芬才移动了脚。佩芳总怕彼此碰到了，会有许多不便。赶快一抽身，扶着墙壁走了几步，然后闪到向自己院子的路上来。果然玉芬轻轻悄悄，由那院子门出来，回自己院子去了。佩芳直待她走远了，然后从从容容回到自己屋子里去。心里有了这样一件事，且按捺下不作声，看看玉芬、清秋他们什么表示。

然而清秋自己，总以为昨晚回家的事，很秘密的，决计没有人知道。但是就是有人知道，至大的错处，也不过是不该随便出门，况且这事又完全是燕西主张的，更不必担多大的忧虑。因之到了次日，照常还像平常一样。玉芬呢，遇到了佩芳之时，却不断地以目示意。有清秋在当面时，那就彼此对看看，又要看一看清秋。在王玉芬意思之中，好像说，我已经知道她一件秘密工作，那个秘密工作的人，还闷在鼓里呢。佩芳看了玉芬那得意的样子，倒也有趣。

不过这件事，起初是四五个人知道，过了两天，就变成全家人知道。就是金太太的耳朵根下，也得着这件事一点儿消息。金太太对于清秋本来没有什么怀疑之点，这种消息传到她耳朵里去她虽不全信，可是清秋回家去了一趟，这总是事实。觉得这孩子未免也有点儿假惺惺。在表面上，对于一切礼节都很知道去应付，怎么在这热孝之中，竟私下一个人溜回家去了？这岂不是故意犯嫌疑？然而平常一个自重的人，绝无去故意犯嫌疑之理。那么，清秋这次回去，总是有些原因的了。金太太这样想着，就把以往相信她之点，渐渐有点儿摇动。等清秋到屋子里来坐的时候，金太太的眼光，便射到她身上去，见她依然是那样淡然的神情，就像不曾做一点儿失检事情样子。这可以证明她为人是不能完全由表面上观测的。当金太太这样不住地用眼光看清秋的时候，清秋也有些感觉，心里想着，婆婆为什么忽然对我注意起来了？是了，现在是时候了，这身腰未免渐渐地粗大起来，她一定是向我身体上来观察，看着到了什么程度。虽然这件事情迟早是要公开的，然而在这日期问题上推起来，最好是事先不要说开。因为心里这样想着，金太太越去观察她，她越是有些不好意思，这错误就扩大起来。

在丧期中，内外匆忙，人心不定，日子也就闪电似的过去，不知不觉之间，已过二七，家中就准备着出殡了。对于出殡的仪式，凤举本来不主张用旧式的。但是这里一有出殡的消息，一些亲戚朋友和有关系的人，都纷纷打听路线，预备好摆路祭。若是外国文明的葬法，只好用一辆车拖着灵柩，至多在步军统领衙门调两排兵走队子而已，一个国务总理，这样的殡礼，北京却苦于无前例。加上亲友们都已估计着，金家对于出殡必有盛大的铺张。若是简单些，有几个文明人，知道是文明举动，十之八九必一定要说金家花钱不起了，家主一死，穷得殡都不能大出。这件事与面子大有妨碍了。

有了这一番考量，凤举就和金太太商量，除了迷信的纸糊冥器和前清那些封建思想的仪仗而外，关于喇嘛队，和尚队，中西音乐，武装军队都可以尽量地收容，免得人家说是省钱。金太太虽然很文明，对于要面子这件事也很同意，就依了凤举的话，由他创办起来。凤举因仪仗虽可废，但是将匾额挽联依然在街上挑着，这却无伤大雅。这样一来，提取那稍微有名者送的挽联，一共就有四百多副。每人举着一副，也就有四百多人。同时把各区半日学校的童子军都找了来，组织一个花圈队，这也就够排场，抵过旧式的仪仗有余了。

凤举还怕想得不周到，就问朋友们还有什么热闹的办法没有。他一问，大家也就少不得纷纷贡献意见。有两个最奇怪的建议，一个主张和清河航空厂商量，借一架飞机来。当着出殡的路线，让飞机在半空里撒着白纸。一个主张经过的路线所有的商家都下半旗。这一件事，并不难，只托重警察厅，通知一声就是了。凤举也觉这个办法很好，大可以壮壮面子。照说，父亲在日，很替国家办些大事，而且这次病故，政府也有个哀恤令，这样铺张，也不过分，就托人去办。航空厂那边首先回了话，说是没有这个前例，不敢私下答应，总要陆参两部有了命令才敢照办。警察厅里人听了，却连信也没有回。凤举很是生气，说是总理在，他们要巴结差事，还怕巴结不上，这样小而小的两件事他们都不肯办，真是势利眼。不过他们要这样势利，权不在手，没有他们的法子，也只好算了。

又过了两天，便是出殡的日子，早一晚上，全家电灯放亮，就开了大门一晚到天亮。次日上午，亲友和僚属们前来执绋的，除了内外几个客厅挤满了，走廊上及各人的书房里，也都有了人了。全家纷纷攘攘。凤举兄弟除了履行已措置妥当的大事而外，其余的事，自己都不能过问，一例让

305

刘守华和朱逸士去主持。里面太太小姐们，又是哭哭啼啼，觉得死别中又是一层死别，自然也是伤心极了，哪里能过问一切琐事？所有内外都是纷乱的。出殡的时间，原是约定了上午九点钟，但是一直到上午十点钟已经敲过，一切仪仗都没有预备妥当，还是外面来执绋的等得不耐烦，纷纷打听什么时候可以走，这才由办事人里面推出两个人来主持，将棺柩抬出去了。

女太太们跟着来送殡的，都坐着马车汽车，有车子的亲友们，知道金家搜罗车辆很费事的，大家都带了车子来。亲友里面最穷的自然是冷家一门。冷太太虽然身体不好，但是据清秋说，所有的亲戚，没有不来送殡的，她心想，这一门亲戚，只有自己一个人，虽然清秋的舅父，也可以代表，然而他姓宋，不姓冷，究竟又隔了一层了。因之将家事交给了韩妈，也到了金家来。这金家支配送殡车辆的人，对于金氏几门至亲，知道都有车辆的，就不曾支配着。因为不曾和有钱的亲戚支配，连这个无钱的亲戚也就算在内。清秋自己，又是在混乱中跟着大家出门，对于母亲车辆这一件事，也不曾想到。大家送殡的女眷们，到了大门口，纷纷让带来的底下人去找车。没有车的，早经这边招待好了，分别坐上署着号头的汽车与马车。这倒把冷太太愣住了，自己没车子带来，也不知道要坐这里的车子有什么手续，不要胡乱地来，一失仪，就给姑娘丢脸了。这些送殡的车子，除了家属而外，数目太多了，都是没有秩序的，哪辆车子预备好了，哪辆车子便开了走。

车子开着走了三分之二了，冷太太还是在大门口徘徊着，没有办法。看到一个听差似的人，便将他拦住道："劳你驾，将我引一引，我们亲戚送殡的车子，哪些是的？"

那听差的又不认识冷太太，便道："老太太，我也摸不清。你的车子是多少号码？我给你找个人查查去。"

冷太太一时说不上来，他也没有等，见人群中有个人和他招手，他就走了。冷太太只得重新进大门，找着门房，告诉要坐车子。门房认得她是亲家太太，便迎了上前笑道："没有给你预备一辆车吗？"

冷太太道："也没有人来通知我，我哪里知道？"

门房笑道："这天家里也真乱，对不住你，我给你外面瞧瞧吧。"

门房出去了一会儿，笑着进来道："有了，有了，是王家那边多下来的一辆车，正找不着主儿，你要坐，就坐了去。"

冷太太也未曾考量，是哪个王家？以为是给亲戚预备的车子，这个不坐，那个就可以坐了去。因此就让这门房引导着，上了那辆车子。这辆汽车，开的时候，门口停的车子，已经是寥寥无几了。这汽车夫将车机一扭，摆着车头偏向路的一边，却只管超过一些开了的汽车去。一直开过去三四十辆车子，再过去就是眷属的车子了，车夫才将车子开慢，紧跟着前面的车子走。

在这送殡的行程中，无所谓汽车马车人力车之别的，所有的车子，一律都是一尺一尺路挨着走。冷太太所坐的车，是玉芬娘家的车子，当然车夫会把车子开到王家车子一处。王家自己，本只有两辆汽车，今天除了自家两辆汽车都开来而外，又在汽车行另雇两辆汽车。玉芬的大嫂袁氏，原把自己的车子留着自坐，但是一出门，白秀珠却临时坐了哥哥的汽车送殡来了。一见袁氏，便在车子里招手。袁氏走到车边，扶了车门道："你怎么这时候才来？"

秀珠道："你有什么不明白？我是不愿到金府上去的。但是金老伯开吊我没有来，送殡我可不能不来。我叫了这里的听差打电话给我，一出了门，我就赶来，送到城外南平寺，行个礼我就回去的。"

袁氏笑道："哟！你至今……"说到这里又忍回去了，改口道："你车上还搭人吗？要不，我坐你的车，一块儿谈谈，我们好久不见，也该谈谈了。"

白秀珠道："欢迎欢迎。"口里说着，已经是把车门打了开来，于是二人同坐在车内谈心。

袁氏偶然一回头，却由车子后窗里看到后面紧跟着一辆车子，乃是自己的，因对秀珠道："我坐着你的车子，我的车子，倒……"说时，把后面车子看清楚了，呀了一声道："这是谁？这样不客气！哦！是了，这位老太太，我也见过一回的，不就是冷清秋的娘吗？"

秀珠听了这句话，也不知是何缘故，脸色立刻转变，问道："冷清秋的娘？你的汽车干吗让给她坐？"

袁氏道："我和她并不认识，怎会把车子让给她坐？我想，她总以为是这边金家的车子，糊里糊涂上去的，反正我也不坐，就让她坐到南平寺去吧。"

秀珠道："我不看你往常的面子，我非逼你上自己的车子去不可，这一趟算让你坐去。有话在先，回来要坐我的车子可是不行。"

袁氏笑着伸手将秀珠的脸蛋掏了一把，笑道："你这个人醋劲真大，到现在你这股子酸劲还没有下去。我听说现在金七爷和你慢慢恢复感情了，你也应该变更态度呀。"

秀珠将脸一偏道："废话！恢复感情怎么样？不恢复感情又怎么样？"

袁氏笑道："事在人为呀！有本事，人家在你手里夺过去，你再在人家手里夺过来。"

秀珠鼻子里哼着，冷笑了一声。袁氏道："得！我瞧你的，反正这日子也不远啦。"

秀珠微微点了一点头，又冷笑了一声。袁氏和秀珠虽不十分亲密，然而因为玉芬和秀珠要好的关系，她也就不把秀珠当作外人，因此彼此都很随便地说话。这话一谈开了端，袁氏就不断地和她谈起燕西的事来。这话越说越长，汽车一直到了南平寺，已然停在庙门口了。秀珠道："到了，下车吧，倒走得不慢。"

袁氏将手表抬来看了一看，笑道："十点钟动身，现在一点多了。还不慢？"

秀珠道："下车吧，不要多说了。"于是二人夹杂在许多男女吊客之间，一路走进庙去。

这南平寺的和尚，知道这是一等阔人金总理的丧事，庙里的各处客堂佛堂，都布置得极好，男女来宾纷纷攘攘分布在各处。各处虽然都有金家的人招待，然而这些客彼来此去，招待的人，当然也有照顾不到之处。秀珠和袁氏进来之后，因为她不愿一直到金家内眷那边去，旁边有个小佛堂，多半都是些疏远亲友屯集着，秀珠也就急走两步，走到那边去。那里只金家两个管事人的太太出面招待，本来是敷衍之局，无足轻重。袁氏是不大到金家去，秀珠也是疏远亲友之流，自然也是平常的招待，只迎着一点头，说声请坐而已。秀珠刚是落座，恰是冷太太也跟着来了。她可没有知道这地方是些疏亲远友，也跟了过来。

这里的招待，偏是认得她的两个人，一直迎下台阶来，笑着点头道："冷太太，你请到上面内院佛堂里去吧，七少奶奶都在那边。"

冷太太道："我倒是不拘，随便在哪里坐都可以的。"

一个招待说："这里也很曲折的，我来引你老人家去吧。"说着，就在前面引导，带了冷太太去了。

秀珠亲眼得见这事，只把脸气得通红，鼻子里呼呼出气，用眼睛斜瞟着院子里，不住地发着冷笑。袁氏在一边，看着也有点儿不平。都是儿女亲戚，为什么七少奶奶的母亲来了，就这样地捧，三少奶奶的嫂子来了，就没有人理会？你们只知道拣太太喜欢的亲戚捧，哪里知道人家是穷光蛋一个，连汽车还是借坐我这不受欢迎的呢？袁氏心里这样想着，见着秀珠生气也不去拦阻。巴不得秀珠发作出来，倒可以出一口气。但是秀珠尽管不好，嘴里却不肯多吐出一个字来。

袁氏走上前，扯了一扯她的衣角。秀珠回头来，袁氏招招手，将她引到一边，因低声道："你瞧，这些当招待员的真是不称职。招待这边客人的，放了正经客人不招待，倒飞出界限，去招待别个所在的客人。咱们微微教训他一下子，你看好不好？"

秀珠道："看在主人面上，不要理他就算了。"

袁氏笑道："咦！你倒不生气了？平常你还不肯在面子上吃亏的，怎么今天你倒很随便起来？"

秀珠道："不是我不发脾气，但是人家有丧事，心里都闹嘈嘈的。就是他们自己出面招待，也不免有不能周到之处。至于这请的两个招待员，我看他们就是小家子气象，他不缠我们，我们也不去缠他吧。哪个有许多工夫生那些闲气？其余的人怪我们两句不要紧。若是太太知道，倒说我们不是送殡来了，闹脾气来了，我如何承受得起？"

袁氏见秀珠并不十分生气，也不便一味挑拨，因道："你既来了，也应该到他们一处去打个照面。一面向主人表示人到礼到，二来也让这些不开眼的招待员，知道咱们是谁。"

秀珠道："我们的心尽了就是了，又何必在人家面前表示人到礼到呢？他们不知道我是谁，就让他们不知道我们是谁吧。"

袁氏微笑着低声道："你不是和这边的人有些言归于好的意思吗？为什

么又是这样言无二价的样子呢？"袁氏说着话，可就伏在秀珠肩上，嘴直伸到秀珠的耳朵边，又道，"你不是那样傻的人，来都来了，为什么不和他们打一个照面？"说时，拉了秀珠就走。

秀珠虽要挣脱，也是来不及，也就只好由着她，跟到金氏家眷聚居的佛堂上来。这里的佛堂很大，有孝服的，究竟不便出来招待，十几个人，都挤到左边屋子雕花落地罩后面去。亲戚们都在外面走，就可以随便地谈笑。袁氏和秀珠一来，一直就到里屋子里去，将大家安慰了一番，然后重到外面来坐。

冷太太本也在这里，一见袁氏，起身相迎道："请坐请坐，我好面熟，年老了，记性不大好，我忘了你贵姓了。"

袁氏笑道："我不敢说贵人多忘事，但是刚才伯母来到这里，还坐的是我的车子呢！我们本也没有车子富余，因碰到了我们这位妹妹，坐到她车子上来说话，就把自己的车子，空下来了。"说着，用手拍了秀珠的肩膀。这一句话，似乎是随便说的一句玩话，然而用心人听起来，分明又是讥笑冷太太自己没有汽车坐，所以坐人家的车子。

冷太太平常为人倒是模糊，唯有和金家的人事往来，总是寸步留心，以免有什么笑话。今天由金家门口登车之时，因为时间匆促，不曾加以考量。现在袁氏一说这话，想起来了，她是王玉芬的娘家的嫂子，刚才便坐着是她的车子了。自己真是大意，如何坐着他们家的车子？我知道王家人是最不满意我们冷家人的……到他们面前露怯，真是不凑巧。不过这事已经做了，悔也是悔不来的，只有直截了当，承认就是了。因道："这可对不住，我还没有谢谢呢。"然而说了这句话，觉得"对不住"这三个字，有点儿无由而起，自己也就脸上红了一阵。

袁氏道："都是亲戚，还分个什么彼此呀？你老人家若是要用的话，随便坐一天两天，也不要紧，怎么还谈谢呢。"她越是这样说，冷太太越觉得是难为情，只红着脸。有些亲戚，知道冷家是很穷的，听袁氏那种话，大有在人家面前摆阔的意思，心里也就想着，在这大庭广众之中，再三地要显出人家是没有汽车的，岂不是故意笑人？同时，各人的脸上，自然也不免得这种神气露出，只望了袁氏，又望望冷太太。有一两个人怕冷太太下不了场，就故意找她说话，把话扯开了。

冷太太也知道人家拉着说话，是避开舌锋的，这样一来，心里就未免更难堪。金家在寺里安灵，男女来宾，大家都谒灵了。冷太太因所事已毕，就不愿再到金家去了，因对清秋道："我不知道怎么一回事，心里突然难过起来，我不能到你家去了，我要先回去休息休息。"

　　清秋知道母亲身体不好，今天来得就勉强，若是不要她回去，一定拖到金家去，恐怕真会把她拖出大病来。因答道："你若是身体真不好，就先回去吧。这边母亲，我自会和她说。你有车坐吗？"

　　冷太太恐怕当真说了出来，女儿心里要难受，只说有车，就轻轻悄悄地溜出大门来，自雇了一辆人力车回家去了。

第八十三回

对簿理家财群雏失望
当堂争遗产一母伤心

这些来宾里面，要算是秀珠最注意冷太太的行动。她一见冷太太不声不响走了，分明是为了刚才一句话，马上躲了开来的。于是她悄悄地走到袁氏身边，将她的衣服轻轻一拉。袁氏回过头，望了她一望。在这一望之间，便是问她有句什么话说？秀珠向前面一望，望着前面一努嘴。轻轻地道："老的让你两句话气走了，你也特难一点儿，怎么硬指明着她借了你的车坐呢？"

袁氏眉毛一扬道："谁叫她自己没有车呢？我要是没有车，我就不来送殡了。"

她们两人说话之所，原来离开了众人，自坐在佛堂一个犄角上。这犄角便紧邻着内眷们休息的那间屋子，袁氏重声说的几句话，恰是让隔壁的清秋完全听去了，心里倒不由吃了一惊。这个时候，玉芬也坐在近处，清秋待要多听两句，又怕她留了心，反正知道是这样一回事，便好像没事一样，自避开了。在里边转过落地罩，就看见秀珠穿了一件黑旗袍，一点儿脂粉不涂，也在宾客丛中。自从那回在华洋饭店与她会面而后，已知道她和燕西交情犹在。本想对她淡然置之，可是心里总放不下，这次见了面，越是觉得心里难受。这一股子气，虽然不能发作，然而这一阵热气，由耳朵根下，直涌上脸来，恍惚在火炉上烤火一般，望了她一望，依然避到落地罩里去了。心想，怪不得形容我家没有汽车，原来是有她在这里，你真厉害，一直会逼到我母亲头上来。无论如何，我已然嫁过来了，我看你还

312

有什么法子？你只宣布我家穷，我可没有瞒着人，说我是有钱人家的小姐呢！这样想着，不觉坐在椅子上，一手靠了桌子，来撑住自己的头。

金太太也在这屋子里歇着的，老妈子刚打了一把手巾来，擦过了满脸的泪痕，她一见清秋斜坐在一边，似乎在生闷气，便问道："清秋，你母亲大概是实在身体支持不住，让她回去就是了。送殡送到了这里，她总算尽了礼，你还要她怎么样？"

清秋道："我也知道她不行，让她回去的，但是我转身一想，怕亲戚们说闲话。"

玉芬正把眼睛望着她呢，就淡淡的样子，将脸偏着向窗外看着天道："哪个亲戚管那闲事？有爱尽礼的，有不爱尽礼的，何必拉成一律？"

金太太听她二人的口音，彼此互相暗射着，不由得淡淡地叹了一口气。对她二人各望了一望，却没有再说什么。清秋究竟胆小的，她一见金太太大有无可奈何的神气，只得低了头，再不作一句声。

金太太道："事情也完了，殡也送了，我要先回去一步了。"说着，她已站起身来向外走。

佩芳道："你老人家怎不把孝服脱下来呢？这是不带回去的。"

金太太道："没关系，现在家里算我是头了，要说有什么丧气的话，当然是我承受。我也看得空极了，还怕什么丧气？"说着，依然是向外走。

几个跟来的老妈子看见，知道太太要回去，就抢上前两步，赶快吩咐前面预备开车。金太太只当一切都不知道，就一直地向门外走。这一下子，大家料定她是气极了，早有道之领头，带了女眷们一齐跟了出来。本来这里送殡的人，一个一个到停灵的屋子外去行礼，是很延长时间的事情，直到这时，还在行礼，大家都不便哪个先走。现在金太太是主要人物了，她既走了，大家也不勉强去完成那种虚套。门口的车辆，停着在大路上，有半里路长，一大半不曾预备，这时突然要走，人喊声，汽车喇叭放号声，跟来的警察追逐人力车声，闹成了一片。金家的家人，四处地找自己车子，一刻工夫，倒有七八辆车子抢着开了过来。金太太依然不作声，坐上一辆，只对车夫说了一句回去，就靠着坐靠，半躺着坐在一个犄角上了。大家站在庙门口，目望金太太的汽车，风驰电掣而去，都有点儿担心，不知道她今天何以状态突变，也不等这里的事情完就走了？不过她一走，大家也就

313

留不住，纷纷地坐车散了。

金家女眷们，一部分留在庙里料理未了的事，一部分就跟着回家来。清秋见金太太今天生气，自己倒要负一半的责任，金太太回去了，怕她还要生气，也就赶着回来。但是回家以后，金太太只是在她屋子里闲躺着，一点儿什么话没有说，这事似乎又过去了。清秋也总希望无事，金太太不提，那就更好，也就不敢来见金太太，免得再挑起她的气了。到了吃晚饭的时候，勉强去陪着吃饭，燕西却不在那里，金太太依然没说什么。清秋心里这一块石头，才落了下去。

直等吃完了饭，金太太才道："你们暂别走，我还有话说呢。"这里同餐的，只有敏之、润之，他们是不会发生什么问题的。清秋一想，恐怕是事到头上了。这也没有法子，只得镇静着坐定。

金太太却叫老妈子道："我先告诉你的，叫他们一齐都来。"

两个老妈子答应着分头去了，不多大一会儿工夫，燕西和三对兄嫂，道之夫妇，二姨太和翠姨，还有梅丽，都来了，大家坐着挤满了一屋子。金太太四周一望，人不缺少了，便正着脸色道："我叫你们来不是别事。我先说了，棺材还没有出去，不忍当着死人说分家。现在死人出去了，迟早是分，我又何必强留？今天我问你们一个意思，是愿私分，还是愿官分？"

大家听到金太太说出这一套，都面面相觑，谁也说不出话来。金太太道："你们为什么不作声？有话可要说，将来事情过去了，再抢着来说，可有些来不及。"

这句话说过，大家依旧是默然。金太太冷笑道："我看你们当了我的面，真是规矩得很，其实恨不得马上就把家分了。这样假惺惺，又何必呢？你们不作声也好，我就要来自由支配了。"

到了这时，玉芬忍不住了，本坐在一张圈椅上的，于是牵了一牵衣襟，眼光对大家扫了一遍，然后才道："照理，现在是摊不着我说话的，无奈大家有话都不说，倒让母亲不知道是什么意思。说到分家的心思，母亲是明镜高悬，不能说大家就一点儿这意思都没有。但是要说父亲今天刚刚出殡，马上就谈到分家的头上，或者不至于。母亲就有什么话要吩咐大家，也不妨再搁些时。一定要今天提起来，恐怕传到外面去，要说这些做晚辈的太不成器了。"

314

当她说时，金太太斜着身子，靠在一个沙发犄角上，两手抱在怀里，微偏着头听了。一直等玉芬说完，点点头道："这倒对，这急于分家，倒是我的意思了。我倒也想慢慢的，但是我不愿听那些闲言闲语。至于怕人家笑话，恐怕人家笑我们也不见得就自今天为始。散了就散了，比较痛快，还要什么虚面子？玉芬，你不要误会，我并不是驳你的话，我只是想到分开来的妥当，并无别意，也不单怪哪一个人。"

玉芬碰了这样一个钉子，真忍不住要说两句。她心里正计划着，要怎样地说几句才好，忽然一想，今天晚上，她老人家发号施令，正要支配一切，我为什么在上菜的时候，得罪厨子，当然是忍耐住了的好。小不忍则乱大谋，现在正用得着那一句话了。这样想着，便立刻把一肚子话逼了回去，也是呆呆坐在一边。一室之间，坐了许多人，反而鸦雀无声起来。

金太太见大家不作声，便将脸朝着凤举道："这该你说话了，你有什么意见？"

凤举正拿了一支烟卷，靠着一张椅子，抽得正出神。他两手抱在胸前，完全是静候的态度，要等人家说话。现在金太太指名问到自己头上来，这却不容推诿，放下手来，拿着烟卷弹了一弹灰，对大家看了一遍，用手向外摊着道："我又没预备怎么样，叫我说些什么呢？"

金太太道："这又不是叫你登台演说军国大计，要预备什么？你有什么意思说出来就是了。"

凤举道："我也不敢说那句话，说能担保大家依然住得很平安。不过这事要怎么办，我是不敢拿主意。官分呢？私分呢？我也不懂。"说着，把手上的烟卷头丢了，又在身上掏出一支烟卷来，离着金太太远远的，却到靠窗户边的一张桌子上拿洋火，将烟卷点了。

金太太道："你过来，你跑什么？你不是问官分私分吗？官分就是请两个律师来，公开地分一分。私分就是由我支配。但是我也很公的，把一切账目都宣布了，再来分配。有反对的没有？"

慧庵道："本来呢，中国人是赞成大家庭制度的。其实小家庭制度，可以促成青年人负责任去谋生活，英美文明国家都是一样。母亲是到过外国的，当然和普通人见解不同。不过我们既是中国人，对于中国固有的道德，也应该维持。折中两可的话，我就说句很大胆的话，分家我虽不曾发起，可是我很赞成。不过怎样的分法，我以为倒可以随便，母亲以为怎样支配适当，就怎样支配。手掌是肉，手背也是肉，母亲也绝不会薄哪个厚哪个的。就假如有厚薄，我们分家，为了是各人去奋斗，谋生活独立，这一点就不必去注意。"

慧庵先是很随便地说，越说到后来，声调越高，嗓子直着，胸脯挺着，两只手掌，平铺地叠起来，放在大腿上，就像很用力似的。大家听了慧庵一番话，见她竟大刀阔斧这样地干起来，又都替她捏一把汗。哪知金太太听了，一点儿也不生气，却点了一点头道："你这话倒也痛快！本来权利的心事，人人都有的，自己愿怎样取得权利，就明明白白说了出来，要怎样去取得。若是心里很想，嘴里又说不要，这种人我就是很痛恨。"金太太说到"痛恨"两个字，语音格外重一点儿。大家也不知道"这种人"三个字，是指着哪一个。大家都不免板了面孔，互相地看了一眼。

金太太倒不注意大家的态度如何，她立起身来走到里边一间屋子里去，两手却捧了一个手提小皮箱出来，向着屋子中间桌子面上一放，接上掏出钥匙将锁开了。大家看到金太太这样动手，都眼睁睁地望着，谁也不能作声。也料不到这手提箱里，究竟放的是些什么？只见金太太两手将箱子里的东西，向外一件一件捡出，全是些大大小小的信套纸片等类，最后，却取出了一本账簿，她向桌上一扔道："你们哪个要看？可以把这簿子先点上一点。"

这里一些儿女辈，谁也不敢动那个手，依然是不作声地在一边站着。金太太道："我原来是拿来公开的，你们要不看，那我就完全一人收下来了。但是，荣华富贵，我都经过了，事后想着，又有什么味？我这大年纪了，譬如像你们父亲一样，一跤摔下地，什么都不管了，我又要上许多钱做什么？你们不好意思动手，就让我来指派吧。慧庵痛快，你过来点着数目核对。凤举说不得了，你是个老大，把我开的这本账，你念上一念，你念一笔，慧庵对一笔。"

慧庵听说，她已先走过来了。凤举待还要不动，佩芳坐在他身后，却用手在他膝下轻轻推了一把。凤举会意，就缓缓地走上前来，对金太太道："要怎样的念法？请你老人家告诉我。"

金太太向他瞪了一眼道："你是个傻子呢，还是故意问？"说着，便将那账簿向凤举手里一塞道："从头往后念，高声一点儿。"

凤举也不知道母亲今天为何这样气愤，处处都不是往常所见到的态度。他接过那账簿，先看了一看，封面上题着四个字：家产总额。那笔迹却是金太太亲自写下的。金太太倒是很自在了，就向旁边一张椅子上坐下去，专望着凤举的行动。凤举端了那簿子，先咳嗽了两声，然后停了一停，又问金太太道："从头念到尾吗？"

金太太道："我已经和你说得清清楚楚的了，难道你还没有了解不成？"

凤举这才用着很低的声音，念了一行道："股票额一百八十五万元。"

他只念了一行，又咳嗽了一声。金太太道："你怎么做这一点儿事，会弄得浑身是毛病？大声一点儿念，行不行？"

凤举因母亲一再见逼，这才高着声道："计利华铁矿公司名誉额二十万元，福成煤矿公司名誉额十八万元，西北毛革制造公司名誉额五万元。"

金太太道："且慢一点儿念。在场的人，对于这名誉股票，恐怕还有不懂得的，我来说明一下。这种股票，就是因为你们父亲在日，有个地位，人家开公司做大买卖，或者开矿，都拉他在内，做个发起人，以便好招股子。他们的条件就是不必投资可以送股票给我们，这种股票，是拿不到本钱的，甚至红利也摊不着，不过是说起好听而已。平常都说家里有多少股票，以为是笔大家产，其实是不相干的。凤举，你再往下念。"

凤举当真往下念，一共念了十几项，只有二十万股票是真正投资的。但是这二十万里面，又有十五万是电业公司的。这电业公司，借了银行的债几百万，每月的收入，还不够还利钱，股东勉强可以少还债，硬拉几个红利回来，这种股票，绝对是卖不到钱。那么，一百八十五万股票，仅仅零头是钱而已。

凤举念了一样，慧庵就拿着股票点一样。凤举把股票这一项念完，金太太就问："怎么样？这和原数相符吗？"

慧庵自然说是相符。不过在她说这一声相符的时候，似乎不大起劲，说着是很随便的样子。她是这样，其余的人，更是有失望的样子了。

但是金太太只当是完全不知道，依然叫凤举接着向下念。凤举已是念惯了，声音高了一点儿，又念道："银行存款六十二万元，计：中西银行

317

三十万，大达银行二十万。"

凤举只念了这两家，玉芬早就忍不住说话了，就掉转头望了佩芳，当是说闲话的样子，因道："大嫂，你听见没有？"

佩芳笑着点了一点头。玉芬道："父亲对于金融这件事，也很在行的，何以在两家最靠不住的银行，有了这样多款子？"

她虽是说闲话，那声调却很高，大家都听见了。金太太道："这两家银行，和他都有关系的，你们不知道吗？"

佩芳道："靠得住，靠不住，这都没有关系，以后这款子，不存在那银行里就是了。"

玉芬道："那怕不能吧？这种银行，你要一下子提出二三十万款子来，那真是要它关门了。"大家听了这话，以为金太太必然有话辩正的，不料她坐在一边，并不作声，竟是默认了。

翠姨坐在房间的最远处，几乎要靠着房门了，她不作声，也没有人会来注意到她。这时，她忽然站起身来，大声道："这账不用念了。据我想，大半总是亏空。纵然不亏空，无论有多少钱，都是在镜子里的，看得着可拿不着。"

金太太冷笑一声道："你真有耐性，忍耐到现在才开口。不错，所有的财产，都是我落下来了，我高兴给哪个，就把钱给哪个。你对我有什么法子？"

翠姨道："怎么没有法子？找人来讲理，理讲不通，还可以上法庭呢！"

刚说到这里，咚的一声，金太太将面前的桌子一拍，桌上有一只空杯子，被桌面一震，震得落到地上来，砰的一声打碎了。金太太道："好！你打算告哪个？你就告去！分来分去，无论如何，摊不到你头上一文。"

翠姨道："这可是你说的，有了你这一句话，我就是个把柄了。你是想活活叫我饿死吗？"

金太太向来没有见翠姨这样热烈反抗过的，现在她在许多人面前，执着这样强硬的态度，金太太非常之气愤，脸上颜色转青变白，嘴唇皮都抖颤起来。

佩芳一看这样子，是个大大的僵局，若是由翠姨闹去，恐怕会闹出笑话来。于是走上前一把将她的袖子拉住，让她坐下，笑道："这又不是谁一

318

个人的事，母亲自然有很妥当的办法说出来。这里算账还没有开端，何必要你先着起急来？"

翠姨道："我是为了不是一个人的事，我才站起来说几句废话，若是我一个人的事，大家不说，我才是不说呢。"

金太太道："你说又怎么样？你能代表这些人和我要产业吗？除了梅丽而外，都是我肚皮里养出来的，他们的事，还不至于要你这样一个人出来说话。就是梅丽也不过她娘出来说话罢了。"

二姨太听着这话，早哟着一声，站立起来。金太太用手向她一挥道："你坐下，没有你的什么事，我不过这样譬方说一句罢了。"

二姨太要坐下去，刚刚落椅子，但是想到金太太这一句话，千万未便默认的，复又站了起来。金太太道："大概这句话不说，一定是憋得难受。有什么话？你就简单说出来吧。"

二姨太道："我上半辈子，那样可怜……"

梅丽原坐在金太太这边，站起来一跳脚道："你这是怎么了？请你简单地说，你索性从上半辈子说起，若要是不简单，这得说上前十辈子了。"

在孝期中，本来大家都不敢公然露出笑容来的，有了二姨太这一番表示，又经梅丽这样一拦，大家实在忍不住笑了，都向着二姨太微笑。二姨太被大家这样笑一顿，这才有些难为情，到底是把话忍回去了。金太太看她老实人受窘，也有些不忍，便道："你的话，不必说，我也明白的。你就是说你原来很可怜，总理在日待你很不错，才享了后半辈子福。而今后半辈子未完，总理去世了，难过已极，万事都看灰了，哪有心谈到财产……"

二姨太连道："对了！太太，你这话说对了。我虽说不出来，我心里可是这样地想着。"

金太太道："本来我们对于死者的关系，哪个也不会比你浅薄。可是只有你能说这句话，叫人想起来，真要难过。"说着，深深地叹了一口气。

有了二姨太这样一打岔，比金太太正颜厉色的效力还大，把一屋人那种愤愤不平之气，自然地就这样镇压下去了。在这种情形之下，刚才那一番紧张的情形，完全和缓了。慧庵就把桌上的契纸完全叠好，向小皮箱子里一放，因道："这许多账目，不是一时可以点完的，慢慢再点儿吧。而且我为人也就最怕计数目字，大哥，你看怎么样？"当她问这句话时，已是伸了手出来，要接凤举的那本账簿。

凤举自也不能将这账簿一定拿在手里，就交给她了。她接过向箱子里一放，然后对金太太道："今天各人的心绪都乱了，一会子工夫，这账可对不清。"她嘴里说着，已是随手把那箱子盖盖上。凤举依旧坐回原位了。

金太太道："那不行！快刀斩乱麻，要办就是今天一劳永逸地办。我告诉你们，账全在这里，除了现在住的这一所房子不算，还有城外一个庄子的地，这个得暂时保留着。其余的现款，还有三十万。提出十万来，他们四姊妹，每人分两万。二姨太她说了，她自己有几个钱，而且愿跟着我一辈子，什么也不要。然而没有这个道理，暂分一万。"说着，将头向二姨太连点几下道："以后有什么事，我可以贴补你。"说毕，脸又一板，向翠姨瞪着眼道："我并不是怕你闹，公道话，我不让人家来说我的，你若不出金家的门，你也有一万。"回转头又对凤举道，"明知道不能给你们多钱，但是替你们也保留不了一辈子，还有廿万现款和那些股票，作四股分，你们兄弟们拿去。字画古董书籍，统归我保管，我绝不动，别人也不能动一根毛。"

金太太这样雷厉风行地说了一篇支配法，虽有一大半人不赞成，然而都不敢明白地起来反对。翠姨她一想，反正是破脸了，便站起来道："无论加我一种什么罪名，若是没有证据，我是不怕的，话我也是要说的。大家想，这样一个大名鼎鼎的国务总理，该有多少钱呢？若说丢下来的产业只有这些，我就不相信。我的年纪还轻，一万块钱，我活不了一辈子，还得给我钱。若是不给，我就破了面子，要登报声明了。若是怕我声明，除非把我杀了。"说着，又站着跳起来。

金太太是个吸了文明空气的太太，而且又是满堂儿女，若去和翠姨对骂，这是她认为极失身份的事。便指着道："看你这个泼辣的样子，就知道不是一个好东西！你尽管无赖，我是不怕你的。"

翠姨也用手指着金太太道："我怎么无赖？你说！用'无赖'两个字，就可以把我轰了出去吗？"

金太太气得说不出什么话来了，只指着翠姨叫大家你看你看。二姨太一见，这风潮要更会扩大，连忙站起身来，拉着翠姨的手道："你今天怎么啦？倒像喝醉了酒似的。"说着，便拉了她的手向屋外走。佩芳也走了过来，在后面推着，再也不容翠姨分说，就把她推出了房门。于是玉芬也跟在后面，就把她推回房去。

金太太望着凤举兄弟们，半晌不作声，大家也默然了。还是金太太先开口道："你们瞧，这样子，这个家不分开来还成吗？你们还有什么意见？"说着，把目光就转移到清秋身上来。

清秋看了一看燕西，虽然没有说什么，那也就是问他，自己能不能说话。燕西也会意，却没有什么表示。清秋这就对金太太道："刚才二嫂说了，让大家去奋斗图着生活，分家本不能说不好。不过我和燕西，年纪都太轻了，我对于维持家务，以及他怎样去找出身，都非有人指点不可。再说，他还打算求学呢。说不定到外国去跑一趟，我一个人怎样能担一份家？我很想母亲还带携携我们几年。"说着，望了金太太，又望大家。

平常若是说着这话，金太太一定很同情的，现在听了这话，知道清秋有回娘家去的一件事，觉得她这话，不见得出于本心，便淡淡地道："话倒是对的，不过我到了现在，也是泥牛入海，自身难保，你要靠我，未必靠得住。其实你就自撑门户，还有你的母亲可以顾问呢。"

清秋竟不料金太太会说出这句话来。这几天也知道上次回家的事已经露了马脚，知道的人，已是不少，分明婆婆这话有点儿暗射那件事。想到这里，也不知是何缘故，脸上一热，有点儿不好意思了。燕西便道："那是什么话？我们家里的事，怎么会请外姓做顾问呢？我对于分不分，实在没有预料到，若是勾结外人，我可以发誓，绝对没有这件事。"

道之站起来，向燕西丢了一个眼色，拉着他一只手道："你又来了。母亲心里不大痛快，大家要想法子安慰她才是，干吗大家都和她顶嘴？你别说了，出去吧！今天晚上，什么事也不谈了。"

清秋正也怕闹成了僵局，自己无法转圜，趁了这个机会，就站起来了。道之一手牵着她，就拉她回房去。到了屋子里，清秋默然无语地坐着。道之笑道："傻子，你还生什么闷气？今天无论是谁说话，也得碰钉子的。其实刚才你所说的话，合情合理，自然是谁也不能驳回的。你这种办法我很赞成，你别焦心，好歹全放在我身上。"说着，站起来走到她身边，拍了两拍她的肩膀，笑道，"你今天这个钉子碰得冤枉，我也很给你叫委屈的。"

清秋也站起来道："这也不算碰钉子，就是碰钉子，做晚辈的还有什么可说的呢？"道之见她总还不能坦然，又再三再四地安慰了一番，然后才走了。

当天晚上，闹一个无结果，这也就算了。到了次日，大家也就以为无事，不至于再提了。不料到了次日，吃过午饭，金太太又把凤举四兄弟叫了去，说是"从种种方面观察，已经知道这家有非分不可的趋势，这又何必勉强相留？这家暂时就是照昨天晚上那样分法，你们若是要清理财产后彻底一分，那要等我死了再说"。于是就将昨日看的股票、存折都拿出来，有的是开支票为现款，有的是用折子到银行里过户，做四股支配了。这种办法，除了鹏振外，大家都极是赞成。因为这两年以来，兄弟们没有一个不弄成浑身亏空。现在一下各拿五万现款在手，很能做一点儿事情，也足以过过花钱的瘾，又何必不答应呢？

鹏振呢，他也并不是瞧不起这一股家产，因为他夫妻两人曾仔细研究多次，这一次分家，至少似乎可以分得三十万上下。现在母亲一手支配，仅仅只有这些，将来是否可以再分些，完全在不可知之列。若是就如此了结，眼睁睁许多钱，都会无了着落，这可吃了大亏。因之凤举三人在金太太面前不置可否的时候，他就道："这件事，我看不必汲汲。"

金太太道："对于分家一件事，有什么汲汲不汲汲？我看你准不比哪个心里淡些呢。你不过是嫌着钱少罢了。你不要，我倒不必强人所难，你这一股，我就代你保管下了。"

这样一说，鹏振立刻也就不作声。金太太将分好的支票股票，用牛皮纸卷着的，依着次序，交给四个儿子。交完了，自己向大沙发椅上，斜躺着坐下去，随手在三角架上取了一挂佛珠，手里掐着，默然无言。他弟兄四人既不敢说不要，也不能说受之有愧，更绝对地不能说多少。受钱之后，也就无一句话可说，因之也是对立一会儿，悄悄地走了。金太太等他们走后，不想一世繁华，主人翁只死了几天，家中就闹得这样落花流水，不可收拾。这四个儿子，口头上是不说什么，但没有一个坚决反对分开的。儿媳们更不说，有的明来有的暗来，恨不得马上分开。倒是女儿虽属外姓，他们是真正无所可否，然而也没有谁会代想一个法子，来振作家风的。人生至于儿女都不可靠，何况其他呢？思想到这里，一阵心酸，不觉流下泪来了。

第八十四回

得失爱何曾愤来逐鹿
逍遥哀自己丧后游园

金太太在这里垂着泪，道之抱着小贝贝进来了。问道："你又伤心，小外孙子来了，快亲亲吧。"说着，抱了小孩子，直塞到金太太怀里去。

金太太抚摸着小孩子的头，望了道之道："守华看了半年的房子了，还没有找着一处合适的吗？"

道之道："已经看好一处了，原打算这两三天之内就搬。"

金太太道："不是我催你搬家，我这里不能容纳你一家了。就是凤举他们也要搬家，自立门户去了。你还寄住在这里，那成什么话呢？"于是就把刚才分财产的话，说了一遍。

道之道："你真这样急，眼见得这家就四分五裂了。好比一把沙一样，向外一撒，那可容易，再要团结起来，恐怕没有那一日。"

金太太道："团结起来做什么？好让我多受些闲气吗？有你老子在日，他有那些钱，可以养住这些吃饭不做事的人，我可没有那些钱。迟早是一散，散早些，我少受气，不好吗？不过我养了这一大班子，到了晚年还落个孤人，人生无论什么都是空的，真无味呀。"说着，在袖子里抽出一条手绢，在两只眼睛角上又擦了两擦。接着将小贝贝抱了放在大腿上坐着，只管去摸他的头。

道之听母亲所说，也觉黯然，不过自己是个出嫁的女儿，有什么法子来慰母亲的寂寞呢？顿了一顿，因道："那也不可一概而论，老七夫妇，就太年轻一点儿，让他们离开也不大好吧？"

金太太听到这里，先摇一摇头，接着又叹了一口长气。道之道："你老人家为什么叹气？"金太太道："我叹什么气？我最看不了的就是这一对了。清秋这孩子我先以为她还不错，而今看起来，也是一个外实内浮的女子。我这两天才知道，她和老七胡闹得够了，才嫁过来的，大概不久，笑话就出来了。"

　　道之道："有什么笑话？难道到了日子了？"

　　金太太道："这也不算什么，这年头儿，乳着孩子结婚的也多着啦。只是我最近发现她有一晚上，漏夜回家去了一趟，办什么事我不知道，可是老七也是通了，分明是商量着办的了。我只知道这一位……"说着，将三个手指头一伸，接着道，"她很有几个钱，老早就大做其公债买卖，而今由清秋这事一推，哪个不是一样呀？他们有钱不能让谁抢了去，偏是表面上极力装着穷，我为这一点，也恨他们不过，让她去造一番乾坤吧。"

　　道之知道母亲是极能容物的人，现在是这样的不平，这话也就不好相劝，因叹了一口气道："若是大家就是这样地散了……"说不下去了，又咳着一声。

　　母女对坐无言地坐了一会儿，接着玉芬来了，才开始说话。玉芬却望着道之道："四姐，刚才你在这里吗？我们真分了吗？"说着这话，把声浪压得极低，好像有极端不忍的样子。

　　金太太道："这事我就是这样办，并不算分家，家留着我死了再分。现在不过给你们一点儿钱，让你们去做奋斗的基础罢了。真有不愿要的，谁愿光了手去做出一番事业来，我更是赞成。"说毕，板了脸不作声。

　　坐了一会儿，玉芬觉得一肚子的议论，给婆婆一个大帽子先发制人地制住了，暂时也就只好不说。恰好老妈子说有电话找，借着这个机会，就离开了这里，回自己屋子里去接电话。一说话时，却是白秀珠。她道："现在你总可以出来了吧？我有几句话和你谈谈，请你到我这里来。"

　　玉芬道："关于哪一方面的事，非马上来不可吗？"

　　秀珠在电话里顿了一顿，笑道："不忙，但是能马上来是更好。"

　　玉芬以为电话里或不便说，就答应马上来。挂上电话，回头见鹏振将所分的那一股纸券，放在桌上，远远坐在沙发上，望了桌面，只管抽烟卷。玉芬一把将那些东西完全拿在手上，打开衣橱向一只小抽屉里放进去。一面锁抽屉的橱门，一面回过头来说道："你真没有出息，不过这几个钱，你就看得那样出神。我姓王的，就不分家产，也比你这个超过几倍去呢，那又算什么？"

鹏振笑道："原是因为钱不多，我才想了出神，觉得做这样不够，做那样也不够。若是钱多的话，手边非常顺适，我就用不着想了。秀珠她在电话里怎样的说，是合作的事吗？"

玉芬道："合作也好，不合作也好，与你可没有什么关系，你也不必问。"说时，将钥匙放到小皮包里，自己匆匆换了一件衣服，就走出来。

这两天家里的汽车都闲着的时候多，便坐了一辆，独自到白家来。也不用老妈子通报，一直到秀珠屋子里来找她。在窗子外先笑道："我够交情不够交情？一个电话，马上就来了。"

秀珠听到玉芬的声音，早迎了上前，握住她的手笑道："真是够朋友，一个电话就来了。"将玉芬让在一张软榻上，自己也坐在上面，因低声笑道："你要怎样谢我呢？你的款子，已全部转存到华国银行去了。因为这笔款子，是由华国银行转拨的。家兄不知道你能不能信任那银行，不敢给你存定期的，只好给你存活期的。和公司方面，纠缠了几个月，总算告了一个段落。"说着，连忙打开箱子，拿了一个折子，交给玉芬。

玉芬虽知道公司里那笔款子有白雄起在公司的货款上，有法子能弄回来。然而钱没到手，究竟不能十分放宽心。现在不但钱拿回来了，而且人家都代为存好了。白雄起虽系表兄的关系而出此，然而也亏得秀珠在一旁鼎力吹嘘，不然，绝不能办得这样的周到。于是站起身来，一只手接了折子，一只手握了秀珠的手，笑道："我的妹妹，这一下子，你帮我的忙帮大了，我怎样地谢你呢？"

秀珠笑道："刚才我也不过说着好玩罢了，当真还要你谢我吗？"

玉芬道："你虽然不要我谢，然而我得着你这大的好处，我怎能说不谢？"

秀珠笑道："你真是要谢，请我吃两回小馆子就得了。因为这全是家兄办的，我可不敢抢别人的功劳。"

玉芬道："吃馆子，哪时候不吃，这算得什么谢礼？"说着，定了眼神想了一想，自言自语地道，"我有办法，我有办法。"

秀珠拉了她的手，又一块儿坐到软椅上去，两手扶了玉芬的右肩，将头也枕在肩上，笑问道："这么久不出来，你也不闷得慌吗？"

玉芬觉得她这一份亲热，也就非常人所可比拟，反过一只手去，抚摸着秀珠的指尖，又抚摸着秀珠的脸，笑道："表妹，真的，我说要感谢你，是必定要做出来的，绝不是口惠而实不至的人。"

秀珠站了起来，拍着她的肩膀笑道："谁让我们是这样的至亲呢？难道说能帮忙的时候，都眼睁睁望着亲戚吃亏去，也不帮助一把吗？得啦，不要再提这话了，我们再谈别的吧。"

玉芬见她这样开诚布公地说了，就不好意思再说酬谢的话，只是向着秀珠笑。秀珠道："现在你金府上，总可以不受那丧礼的拘束了。你在我这儿多谈一会儿，吃了饭再回去，我想伯母总不会见怪吧？"

玉芬一抬肩膀，两手又一伸，一撇嘴道："不成问题，树倒猢狲散，我们家今天分家了，但是这家可以说是分了，也可以说是没有分，你觉得奇怪不是？让我……"

秀珠便接着道："不用说，我已经知道了，这种办法也很好，事实上大家干大家的，表面上并没有落什么痕迹。"

玉芬道："你怎么会知道？这事也不过刚发生几小时，真是好事不出门，恶事传千里了。"

秀珠微笑道："这也不算恶事，也没有传到一千里，我有耳报神，把消息告诉我了。"

玉芬一想，就猜着十有八九是燕西打了电话给她了。这话她若不说，也就不必说破。便装马虎道："这事本也用不着瞒人，亲戚家里，自然是首先知道的。我想着，为了种种便利起见，很打算搬出来，找一所小一点儿的房子独住，你看如何？"

秀珠笑道："哟！这是笑话了，像你这样的智多星，哪样事情不知道，倒反过来请问于我？"

玉芬笑道："就算我是智多星，老实说，你也比我不弱呀。我来问你的话，你倒不肯告诉我？"

秀珠笑道："你既承认是智多星，我就不妨说了。我以为你最好还是搬出来住，要做个什么，要办个什么，还不至于受拘束。就是我，也可以不受拘束，随便到你府上去谈天了。"

玉芬道："你到现在为止，对我们老七还有些不满意吗？"

秀珠听了她这话，顿了一顿，没有答复。两手叉了腰，昂着头道："不！我对他完全谅解了。玉芬姐，你不是外人，我所告诉你的话，谅你也不会宣布。哼！像金燕西这种人才，没有什么出奇，很容易找得着。不过人家既在我手上夺了去，我一定要显显本领，还要在人家手上夺回来。我说这话，你相信不相信？"说着，她又是一摆头，把她那烫着堆云的头发，就在头顶一旋。

玉芬拍着她脊梁笑道："我怎么不相信，只看你这种表示坚决的样子，我就可以相信了。"

秀珠被她说破，倒伏在椅子背上笑起来。玉芬道："不是你自己说明，我可不敢说，我看我们老七，就是在孝服中大概也不止来找你一次了。今天有约会吗？"

秀珠一抬头道："有，他说舞场上究竟不便去，我约他在咖啡柜房里谈谈。咱们名正言顺地交朋友，那怕什么？绝不能像人家弄出笑话来了，以至于非要这人讨去不可。这种卑劣的手段，姓白的清白人家，不会有的。"

玉芬真不料她大刀阔斧，会说出这样一套，笑道："你很不错，居然能进行到这种地步，我祝你成功吧。"

秀珠又哼着一声道："这种成功，没有什么可庆祝的，然而我出这一口气，是不能不进行的。"

玉芬看她的颜色，以至于她的话音，似乎有点儿变了常态，要再继续着向下说，恐怕更会惹出什么不好听的话来，只得向她默然笑着，不便提了。便道："我也要看看表兄去，应当专诚谢他两句哩。"说着，就出了秀珠的屋子，去看白雄起去了。

秀珠拿起床头边的电话插销，就向金家要电话。不多一会儿，燕西就接着电话了。秀珠道："请你到我们家来坐坐，好不好？你三嫂也在这里。"

燕西答说："对不住，有我三嫂在那里，我实在不便来。但是晚上的约会，我可以把钟点提早一点儿。她在那里，就是你也觉着不方便。"

秀珠道："彼此交朋友，有什么叫方便不方便？"

燕西道："我刚刚将钱拿到手，少不得我也要计划一下，我们哥儿们正

327

有一个小会议哩。我明天到府上来拜访就是了。"

当他二人正在打电话的时候，玉芬在白雄起那边屋子里，也拿了插销打电话，一听有秀珠和燕西说话的口音，就听了没有作声。把这事搁在肚里，也不说出来。当日在白家吃了便饭回去，便留意起燕西的行动来。

到了晚上八点钟打过，燕西就不见了。约莫有一点半钟，在隔院子里听得清楚，燕西开着上房门进屋里去了。于是一切的话都已证实。燕西这种行动，连玉芬都猜了个透明，清秋和他最接近的人，看他那种情形，岂有不知之理？所以燕西一进房来，清秋睡在床上了。只当睡着了不知道，面朝着里，只管不作声。

燕西道："也不过十二点多钟罢了，怎么就睡得这样的死？"

清秋也不以为他说得冤枉，慢慢地翻转一个身，将脸朝着外，用手揉着眼睛道："还只十二点多钟吗？不对吧。跳舞场上的钟点，怎样可以和人家家里钟点相比呢？"

燕西是穿了西服出去的，一面解领带，一面说道："你是说我跳舞去了吗？我身上热孝未除，我就那样不懂事？我要是到跳舞场上去了，我也该换晚礼服，你看我穿的是什么？你随便这样说一句不要紧，让别人知道，一定会说我这人简直是浑蛋，老子的棺材刚抬出去，就上饭店跳舞了，你转着弯骂人，真是厉害呀。"

清秋道："我是那样转着弯骂人的人吗？只要你知道这种礼节，那就更好哇。不过你闹到这般晚才回家，是由哪里来呢？"

燕西道："会朋友谈得晚一点儿，也不算回事。"

清秋道："是哪个朋友？"

燕西把衣服都脱毕了，全放在一张屉桌的屉子里，于是扑通一声，使劲将抽屉一关，口里发狠道："我爱这时候回来，以后也许我整宿不回来，你管得着吗？这样地干涉起来，那还得了！我进你一句忠告，你少管我的闲事！"说话时，用脚上的拖鞋，扑通一声，把自己的皮鞋，踢到桌子底下去。

到了这时，清秋有些忍不住了，便坐了起来道："你这人太不讲理了，你闹到这时候回来，我白问一声，什么也不敢说，你倒反生我的气？我已十二分地信托你，你却一丝一毫也不信托我。男子们对于女子的态度，能欺骗的时候，就一味欺骗，不能欺骗的时候，就老实不客气来压迫。"

燕西道："怎么着？你说我压迫了你吗？这很容易，我给你自由，我们离婚就是了。"

清秋自嫁燕西而后，不对的时候总有点儿小口角，但是"离婚"两个字，却没有提到过。现在陡然听到"离婚"两个字，不由得心里一惊，半晌说不出话来。燕西见她不作声了，也不能追着问，他一掀被角，在清秋脚头睡了。清秋在被外坐了许久，思前想后，不觉垂了几点泪。因身上觉得有些冰凉，这才睡了下去。心里便想，再问燕西一句，是闹着玩呢，还是真有这个意思？盘算了一晚，觉得总是问出来的不妥，无论是真是假，燕西一口气没有和缓下去，只有越说越僵的，总是极端地隐忍着。

到了次日早上，清秋先起，故意装出极平常的样子，仿佛把昨晚的事全忘了。燕西起来了，一声也不言语，自穿他的衣服。穿好了衣服，匆匆忙忙地漱洗完了，就向前面而去。清秋虽然有几句话想说，因为要考量考量，不想只在这犹豫的期间，燕西便走了，一肚子的话，算是空筹划了一阵。

燕西出来，自在书房里喝茶吃点心，在家里混到下午两点钟，秀珠又来了电话，说是在公园里等他了。燕西总还没有公开地出去游逛过，突然提出上公园去，怕别人说他。因之先皱眉，见人只说头痛，因之也没有哪个注意到他，就告诉金荣道："我非常烦闷，头痛得几乎要裂开了。我怕吃药，出去吸吸新鲜空气。有人问我，你就这样说。"

金荣也不知道他命意所在，也就含糊答应着。燕西吩咐毕了，就坐着一辆汽车，向公园里来。知道秀珠是专上咖啡馆的，不用得寻，一直往咖啡馆来。远远看见靠假山边一个座位上，有个女郎背着外面行人路而坐，那紫色漏花绒的斗篷，托着白色软缎的里子，很远地就可吸引人家的目光。在北京穿这样海派时髦衣服的人，为数不多，料着那就是秀珠。及走近来一看，可不是吗？她的斗篷披在身上，并不扣着，松松地搭在肩上，将里面一件鹅黄色簇着豆绿花边的单旗袍透露出来。见着燕西，且不站起，却把自己喝的一杯蔻蔻，向左边一移，笑着将嘴向那边空椅子上一努，意思让他坐下。燕西见她热情招待，自然坐下了。

秀珠看了一看手表，笑道："昨天两点钟回去的，今天两点钟见面，刚好是一周。"

燕西道："你这说我来晚了吗？"

秀珠道："那怎样敢？这就把你陪新夫人的光阴，整整一日一夜分着一半来了。昨天晚上回去，你夫人没有责备你吗？"

燕西道："她向来不敢多我的事，我也不许她多我的事，这种情形是公开的，绝不是我自吹，你无论问谁，都可以证明我的话不假。"

秀珠这时似乎有了一点儿新感动，向着燕西看了一眼，发出微笑来。这种微笑，在往日燕西也消受惯了。不过自与清秋交好，和秀珠见了面，便像有气似的，秀珠也是放出那种愤愤不平的样子，后来彼此虽然言归于好，然而燕西总不能像往日那样迁就。燕西不迁就，秀珠纵有笑容相向，也看着很不自然。总而言之，她笑了便是笑了，脸上绝无一点儿娇羞之态，就不见含有什么情感了。现在秀珠笑着，脸上有一层红晕，笑时，头也向下一低，这是表示心中有所动了。

燕西不觉由桌子伸过手去，握了她的手。因问道："请你由心眼儿里把话说出来，我的话，究竟怎么样？有没有藏着假呢？"

秀珠将手一缩，向燕西瞟了一眼道："你又犯了老毛病？"

燕西笑道："并不是我要犯老毛病，我要摸摸你，现在是不是瘦了一点儿？"

秀珠道："你怎么说我瘦了？我又没害病。"

燕西道："虽然没有害病，但是思想多的人，比害病剥削身体，也就差不多。"

秀珠笑着摇了一摇头道："我有饭吃，有衣穿，我有什么可思？又有什么可想？"说着这话，对燕西望了一望。意思是说，除非是思想着你。燕西被她这一望，望得心神奇痒，似乎受了一种麻醉剂的麻醉一样，说不出来有一种什么奇异的感觉，望着她也笑了。

茶房见秀珠的大半杯蔻蔻，已经移到燕西面前来，于是给秀珠又送了一杯新的来。这时，燕西才知道是喝了人家的蔻蔻，杯子上还不免有口脂香气，自不觉柔情荡漾起来。于是两手一撑，伸了一个懒腰，笑道："你今天到公园里来，光是为了等我说话，还有其他的事情呢？"

秀珠笑道："这个你可以不必问，你看我坐在这里静等，还做有别的事情没有？若是没有做别的事情，你想我一个人坐在这里做什么？"说到这里，向着燕西望了一眼，现出那要笑不笑的样子来。

燕西笑道："这样说，由今天起，你就是完全对我谅解了？"

秀珠将小茶匙，伸在杯子里，只管旋着，低了头，一面呷蔻蔻，一面微笑。燕西躺着在藤椅子上，两脚向桌子下一伸，笑道："你怎么不给我一个答复？我这话问得过于唐突一点儿吗？"

秀珠鼻子里哼着，笑了一声道："这样很明显的事，不料直到今天你才明白，我还有什么可说的呢？"

燕西笑道："这样说，你是很早对我谅解的了，我很惭愧，我竟是一点儿都不知道。不过我现在完了，我不是总理的少爷了，是一个失学而又失业的少年。我的前途，恐怕是黯淡，不免要辜负你这一番谅解盛意的。"

秀珠脸色一正道："你这是什么话？难道我是那样势利眼？再说，你这样年少，正是奋斗的时代，为什么自己说那样颓唐不上进的话？"

燕西当自己说出一片话之后，本来觉得有点儿失言，总怕秀珠不快活。现在听秀珠的话，却又丝毫没有生气的意思，不但彼此感情恢复了，觉得她这人也和婉了许多，大不似从前专闹小姐脾气了。

在他这样转着良好念头的时候，脸上自然不能没有一点儿表示。秀珠看见，笑道："你今天怎么回事？好像是初次见着我，不大相识似的，老向我望着。要吃一些点心吗？若不吃点心，我们就在园里散散步如何？"

燕西当然目的不是吃东西，便道："我是在家里闷得慌，在园子里走走，我很赞成的。"

于是招呼了一声茶房，二人就向树林子走去。秀珠的斗篷并不穿在身上，只搭在左胳膊上，于是伸了右手，挽着燕西左胳膊，缓缓地走着。燕西心里也想着，就是在从前，彼此也不曾这样亲热的。这一句话，还不曾出口，不料秀珠倒先说起来，她就笑道："我们这样的一处玩，相隔有好久的时候了。"

燕西道："可不是，不过朋友的交情，原要密而疏，疏而又密，那才见得好的。"

秀珠笑道："你哪里找出来的古典？恐怕有些杜撰吧？"

燕西笑道："我也不知道是不是杜撰的，不过我心里觉得是这样，所以我就照着这样子说出来。"

秀珠点点头道："原来你为人是这样喜好无常的。往日如此，来日可知了。"

燕西笑道："这话在你，或者应当这样说的。现在我是无法辩明，将来你望后瞧，自然就明白了。"说到这里，燕西固然是不便向下说，秀珠也就不便向下说，二人倒是默然地在树林外的大道上走着。

走了许久，秀珠却不自禁地叹了一口气。燕西道："好好的为什么你又伤感起来？你这口气，叹得很是尴尬呀。"

秀珠笑道："叹气有什么尴尬不尴尬？我一年以来，全是这样，无缘无故，就会叹上一口气，为了什么连我自己也不知道。"

燕西道："这自然是心里不痛快的表示，希望你以后把这脾气改了。这也容易改的，只要遇事留心，就可以忍回去了。"

秀珠笑道："多谢你的厚意。但是这个脾气也不是空言可以挽回来的……"说到这里，秀珠自摇了一摇头，似乎这话说得不大妥当，于是彼此默然了一会儿。

二人在公园里走着，整整兜了两个圈子。秀珠弯了腰，用手在腿上捶了两下，笑道："老这样走着吗？我有点儿累了。"

燕西道："再去喝一杯咖啡去。"

秀珠道："喝了又走，走了又喝，就留恋在公园里，不用走了。我家里还有一点儿事，要回去料理料理。"

燕西道："不忙不忙，还兜两个圈子。"

秀珠皱了眉道："我实在有事，怎么办呢？但是你的命令，我也不敢违拗，陪你走一个圈子，我的确要走了。"

燕西听她说出这种话来，倒过意不去，便道："你真有事的话，不要为了玩误了正事。"

秀珠勉强地笑道："再走一个圈子也不要紧，我的事固然不能丢下，也不能与你心里不痛快。"说着，缩了脖子一笑。

燕西也笑了，又走了一个圈子，倒是燕西先说："你回去吧，这个圈子，走了有三十分钟，工夫耽误不少了。"

秀珠的一只胳膊，让他挽着还不曾抽开。便笑道："那么，请你送我上大门口。"

　　燕西连说着可以可以。秀珠笑着望了他一眼道："你的脾气比从前好多了。"

　　燕西笑道："这话可以代替我说你，我对于你也是这样的感想。"

　　秀珠这就不用再说了，只是微笑。二人很高兴地一路出了公园，还是燕西用汽车送了秀珠回家，然后才回去。

图书在版编目（CIP）数据

金粉世家.第三部 / 张恨水著. —北京：中国文史
出版社，2018.3

（民国通俗小说典藏文库·张恨水卷）

ISBN 978 – 7 – 5034 – 9829 – 9

Ⅰ.①金… Ⅱ.①张… Ⅲ.①章回小说 – 中国 – 现代

Ⅳ.①I246.4

中国版本图书馆 CIP 数据核字（2017）第 289676 号

责任编辑：卢祥秋

点　　校：清寒树

出版发行：**中国文史出版社**

网　　址：http：//www.chinawenshi.net

社　　址：北京市西城区太平桥大街 23 号　邮编：100811

电　　话：010-66173572　66168268　66192736（发行部）

传　　真：010-66192703

印　　装：廊坊市海涛印刷有限公司

经　　销：全国新华书店

开　　本：720×1020　1/16

印　　张：21.5　　　字数：341 千字

版　　次：2018 年 3 月第 1 版

印　　次：2018 年 3 月第 1 次印刷

定　　价：63.00 元